SOB A PONTE DO MAL

Beneath Devil's Bridge (2024)
Copyright © 2024 by Loreth Anne White
Tradução © 2024 by Book One
Todos os direitos de tradução reservados e protegidos pela Lei 9.610 de 19/02/1998. Nenhuma parte desta publicação, sem autorização prévia por escrito da editora, poderá ser reproduzida ou transmitida sejam quais forem os meios empregados: eletrônicos, mecânicos, fotográficos, gravação ou quaisquer outros.

Coordenadora editorial	*Francine C. Silva*
Tradução	*Júlia Serrano*
Preparação	*Wélida Muniz*
Revisão	*Aline Graça*
	Tainá Fabrin
Adaptação de capa e projeto gráfico	*Francine C. Silva*
Diagramação	*Bárbara Rodrigues*
Impressão	*PlenaPrint*

Dados Internacionais de Catalogação na Publicação (CIP)
Angélica Ilacqua CRB-8/7057

W585d White, Loreth Anne
Sob a ponte do mal / Loreth Anne White ; tradução Júlia Serrano. — São Paulo : Excelsior, 2024.
368 p.

ISBN 978-65-85849-81-4
Título original: *Beneath devil's bridge*

1. Ficção sul africana 2. Suspense I. Título II. Serrano, Júlia

24-5412   CDD 828.993

LORETH ANNE WHITE

AUTORA BEST-SELLER DE *O DIÁRIO DA EMPREGADA*

SOB A PONTE DO MAL

São Paulo
2024

EXCELSIOR
BOOK ONE

Àqueles que buscam a verdade.

NOTA DA AUTORA

Apesar de ser inspirada em um crime real que ocorreu na minha parte do mundo vinte e quatro anos atrás, um que chocou a comunidade e chamou a atenção da mídia nacional e internacional, a história de *Sob a Ponte do Mal* é fruto da imaginação, e todos os personagens são fictícios. As localidades também foram utilizadas de maneira ficcional.

SOBRE A PONTE DO MAL

"Passamos a maior parte da vida temendo nossa própria Sombra. Foi o que ele me disse. Disse que uma Sombra vive dentro de cada um de nós. Fica tão lá no fundo que nem sabemos que está lá. Às vezes, se olharmos rápido com o canto do olho, conseguimos vê-la de relance. Mas ela nos assusta, então desviamos logo o olhar. É disto que ela se alimenta: nossa incapacidade de encará-la. A incapacidade de examinar essa coisa que, na verdade, é nossa forma bruta. É isso que dá poder à Sombra. Que nos faz mentir. Sobre o que queremos, sobre quem somos. Ela inflama nossas paixões e nossos desejos mais obscuros. E, quanto mais forte fica, mais a temeros e mais tentamos esconder essa Besta que somos nós mesmos...

Não sei por que Ele me diz essas coisas. Talvez seja uma forma de, indiretamente, trazer à tona e enfrentar a própria Sombra. Mas eu acredito mesmo que nossas Sombras são más: a dele e a minha. São grandes, tenebrosas e muito perigosas. Acho que elas devem ficar presas para sempre..."

~ **Do diário de Leena Rai.**

2h04. Sábado, 15 de novembro de 1997.

Leena Rai cambaleia pela ponte de cavaletes próxima ao pátio de separação da madeireira. A noite está clara, fria, estranhamente silenciosa. Leena consegue ouvir o vento no alto das coníferas ao redor, o leve bater da água nas pedras debaixo da ponte, e o rugir distante e onisciente das cachoeiras gêmeas que despencam dos penhascos de granito da montanha Chief, a mais de trezentos metros de altura.

Ela sente um calafrio e levanta o cachecol para cobrir mais o pescoço. O movimento a faz balançar. Leena se segura na grade e ri. Suas emoções vêm de uma mistura tóxica de ansiedade e uma espécie alucinante e atrevida de animação. Mais do que tudo, ela sente o estupor delicioso e reconfortante da vodca Smirnoff, agora quase vazia no bolso da jaqueta militar enorme que está usando. A jaqueta não é dela. É dele. Tem o cheiro dele, algo amadeirado, algum tipo de resina de pinheiro, o odor residual de pós-barba e o aroma que é particularmente ele. Tudo misturado com notas de terra molhada e musgo do chão na floresta contra o qual suas costas estiveram pressionadas pouco tempo atrás. Leena afasta aquela memória indesejada, a dor. Espera que o céu, a lua cheia, a Via Láctea e as pontas das árvores parem de girar, e, quando a agitação diminui, inspira fundo para acalmar a respiração. O ar tem gosto de outono.

Ela segue pela Ponte do Mal. Pode ver a correnteza escura do som ao longe, e umas poucas luzes bruxuleantes da fábrica de celulose do outro lado. O ar sai dela em nuvenzinhas fantasmagóricas. Ao se aproximar do lado sul da ponte, fica mais nervosa. Para, põe a mão no bolso, desenrosca a tampa da vodca, joga a cabeça para trás e engole. Ela cambaleia, e a bebida escorre pelo lado da boca, até pingar do queixo. Ela ri de novo, seca a boca e volta a guardar a garrafa no bolso. Logo em seguida, vê algo. Uma sombra. Um barulho.

Estreita os olhos tentando focar a escuridão enquanto examina as sombras na ponte adiante. Um carro se aproxima. Ela fecha os olhos com a aparição inesperada dos faróis que logo desaparecem. Uma caminhonete passa voando e lança uma lufada quente da fumaça do escapamento na direção dela. Leena sente tudo girar. Qual é a direção certa mesmo?

Foco.

Não dá para vacilar, é um convite especial para um encontro sob a ponte, no lado sul, um lugar onde os jovens se juntam para fumar, beber e se pegar. Leena continua aos tropeços. Outro carro passa e a ofusca. Ela cambaleia para fora da calçada, vai parar no meio da rua. O carro desvia. Uma buzina berra. Seu coração bate mais rápido.

Ela se esforça para ver através da escuridão, o olhar fixo no final da ponte.

Não vai estragar as coisas. Você esperou tanto por isso...

Leena fecha a jaqueta, como se aquilo fosse ajudá-la a criar coragem. Era grande demais até para o corpo dela. Por isso gostava da peça. Fazia a garota se sentir pequenina, o que é uma benção. E quente. Como um abraço. Ela não é abraçada com frequência. Nem consegue se lembrar de quando foi a última vez que a abraçaram. Seu irmão caçula ganha abraços. Vários. Ele é fofo. É fácil amar Ganesh. Ela, por outro lado, recebe caras feias, advertências. As pessoas dizem que ela é burra, ou que não é boa o bastante ou que não tem jeito: uma peça sobressalente desengonçada, grande demais, que toma espaço. É um estorvo dentro da própria casa. E na escola. Às vezes, Leena deseja poder sair do próprio corpo. E ela definitivamente não vê a hora de sair de Twin Falls.

Mas, neste exato momento, ela está presa. Ali, naquela cidadezinha ridícula. Dentro desse corpo, que parece que é só o que as pessoas conseguem ver. Elas não veem quem Leena é por dentro. Não veem como ela é apaixonada. Que ela ama escrever: prosa e poesia. Mas Ele sabe. Ele lhe diz que suas palavras são lindas. Ele *entende* Leena. Quando está com ele, às vezes acredita que as coisas vão mudar se ela se esforçar e aguentar mais um ou dois anos. E aí ela *vai* embora dali. Vai para bem longe, para o exterior. África, talvez. Vai trabalhar em lugares exóticos fazendo coisas onde as pessoas precisarem dela. E vai escrever sobre essas aventuras, talvez para um jornal. Ela vai virar outra pessoa. Quando fica muito tempo longe dele, os sonhos se tornam menos vívidos. Ficam distantes. Tudo fica escuro outra vez. E Leena meio que só quer fazer um favor a todo mundo e morrer. Mas então vai até ele, que elogia sua poesia, o coração dela acelera e ela sente o bater de asas primitivas na escuridão ardente de sua alma. *El duende*. Ele diz que é assim que Federico García Lorca chamava essa coisa. É o Espírito da criatividade, e ele diz que Leena o tem enterrado lá no fundo.

Ela alcança o final da ponte e começa a descer pelo caminho íngreme de cascalho que dá voltas até chegar à parte inferior do viaduto da Ponte do Mal.

Um carro passa barulhento lá em cima. Faróis desenham as silhuetas de árvores. E aí é escuridão. Silêncio total. Leena fica desorientada. O medo sussurra em seu ouvido. Ela se move com cuidado, tateando com os pés a trilha escura. Uma parte distante de seu cérebro envia um alerta. Está quieto demais. Escuro demais. Tem algo errado.

Mas a vodca faz seus pés seguirem o caminho, descendo até as pedras, até a água. Um clarão laranja surge no pretume debaixo da ponte. Leena vê o que parece ser uma silhueta, mas logo desaparece. Ela sente cheiro de cigarro.

— Olá? — ela pergunta para a escuridão.

— Leena, aqui.

A voz soa atrás dela. Leena se vira.

A pancada vem rápido. Acerta a lateral de seu rosto. Leena é jogada para o lado, tropeça e cai com força no chão, de quatro. O cascalho perfura as palmas de suas mãos. O mundo começa a girar. Ela fica confusa. Sente o gosto de sangue. Tenta respirar, mas a pancada seguinte a acerta na nuca. Ela bate de cara no chão. As pedras cortam suas bochechas, terra entra em sua boca. Outra batida vem forte, parecia uma marretada, e a acerta no meio das costas, na altura dos ombros.

Leena não consegue respirar. Surge um turbilhão de pânico. Ela ergue a mão para impedir, mas o chute que vem a seguir a acerta na cabeça.

TRINITY

AGORA

"Nem sei quando começou... Foi muito antes daquela noite fria de novembro em que o satélite russo chegou à atmosfera da Terra. Quando aconteceu, nenhum de nós foi capaz de fazer alguma coisa para impedir aquilo. Como um trem seguindo a linha por quilômetros, tudo veio correndo inexoravelmente pelos trilhos."
~ Do podcast de **true crime**, *É um crime: o assassinato de Leena Rai —
Sob a Ponte do Mal.*

Quarta-feira, 17 de novembro. Presente.

Observo o trator verde passar diante de uma fileira de choupos ao longe. As árvores estão sem folhas, e uma névoa fantasmagórica impregna o vale. Três gaivotas mergulham e berram no rastro do veículo, descendo para pegar seja lá o que os dentes do arado tenham exposto. Começa a chuviscar.

— Pensava que gaivotas ficavam perto do mar — Gio Rossi fala. Meu assistente de produção está com as mãos afundadas nos bolsos do sobretudo preto. A bainha da peça é soprada pelo vento. Está gélido. E úmido. O tipo de frio que gela os ossos e demora horas para passar.

— É comum elas virem para o interior — digo, sem muita atenção. Porque ela foi arrebatada pela mulher dirigindo o trator. Um border collie preto e branco está sentado a seu lado. Rachel Walczak, produtora orgânica, detetive aposentada. Para todos os efeitos, uma reclusa. A terra virando atrás dela está preta e molhada. — Carniceiras — falo baixinho. — Sobreviventes. As gaivotas se adaptam aos humanos. Elas os veem como fonte de alimento. Assim como os ursos da região, e os guaxinins nos ambientes urbanos. Além disso — olho para Gio —, ainda estamos muito próximos do mar.

A fazenda de Rachel, Campos Verdes, fica no fundo de um vale entre montanhas íngremes talhadas por geleiras e marcadas por depósitos de avalanches e o correr feroz de rios. Parece um lugar remoto, quase hostil, mas de carro fica a apenas quarenta e cinco minutos de Twin Falls, uma cidade da extremidade norte do fiorde. Twin Falls, por sua vez, fica a cerca de uma ou duas horas ao norte da agitada cidade do Noroeste do Pacífico, Vancouver, apesar de parecer infinitamente mais distante, perdida no tempo.

— Talvez em linha reta — Gio murmura, encolhendo-se ainda mais no casaco. — Acho que deve precisar de botas e uma moto de neve para andar por aqui no inverno. Não sei como um limpa-neve passaria pela porcaria daquela estrada que é só curva atrás de curva.

Rio sozinha. Gio, em seus sapatos de grife agora cobertos de lama. Gio, que mais combinava com as ruas, bares e cafeterias do centro de Toronto, ou talvez de Manhattan. Gio, com seu Tesla amarelo-vivo estacionado na garagem do prédio de luxo lá na cidade, não está superanimado com a van utilitária que aluguei para nosso projeto de podcast na Costa Oeste. Entretanto, a van é ideal para o equipamento de som e vídeo, além de servir como estúdio improvisado. Estacionei na curva da estrada, atrás de uma fileira de arbustos, quando avistei o trator ao me aproximar do portão da fazenda. Gio e eu seguimos a pé ladeira abaixo, pelo caminho íngreme e lamacento, dando a volta pela lateral do celeiro que fica ao lado de uma antiga casa de campo. Dessa vez, queria evitar o companheiro de Rachel, Granger Forbes. Semana passada, quando viemos até Campos Verdes na tentativa de encontrar Rachel, Granger nos disse com todas as letras que ela nunca aceitaria falar conosco.

Rachel Walczak também nunca respondeu às inúmeras mensagens que deixei por telefone. É preciso muito entrevistar a principal detetive que trabalhou no caso da morte de Leena Rai, vinte e quatro anos atrás. Ela é a chave. Sem Rachel, nosso programa sobre o estupro e assassinato brutais da residente de quatorze anos de Twin Falls não vai ter o mesmo impacto.

O vento sopra. Uma nuvem de gotículas beija minha pele, e tremo com a recém-chegada lufada de frio. Foi em um dia como este, neste mesmo mês, que o corpo maltratado de Leena foi encontrado pela equipe de Rachel, nas águas escuras debaixo da Ponte do Mal. O trator começa a fazer a volta.

— Ela está indo para o celeiro. Vem! — chamo. — Vamos ver se conseguimos pegar ela lá. — Aperto o passo pelo campo molhado. Lama se agarra às minhas botas Blundstone. Gio vem xingando logo atrás.

— Está claro que ela não quer falar com a gente! — ele reclama. — Se quisesse, teria respondido suas mensagens.

— Claro — repito. Mas a recusa de Rachel serviu apenas para inflamar minha determinação. As pessoas que não querem falar têm as melhores coisas a dizer. Entrevistados que vivem fugindo das redes sociais e da sociedade em geral normalmente escondem coisas ótimas, e é por isso que conseguir uma declaração de Rachel Walczak vai ser uma tacada das boas. Dá até para sentir. O gostinho dele. Do sucesso. Esse projeto tem todos os indícios de que vai ser um estouro. Os índices e as resenhas foram às alturas depois do primeiro episódio, lançado duas semanas atrás. O segundo saiu semana passada, e com números melhores ainda. O interesse da mídia está crescendo. Todos os fãs de *true crime* à espera dos episódios seguintes estão *contando* com uma declaração da detetive Rachel Walczak. Querem saber como ela encontrou o assassino, como o interrogou, como conseguiu a confissão. Querem saber como ela o pôs atrás das grades.

— Não olhe agora, mas vi o marido dela lá em cima na janela do sótão — Gio avisa, aproximando-se. — Ele está de olho na gente. Provavelmente preparando a espingarda. Isso que a gente está fazendo é invasão de propriedade, sabia?

Sigo adiante, a agitação cresce à medida que o trator se aproxima do celeiro. Aperto ainda mais o passo. A chuva fica mais forte, encharca meu cabelo. A neblina está mais densa, rodopiando enquanto tateia o celeiro.

Gio tropeça e xinga.

— Você viu essas coisas? — ele berra. — Droga de batatas Frankenstein. Ficam enterradas logo abaixo da superfície do barro. São do tamanho da minha cabeça.

Eu vi as batatas gigantes. Abandonadas na colheita; grandes demais para venda. Mas minha atenção permanece no trator verde. Ele para diante das portas do celeiro. A mulher de cabelos escuros desce do veículo. Está de boné, calça, casaco impermeável e galochas enlameadas. O cachorro pula logo em seguida dela e começa a latir e correr em nossa direção, com os pelos eriçados. Nós dois paramos de imediato. Fica evidente que ela nos viu, mas continua a nos ignorar enquanto retira um balde de couve-nabo do trator, então entra no celeiro. O cachorro continua latindo, mantendo-nos presos.

— Rachel? — chamo acima do latido do cachorro. — Rachel Walczak? *Por favor*, nós podemos falar com você?

Por um instante, Rachel hesita logo que atravessa as portas, mas então entra no prédio antigo, assoviando. O border collie late uma última vez, depois vai correndo atrás da ex-detetive.

Aproveito a oportunidade para entrar atrás deles enquanto enxugo meu rosto.

— Rachel Walczak, sou Trinity Scott, cocriadora e apresentadora do podcast de crimes reais, *É um crime*, e esse é Gio Rossi, meu assis...

— Eu sei quem você é. — Sua voz é forte, áspera, autoritária. Ela põe o balde no chão e se vira para nós. Os olhos são de um cinza frio; os cílios, longos e escuros. Rugas emolduram a boca forte e larga. Fios prateados riscam a trança grossa e molhada sobre seu ombro. Ela é alta e está em forma, apesar de já ser quase velha o suficiente, tecnicamente, para ser minha avó. Ela me faz me sentir baixinha, mesmo eu não sendo. Rachel é exatamente o que eu esperava que ela fosse.

— Não tenho interesse de falar com você — diz. — Gostaria que vocês saíssem da minha propriedade.

Hesito. Lanço um olhar rápido na direção de Gio. Os olhos escuros dele encontram os meus. A expressão em seu rosto reflete meus pensamentos: *É nossa última chance. Se deixarmos passar, não vai aparecer outra.*

— Já faz quase vinte e cinco anos. — Minhas palavras saem tranquilas, mas meu coração marreta o meu peito. Penso em Granger, em uma possível espingarda e no fato de estarmos invadindo propriedade privada. — Foi nessa mesma época do ano que sua equipe de mergulhadores encontrou o corpo da Leena naquela água salobra. Frio. Neblina. Chuva beirando granizo. Ventos soprando o mar para longe. — Faço uma pausa. Rachel semicerra os olhos de lince. Sua postura muda sutilmente. — Os mesmos cheiros no ar — digo. — Madeira queimada, folhas apodrecidas, peixe morto, inverno a caminho.

O olhar de Rachel mantém-se fixo no meu. Arrisco um passo adiante. Vejo que as rugas de seus olhos são profundas. Não são de riso, são de cansaço. Uma onda de empatia passa por mim. Essa policial já passou por muita coisa. Fez muita coisa. Ela só quer ficar em paz.

O cachorro rosna baixinho. Gio continua mais atrás.

— Seu marido…

— Não sou casada.

— Seu companheiro, Granger, nos disse, quando viemos na semana passada, que você não ia querer falar comigo, e eu entendo sua objeção.

— Entende, é? — O sarcasmo vem forte em suas palavras.

— Eu pesquisei. Sei que a mídia ficou em cima de vocês, e que você acabou deixando a força policial. Mas só quero conversar sobre os pormenores da investigação do caso de Leena Rai. Qual foi a estratégia por trás dele. Como foi a vinda do detetive Luke O'Leary. Como conseguiram fazer o assassino da Leena confessar, e colocar o cara atrás das grades. A ideia é essa.

Rachel abre a boca, mas ergo minha mão, parando-a.

— Só o básico da investigação, srta. Walczak. O impacto que a morte horrenda daquela adolescente teve na pequena e unida comunidade… e nos professores, amigos e colegas de turma dela…

— É Hart. Rachel Hart. Não uso mais Walczak. — A mulher apanha o balde. — E a resposta é não. Me desculpe. E como você disse, eu não era a única detetive envolvida no caso. Tenta falar com Luke O'Leary ou Bart Tucker.

— Bart Tucker me indicou falar com um assistente de imprensa do departamento de polícia. O detetive O'Leary está recolhido em uma casa de repouso. Lúcido apenas parte do tempo.

Rachel fica paralisada. Seu rosto empalidece. Ela sussurra:

— Eu... eu não sabia. Onde... Que casa de repouso?

— Em North Shore. Perto do hospital Lions Gate.

Ela me encara. O tempo se alonga. Água goteja no celeiro. Então Rachel se recompõe e sua expressão endurece.

— Saia da minha propriedade. Agora.

Gio faz menção de sair do celeiro, mas fico onde estou, com o coração batendo mais rápido enquanto vejo minha chance escapar de mim.

— Por favor, srta. Hart. Posso fazer isso sem você. E vou. Mas ter a sua versão enriqueceria tanto a história. Meu programa não é sensacionalista, ele busca entender o porquê. Por que uma pessoa de vida aparentemente normal enverada para uma de crimes tão violentos? Quais as zonas cinzentas entre uma e outra? Seria possível ter previsto aquilo? Como uma estudante comum de uma cidade pequena do Noroeste do Pacífico de repente se tornou vítima de um evento tão terrível quanto aquele? — Pego um cartão de visitas do bolso e o estendo para a detetive. — Fique com ele. Por favor, pense se não quer mesmo falar comigo. Gio e eu continuaremos transitando entre Twin Falls e a região metropolitana de Vancouver durante o período de entrevistas.

Os lábios de Rachel se apertam. Antes que possa nos rejeitar, digo com toda a calma que consigo, dócil e educada:

— Quando Clayton Jay Pelley confessou, negou a todos a experiência concreta do julgamento. Negou a todos o *porquê*. — A chuva passa a tamborilar com força no teto de aço galvanizado do celeiro. Consigo sentir o cheiro da terra. A umidade da palha encharcada. — Clayton Pelley roubou dos pais de Leena. Ele não apenas impediu que a filha deles tivesse uma vida, como privou Jaswinder e Pratima Rai de saber o motivo. Tudo bem que ele disse *como* fez o que fez, mas, de acordo com as transcrições, nunca explicou por que escolheu Leena. Por que tanta violência. Não quer saber, srta. Hart, *por que* Clayton Jay Pelley, um professor aparentemente bem-educado, casado, pai, orientador pedagógico e técnico de basquete, faria algo tão horrendo assim, do nada?

— Algumas pessoas simplesmente nascem doentes. E você não vai arrancar o "porquê" dele agora, não depois desse tempo todo...

— Ele falou comigo.

Rachel fica paralisada. Minutos parecem se alongar.

— Como é?

— Pelley. Ele conversou comigo. Na prisão. Concordou em fazer uma série de entrevistas. Gravadas — pauso, ditando o ritmo da minha fala. — Prometeu nos contar a razão.

O sangue se esvai do rosto envelhecido da detetive.

— O Clay *falou*?

— Foi.

— Ele não deu nem um pio nesses vinte e quatro anos. A ninguém. Então por que agora? Por que para você? Depois desse tempo todo? — Ela nos encara. — Ele está para receber a condicional? É isso?

Mantenho-me em silêncio. A isca foi mordida, agora preciso vender o meu peixe.

— É, não é? — Rachel insiste, com mais força na voz, os olhos brilhando. — Ele está tentando conseguir favores na expectativa de uma audiência com o conselho penitenciário. Ele vai enrolar você. Quer usar você para alguma coisa, e você está caindo na dele. E ainda vai arrastar a família da Leena de volta para esse inferno.

Permaneço em silêncio. Observo os olhos de Rachel. Posso sentir Gio ficar mais tenso.

— O que ele disse? — Rachel pergunta, enfim, a voz engasgada.

Ofereço mais uma vez meu cartão. Dessa vez, a ex-policial aceita.

— O primeiro episódio saiu semana passada. O segundo saiu ontem. O endereço do site está aí. — Faço uma pausa. — Por favor, escute os primeiros episódios. Depois me liga.

RACHEL

ANTES

Sábado, 22 de novembro de 1997.

Da margem, observo o time de mergulho. Estou encolhida no meu sobretudo acolchoado à prova d'água, com o cabelo preso em um rabo de cavalo apertado. Mechas soltas chicoteiam meu rosto em meio ao vento gelado que vem do mar. Já é quase meio-dia, mas o céu está escuro e coberto por nuvens carregadas. Em algum lugar por trás delas, o som de um helicóptero vai desaparecendo. A busca aérea foi cancelada por conta do mau tempo. Twin Falls é a minha cidade. Nasci aqui. Cresci aqui. E agora sou detetive aqui, seguindo os passos do meu recém-falecido pai, que era chefe de polícia. Sou casada, mãe e entendo a dor dos pais de Leena. A filha de quatorze anos está desaparecida há oito dias. Ela tem a mesma idade que a minha filha, Maddy. É colega de classe dela. Estão no mesmo time de basquete. E eu estou liderando a busca. É um peso enorme. *Preciso* achar Leena. Sã e salva. Viva.

De início, acreditava-se que Leena talvez estivesse fazendo uma cena, como havia feito antes, e que acabaria aparecendo. Mas, dois dias atrás, surgiu um boato entre os alunos da Escola Secundária de Twin Falls, a única escola de Ensino Médio da cidade. Os jovens diziam que Leena Rai havia sido afogada e que "provavelmente" estava boiando em alguma parte do rio Wuyakan. O Wuyakan desce correndo do alto das montanhas, ficando mais lento e largo ao se aproximar da cidade, depois derrama água salobra no fiorde próximo a um pátio de separação de madeira.

Solicitei uma equipe do batalhão de cães farejadores assim que tomei ciência dos rumores. O departamento de polícia de Twin Falls também incumbiu a unidade local de busca e salvamento de realizar buscas nas margens do Wuyakan, partindo do pântano na subida do rio e fazendo o caminho de volta na direção do mar.

Então, ontem pela manhã, uma estudante, Amy Chan, foi levada à delegacia de Twin Falls pela mãe. Amy alegou ter visto Leena cambaleando bêbada pela calçada da Ponte do Mal, mais ou menos às duas da manhã do dia quinze de novembro. Realoquei imediatamente a equipe de busca e salvamento para a área da ponte. No fim do dia de ontem, pouco antes de ficar completamente escuro, eles localizaram uma mochila caída entre duas rochas grandes sob a ponte, no lado sul do rio. É uma área em que os adolescentes costumam se encontrar para fumar, beber e se pegar. Há pichações nos cavaletes da ponte, um colchão velho, pedaços de papelão, latas, garrafas velhas e outros tipos de lixo comum. Dentro da mochila, encontramos uma carteira. Ela continha a identidade de Leena, 4 dólares e 75 centavos e uma foto dobrada no canto: um navio com as palavras *Africa Mercy* gravadas no casco. Havia ainda uma chave com chaveiro eletrônico. Perto da mochila, encaixada entre as rochas, encontramos um brilho labial de cereja cor-de-rosa, um maço ensopado de cigarros Export A, um isqueiro, uma garrafa vazia de Smirnoff, um cachecol de tricô ensanguentado e um livro de poemas intitulado *Sussurros das árvores*, escrito por alguém famoso no Noroeste do Pacífico. Na folha de rosto estavam escritas as palavras: *Com amor de A. C., UCB, 1995.*

Hoje mais cedo, quando a busca recomeçou, os cães farejadores encontraram um tênis da Nike contendo uma meia ensanguentada. O sapato e a meia foram descobertos na margem norte, sob a ponte. Os pais de Leena confirmaram que o tênis pertencia à filha, assim como a mochila e o cachecol, que tinha sido tricotado pela avó dela. A chave abria a porta da casa da família Rai.

Temendo pelo pior, acionei a equipe de mergulho. Duas horas atrás, depois de uma reunião de instrução, eles deram início à desoladora busca subaquática.

Começa a chover. Tremo dentro do meu casaco. Consigo sentir o cheiro de salmão morto apodrecendo na beira do rio. Águias-de-cabeça-branca nos observam do alto de galhos desfolhados, esperando a polícia sair para voltarem a comer as carcaças de peixe. É um ritual que descreve essa época do ano, quando os salmões nadam até o Wuyakan para se reproduzir e depois morrer. Mais tarde, na calada da noite, ursos e talvez lobos virão atrás da parte deles.

Meus pensamentos se voltam para a mãe e o pai de Leena, e para o irmãozinho dela, à espera de notícias em sua casa modesta. A única filha deles não voltou para casa depois de ir a uma festa "secreta" da fogueira nas montanhas ao norte da cidade. Os jovens se encontraram na floresta, em um lugar conhecido como "o bosque", para queimar esquis e pranchas de *snowboard* velhos como sacrifício para Ullr, o mítico deus nórdico da neve. A fogueira de Ullr costumava ser celebrada anualmente na cidade, com direito a decoração viking, mas o prefeito e a câmara municipal de Twin Falls baniram o festival no ano passado por questões de segurança. O ritual estrondoso havia começado a apresentar um aspecto negativo de cidade grande, e a festança desenfreada havia resultado em saltos bêbados sobre a fogueira e em alguns casos graves de queimaduras. Todos ficaram preocupados de uma morte ocorrer sob seus cuidados.

Mas parece que aconteceu mesmo assim.

Leena foi vista na festa por pelo menos vinte adolescentes. Todos alegaram que ela estivera ingerindo grandes quantidades de bebida. Alguns a viram com um homem, mas não sabiam quem ele era. Era noite de lua cheia naquele dia, o céu estava limpo como vidro, e às 21h12 um foguete russo reentrou na atmosfera da Terra, explodiu e virou cometas brilhantes que riscaram o céu com suas longas caudas chamejantes.

Todo mundo olhou para cima. Todos se lembravam daquele exato momento. Todos sabiam dizer precisamente onde estavam, as lembranças ancoradas pelas listras laranja brilhantes que atravessavam o céu frio da noite de novembro.

Os detritos do foguete caíram no oceano Pacífico, a uma distância segura da costa do estado de Washington. Isso tudo ficou registrado.

Mas, depois desse momento, ninguém mais se lembrava de ver Leena.

> *"A festa tinha saído um pouco do controle."*
> *"Tinha fumado um..."*
> *"Muita bebida."*
> *"Talvez... Eu acho que a vi indo pra floresta com um cara... Alto. Jaqueta escura. Jeans. De chapéu."*
> *"Não, não vi o rosto dele."*
> *"Ela estava com um cara, acho."*
> *"Um cara grandão. Casaco escuro. Chapéu."*
> *"Ela estava sentada em um tronco perto da fogueira com um cara de chapéu e um casacão... Não sei quem ele era, não."*

Os comentários se reviram em minha mente enquanto observo as duas pessoas no bote inflável *Zodiac*. Os oficiais seguram com firmeza as linhas presas aos dois mergulhadores embaixo d'água, os policiais Tom Tanaka e Bob Gordon. Abaixo da superfície, com suas roupas de mergulho impermeáveis, eles tateiam às cegas pela água turva, com a visibilidade perto de zero. O trecho logo abaixo da ponte está cheio de detritos perigosos: carrinhos de supermercado, metal enferrujado, vidro quebrado, pregos velhos e daí para pior.

Confiro meu relógio de pulso. Está quase na hora da pausa. Sinto uma pontada de frustração.

— Ei, Rache?

Viro-me na direção da voz. É Bart Tucker, um policial fardado do departamento de polícia de Twin Falls. Ele vem descendo com cuidado pelos pedregulhos cinzentos e escorregadios, vindo até onde estou, perto da beira da água.

Ele estende um copo de café na minha direção.

— Preto, pouco açúcar.

O rosto largo, sério e normalmente pálido de Bart está corado com o frio. Seus olhos estão marejados por causa do vento salgado, e o nariz, rosado. Lembro-me dos olhos avermelhados da mãe de Leena e, atrás de Bart, noto um grupo se juntando no alto da ponte. Sinto a raiva me incendiar.

— Mas que droga é essa? Tire essa gente dali, Tucker, arraste-os para longe dessa ponte! — A raiva é a emoção que mais ameaça tomar conta de mim.

O oficial Tucker sobe às pressas pelas rochas até a estrada, levando o copo de café junto.

— Tucker, espera! — grito. — Primeiro, identifique as pessoas, faça uma gravação. — Quero saber quem está ali, quem veio descobrir em primeira mão o que a polícia consegue encontrar. Devia ter pedido por gravações desde o início. Sou policial de cidade pequena, nunca trabalhei com homicídios, se é que é o caso. O que quero mesmo é encontrar Leena em segurança. Com uma amiga, talvez. Dormindo em algum lugar. Em outra cidade. Em qualquer lugar.

Só não aqui.

Não no fundo de um fiorde escuro, no meio da alga.

Há movimento em um dos botes. Um grito. O auxiliar no barco levanta o braço. A cabeça encapuzada de um dos mergulhadores emerge da água. É o policial Tanaka. Os óculos de mergulho dele reluzem na luz fraca.

Meu maxilar se contrai, e o coração acelera enquanto tento me aproximar aos tropeços pelos pedregulhos. Uma gaivota grasna. A chuva fica mais forte. Em meio à névoa, a sirene de uma balsa da fábrica de celulose solta seu lamento.

— Câmera! — o mergulhador pede ao agente no barco. Uma câmera é lançada para Tanaka, junto a uma boia de sinalização. O policial usa o marcador, um pedaço de madeira flutuante, para indicar onde encontrou alguma coisa. Ele mergulha novamente. Bolhas sobem à superfície, e uma série de ondulações se dispersa. Ele desce outra vez para fotografar o que quer que tenha achado *in situ*, antes de trazer para a superfície. Sei que os mergulhadores tratam a cena subaquática como um detetive faria em terra firme. As observações iniciais de um policial mergulhador podem ser essenciais. A investigação pós-morte se inicia no instante em que ele localiza o corpo, e esse agente precisa entender as particularidades do afundamento, do afogamento e de uma investigação de óbito.

— Uma calcinha — o auxiliar no barco grita para mim, enquanto Tom Tanaka ergue a peça coberta por limo cinza-escuro. Ele a ensaca. — E calças cargo — o homem grita outra vez, assim que o mergulhador traz à tona mais uma peça.

Leena foi vista pela última vez usando calça cargo com estampa camuflada e bolsos nas laterais.

Minha boca fica seca. Estupro agora se tornou uma horrível possibilidade. Penso em como vou dar a notícia a Pratima e Jaswinder Rai.

— A maré está subindo — uma voz diz ao meu lado.

Eu me sobressalto. Tucker voltou. Ainda segurando o café.

— Acho que eles estão quase lá — respondo baixinho.

Outro grito do barco.

O mundo todo parece ficar em silêncio. O único barulho é o da chuva caindo na água. Outra boia sinalizadora é posta na água. Ambos os mergulhadores emergem. Estão com algo grande. Vêm na direção da margem, atravessando as algas. Lentamente.

— Todo mundo saiu da ponte? — sussurro, com o olhar fixo nos mergulhadores.

— Sim, ela foi cercada.

Engulo em seco. É ela. É um corpo. Os homens a trazem boiando na minha direção. Minha visão se embaça de emoção. Eu me aproximo e me agacho.

Entre os mergulhadores está Leena Rai. Balançando com as ondas, virada para baixo, com os braços estendidos. Os policiais estão agora em pé, arrastando Leena com cuidado por entre os juncos. O corpo dela está praticamente submerso na água fria. O cabelo preto se espalha como veludo ao redor de sua cabeça. As nádegas nuas pouco aparecem sobre a água. Uma regata está enrolada em seu pescoço.

Meu corpo fica dormente. Os mergulhadores a viram.

Uma corrente invisível nos atravessa quando a encaramos, horrorizados.

RACHEL

AGORA

Quarta-feira, 17 de novembro. Presente.

Frio invade meu peito enquanto observo a apresentadora de podcast e seu assistente atravessarem a lama com dificuldade a caminho de uma van vermelha estacionada na estrada. Eu deletei as mensagens de voz de Trinity Scott. Todas as cinco que ela me mandou esse mês. Pensava que ela tinha entendido o recado. Um movimento na janela do sótão me chama a atenção, e olho na direção da casa. Granger, observando do escritório dele. Obviamente viu os visitantes.

Seu companheiro, Granger, nos disse, quando viemos na semana passada, que você não ia querer falar comigo, e eu entendo sua objeção.

Sinto a raiva se incendiar em mim. Sei que ele está me protegendo. Sei bem como aquele caso mexeu comigo, e que ele foi o único que ajudou na minha recuperação. Mas ele deveria ter me dito que Trinity e o ajudante dela tinham vindo até Campos Verdes.

Luke O'Leary está em uma casa de repouso. Lúcido apenas parte do tempo.

Por um momento, não consigo respirar. Faço contagem regressiva começando do cinco. Quatro. Três. Dois. Um. Inspiro profundamente o ar frio, expiro lentamente e afasto as lembranças. Ainda assim, enquanto caminho na direção de casa, com minhas galochas grudando na lama e Patrulheiro atrás de mim, sinto a presença das montanhas escondidas ao redor do meu pedacinho de terra no vale. É como se estivessem pesando em mim, junto às nuvens carregadas e à chuva. A proximidade do inverno. Não consigo me livrar completamente da sensação de que algo despertou e está sendo arrancado de onde esteve adormecido no solo escuro da memória e do tempo.

No vestíbulo, arranco as botas sujas e tiro as peças impermeáveis. Pego uma toalha e enxugo Patrulheiro. Ele se sacode de alegria, mas apesar de normalmente achar o prazer do meu cachorro contagiante, agora apenas me inquieto mais.

Granger desceu. Está sentado na poltrona de couro reclinável ao lado da lareira, com os óculos de leitura pendurados no nariz e um manuscrito no colo. Ele é parecerista de artigos em uma revista de psicologia. É especialista no tratamento hipnoterápico de vícios e transtornos de estresse pós-traumático. A maneira como o trauma se aloja tanto no corpo quanto na mente e os mecanismos que as pessoas usam para lidar com o TEPT também fazem parte de suas áreas de interesse.

— Você não me contou — falo em meu caminho para a cozinha.

Ele olha por cima das lentes meia-lua.

— Não contei o quê? — Granger está usando o suéter que tricotei para ele anos atrás, em uma tentativa de aliviar o estresse, antes de comprar Campos Verdes, antes de ele entrar em aposentadoria parcial e vir morar comigo. Seu cabelo está bagunçado. É castanho com fios grisalhos. Ele tem um rosto bonito, com marcas do tempo, do sol e das emoções da vida. Nas prateleiras atrás dele, os livros de psicologia digladiam por espaço com os volumes de filosofia e uma mistura eclética de ficção e não ficção narrativa, em sua maior parte histórias de aventuras solitárias, homem *versus* natureza. Ele foi meu terapeuta antes de nos envolvermos. E agora sei como dei sorte por tê-lo encontrado. Granger é, em muitos sentidos, meu salvador. E é por isso que estou lutando para conter a raiva por ele não ter me falado da visita de Trinity Scott.

— Você sabe o quê — reclamo enquanto pego o bule. — Por que não me contou que a apresentadora já tinha vindo aqui?

— Você quer falar com ela?

— Claro que não. — Encho o bule com água, meus movimentos estão agitados. — Por que eu ia querer ajudar aquela sensacionalista a monetizar a dor de uma família, de uma comunidade, depois de tantos anos? — Coloco água na máquina de café, e derramo um pouco no balcão. — Entretenimento às custas dos outros, gente que nunca pediu para estar envolvida em um crime violento pra começo de conversa? De jeito nenhum.

— Então, não comentei nada. Por que eu ia querer te chatear desnecessariamente? — Silêncio. Eu o encaro.

Ele se levanta e vem até a cozinha.

— Olha, nós dois sabemos o que esse caso fez com você, Rache. — Ele coloca uma mecha de cabelo molhado atrás da minha orelha. — Sabemos o que fez com a sua família... com todo mundo.

Eu me afasto dele e pego a lata de café do armário. Ponho uma colher de pó no filtro, e meus pensamentos se voltam para o meu ex, depois para minha filha distante, Maddy, e as duas netinhas lindas que ela mal me deixa visitar. Esbarro a colher, e café se espalha pelo balcão. Meus olhos se enchem de lágrimas. O assassinato de Leena Rai mudou tudo. Eu. Meu casamento. Meu relacionamento com minha filha. Mudou a cidade. Twin Falls perdeu a inocência na noite em que Leena foi violentada e morta. Aquele também foi o início do fim da minha carreira como policial. Nunca pude seguir os passos do meu pai e me tornar chefe de polícia, como todos esperavam que eu fizesse. Não sei nem dizer o que foi que me derrubou.

Talvez tenha sido Luke.

— Você precisa me contar esse tipo de coisa, Granger.

— Sinto muito. De verdade. Eu te amo, e sabia que isso traria à tona coisas ruins. E eu sinceramente não achei que a mulher...

— Trinity Scott.

— Não achei que Trinity seria insistente a ponto de voltar aqui, muito menos de se esgueirar por trás da casa e ir atrás de você no meio da plantação. Parando pra pensar... — Ele sorri. — Ela me lembra alguém que eu conheço.

Sorrio de leve. Mas a inquietação persiste.

— Clay Pelley conversou com ela. — Observo atentamente o rosto de Granger. — Trinity disse que ele concordou em gravar uma série de entrevistas com ela, e que prometeu explicar por que fez aquilo. — A mudança no olhar dele me diz tudo. Praguejo. — Você ouviu. Você ouviu o podcast dela e não teve coragem de admitir pra mim?

— Rache... — Ele estende a mão na minha direção. Eu a afasto.

— Maldito seja. Por quê? Por que você foi escutar e não me contou?

— Eu fui seu terapeuta. Vivi aquilo em primeira mão. A pessoa pode acreditar que está bem, que superou ou conseguiu compartimentalizar os eventos negativos, mas a memória traumática pode se fixar no corpo. E você escutar a voz dele, se expor a tudo isso... é desnecessário, pelo amor de Deus, Rache. Deixa pra lá. Esquece esse assunto.

Eu o encaro. O sangue me foge da cabeça.

— Quer dizer que... você *escutou*... ele, a voz dele?

Granger fica em silêncio.

— O que ele disse?

A tensão faz uma veia saltar em sua testa. O maxilar dele está contraído.

— Por favor, Rachel — ele sussurra. — Não vale a pena.

Pego o bule e sirvo o café quente na minha caneca.

— Que caralhos o Pelley disse? Por acaso todo mundo lá fora, inclusive o pai e o irmão mais novo de Leena, escutou a voz do estuprador dela?

Ele encosta no meu braço. Tenho um sobressalto. O café cai em minha mão e queima. Ponho a caneca no balcão e o espalmo. Olho para a janela sobre a pia, meu coração retumba. Granger está certo. Escutar o podcast não vai me fazer bem. Olha como já está me afetando. São tantos gatilhos.

— Quer mesmo minha opinião sobre o primeiro episódio? — Granger pergunta com o tom suave.

Aceno que sim, sem olhar para ele.

— A meu ver, Clay Pelley está manipulando uma pseudojornalista jovem e bonita que está ávida por se transformar em uma sensação, fazer o nome dela no campo do *true crime*. Trinity Scott é ingênua, ou só oportunista mesmo. O fato de ele a ter escolhido... subiu à cabeça da moça, deu notoriedade instantânea a ela. As pessoas estão ouvindo o programa porque ele esteve em silêncio até agora, e, por algum motivo, Clayton Jay Pelley começou esse joguinho.

— Por quê? — Minha voz soou fraca. — Por que *agora*?

— Acho que a resposta para isso vai aparecer no decorrer dos episódios semanais do podcast, mas o que ficou claro depois do primeiro episódio, na minha opinião, é que o Clay está se controlando. A Trinity aparentemente recebeu permissão para conversar com ele em sessões de vinte minutos, e ele vai racionar a informação que tem. Vai terminar cada sessão com um gancho tentador só para que a audiência volte a ouvir. Pra que a Trinity volte... pra ele, para a prisão dele. De novo, e de novo. Uma moça jovem e sexy, no tédio do cárcere. Pode ser simplesmente isto: um rostinho bonito que dá atenção a cada palavra que ele diz. Encaixaria com a patologia dele de ter poder e de manipular jovens moças. Mas qualquer que seja o plano, não quero que você também se torne vítima desse jogo doentio dele.

— Talvez ele vá *mesmo* explicar por que fez aquilo.

— Ou talvez vá mentir.

— Mas se ele disser...

— Aí você vai descobrir. Mas não precisa escutar lance a lance, pode só ouvir o placar no final do jogo.

Forço o ar para fora.

Granger se aproxima, segura meu rosto.

— Prometa que vai tentar ignorar isso.

— Quando você ouviu o podcast?

— No dia seguinte ao lançamento.

— Semana *passada*?

Ele parece ficar desconfortável. Respiro por um instante.

— Ele... Por acaso ele falou algo... relevante?

— Não.

— Como estava a voz dele?

— Rouca, como se a garganta estivesse machucada.

Sou tomada pela curiosidade. Analiso Granger por um momento, tentando decifrar seu olhar. Ele me encara sem nem piscar. Forço um sorriso.

— Como sempre, minha rocha. — Eu me estico para cima e o beijo.

Mas quando vou até a lareira carregando minha caneca, sinto uma sombra me acompanhar. Meu companheiro deveria ter me dito. Ele não ter me contado me perturba. E sinto mais uma vez que o assassinato de Leena Rai está equilibrando a minha vida no limiar da mudança.

RACHEL

AGORA

Quinta-feira, 18 de novembro. Presente.

Fui eu, porra. Eu que fiz, ok? Tudo.
A voz de Clay de um passado distante reverbera no meu crânio enquanto me reviro na cama.
Eu violentei e depois matei Leena Rai... Não aguentava a garota, o que ela representava.
Escuto a voz de Luke ecoar pelos corredores do tempo.
Nos conte. O que você fez? Como fez?
E o tom monótono de Clay enche minha mente outra vez.
Bati até acabar com a vida dela. Trucidei a existência dela. Matei, odiei, assassinei. Queria que ela desaparecesse. Que fosse embora da minha vida...
Desisto de dormir e fico deitada ouvindo o som na chuva tamborilando no teto de aço enquanto as lembranças da sala de inquérito ressurgem vívidas em minha mente. O rosto pálido de Clay. As bochechas encovadas. Os arcos arroxeados debaixo dos olhos. O brilho do suor na pele. O cheiro dele: álcool velho. Meu corpo tenso. Luke inclinado para a frente, maxilar contraído, com o olhar penetrante fixo no de Clay. Os outros assistindo a tudo por trás do espelho falso.

A chuva cessa. Lá fora, as nuvens se espalham, e uma poça de luar prateado cobre os lençóis emaranhados da cama. Escuto Patrulheiro roncando e se remexendo na caminha de cachorro debaixo da janela.

Viro a cabeça no travesseiro e observo Granger. A respiração dele é profunda e uniforme, o peito sobe e desce em ritmo constante. Aquele som sempre me acalmou. Faz com que eu me sinta segura. Traz um senso de aconchego, de que está tudo certo. Granger continua a ser uma força estabilizadora em minha vida. Sinto meu peito se apertar de amor. Mas ainda assim, sob o amor jaz um sopro de inquietação latente, uma ansiedade silenciosa e crescente, algo se agitando e se contorcendo nas profundezas do meu subconsciente. Mais uma vez, me reviro, amasso o travesseiro para uma forma mais confortável. Deito novamente. O rosto e as palavras de Trinity emergem em minha mente.

Ele falou comigo...

Em silêncio, para não perturbar Granger, afasto as cobertas. Tateio pelas pantufas aos pés da cama e pego meu roupão grosso. Amarrando-o na cintura, caminho até a janela e cruzo os braços. Observo a paisagem. Minha fazenda. Assombrosa sob a luz da lua. Os galhos das cicutas se retorcem com o vento, dançam a hula para uma melodia que não escuto. Os dedos nus de uma bétula cutucam a janela, como unhas arranhando vidro, tentando entrar. Penso na lua que pairava sobre os picos fantasmagóricos vinte e quatro anos atrás, na noite em que Leena desapareceu na floresta e acabou boiando debaixo da Ponte do Mal. A voz de Trinity volta a se esgueirar em minha mente.

O primeiro episódio saiu semana passada. O segundo saiu ontem. O endereço do site está aí.

Olho para trás. Granger ronca e se vira de lado. Saio de fininho. As tábuas de madeira vão rangendo enquanto faço meu caminho para o andar debaixo, até meu escritório, onde faço a contabilidade da fazenda. Acendo uma lâmpada, aumento a temperatura no termostato e ligo meu computador. Ouço o barulho das unhas de cachorro no chão de madeira. Patrulheiro entra no cômodo e se deita na caminha que deixo ali para ele. Encontro o cartão de visitas que Trinity me deu e digito o endereço do site *É um crime*.

O podcast é produzido por uma pequena equipe. Trinity Scott é a apresentadora. Sophia Larsen é diretora criativa e produtora. Gio Rossi está creditado como assistente de produção. O resto da equipe inclui uma escritora/pesquisadora, uma compositora/editora de áudio e uma ilustradora/designer de mídia.

Clico na biografia de Trinity Scott e analiso a foto da moça. Tem uma beleza não convencional: rosto claro, queixo pontudo, cabelo preto lustroso, corte *pixie*, grandes olhos violeta e um olhar inocente que esconde a ferocidade, ou tenacidade, que senti em pessoa. Isso foi algo que veio com o trabalho de detetive. A pessoa aprende a notar coisas nos outros que nem sempre são imediatamente perceptíveis. Uma habilidade que se mantém até hoje.

Analiso a biografia.

Trinity Scott se autoproclama autodidata com uma paixão por *true crime*, psicologia criminal e ciência forense. Nasceu em uma cidadezinha ao norte de Ontário e se mudou para a região de Toronto depois do Ensino Médio, quando se juntou ao *É um crime*.

Acompanha a biografia uma citação de Trinity que apareceu em um artigo de jornal.

"O mundo sempre esteve cheio de pessoas comuns, todas capazes de crimes extraordinários. São essas as histórias que me fascinam... A verdade é meu único guia... Parafraseando o grande Ben Bradlee, enquanto eu contar a verdade, com consciência e imparcialidade, sinto que posso fazer justiça a uma história. A verdade nunca é tão perigosa quanto uma mentira no longo prazo. Acredito piamente que a verdade nos liberta."

Meu pescoço fica tenso. Meus pensamentos se voltam para Clay Pelley. Para como parecia simpático e "comum" antes. Como confiavam nele os estudantes e a comunidade.

Como ele abusou dessa confiança.

Como segredos guardados permitiram que aquilo acontecesse.

A verdade nunca é tão perigosa quanto uma mentira no longo prazo.

Não tenho tanta certeza disso.

Clico no menu do podcast. O lançamento mais recente é:

O assassinato de Leena Rai — Sob a Ponte do Mal.
Se é preciso de uma aldeia para criar uma criança, também é preciso de uma para matá-la?

Eu me agito. Meu coração acelera. Pego os fones, coloco-os, então vacilo, ouvindo o aviso de Granger soar na minha cabeça.

Qualquer que seja o plano, não quero que você também se torne vítima desse jogo doentio dele.

Se Clayton Jay Pelley vai enrolar alguém, quero saber por quê. Clico no link do primeiro episódio. Música soa em meus fones de ouvido, e, à medida que ela vai ficando mais baixa, ouço a voz de Trinity.

> Twin Falls era uma pequenina cidade industrial no Noroeste do Pacífico quando Leena Rai, uma adolescente de quatorze anos, desapareceu no outono de 1997. Quando Leena não voltou para casa depois de uma festa da fogueira, ninguém quis acreditar no pior. Garotas podem ser violentadas e mortas na grande cidade de Vancouver, que fica a cerca de uma hora de carro de lá, ou até na fronteira do Canadá com os Estados Unidos, em lugares como Bellingham ou Seattle, mas, na comunidade unida de Twin Falls, um lugar em que todos se conhecem, não. A pequena cidade extrativista recebeu seu nome por causa das cachoeiras gêmeas que caem de alturas vertiginosas pelos penhascos de granito da montanha Chief, para dentro do Howe Sound, um fiorde onde orcas, baleias e golfinhos nadam. A cidade em si fica no alto do fiorde e é conhecida como a porta de entrada para a serra escarpada das Montanhas Costeiras e para as paisagens rústicas do interior. Agora é um ponto de esqui e mountain bike, de águias voando nas alturas, ursos, lobos e salmão, que sobe o rio Wuyakan a cada outono para se reproduzir. E como em todos os outonos anteriores, nos dias finais da estação, os peixes mortos apodreciam fedorentos nas margens do rio naquela noite brumosa e deprimente

de novembro de 1997, quando um mergulhador da polícia, tateando pela água turva, tocou a ponta dos dedos no corpo frio de Leena Rai...

MÚSICA TEMA COMEÇA A TOCAR

... Eu sou Trinity Scott, e você está ouvindo *É um crime*. Toda semana vamos lançar um novo episódio, levando você a vinte e quatro anos no passado, para o interior de uma penitenciária, dentro da cabeça e da alma do assassino confesso Clayton Jay Pelley, que, há quase vinte e cinco anos, não professa uma palavra sequer sobre o crime violento que cometeu. Mas, agora, Clayton concordou em nos explicar por que ele estuprou, espancou e tirou brutalmente a vida de uma de suas alunas. Do nada. Ou... será que não? Essa é outra pergunta que farei a Clayton Pelley: houve outras mulheres, meninas, que ele feriu e matou? Também queremos saber: se é preciso de uma aldeia para criar uma criança, também é preciso de uma para matá-la? Terá sido o povo de Twin Falls, mesmo que só um pouquinho, cúmplice da morte trágica de Leena Rai?

Calor faz a minha pele formigar. Olho para a porta. Aumento o volume.

TRINITY

AGORA

Sexta-feira, 10 de novembro. Presente.

Eu me concentro em manter as mãos quietas no colo, mas o nervosismo toma conta de mim. Estou sentada diante de uma mesa parafusada ao chão, na sala de visitas do estabelecimento prisional que fica a duas horas de Vancouver, no alto do rio Fraser. É o meu primeiro encontro com o assassino de Leena, e não estou no meu melhor dia.

O voo corujão desde o aeroporto Toronto Pearson me deixou exausta. Gio e eu pegamos cafés e retiramos a van alugada assim que pousamos. Pusemos o equipamento na mala e viemos direto para a prisão.

Ainda não consegui contato com Rachel Walczak; liguei várias vezes antes de pegar o voo para o oeste, mas ela não retornou minhas mensagens. Gio e eu planejamos ir até a fazenda dela e pressioná-la pessoalmente. A ideia desse formato jornalístico me deixa entusiasmada. Tornar pública a informação em tempo real, enquanto ela ainda está sendo descoberta, ir testando as hipóteses diante do público, faz parte da emoção. Transforma o podcast em uma coisa viva, vital.

À minha frente na mesa está meu notebook. Nele está a primeira bateria de perguntas que escrevi para Clayton Jay Pelley. Ao lado estão um pequeno gravador digital e um lápis.

Estou de jeans preto, moletom simples e folgado e tênis. Tirei o smartwatch, os brincos e pulseiras ainda na van, antes de entrar no prédio. Gio me espera nela, no estacionamento. Passei por uma inspeção, fiz meu cadastro e fui trazida até esta sala, onde agora espero pelo detento. Janelas de vidro reforçado dão visão à sala por dois lados. Tal qual um aquário. Um guarda está a postos do lado de fora da porta. O tempo de visita é de apenas vinte minutos, mas Clayton Pelley aceitou receber várias delas. Eu me preocupo com a possibilidade de que, se algo não for de seu agrado, ele vá dar para trás no acordo que fez comigo. Preciso seguir com cautela, entendê-lo bem desde o princípio, medir minhas perguntas.

O que Clayton Jay Pelley fez a Leena Rai foi bestial. Ele é um monstro. Mas também tem sido um detento exemplar desde que chegou lá, é o que me disseram. Há muitas coisas sobre ele que não se encaixam, coisas que quero descobrir. Por exemplo: o que o fez perder a cabeça naquela noite? Por que Leena Rai? Por que confessou o crime em vez de lutar por uma sentença mais branda e ainda dar à família Rai o julgamento que lhes era devido? Quem é Clayton Jay Pelley quando ele está sozinho com seus pensamentos? Já tinha machucado outras garotas antes de Leena?

Fico ainda mais nervosa. Confiro meu pulso antes de me lembrar que tinha retirado o relógio. Não há relógios na sala. Está quente, abafado. O tempo demora a passar. Começo a balançar a perna. Vou precisar ir ao banheiro em breve. É o nervosismo, ou o café que consumi no caminho. Ou o fato de não terem trazido Clayton Pelley ainda, e isso está me deixando ansiosa.

Esse encontro cara a cara vai me alavancar. Tão certo quanto o céu é azul. Escrevi várias vezes para ele, solicitando uma entrevista. Como também fiz com um punhado de outros condenados encarcerados, todos assassinos, cujos crimes acreditei serem casos dignos do *É um crime*. E Clayton Pelley finalmente respondeu. Fiquei surpresa, depois animada de um jeito que não sei bem como explicar ainda. Preenchi os formulários necessários, passei por todos os canais devidos. Planejei a vinda ao oeste. E me preparei.

O dia finalmente chegou.

Talvez ele dê para trás. Será que *esse* é o jogo dele? Fazer com que eu venha até aqui e depois me rejeitar. Será que ele pretende me fazer implorar?

O que faço se isso acontecer? Olho outra fez para o pulso, praguejo. É força do hábito. Não poder ver a hora está me estressando. Isso e o cheiro deste lugar. Os sons. Repasso na cabeça uma lista para me acalmar.

A porta abre.

Fico tensa. Meu coração começa a bater forte.

Ele entra e para logo abaixo do portal, com o guarda atrás. O homem me analisa. Tem um olhar predador, avaliador. Não se parece nada com as fotos antigas que encontrei dele, tiradas antes de vir para a prisão. Antes de matar Leena Rai. A pele está pálida, enquanto nas fotos era bronzeada. Era um grande apreciador do ar livre, supostamente, e tinha uma cabeleira de cachos castanhos queimados pelo sol. Sua beleza era quase juvenil. Mas tinha apenas 27 anos quando foi preso. Agora tem cinquenta e um. Está mais magro. Endurecido. Mais cruel. Tem olhos penetrantes. Azul-escuros. O cabelo, o que restou dele, foi raspado rente ao couro cabeludo. Uma tatuagem de teia de aranha se agarra ao lado esquerdo de seu pescoço maciço e musculoso. Noto uma cicatriz enrugada atravessando seu pescoço. As mangas do uniforme penitenciário estão enroladas. Os antebraços e costas das mãos estão fechados por tatuagens.

Foco. Não demonstre medo. Não revele nada, ainda não. Você está aqui para catalogá-lo, descrevê-lo mentalmente para repassar aos seus ouvintes depois. Concentre-se em como quer que o primeiro episódio transcorra. Consiga algumas boas frases de efeito. Os primeiros segundos vão determinar a dinâmica de poder. Passe uma primeira impressão dominante.

— Trinnnnity Scott — ele diz, alongando o "n" com o olhar fixo no meu. A forma como ele segura as letras do meu nome dentro da boca dão uma dimensão íntima indecente ao momento, como se ele estivesse assumindo o controle. — Você veio.

Ele caminha a passos lentos até o outro lado da mesa. Seu olhar não se desvia do meu nem por um segundo. Sem pressa, ele se senta. A voz baixa e rouca me faz pensar se a cicatriz no pescoço pode estar ligada a algum dano nas cordas vocais. Talvez outros detentos não tenham gostado de saber que ele abusou e espancou uma menina de quatorze anos até a morte. Tento engolir, apesar da secura na boca.

— Obrigada por me receber. — Eu me xingo mentalmente quando titubeio, o que me denuncia.

Segundos se passam. O guarda espera bem ao lado da porta enquanto Clayton Jay Pelley parece me engolir por inteiro, me consumir. Cada molécula minha. Não sinto que posso impedi-lo. Preciso retomar o controle.

— O guarda precisa ficar aqui dentro? — pergunto.

Ele arqueia uma sobrancelha, olha na direção do guarda. O guarda me olha.

— Está tudo bem — digo.

O guarda sai, fecha a porta e fica do outro lado, de onde pode observar pelo vidro.

— Você se parece com as fotos que estão na internet, Trinity Scott.

— Consegue acessar a internet, então?

Um sorriso moroso, malicioso, surge.

— Ficaria surpresa com o que os presos conseguem acessar.

Ele olha para o meu notebook, e para o gravador na mesa.

— Sr. Pelley, Clayton... Posso chamar você de Clayton?

— À vontade. Fez uma boa viagem?

Estou consciente dos meus vinte minutos se esvaindo.

— Fiz, sim. Se importa? — Aceno para o gravador. — Gostaria de ter a sua voz no programa. Quando estiver pronto, é claro.

Ele umedece os lábios, olha para minha boca.

— Pode seguir.

Ligo o gravador. A luz vermelha brilha: um minúsculo ciclope observando, registrando tudo. Volto minha total atenção para o ponto de vista de minha audiência em potencial, e penso em como formular minhas perguntas de modo a conseguir as respostas que desejo. Fico alerta para diferentes arcos narrativos que possam se apresentar, e para o melhor modo de conduzi-los. Estou ciente de que estou desempenhando um papel nesta produção.

Pigarreio.

— Como mencionei em minha carta, meu podcast é...

— Eu conheço seu podcast — ele fala, com sua voz baixa e áspera. — Já escutei ele. Conheço *você*.

— Eu, sim, eu... não tinha certeza de que você tinha acesso a coisas como essas.

— Tem muitas coisas que você não sabe ainda, Trinity Scott. — De repente, ele se inclina para a frente e bate as palmas das mãos na mesa. Eu dou um pulo.

Ele sorri. Depois ri. É um som rouco e sibilante.

— Mas, pequena Trinity Scott, farei meu melhor para educar você.

Meu estômago se enche de rancor, que se revira em raiva, depois vai minando até algo muito mais profundo, obscuro e complexo. Minha mente se aclara.

— Da mesma forma que "educou" Leena Rai? — falo com os olhos nos dele. — Você era orientador pedagógico dela, também dava aulas à garota depois da escola. Literatura inglesa.

Clayton passa a língua sobre o lábio inferior.

— É verdade. Foi muito recompensador ensinar a ela. Então, me diga, o que você quer saber?

Mudo de posição na cadeira, pego o lápis e o bloco de notas e passo a vista na lista de perguntas, pois já me fugiram da mente. Estou quase sem tempo e preciso de alguma coisa. Decido pelo mais evidente.

— Por que agora, Clayton? Por que nunca falou nada em relação ao crime, e por que decidiu falar agora? — Faço uma pausa. — E não faltaram pedidos ao longo dos anos, de acadêmicos e jornalistas a escritores de *true crime*. Então, por que eu?

Ele se reclina e cruza as mãos atrás da cabeça. O movimento evidencia seus músculos. A linguagem corporal é de dominância.

— Você diz por que falar com uma apresentadora novata bonitinha? Será que é por que Clay Pelley quer olhar para uma mulher jovem, e viva? Quer fazer com que ela venha até ele porque está entediado na cela da prisão depois de tantos anos? Por que não teve nadinha desde a jovem Leena?

Minhas bochechas queimam.

Ele se inclina para a frente.

— O que *você* acha?

Vai com calma.

— Poder — digo. — Seu silêncio era sua forma de manter certo poder, certo controle, sobre Leena e os pais dela. Você os impediu de ter um julgamento. Negou respostas à imprensa. O silêncio era uma espécie de última cartada para manter o controle sobre a comunidade de Twin Falls, a escola, os estudantes. Sobre os detetives que foram atrás de você, que capturaram e prenderam você. — Pauso. — Mas, com o tempo esse poder definhou, porque ninguém mais vem de chapéu na mão implorar para que você fale. Você foi esquecido. Ficou perdido na monotonia do cárcere. Mas então, de repente os podcasts de *true crime* ganham os holofotes, e você recebe minha oferta. E... bem, ela oferece uma distração. Vem mais uma vez a promessa de conseguir certo controle sobre alguma coisa. — Estreito os olhos. — Controle sobre uma mulher jovem.

Um sorriso se torce no rosto dele. Clay inclina a cabeça.

— Mas você também sai ganhando, não? Me diga, Trinity, qual é o *seu* objetivo? Ibope?

— Mais pessoas ouvirem meu podcast. Uma audiência maior. E... esse caso me intriga.

— Meu caso não é tão estranho assim. Um homem estupra e mata uma garota. Acontece. O tempo todo.

— Não é todo dia que o estuprador é um professor. Um marido. Um pai. O que coloca você numa posição mais alta do ranking.

— Acho que vou gostar de você, Trinity Scott. — Ele sorri. Um sorriso profundo. O subtexto sexual é forte.

De repente sinto um mal-estar. Muito café, poucas horas dormidas, adrenalina demais. E eu não gosto dele. Nojo sobe em minha garganta, e, por momento raro e louco, eu me pergunto o que estou fazendo aqui. Mas a hora está passando. Tenho responsabilidades, patrocinadores. Preciso dar cabo disso por muitos motivos.

— Vamos começar com a Leena — digo com firmeza. — Por que ela?

— Você quer saber por que eu a escolhi entre todas as garotas da escola?

— Isso. Obtive cópias de todos os arquivos policiais do seu caso. E, pelas transcrições da sua confissão, Leena não foi apenas uma oportunidade que surgiu na Ponte do Mal naquela noite. Bêbada e sozinha, no escuro, sem ninguém para ver. Você a cultivou. Ela era seu *alvo*. O final sob a ponte foi o resultado. Então, por que Leena?

— Ela não era como as outras.

— Em que sentido?

Uma expressão peculiar aparece no rosto dele. Ele baixa ainda mais a voz rouca.

— Por que ela não era como as outras? Acho que você sabe a resposta. Acho que todo mundo sabe. Leena não era uma das garotas bonitas e sexy. Ela era... sem graça seria dizer pouco, né, Trinity?

Sinto meu sangue ferver.

— Então a aparência dela a colocava à margem? Isso por acaso a tornou um alvo fácil?

— Vamos lá, diga — ele provoca. — Leena era feia. Era assim que ela costumava se descrever mesmo. Era assim que as outras meninas e meninos da escola a chamavam. Todos a xingavam. Balofa. Baleia. Esquisita. Aberração. — Ele me olha nos olhos. — Faziam *bullying* com ela.

— E isso a tornava mais fácil de manipular, por estar carente de afeto? Por ela ser excluída?

— Leena era inapta socialmente e, sim, ansiava por afeto. Precisava de afeto. Mas ela também era talentosa. Por isso que ela estudava inglês duas séries acima, e por isso eu a ajudava com os estudos. Acho que hoje em dia ela provavelmente seria diagnosticada com algo dentro do espectro autista. Era uma poetiza talentosa. Tinha uma alma linda, lá no fundo. Mas as pessoas não conseguiam ver o que estava além da aparência e enxergar a beleza de sua alma.

Fico em choque.

— E aí você decidiu *matá-la*? Porque ela era excluída e tinha uma alma talentosa e bonita?

Silêncio. Uma veia pulsa em sua testa. Ele está me avaliando e reavaliando, talvez o que vai me contar, talvez esteja mudando de ideia.

Eu miro na fresta que encontro em sua armadura.

— Você gostava da Leena?

Um lampejo de emoção cruza os olhos dele. Aquilo me acerta como um soco: Clayton Pelley realmente gostava da menina. Fico intrigada, e meu medo desaparece.

— Ela gostava de *você*, Clayton. De acordo com as poucas páginas do diário dela que foram encontradas. Ela escreveu sobre como você a ensinou o conceito junguiano de sombra. Falou que tanto você quanto ela tinham sombras perigosas.

Ele começa a brincar com a ponta da mesa.

Chego mais perto e digo:

— Ela sonhava em ir embora de Twin Falls. Você era o único que a entendia, de acordo com ela.

Silêncio.

— Ela *confiava* em você, Clayton.

— Eu sou uma pessoa ruim, Trinity.

Mantenho o olhar no dele. Sinto que algo mudou. O ar da sala parece mais pesado, mais quente. Rarefeito.

— É isso que você quer ouvir? Que eu sou um monstro? Porque eu sou. Eu não presto, meu lugar é na prisão.

Eu o examino. Então, lentamente, digo em voz baixa:

— Em que momento você concebeu a ideia de violentar e matar a Leena? Ou, de início, só queria cometer estupro mesmo? Mas aí, como você confessou aos detetives, você odiou o que fez e a espancou até a morte, tirando a garota da sua vida? Uma espécie de projeção?

Silêncio.

O guarda dá batidinhas na janela e levanta dois dedos. Só mais dois minutos.

— Não é muito bonito, não é, Trinity? — A voz rouca dele soa.

Ainda preciso de uma frase de efeito, do gancho perfeito. O tempo está escapando por entre meus dedos. Rapidamente, pergunto:

— O que você quer que o mundo lá fora saiba desse crime? O que os ouvintes devem levar consigo depois do primeiro episódio do podcast sobre o assassino Clayton Jay Pelley?

A porta se abre.

— Quero que o mundo saiba, Trinity Scott, que todos temos nossa escuridão pessoal. Aquela sombra. Até mesmo você. Mas eu *não* violentei Leena Rai. — Ele me observa. Meu pulso acelera. Minha mente se agita.

Clayton abaixa a voz.

— E eu não matei a Leena.

Uma pontada de animação me atravessa. Consegui minha frase de efeito, meu gancho. Posso dar seguimento como um caso antigo não resolvido, propor a pergunta: *O homem errado foi para a prisão?* Eu me obrigo a manter a calma, a não tirar os olhos dos dele, nem mesmo pisco. Não quero nem reconhecer o que isso significa para mim pessoalmente. Meus olhos marejam.

— Se… se não foi você, quem foi?

— Acabou o tempo, Pelley — o guarda diz, então segura o braço de Clayton e o põe de pé. — Vamos.

Clayton resiste. Baixinho, com brilho nos olhos, ele diz:

— Quem quer que seja, o assassino dela ainda está lá fora.

O guarda o conduz para fora da sala. A porta bate.

Fico sentada, aturdida. Do outro lado da janela, enquanto está sendo levado, Clayton olha para trás e ri. Continuo escutando a risada mesmo depois de ele desaparecer no corredor. E posso escutar o eco de suas palavras.

O assassino dela ainda está lá fora.

RACHEL

AGORA

Quinta-feira, 18 de novembro. Presente.

Silêncio ressoa em meus ouvidos. Reclino-me na cadeira, aturdida, ainda com os fones de ouvido. *Mas que diabos?* Volto o trecho final do podcast e dou *play* novamente.

Clayton: Eu *não* violentei Leena Rai... E eu não matei a Leena.
Trinity: Se... se não foi você, quem foi?
Guarda: Acabou o tempo, Pelley. Vamos.
Clayton: Quem quer que seja, o assassino dela ainda está lá fora.
            Música tema toca suavemente
Trinity: Você escutou a fala de Clayton Jay Pelley, condenado por assassinato. Teriam os investigadores do departamento de homicídios de Twin Falls prendido o homem errado? Teria Clayton mentido quando confessou em 1997? Ou está mentindo agora? Será verdade que o assassino de Leena está por aí? Livre, vivendo e trabalhando entre os residentes de Twin Falls, ou talvez tenha ido caçar garotas em outros lugares?

Teriam os detectives Rachel Walczak e Luke O'Leary permitido que um monstro perigoso escapasse?

Volume da música tema aumenta

Trinity: Junte-se a nós na próxima semana, quando levaremos vocês a 1997, e questionaremos: quem era Leena Rai e como a comunidade falhou com ela? Como um monstro conseguiu passar despercebido entre os cidadãos da pequena cidade do Noroeste do Pacífico? Também esperamos trazer para vocês, em primeira mão, o passo a passo da investigação feita pela detetive Rachel Walczak, que agora está aposentada, levando uma vida reclusa em sua fazenda de orgânicos nas montanhas. Não muito longe da cidade em que perseguiu um assassino.

Estarrecida, encaro a janela sobre minha escrivaninha. Através do meu reflexo, o amanhecer se infiltra pelo céu com um cinza lânguido. O vento balança as árvores. Parece que vai nevar.

— Rachel?

Sobressaltada, me viro na cadeira.

Granger, de pé na porta do meu escritório, com a mão na maçaneta. Tiro os fones.

— Por que não bateu? O que você quer?

— Mas eu bati. — Os olhos dele se voltam para o computador. O site está em plena vista no monitor. As palavras *É um crime* estão estampadas no topo. As letras brancas contra o fundo preto estão sublinhadas com uma fita policial amarela e preta.

— Eu tinha que ouvir — sussurro. — Como não ouviria?

Ele inspira, suas feições estão tensas, o olhar decepcionado.

— O Clay disse que não foi ele — falo.

Granger pragueja baixinho.

— Eu disse a você, Rachel. Disse que é um jogo para ele. Ele...

— Você não me disse *isso*. — Aponto para a tela. — Perguntei se ele tinha dito algo relevante. Você disse...

— Relevante? Isso não é *relevante*, Rachel. É uma mentira. Uma mentira descarada. — Ele prageja outra vez e passa a mão pelos cabelos molhados do banho. — Você acredita mesmo que, se Clay Pelley fosse inocente, ele teria ficado quietinho lá penitenciária por vinte e cinco...

— Quatro. Vinte e *quatro* anos.

— Certo. Vinte e quatro anos. As evidências contra ele eram irrefutáveis e copiosas. E mais: ele confessou com detalhes precisos a maneira exata como Leena Rai morreu, com informações que ninguém além da equipe de investigação poderia ter. Além disso, ele se declarou culpado. Ele só está brincando com Trinity Scott, com a família da Leena, com *você*, com todos nós. Isso me irrita, ok?

— Trinity mencionou meu nome, Granger. Ela me expôs, lembrou a todo mundo que eu era a detetive-chefe no caso. E agora soltou a pergunta: será que botamos o cara errado na prisão? E deixou claro que me convidou para fazer parte do programa. Vai levantar dúvidas quando ela anunciar que me recusei a participar.

Ele me avalia, como se estivesse se preparando, sabendo o que eu diria em seguida. E eu digo.

— Trinity me contou que o Luke está morrendo, que ele está em uma casa de repouso. — Minha voz vacila.

Granger empalidece, e seu rosto se contrai.

— Você sabia? — pergunto.

— Ela... menciona no episódio seguinte.

— Então você sabe que Luke O'Leary está morrendo. E não me disse nada.

Ele me encara.

— Pelo jeito isso também não é relevante, né?

Ele continua em silêncio.

Pragejo, fico de pé e passo esbarrando por ele. Vou na direção da cozinha para fazer café. Em vez de me seguir, ele avisa:

— Vou na cidade, tomar café no Cervo.

O tom dele me dá calafrios. O Cervo é um restaurante que fica a pelo menos quarenta e cinco minutos dali. A porta da frente bate. O som ecoa pela casa de madeira. Em poucos instantes, escuto o motor da Harley rugir, e o barulho da moto rugindo pelo caminho de cascalho até desaparecer ao longe, seguindo a estrada molhada e sinuosa do vale.

Apoio as mãos no balcão da cozinha e abaixo a cabeça, tentando acalmar a respiração. Mas sinto uma enxaqueca vindo. No meu peito, eu sei por que ele nunca me contou do Luke. Claro que sei. É porque agora que estou ciente de que Luke O'Leary está morrendo, eu vou visitá-lo. Como não iria?

Histórias não terminam, Anaïs Nin escreveu.

Estava claro que a história de Leena Rai ainda não havia acabado. Eu me iludi ao pensar que nós tínhamos chegado a alguma conclusão. Mas não foi o caso. Tudo que fizemos foi enterrar o episódio inteiro debaixo da terra do tempo, onde permaneceu adormecido em silêncio, estação após a estação. Agora Trinity está arando a terra, revirando o solo, e brotos estão começando a nascer, a se desenrolar e a crescer em direção à luz.

Se é preciso de uma aldeia para criar uma criança, também é preciso de uma para matá-la? Terá sido o povo de Twin Falls, mesmo que só um pouquinho, cúmplice da morte trágica de Leena Rai?

Saio da cozinha e vou até a porta que leva para o porão. Hesito ali, mas ela range quando a abro. Ligo a luz no topo da escada e começo a descer com cuidado. Na parte de baixo, acendo uma lâmpada pendurada por um fio. Ela começa a balançar, e as sombras no porão ganham vida. Elas correm e se escondem atrás de mim enquanto caminho na direção de uma estante de ferro que cobre a parede do fundo. O cheiro úmido do mofo me enche as narinas. Partículas de poeira flutuam perturbadas diante de mim.

Removo as teias de aranha das caixas de arquivo nas prateleiras enquanto confiro as etiquetas. Enfim, encontro a caixa que buscava. Ela contém fichários velhos, notas da polícia, cópias dos relatórios de autópsia de Leena Rai, transcrições de entrevistas com testemunhas, o interrogatório de Clay Pelley, cópias de fotografias: guardei tudo, pois esse caso havia me engolido.

Puxo a caixa da prateleira e a levo para o andar de cima, para meu escritório. Eu a deposito sobre a mesa e levanto a tampa, que sai com uma nuvem de poeira que me faz tossir. Em cima da pilha de documentos está o relatório da autópsia.

Meus pensamentos vão se arrastando pelos caminhos obscuros do tempo. Sem pressa nenhuma, estendo a mão para pegar o relatório.

Caso nº 97-2749-33. Falecida.

RACHEL

ANTES

Segunda-feira, 24 de novembro de 1997.

O necrotério fica nas entranhas de concreto do hospital de Vancouver. Os mortos são mandados para lá de outras unidades de saúde da região metropolitana de Vancouver, do distrito regional de Sunshine Coast e do corredor Sea to Sky. O médico patologista também conduz autópsias a pedido dos serviços de medicina legal da Colúmbia Britânica e do território de Yukon.

Estou de luvas, paramentada e com sapatilhas descartáveis cobrindo meus sapatos. Estou aqui para observar, tomar notas e documentar qualquer evidência que seja retirada do corpo. Ao meu lado, similarmente trajado, está o sargento Luke O'Leary, um detetive de homicídios da Real Polícia Montada do Canadá. O chefe do departamento de polícia de Twin Falls, Raymond Doyle, pediu assistência à RPMC na investigação do assassinato. É um caso de alta visibilidade. Está atraindo a atenção incessante da mídia nacional. Os repórteres clamam por respostas sobre como a jovem adolescente foi morta e por quem. Um assassino violento está a solta. Nossa comunidade teme por suas jovens. E o departamento de polícia de Twin Falls é minúsculo. Temos pouca experiência com homicídios, e nossos recursos são escassos. Com o sargento O'Leary vêm também os técnicos forenses da RPMC, a utilização dos laboratórios criminalísticos da RPMC, e ainda quaisquer outros especialistas e mão de obra adicional de que possamos precisar.

Luke é um policial robusto, de aparência severa, cabelos loiros e olhos azul-claros. Um investigador de homicídios experiente que começou a carreira como oficial no batalhão de ações com cães. Ele me contou na viagem até Vancouver que ainda se voluntaria nas equipes de busca e salvamento da província, ajudando os tratadores a treinar os cães. Chuto que Luke tenha quarenta e poucos anos. A patologista que nos atende hoje é a dra. Hannah Backmann, uma mulher de cabelos grisalhos com cara de que já passou muito da idade para se aposentar. Ela é assistida por um jovem necropsista e uma estudante de medicina. Tucker está presente para tirar fotos.

Leena está deitada na maca diante de nós. Está nua, exceto pelo sutiã e a regata ainda enrolada no pescoço, do jeito que a encontramos. Um suporte equilibra sua cabeça. O rosto foi completamente esmagado e lacerado, está irreconhecível. Meu estômago se embrulha. O maxilar se contrai. Não presencio uma autópsia desde a academia de polícia. Tenho que aguentar até o fim sem botar meu café da manhã para fora. Preciso fazer isso por Leena.

Pelos pais dela.

Pelo irmão mais novo, Ganesh, e pelo querido primo mais velho, Darsh, que a adorava. Também pelo tio e tia devotados que patrocinaram a vinda dos pais de Leena da Índia até aqui, quinze anos atrás. Preciso fazer isso pelos alunos da escola de Twin Falls, pelos professores. Pela minha cidade. Preciso fazer isso pela minha própria carreira se for seguir os passos do meu pai e provar que posso liderar o departamento de polícia no futuro, como ele esperava que eu fizesse.

E pela minha filha, que tem a mesma idade que a garota violada deitada na maca.

— Você está bem? — Luke sussurra. Aceno que sim, sem olhar para ele.

O ar é pesado e desanimador como o clima lúgubre de novembro lá fora. A dra. Backmann dá início ao exame externo, narrando as próprias ações para um dispositivo de gravação suspenso.

— Caso número 97-2749-33 — ela fala com sua voz rouca de fumante.
— Vítima do sexo feminino. Falecida. Aparência sul-asiática. A garota mede 1,67 de altura; 82 kg.

A garota.

Foi isso que Leena se tornou.

O número de um caso. A falecida reduzida a medida e traços gerais de aparência.

— A vítima tem marcas evidentes de espancamento — Backmann continua. — As mais severas na região frontal de seu rosto. Vê-se contusões, lacerações e edemas, que formam uma máscara quase completa subindo até o osso do crânio... O nariz parece quebrado. Há detritos na epiderme, fragmentos de rocha e terra.

A médica patologista continua a examinar a pele sensível na parte interna dos braços de Leena. Seu toque é gentil.

— Sem marcas aparentes de agulha. Sem sinais evidentes uso de drogas. — O flash da câmera brilha. — Há escoriações na parte externa dos braços.

— Ferimentos defensivos? — Luke pergunta.

— Seria consistente, sim — Backmann responde. Ela examina as mãos e dedos de Leena. — Unhas quebradas ou arrancadas. — A médica dirige a atenção ao resto do corpo. — Sem indicativos externos de enfermidades. Garota de aparência saudável.

O flash da câmera brilha novamente. Noto que as mãos de Tucker estão tremendo. A pele de sua testa reluz de suor. Consigo sentir o cheiro do estresse nele, sob as camadas de formol e desinfetante que permeiam a sala fria.

As mãos da dra. Backmann, entretanto, permanecem firmes; sua postura, tranquila. Ela é notória em seu campo de atuação. No caminho para cá, Luke me contou que a médica ganhou experiência em ferimentos por arma branca estudando perfurações na pele de porcos, e aprendeu a identificar sinais de afogamento cutucando os pulmões de gatos afogados. Não deixo de notar as similaridades com como um assassino em série pode aperfeiçoar sua técnica com pequenos animais. Enquanto Luke me contava essas coisas, olhava para mim e sorria. Foi quando me dei conta de que, apesar do exterior durão e da experiência macabra, o sargento O'Leary era um homem doce, com grande senso de humor, e que estava tentando me acalmar. Ajudou, um pouco. Mas também não ajudou, porque odeio ser um livro aberto. Odeio que ele consiga identificar meu desconforto com tanta facilidade e perceber que me falta experiência profissional nesses casos.

— O corpo está intacto — a médica fala com a voz rouca dela —, mas a pele das mãos e dos pés está começando a descolar. — Mais um flash da câmera. — Estimo que está há cerca de uma semana na água fria.

Limpo a garganta antes de falar.

— Então ela provavelmente está no rio desde pouco depois da festa, no dia quatorze de novembro, a última noite em que foi vista?

A dra. Backmann olha na minha direção.

— Ou nas primeiras horas do dia quinze. Seria consistente com minhas primeiras observações externas.

São feitas raspagens debaixo das unhas de Leena. E amostras são retiradas da boca e da região vaginal. Então, com a ajuda do assistente, a patologista remove o sutiã de Leena e desenrola e corta com cuidado a regata presa em seu pescoço. As peças são colocadas em sacos de evidência para as que eu as catalogue. Depois, serão enviadas ao laboratório de criminalística da RPMC.

— Secreção nasal com sangue. Humm... — Ela aproxima a lupa. — Parece haver uma espécie de queimadura térmica na parte interna da narina esquerda. — Ela se inclina mais para perto. — Há também uma marca vermelha circular próxima ao centro da testa. Feita por algo quente. De formato circular. — O flash da câmera brilha.

— Talvez um cigarro aceso? — Luke pergunta.

Olho para ele.

— Já vi antes — ele explica em voz baixa. — Normalmente no interior dos braços. Muitas vezes em crianças, infelizmente.

A dra. Backmann acena em concordância.

— Os ferimentos são consistentes com queimaduras de cigarro.

— Alguém apagou um cigarro na testa dela? — pergunto.

— E possivelmente dentro do nariz — a doutora fala, apontando.

Silêncio invade o necrotério. Estou passando mal.

A dra. Backmann apanha a pinça e começa a extrair os detritos dos ferimentos nas bochechas e testa de Leena.

— Pedras pequenas, terra, algumas carumas e... lascas de casca de árvore. Uma casca fibrosa. — Ela deposita os detritos na bacia de metal que o assistente segura próximo a ela.

— Os técnicos forenses encontraram sangue na base de um cedro debaixo da Ponte do Mal, no lado do norte. Poderia ser casca de cedro? — pergunto.

— Logo saberemos se isso corresponde à árvore e se o sangue lá é de Leena — Luke diz, com atenção firme no corpo.

— Contusões na região da clavícula. — A dra. Backmann continua a avaliação externa. — Um hematoma grande do lado esquerdo da laringe. Parece ter sido causado por uma pancada, como um golpe de caratê — ela explica.

— As marcas vermelhas em cima de ambos os ombros... Estranhamente simétricas... Praticamente um círculo em cada lado. — A legista abre a boca de Leena. — Os dentes estão trincados, e a língua, presa entre eles.

Os segundos parecem se alongar enquanto o exame se volta aos indícios de abuso sexual.

— Evidência de trauma genital... laceração vaginal.

Sou alvejada por pensamentos em minha filha. Raiva aperta a minha garganta.

— Então... ela sofreu abuso sexual?

— Os inícios são consistentes com ato sexual forçado pouco antes da morte.

— Sêmen? — Luke pergunta.

— Os resultados laboratoriais das amostras nos dirão mais — a médica responde. — Mas ela passou uma semana na água, e se foi feito uso de preservativo...

— Talvez não tenha restado nada de útil — Luke completa.

A dra. Backmann pede ajuda do assistente para virar o corpo.

— Contusões extensivas também estão evidentes nas costas da vítima. Há um hematoma com padrão similar ao contorno de uma bota ou sapato... consistente com um pisoteio. — Ela mede o hematoma. — Vinte e oito centímetros. — O flash da câmera brilha. Tucker vai até o outro lado para encontrar um ângulo melhor e tira outra foto.

Minha raiva se acentua, fazendo minha testa ferver. Minha pele está quente e suada, apesar da baixa temperatura no necrotério.

— O cabelo dela é longo, preto e basto — a médica fala baixinho, deixando cair a fachada clínica por um instante. A rachadura na armadura profissional, o feixe repentino de ternura, quase me desfaz. Aperto a boca com força, esforçando-me para manter cativas as minhas emoções enquanto o necropsista começa a cortar as madeixas escuras. O cabelo vai caindo do crânio de Leena. Em meus pensamentos, eu o vejo boiar como veludo na água escura, por entre as algas. Uma Ofélia nos juncos, cercada de peixes mortos.

— Oh, o que temos aqui? — A médica aproxima a lupa. Ela faz menção para que Tucker se aproxime e aponta para um brilho prateado. — Emaranhado no cabelo dela... — Ela extrai uma espécie de pingente preso a uma corrente quebrada. A patologista o ergue com a pinça para que nós o observemos. É um medalhão.

Meu rosto fica pálido.

O medalhão é do tamanho de uma moeda. Tem uma pedra roxa no meio, incrustada em um engaste em filigrana prateada.

— Parece um cristal, uma ametista — Luke diz enquanto se inclina para analisar o achado mais de perto — A filigrana ao redor da pedra... tem o formato de múltiplos nós celtas. — Ele olha para mim. — Minha mãe tem um pingente com esse design, comprou na Irlanda. Disse que um bocado das lojas turísticas vende bugigangas similares. O nó celta supostamente representa eternidade ou continuidade, ou, no caso da minha mãe, a Santíssima Trindade. Pai, Filho e Espírito Santo. Ela era católica devota.

Por um momento, sou incapaz de respirar. Meu coração acelera. Pigarreio.

— Os pais de Leena não mencionaram nenhum medalhão na descrição do que a filha usava quando reportaram o desaparecimento dela.

— É uma ocorrência comum — Luke diz. — Os pais acham que sabem mais dos filhos do que sabem de verdade. Por exemplo, você sabe que acessórios a sua filha está usando hoje?

Volto a atenção para o crânio de Leena com o cabelo recém-cortado.

— Não — respondo em voz baixa.

A dra. Backmann deposita o medalhão em uma bacia de metal com formato de rim. O necropsista o ajusta mais para o lado.

A patologista continua o relato.

— Há também uma marca clara do padrão de uma sola de sapato ou bota na parte de trás da cabeça da vítima. Mesmo tamanho e padrão que o das costas. Também consistente com um pisoteio.

Começo a me sentir dissociada do meu corpo.

Leena passa pelo raio X. O exame não mostra ossos quebrados, exceto o nariz. Nenhum deslocado também.

A médica prepara o bisturi. Perco-me em labirintos mentais na tentativa de escapar do momento em que a ponta afiada é pressionada na pele escura. Visualizo os olhos castanho-escuros atormentados de Pratima. Vejo o maxilar contraído de Jaswinder e a maneira como as mãos dele se fechavam e se abriam enquanto eu relatava como encontramos a filha deles no rio.

Uma incisão em Y é feita a partir dos ombros, depois um corte reto descendo até o umbigo. Eles abrem Leena como se descasca uma fruta e afastam as costelas dela, que se sobressaem.

— Dano aparente considerável no fígado e pâncreas — a dra. Backmann anuncia. — Evidências de múltiplos golpes sofridos na região abdominal... As camadas da parede abdominal estão seriamente feridas em vários locais. — A sensação de claustrofobia aumenta. Minha visão se embaça. As palavras da médica ficam distorcidas. — Órgãos esmagados. Separação dos tecidos adiposo e muscular. Dano mais severo no torso... Evidência de sangramento interno no tórax e porção inferior do abdômen... consistente com chutes ou pisadas vigorosos na região abdominal... Danos a pélvis, estômago, fígado, pâncreas... Mesentério rasgado. O mesentério é o órgão que une os intestinos à parede abdominal posterior nos humanos. — A médica olha para cima.

Forço-me a manter o foco.

Ela continua, com calma:

— É similar ao que esperaria encontrar em um ferimento de compressão violento. Algo que ocorre com frequência a vítimas de acidentes de carro. Essa menina passou por maus bocados. É como se ela tivesse sido ejetada de um carro que caiu daquela ponte.

O coração de Leena é removido, pesado. O cérebro também.

— O cérebro está inchado, com nível substancial de hemorragia e trauma. Há concussões o suficiente para causar desmaio.

Os pulmões são removidos, depois pesados.

— Exame interno dos pulmões mostra substância branca espumosa...
— A médica remove quadro pedrinhas. Elas tilintam ao serem derrubadas na bacia erguida ao lado dela. A patologista encontra mais cinco pedrinhas e as derruba na bacia. Olha para nós por cima das lentes dos óculos meia-lua. — Devem ter sido aspiradas por conta da respiração agônica. — Ela pausa, seus olhos ainda nos mirando. — Provavelmente ela deu seu último suspiro com a cabeça pressionada no fundo do rio, onde os seixos ficam. As marcas circulares nos ombros... podem ser de joelhos... prendendo-a.

— Ela foi afogada — digo. — Alguém subiu nela, se ajoelhou em seus ombros, segurou a cabeça debaixo da água até que ela inalasse os seixos.

— Meu relatório vai apontar morte por afogamento — a médica avisa — Mas, se a vítima não tivesse entrado na água, é bem possível que teria sido pelo trauma do ataque, o inchaço cerebral a teria matado de toda forma. Mas ela estava viva quando foi afundada na água e mantida lá. — Ela hesita, o comportamento sério falseia. — Quem quer que tenha feito isso... é um monstro.

RACHEL

AGORA

Quinta-feira, 18 de novembro. Presente.

Fecho o relatório de autópsia da dra. Hannah Backmann, mas a manhã no necrotério segue vívida na minha mente. O corpo de Leena foi liberado naquele mesmo dia, mas a análise completa e o relatório final levaram mais duas semanas para sair. Coloco o relatório na mesa e olho para o relógio na parede. Granger ainda não voltou. Nem ligou para dizer quando volta. Eu o decepcionei. E, em troca, ele me irritou. Ele devia saber que esconder coisas de mim não dá certo, especialmente em relação a esse caso. E, depois de ter escutado o primeiro episódio do podcast, não vou conseguir de jeito nenhum deixar o assunto enterrado.

A voz rouca de Clay serpenteia em meus pensamentos.

Eu não matei a Leena... Quem quer que seja, o assassino dela ainda está lá fora.

Tenho quase certeza de que Clay começou algum joguinho doentio com Trinity, mas não consigo sufocar a preocupação mais profunda e obscura que cresce dentro de mim. E *se* ele estiver dizendo a verdade? E se nós tivermos mesmo cometido um erro, deixado passar algo?

Da caixa, retiro fichários cheios de protetores plásticos de página com três furos, eles guardam cópias das transcrições das entrevistas feitas com os estudantes, amigos, pais, professores, membros da família e outras testemunhas. Os fichários também contêm transcrições dos interrogatórios de Clayton

Pelley, a transcrição da confissão dele, fotos das provas, cópias de exames laboratoriais, cópias das poucas páginas arrancadas do diário de Leena, além dos meus cadernos e anotações de Luke.

Começo a espalhar as coisas sobre a mesa, ordenando-as, mas paro quando avisto uma fotografia cedida ao departamento de polícia de Twin Falls pelos pais de Leena quando reportaram o desaparecimento da filha.

Levanto a foto e encaro o rosto da garota morta. Então me perco nas lembranças do dia em que eu e Luke saímos do necrotério debaixo de uma chuva fraca e voltamos a Twin Falls para informar aos pais de Leena, em detalhes, como a filha havia morrido.

Esta mesma imagem estivera sobre a lareira da casa humilde da família Rai.

Deixo a foto na mesa e puxo outra. Um grupo de seis garotas entre 14 e 15 anos, com braços ao redor umas das outras, cabeças juntas, só riso e alegria. Parece uma fotografia profissional e não fez parte das evidências policiais, mas eu a guardei nesta caixa. Por trás das meninas está uma fogueira. Vejo os esquis queimando e as chamas lançando fagulhas alaranjadas na direção do céu aveludado. A luz refletida no rosto das garotas vem dourada do fogo. E a floresta atrás forma um fundo preto de silhuetas e sombras.

Encaro a imagem presa no tempo. Os olhos brilhantes e sorridentes das meninas, a promessa da juventude cintilando e brilhando ao redor delas. Foi nesta noite que Leena desapareceu, não muito depois de esta foto ter sido tirada. A noite em que tudo mudou. Uma sensação gelada rasteja e se enrola em meu peito enquanto observo mais atentamente a foto. Então a ponho de lado com cuidado.

Esvazio o restante da caixa e encontro o que procuro. O medalhão, ainda no saco de evidência, que acabou indo para o fundo da caixa. Apanho o saquinho, abro-a e derramo o colar em minha mão. Está frio, estranhamente pesado. A corrente partida balança entre meus dedos, e o cristal roxo cintila.

A pedra é uma ametista, variante violeta do quartzo. Acredita-se que oferece proteção espiritual, que cria um escudo de luz protetor ao redor do corpo, purificando a energia de quem a utiliza e afastando forças obscuras.

Não protegeu Leena.

O medalhão foi o único item que os pais dela não quiseram de volta.

TRINITY

AGORA

Sexta-feira, 10 de novembro. Presente.

Saio da penitenciária com adrenalina correndo em minhas veias. Gio me espera na van. Ele me vê correndo pelo estacionamento na direção do veículo e sai do carro, parece preocupado.

— Tudo certo? — pergunta.

— Caralho, conseguimos o furo! Conseguimos o *furo*. — Meu corpo inteiro está eletrizado, o cérebro zunindo.

— O que houve? — A expressão dele é de clara confusão.

— Entra. Você dirige. Vou contando no caminho para Twin Falls. — Eu seguro a maçaneta da porta do passageiro.

Gio hesita, depois se senta do lado do motorista e dá a partida. Ponho o cinto de segurança, depois jogo a cabeça para trás e começo a rir.

— Jesus, Trin, desembucha.

Olho para ele. Dá para ver que está me achando louca. Mas Gio não entende o quanto aquilo é importante para mim. Eu mesma mal estou ciente disso.

— Clayton Jay Pelley disse que *não* estuprou, nem espancou ou afogou Leena Rai.

— Como é?

— Ele disse que o assassino ainda está à solta.

Ele me encara, pisca abismado.

— Clay Pelley disse isso?

— Hum-hum.

— Em gravação?

— É.

— Cacete. — Ele pausa um momento. — E você acredita nele?

— Não importa, Gio! Não entende? É o gancho de que a gente precisava. Ganhamos a série toda de bandeja. Não é mais só uma história de um crime real falando sobre por que um professor aparentemente normal e bonzinho fez algo assim com uma estudante. Agora virou um caso antigo não resolvido.

— Mas se ele estiver mentindo...

— Como eu disse, não importa. É só a premissa que vamos usar para dar seguimento. Posso perguntar: ele está mentindo agora ou mentiu antes, quando confessou? Se estiver dizendo a verdade, em que os policiais erraram lá trás? Por que ele confessou? Será que foi coagido? Será que foi uma confissão verdadeira? E por que se declarar culpado em juízo? Por que se manter em silêncio por tanto tempo? E por que abrir a boca agora, depois de tantos anos?

— Mas se ele estiver mentindo agora...

— É exatamente isto que vai fazer as pessoas ouvirem: saber se Clayton Jay Pelley está mentindo, ou se os investigadores responsáveis ferraram com ele, ou só fizeram merda no geral. — Sorrio. — Vamos poder ser detetives em tempo real, e os ouvintes vão nos acompanhar. Assim como eles, a gente também não sabe o final. Vamos revelar as informações à medida que as descobrimos... É o novo escopo do *true crime*.

— E o Clayton é quem puxa as cordas.

Caio no riso.

— Mas não importa, importa? Se ele estiver fazendo um joguinho, é parte do entretenimento. Temos, pura e simplesmente, uma exclusiva aqui, Gio.

O riso chega lentamente aos seus lábios, e os olhos ganham brilho. Gio ganha força, sensualidade, beleza. É como se eu o tivesse tocado com minha própria corrente de animação, e agora minha energia crepita nos olhos e corpo dele, refletindo minhas emoções. Por um nanossegundo, eu me sinto atraída, mas logo meto aquilo no canto frio em que escondo a maioria dos meus sentimentos verdadeiros. Gio é um empata. Quando estou triste, ele ecoa o sentimento. Dá muito trabalho. É muita responsabilidade. Por mais que eu saiba que ele me ama, não posso retribuir, porque esse tipo de relacionamento não vai me fazer bem. Sei disso no meu âmago. E aprendi do jeito difícil. Mas também não poderia pedir um produtor melhor que o Gio, e ele faria tudo por mim, por isso o mantenho por perto.

— Vai, acelera — digo. — Coloco a entrevista pra passar no caminho.

Gio dá ré. Saímos do estacionamento e nos juntamos ao trânsito. Ele liga o limpador de para-brisa assim que a sempre presente chuva do Noroeste do Pacífico começa a bater no vidro.

Conecto o *bluetooth* aos alto-falantes da van e executo a gravação, ouvimos em silencio enquanto Gio dirige.

Ele permanece em silêncio por um bom tempo depois do fim da entrevista. As últimas palavras de Clayton, a risada dele, reverberam no nosso cérebro. A essa altura estamos na entrada de Vancouver. A ansiedade toma conta de mim, e, à medida que nos aproximamos de Twin Falls, outra coisa me vem ao peito. Um suspiro de medo, talvez... do desconhecido. Do que vou encontrar. Mas isso deveria ser uma coisa boa. Eu *deveria* ter medo e fazer as coisas mesmo assim. Esse era para ser o meu mantra.

E como se pensasse em voz alta, Gio diz:

— Foi ele. Tem que ter sido. É absurdo pensar o contrário. A gente viu as transcrições, as fotos das evidências, os resultados dos testes de laboratório. Tudo se encaixa. As provas batem com a confissão.

— Exceto a parte que não se encaixa. — Viro-me no banco. — Alguns nós não foram amarrados. Algumas perguntas não foram respondidas.

— Porque ele confessou. Por que prosseguir com a investigação se... Bem, se ela se encerrou? O vilão confessou, disse aos policiais exatamente como fez, passo a passo.

— Ainda assim, tem a história dele quanto a jaqueta, que é... esquisita. E o medalhão. Os fatos em torno disso nunca foram esclarecidos. O restante do diário da Leena nunca foi encontrado. Por que aquelas páginas foram arrancadas? E, mesmo se ele for *mesmo* o culpado, o crime foi tão violento, tão brutal, com tanta agressividade envolvida, que é difícil imaginar que um homem até então bonzinho tenha se transformado de maneira tão extrema. É como se... ele tivesse que ter feito algo assim antes. Praticou antes de chegar a esse resultado. Pode haver outras.

— Ai, agora você está sendo sensacionalista.

Dou um sorriso largo e me reclino no banco.

— Pode até ser. Mas dá um bom material para o podcast.

Passamos sobre a ponte. Abaixo de nós, navios-tanque se arrastam pelas águas cinza-metálico do fiorde Burrard Inlet. Nuvens rosê caem sobre a cordilheira North Shore. Mais uma hora de viagem pela rodovia que serpenteia acima das águas do fiorde e chegaremos a Twin Falls. Finalmente. Depois de tanta pesquisa, agora uma visita de verdade. Vou entrevistar o máximo de pessoas que conseguir encontrar e que tenham ligação com o caso, ou que conheciam os principais envolvidos. Entre entrevistas faremos um bate-volta na prisão com mais perguntas para Clayton Pelley. E, durante tudo isso, começaremos a lançar os episódios.

Repasso mentalmente ideias de roteiros para os vários episódios. Além da primeira sessão com Clayton, temos na manga uma entrevista anterior com um dos mergulhadores que encontrou o corpo. Fizemos a entrevista em Toronto, antes de viajar para o oeste. Talvez inicie com o descobrimento do corpo, e avance para um seguimento que pergunta: quem era Leena Rai?

RACHEL

ANTES

Segunda-feira, 24 de novembro de 1997.

— Minha filha foi... estuprada? — Jaswinder Rai mal consegue dizer as palavras, mas a necessidade que sente de saber se sobrepõe ao medo. Ele está sentado próximo a Pratima no sofá de estampa floral, de frente para mim. Luke ocupou uma poltrona ornamentada à minha direita; ele faz a mobília parecer tão pequena que seria cômico se não fossem nossas péssimas notícias. Percebo que está me observando. É pouco mais de meio-dia e já estamos cansados. Eu, pelo menos, estou. Começamos cedo e viemos de carro direto do necrotério para dar pessoalmente a notícia da morte da filha dos Rai.

— Há sinais de abuso sexual, sim — falo com tato.

— Como assim *sinais*? — Pratima pergunta com a voz trêmula. O corpo todo da mulher treme, fazendo o lenço de *chiffon* que cobre seu cabelo bater de leve em suas bochechas.

— Havia... — Limpo a garganta. — Lacerações vaginais indicando ato sexual forçado.

Pratima cobre a boca com a mão. Os olhos brilham. O marido põe a mão no joelho dela. Os olhos dele, escuros como carvão e ferozes debaixo do turbante vermelho, me perfuram. Em seu rosto está marcada a ira que tenta suprimir.

— E depois de ela ser violada, foi espancada, chutada e afogada no rio?

— Não temos certeza ainda da sequência exata, mas, sim, a causa da morte foi afogamento. Eu sinto muito.

— Então... então o motivo para o ataque foi esse? — Jaswinder pergunta. — Estupro?

— Estamos trabalhando com essa hipótese no momento — respondo. — Dado o contexto da ocorrência, Leena ter estado sozinha e vulnerável, provavelmente foi um crime de oportunidade. Talvez a filha de vocês apenas tenha estado no lugar errado, na hora errada.

— Por que, *por quê*? — Pratima lamenta. — Por que a *minha* Leena... Como alguém pode fazer uma coisa *dessas*... — Ela começa a se balançar para a frente e para trás. Um gemido surge no fundo de sua garganta, animalesco, bruto. E essa reação materna desperta em meu próprio corpo uma resposta visceral. Não sei o que faria se tivesse sido minha garotinha, minha filha adolescente, minha Maddy. Olho para os porta-retratos sobre a lareira: reuniões familiares; uma foto fofa do irmão de seis anos de Leena, Ganesh, numa canoa; uma de Leena olhando para a câmera com uma expressão beligerante. A pele dela é mais escura que a dos pais. Os olhos pretos mais juntos, um de cada lado do nariz largo que domina seu rosto. Uma pinta marca seu queixo.

O olhar de Pratima segue o meu. Lágrimas escorrem silenciosas por suas bochechas, e posso sentir as palavras não ditas.

Deveríamos ter cuidado melhor dela, ter sido mais rígidos, mais cuidadosos.

Sinto também o banho frio de culpa ao estar aliviada por não ser a minha filha no necrotério. Porque isso *poderia* ter acontecido com Maddy com a mesma facilidade, ou com qualquer uma das meninas da cidade.

Pigarreio.

— Vocês aceitam responder mais algumas perguntas? Vai ajudar com as investigações.

— Você *vai* encontrar quem fez isso — Jaswinder diz. Não é uma pergunta. Encaro seus olhos ferozes.

— Sim, vamos. Eu prometo.

Luke se remexe na cadeira, e sinto sua reprimenda. Ele provavelmente não faria uma promessa que talvez não possa cumprir. Mas o que mais eu poderia dizer a eles?

— Faremos tudo que estiver a nosso alcance para trazer justiça para Leena — falo enquanto retiro duas fotos da pasta em meu colo. Coloco-as na mesa de centro e as viro para os Rai.

São fotografias brilhantes da calça cargo e da calcinha cobertas de limo encontradas pelos mergulhadores, perto do corpo.

A mãe de Leena engasga. Ela acena com a cabeça.

— Sim, são da Leena. A roupa de baixo... é da Fruit of the Loom, comprei no Walmart. Elas... vêm em pacotes de três. Eu... — O choro interrompe a fala.

— É — Jaswinder assume no lugar da esposa. — E a calça de camuflagem a Leena usava praticamente o tempo todo. Gostava dos bolsos laterais.

— Vocês podem confirmar que jaqueta ela usava quando a viram pela última vez?

Ainda não conseguimos localizar a jaqueta que todos dizem ter visto Leena usar durante a festa da fogueira. Os mergulhadores não a encontraram no rio, e os técnicos forenses e grupos de busca não a localizaram nas margens do Wuyakan.

— Uma jaqueta cáqui grandona — Jaswinder responde. — Acho que as pessoas as chamam de jaqueta militar. Tem um monte de zíperes e bolsos, e uma numeração no bolso da frente. Não era da Leena. Quando perguntei, ela disse que tinha pegado emprestada.

— De quem? — Luke pergunta.

— Só disse que era de um amigo — Pratima fala e puxa um lenço da caixa na mesa.

— Era uma jaqueta masculina? — questiono.

— Diria que com certeza era de um homem — Pratima responde. — Era grande demais para ela, e a Leena não é... não era... uma garota pequena. Estava sempre de dieta, tentando perder tamanho. Ela... tinha perdido um pouco de peso e estava tão orgulhosa... — Lágrimas voltam a correr pelas bochechas de Pratima. Ela as seca com o lenço de papel.

— A Leena tinha namorado? — pergunto.

— Não — Jaswinder responde imediatamente, com firmeza.

Meu olhar salta para o dele.

— Havia algum garoto por quem ela se interessava, talvez?

— Não.

Aceno com a cabeça.

— Encontramos páginas de um diário perto da Leena, e um caderninho de telefone no bolso esquerdo da calça cargo. — Coloco mais fotos na mesa, mostrando as páginas molhadas e o caderninho, aberto e fechado. O caderninho era fino, com capa de plástico azul. — Ele estava molhado, assim como as páginas do diário, mas o laboratório está no processo de secar tudo para preservarmos o conteúdo e a tinta o máximo possível.

A mãe se inclina para a frente e apanha a foto das páginas de diário molhadas.

— É, é a letra da Leena. — Ela passa a imagem para o marido, depois pega a foto do caderninho de telefone.

— Isso não é dela. Nunca vi esse caderninho.

— Tem certeza? — Luke pergunta.

Ela acena positivamente.

— Têm alguma ideia de quem pode ser o dono? — pergunto.

Uma expressão estranha se forma no olhar de Pratima. Ela hesita, depois balança a cabeça em negativa

— Não.

— Ela contém números de alguns dos colegas de ano da Leena. — Tento ajudar.

— Não é dela.

Analiso Pratima por um momento. Ela está omitindo alguma coisa. Olho para Jaswinder, que tem o olhar fixo em mim. Por trás do luto deles, percebo outra tensão crescendo. Isso atiça minha curiosidade.

— Vocês já identificaram a chave encontrada na mochila dela, a carteira, e o tênis da Nike. Conseguiram pensar em quem poderia ser o dono do livro de poemas? Ou o que as iniciais A. C. podem significar? — pergunto.

— Não — Jaswinder responde. — Mas a Leena pegava livros emprestados. Estava estudando literatura inglesa com uma turma mais avançada.

Tinha um tutor, às vezes ele emprestava livros a ela. Outros professores da escola também.

— E o primo, Darsh — Pratima diz. — Ele também empresta livros à Leena.

— Livros de poesia, não — Jaswinder rebate. — O Darsh não lê poesia, lê romances populares.

— Foi o Darsh quem deu aqueles tênis à Leena — Pratima fala, seus lábios tremem. — Ela... A Leena queria tanto eles, mas são caros, sabe? Aí ele fez uma surpresa de aniversário para ela.

— Darsh e Leena eram próximos? — Luke pergunta.

Pratima acena que sim, os olhos se enchem de lágrimas outra vez.

— Ele era bom com ela. Muito. A Leena... tinha dificuldade de fazer amigos. O Darsh sempre apoiou a prima. Quando ela fugiu de casa ano passado, foi ficar com ele. Ele deixou a minha filha ficar lá por alguns dias e, sem a Leena saber, avisou a gente que ela estava segura, então a deixamos no canto dela por um tempo. Depois a Leena voltou pra casa.

Uma lembrança me vem à mente. Leena sentada de ombros curvados, sozinha nas arquibancadas do ginásio da escola, comendo salgadinho enquanto as outras garotas do time terminavam o treino de basquete. Eu tinha chegado mais cedo para pegar Maddy. Enquanto subia para esperar sentada ao lado de Leena, um grupo de jovens passou por debaixo da arquibancada, a caminho do vestiário. Falavam de Leena, alto o suficiente para que ela escutasse o que diziam.

— *Se ela não tivesse tentado me bloquear daquele jeito, não teria caído e torcido o tornozelo. A culpa é dela... Não sei nem porque ela está no time.*

— *Vai ver o treinador tem pena dela.*

— *Tadinha dela. Talvez devesse tentar dançar Bhangra.*

Risos.

— *Ela ia quebrar os dois tornozelos de tão enorme e destrambelhada que é.*

— *Vai ver só, o pai dela vai me culpar por bloquear ela.*

— *Ele é motorista de* ônibus*... O que um motorista pode fazer? Me processar?*

— *Ei, o homem dá medo. Já viu os olhos dele? Aposto que tem uma daquelas facas curvadas pra combinar com o turbante...*

Risadinhas e murmúrios seguem as meninas até a porta do ginásio, que se fecha lentamente quando elas passam.

Olho para Leena, meu coração bate rápido. Ela continua a mastigar taciturna as batatas, olhar fixo na quadra de basquete, como se alheia a tudo. Mas deve ter ouvido.

— Você está bem, Leena?

Ela acena que sim sem olhar para mim.

Noto uma mancha escura ao redor de seu punho e outra no antebraço.

— Você caiu?

Ela vira os olhos para mim, surpresa.

— Eu... só tropecei e machuquei o tornozelo. Não está tão ruim. O treinador mandou eu ficar descansando.

— E essas pancadas? São do treino também?

— Escorreguei no gelo nas escadas de casa dia desses.

Ninguém fica com uma pancada circular ao redor do punho ao escorregar no gelo. Eu cheguei a abrir a boca para insistir no assunto, mas Maddy veio correndo até a arquibancada, os tênis guinchando no assoalho da quadra. Estava toda rosada e sorridente, o rabo de cavalo balançando, e me implorando para ir logo, porque queria chegar à biblioteca do centro antes que fechasse. Ela tinha que terminar um trabalho para a manhã seguinte.

Eu havia me esquecido daquele dia no ginásio, de Leena na arquibancada comendo batata chips. Não mais. Não agora, sentada na sala desta casa modesta e bem-organizada, junto a seus pais destruídos. E me arrependo profundamente de não ter ido atrás de respostas, de não ter denunciado as ofensas raciais, o *bullying* contido naquelas palavras. Esse tipo de coisa é capaz de isolar uma jovem, uma adolescente, de torná-la vulnerável. E é capaz de fazê-la vagar sozinha pela vida, sem um grupo de apoio. Talvez tenha sido a razão para ela estar sozinha na ponte. E de repente me dou conta de que estava errada. O que aconteceu com Leena não teria acontecido tão facilmente a uma garota como Maddy, que sempre andava com um grupo de amigos próximos.

Esfrego os lábios.

— Vocês... saberiam onde o resto do diário da Leena pode estar?

— Não. — A voz de Pratima vacila novamente. — A Leena estava sempre escrevendo. Queria ser escritora quando terminasse os estudos. Queria viajar, talvez até virar correspondente internacional. Podem procurar no quarto dela de novo.

— Obrigada, gostaríamos de fazer isso. — Hesito, sentindo o calor do escrutínio de Luke. Ele está me esperando terminar de mostrar as fotografias. Respiro fundo. — Também... encontramos isso. — Coloco a foto do medalhão celta sobre a mesa. — Estava preso no cabelo da Leena, a corrente estava quebrada.

Ambos encaram a imagem. Jaswinder balança lentamente a cabeça, em negativa.

— Nunca vi Leena usando isso.

Eu me volto para Pratima, que parece assustada.

— Eu... eu nunca vi isso antes.

— Tem *certeza*?

— Não é dela. — Pratima se remexe, apontando os joelhos para longe do marido. Então abaixa o olhar.

— Talvez apenas não tenham notado debaixo das roupas dela? — sugiro.

Silêncio.

Pratima esfrega a coxa, o olhar ainda para o chão. Faço uma anotação mental para voltar a isso mais tarde, mas Luke se inclina para a frente antes que eu possa seguir adiante. Ele dá toques firmes na imagem do medalhão.

— O design das filigranas em prata forma nós celtas — ele explica. — Nós sem fim. O nó celta é conhecido por simbolizar amor ou um compromisso eterno. E alguns cristãos o veem como representação da Santíssima Trindade...

— A Leena, não. — O pai dela interrompe de repente. Luke faz silêncio e o analisa.

Os olhos de Jaswinder ardem.

— Ela não usaria algo assim. — Ele sacode a mão na direção da foto. — Não é dela.

Luke e eu nos olhamos brevemente, mas a expressão dele não deixa escapar nada.

— Por... por que alguém faria isso? — Pratima lamenta outra vez. — *Por quê, por quê, por quê?*

— Às vezes, as pessoas apenas fazem coisas terríveis, Pratima — falo. — Às vezes, não conseguimos entender verdadeiramente as trevas que guiam alguém. Mas eu prometo que faremos tudo o que estiver ao nosso alcance para encontrar e prender o agressor da Leena. E, quando o encontrarmos, talvez a gente consiga entender melhor o porquê.

Eu me volto para Luke.

— Vou lá em cima com a Pratima para dar mais uma olhada no quarto da Leena.

Vou separar a mulher do marido.

Ele olha firme em meus olhos. Acena em entendimento.

RACHEL

ANTES

Segunda-feira, 24 de novembro de 1997.

Pratima me observa da porta do quarto da filha. Estou extremamente preocupada com minhas botas no carpete. Quando estou trabalhando como policial, não é protocolar remover os calçados do uniforme ao entrar em casas. Do lado de fora das janelas, o céu está invernal. Logo vai escurecer. Aquela escuridão que chega cada dia mais cedo, até o solstício de inverno nos trazer a noite mais longa do ano.

Na penteadeira de Leena estão duas brochuras brilhosas divulgando trabalho voluntário com uma missão na África. Isso me lembra da foto que encontramos na carteira dela. A imagem de um barco missionário.

Estava claro que a menina queria escapar da cidade.

— Essas embarcações missionárias são geridas por uma organização cristã? — pergunto, levantando uma das brochuras.

Pratima cruza os braços defensivamente sobre o peito.

— Para a Leena não importava a que fé pertencia. Era mais um meio para ela sair daqui. Ela queria fazer o bem, ajudar os necessitados. Ela... — A voz de Pratima fica presa na garganta. Olho para ela.

Com dificuldade, ela continua:

— Tudo que a Leena queria era ir para um lugar em que se sentisse valorizada. Todos nós... queremos nos sentir dignos, não é? Receber amor.

Ter a sensação de pertencimento. Porque se sentimos que não pertencemos a lugar nenhum, como podemos dizer que temos um lar? É uma necessidade básica, não? Ser excluído de um grupo, de um bando, pode significar a morte.

Encaro Pratima e me pergunto por um instante se talvez ela não estava falando de si, de sua experiência como imigrante. E me pergunto quantas e quais dores esta mãe enlutada pode estar sentindo, dores inimagináveis para mim. Também me pergunto se ela tem abertura para conversar livremente com o marido. Ou se está solitária.

— Pratima, o pai da Leena se preocupava... com a filha estar interessada em trabalhar com um grupo cristão?

— Jaswinder é partidário da fé Sikh. Também era muito rígido com a Leena. Ela estava passando por uma fase, rejeitava coisas só para contrariar o pai, se rebelando contra o controle dele. Ela se afastou de tudo que tinha a ver com suas origens. Ela... estava só tentando muito se enturmar com as meninas da escola.

— Uma adolescente como qualquer outra — falo baixinho.

Ela me olha feio. Meu peito se enche de culpa, e me viro para a penteadeira. Ao lado das brochuras está uma cesta com acessórios e outros cacarecos. Eu a ergo, examino e movo alguns itens. Anéis. Uma pulseira. Brincos. Um colar com pingente de concha. A mãe de Leena entra e chega atrás de mim. Muito perto. Ela abaixa a voz para falar.

— A fotografia do medalhão que você mostrou, o dos anéis celtas. Preciso... dizer uma coisa.

Meu coração acelera. É isso aí. É isso que ela estava escondendo do marido, lá embaixo, o que estava deixando-a desconfortável.

— É a mesma coisa do brilho labial que vocês acharam — ela diz. — E talvez até do livro de poemas e do caderninho de telefone.

— Como assim a mesma coisa?

— Ela... — Pratima inspira fundo e solta o ar numa respiração trêmula. — Nossa Leena tinha o costume de pegar coisas.

— O que você quer dizer com "pegar coisas"?

— Ela roubava, ou pegava emprestado sem permissão. O Jaswinder proibia a Leena de comprar maquiagem, então ela pegava de outras garotas.

Acabou desenvolvendo esse costume de... coletar coisas. — Pratima hesita. — O gerente da farmácia de Twin Falls nos ligou meses atrás... para irmos pegar a Leena. Queria conversar conosco. Ela tinha roubado rímel e sombras. A Leena prometeu que nunca mais faria aquilo, e ele não denunciou nem reportou o ocorrido. — As bochechas dela ficam completamente vermelhas. — Não sei se ela parou. Acho que o brilho labial, o caderninho e o livro de poesia eram de outros estudantes. O medalhão também.

Sinto uma torrente esquisita de alívio.

— Tem *certeza*?

— Não, mas achei que você devia saber da possibilidade de os itens serem de outras garotas.

— É de grande ajuda, Pratima, obrigada por se abrir assim. — Vacilo. — Pode... Você se lembra de ver alguma das amigas de Leena usando o medalhão celta, ou um parecido?

Ela me examina. O tempo passa mais devagar. O vento empurra galhos de uma árvore contra a janela. Percebo a temperatura cair à medida que o tempo muda. Uma tempestade está chegando.

— Você não entendeu ainda, não é, Rachel? A Leena não tinha amigos.

A fala dela pesa. Mais uma vez penso naquele dia no ginásio do colégio.

— E quanto àquelas fotos todas no quadro de cortiça, ali? — Eu me aproximo do quadro na parede. Vi essas fotos na última vez em que estive aqui, quando Leena Rai ainda era apenas um caso de pessoa desaparecida. Presa por tachas amarelas está uma seleção de fotos de colegas de classe, tiradas dentro e fora da escola. Entre os rostos estão muitos que reconheço, incluindo o da minha filha e da melhor amiga dela, Beth. Alguns estão circulados com marcador vermelho. — Nenhum desses jovens é amigo dela? Por que ela penduraria essas fotos aqui?

— Acho que Leena queria que eles fossem amigos dela. Uma espécie de... quadro dos sonhos. Ela podia fazer de conta que eram.

— Por que alguns deles estão com o rosto circulado?

Pratima permanece em silêncio.

Eu olho para ela.

A mulher inspira fundo novamente.

— Não sei. Tudo que sei é que a Leena queria ser como aquelas garotas em específico. Queria sentir que fazia parte do grupo.

Twin Falls tem apenas uma escola de Ensino Fundamental e uma de Ensino Médio. Uma turma por série. A maioria das crianças da cidade que se conheceram no jardim de infância foi passando de ano cercada pela mesma corte. Todos foram às mesmas festas de aniversário, às mesmas lojas, participaram dos mesmos eventos esportivos e churrascos comunitários. É assim que funciona nas cidades pequenas. E me dou conta de que deve realmente ser um inferno não se encaixar no grupo, ou sentir que não faz parte dele. Ou se desgostarem de você. Porque simplesmente não há escapatória.

Umedeço meus lábios antes de falar.

— Você conhece alguém, algum desses adolescentes das fotos, que era um pouquinho mais próximo da Leena do que os demais? Alguém que poderia nos ajudar a entender o que aconteceu com ela desde o momento em que foi vista pela última vez na festa da fogueira, até ela ir parar no rio?

— Se essa pessoa existe, ela nunca me contou. — Há uma pausa, e os olhos escuros e grandes de Pratima ficam marejados. — Achamos que somos capazes de proteger nossos filhos sendo mandões e os controlando. Que, se estiverem ocupados com esportes, não vão se meter em encrenca. Mas estamos errados.

De repente noto um pedacinho de cabelo escuro no canto da porta. Ganesh. Os olhos do menino de seis anos estão esbugalhados. Ele está nos observando, escutando, aprendendo.

A mãe dele se vira para ver o que estou olhando.

— Ganesh! Saia! — Ela aponta. — Saia daqui. Quem disse para você ficar aí ouvindo a conversa dos outros?

A criança sai correndo pelo corredor. Escuto uma porta bater. Pratima despenca na cama da filha e mergulha o rosto nas mãos. Começa a chorar.

• • •

Enquanto Luke e eu caminhamos pelo vento gelado até a viatura descaracterizada, sinto olhos em mim. Relanceio a casa. Lá em cima, em uma janelinha trapeira iluminada no telhado, está uma pequena sombra. Ganesh outra vez, observando os detetives. Fico olhando para ele e sinto uma pontada de tristeza. O que será que o garotinho está pensando? O que será que nos ouviu falar? O que será que ele é capaz de compreender em relação à morte da irmã mais velha? Que efeitos duradouros essa morte vai ter sobre ele?

Ergo a mão para acenar, mas ele desaparece, e vejo Luke me examinando do outro lado do carro. Abaixo a mão e me encaminho para o assento do motorista. Sem olhar para Luke, coloco o cinto de segurança e dou a partida. Começa a chover assim que entramos na via que nos levará à casa de Amy Chan. Ela é a garota que declarou ter visto Leena na Ponte do Mal por volta das 2 horas da manhã, no dia 15 de novembro.

— Recebemos uma ligação do laboratório enquanto vocês estavam lá em cima — Luke diz. — Terminaram de secar as páginas do diário. Está legível. Vão mandar cópias para a delegacia.

Respondo com um menear da cabeça, tensa.

— A Leena furtava coisas — conto. — Pratima acha que o caderninho e o livro de poesia, a maquiagem, o medalhão, tudo, podem ser coisas que ela "pegou emprestado" de outras crianças. Ela disse que Leena furtava lojas também.

— Era isso que Pratima estava escondendo do marido lá embaixo?

— Parece que sim. — Faço a curva na avenida que leva à montanha e a um loteamento de alto padrão. Estamos a caminho de Smoke Bluffs, um degrau de granito nas montanhas sobre o qual a casa dos Chan se ergue como um bolo de casamento no meio de outras casas similarmente adornadas.

— O medalhão é uma peça relativamente comum, né? — Olho para ele. — Pode pertencer a qualquer um.

— Vamos interrogar os adolescentes de novo — ele responde.

— Você tem filhos?

— Nunca paramos para resolver isso. Aí nosso casamento desabou e ficou tarde demais.

Lanço um novo olhar para ele.

— Você é divorciado?

— Casado com o trabalho, desde sempre. — Ele ri. — É um risco ocupacional, especialmente na divisão de homicídios. Minha ex, e é compreensível, cansou de ficar em segundo plano. Foi uma separação amigável no fim, pelo menos tão amigável quanto essas coisas podem ser.

A chuva de repente começa a aumentar. Uma monção de outono. A água forma um véu descendo pela estrada íngreme, e as gotas avançam pelo vidro do carro, como se correndo para se reunirem e no céu. Normalmente as monções incessantes de outono são apenas ruído de fundo em minha vida. Mas hoje parece diferente. As gotas se esmagam com urgência, insistentes, como se tivessem algo a dizer.

Penso em perdas, em lacunas diárias deixadas para trás, no tênis Nike de Leena, na meia ensanguentada dela. Penso na mochila molhada, no livro de poemas perdido entre as pedras às margens do rio, nas páginas do diário boiando na água. Uma garota cheia de sonhos. Não mais. Seus planos, silenciados.

— Esse tal de Darsh Rai, você o conhece? — Luke me pergunta assim que viramos na rua da casa dos Chan.

— Hum-hum. Um rapaz bonito, tem uns vinte anos. Trabalha na usina de celulose do outro lado do rio. Nunca teve problemas com a polícia. Segundo os relatos, é uma boa pessoa. Veste-se bem. Ama renovar carros esportivos antigos. As garotas vivem atrás dele.

— Vamos ter que falar com esse primo generoso. — Luke checa a hora. — Devíamos fazer uma visita hoje à noite, depois de falarmos com Amy Chan, antes que se espalhe a notícia de que a Leena se afogou.

Assim como com a chuva, Luke também está tomado por um senso de urgência. E eu entendo. Nos dias iniciais de uma investigação de homicídio, tempo é fundamental, e já perdemos bastante.

— Tem algo de errado com o pai também — ele fala. — Precisamos checar os antecedentes dele.

Sou pega de surpresa.

— Jaswinder? Algo de errado?

— Hum-hum.

Entro na via de entrada dos Chan.

— Ele pode parecer autoritário e um pouco rude, mas é um homem bom, Luke. E está sofrendo. Cacete, não sei o que *eu* faria se alguém fizesse aquilo com a minha filha. Ele trabalha para a companhia de trânsito local. Faz a rota comum do ônibus. Todos nela vão dizer que ele é uma boa pessoa, um homem honrado. — Paro o veículo, então me recordo dos ferimentos de Leena. — Não é possível que você esteja pensando que *ele* tem algo a ver com a morte da filha.

Ele observa minha expressão. E diz, com calma:

— Você conhece todas essas pessoas, Rachel. Pessoalmente. Todos os envolvidos. São todos parte da sua comunidade. É por isso que o delegado Doyle me queria na equipe, uma visão de fora. É difícil se manter objetivo quando se vive há muito tempo em um lugar. É por esse motivo que a RPMC transfere seus membros a novas comunidades a cada cinco anos, para que não se envolvam tanto e percam a objetividade. E, apesar de não estar pensando que Jaswinder Rai seja de forma alguma responsável, qualquer coisa é possível. Estatisticamente falando, a maior parte da violência contra mulheres é cometida por pessoas que elas conhecem bem. E isso inclui homens da família. E tem algo de errado aqui, consigo sentir.

TRINITY

AGORA

Quinta-feira, 11 de novembro. Presente.

Gio e eu estamos sentados à mesinha de jantar do quarto do hotel barato que reservamos para o período do projeto. O lugar fica perto de onde era a antiga delegacia de polícia de Twin Falls em 1997, em uma parte mais industrial da cidade, com vista para os paredões de granito da montanha Chief. A montanha me lembra de outra, a El Capitan, em Yosemite, e é bastante conhecida pela comunidade alpinista internacional. A Chief também é a única constante nessa história, pairando sobre a cidade como uma sentinela onisciente. Viu tudo o que aconteceu ao longo dos anos, mas permanece em silêncio. Observa, ameaçadora à luz fria.

A primeira vez que vi uma fotografia dessa montanha foi quando encontrei uma antiga foto de jornal de Clayton Jay Pelley, sorrindo diante das quedas d'água estrondosas.

Eu e Gio estamos escutando, e editando, o áudio obtido com o mergulhador da polícia, Tom Tanaka, que agora trabalha com a Polícia Provincial de Ontário. Mudou-se para o leste quando se casou com uma mulher de Toronto.

Tom: Depois de carregar a Leena até a margem, a sargento Rachel Walczak nos instruiu a mergulhar novamente para ver se encontrávamos mais alguma coisa.

Trinity: Como o quê?

Tom: Como a jaqueta militar com a qual a vítima tinha sido vista antes de desaparecer. Ou alguma arma que pudesse ter sido utilizada para espancar a vítima. Os ferimentos no rosto dela eram extensivos. Quando viramos o corpo dela... Ele... nós ficamos todos chocados e em silêncio por um tempo.

Trinity: Pode descrever para a gente em detalhes o que viu debaixo da água naquela manhã de novembro?

Sorrio sozinha e pego uma fatia de pizza. Gosto do nervosismo na voz de Tom Tanaka. Para ser franca, sei que é macabro pedir uma descrição detalhada de como foi encontrar um cadáver de uma semana flutuando nas águas turvas, mas é assim que o *true crime* funciona. O espetáculo, o teatro do assassinato, é o que os ouvintes esperam. E ainda estou eufórica por Clayton Pelley alegar inocência. Mordo a fatia de pizza, ouvindo Tom falar, pensando em como me senti ao ver Clayton pela primeira vez, como isso mudou algo dentro de mim à medida que o foco da história foi se alterando.

Tom: A água estava um gelo; a visibilidade, quase nula. Às vezes, não conseguia nem ver minhas mãos diante do meu rosto. Nós dois estávamos praticamente mergulhando às cegas, avançando centímetro a centímetro com cuidado, tateando pela lama grossa, tocando as coisas: plantas pegajosas, lodo, pedras, pedaços de metal, latas velhas, garrafas quebradas, carrinhos de compra, até uma bicicleta... Só torcendo para não nos cortarmos em algo afiado. Tentávamos desesperadamente encontrar a garota, mas ao mesmo tempo a gente não quer encontrar ela ali embaixo. Durante toda a busca, senti medo de seu rosto aparecer colado ao meu, e de eu esbarrar nela sem perceber. De seus olhos estarem bem ali, diante dos meus. Abertos. A me encarar. A pele pálida dela, luminosa como um fantasma debaixo d'água... É impossível se livrar por completo dessa sensação, da ansiedade e da tensão... E aí resvalei nela com a ponta dos dedos. O cabelo da menina flutuava ao redor da cabeça. Era longo. Eu senti pegando no meu rosto, passando pelos óculos de mergulho. Pensei que eram algas antes de me dar conta de que era o cabelão dela. Estava sem roupas, só o sutiã e uma camiseta enrolada no pescoço.

SILÊNCIO

TRINITY: Como vocês decidiram iniciar as buscas aquáticas?

TOM: Imaginamos que, se ela entrou no rio abaixo da ponte, onde foram encontrados seus pertences, ela não poderia estar muito longe. A Leena era mais pesada que a média das mulheres vítimas de afogamento, então, com a profundidade do rio perto dos sete metros e meio, considerando a corrente lenta, estimamos que ela seria pesada o suficiente para resistir ao movimento. Basicamente, se um mergulhador consegue nadar com facilidade contra a correnteza, seria improvável que uma vítima de afogamento fosse carregada para longe. Então geralmente se começa pelo último ponto de avistamento. Depois controla o empuxo, e, quando ele for negativo, deixa o corpo afundar até quase o fundo, ali você se estabiliza, fica de bruços rente ao chão e começa a nadar. Nós a encontramos não muito longe dos cavaletes da ponte. Ela tinha ficado presa nas algas.

TRINITY: Vocês também encontraram peças de roupa dela.

TOM: Sim, uma calça cargo e uma calcinha. Não encontramos a jaqueta. E quando a sargento Walczak nos pediu para mergulhar novamente, pensei que poderíamos encontrar um taco de basebol, ou uma chave de roda, ou alguma coisa pesada que pudesse ter sido usada para aplicar aquele tipo de trauma contundente... Digo... Eu... Ela se parecia com as vítimas que já encontramos em acidentes em que o carro havia despencado da ponte.

Trinity: A patologista também disse isso.

Tom: Hum-hum. Mas por estarmos procurando uma arma, quando vi as páginas do diário jogadas ali, lentamente balançando para lá e para cá na escuridão da água, como três fantasmas, eu fiquei... meio assustado. E quando as levamos para a superfície, vimos que estavam praticamente intactas. Ainda havia palavras nelas. Tinta de caneta geralmente é permanente, e, se as páginas não ficaram na água há muito tempo, e fria como estava, depois de secar ficam legíveis. A maioria das palavras sobrevive.

Trinity: Eram páginas de diário?

Tom: Pareciam ter sido arrancadas de um diário, sim.

Gio insere a música tema ao fundo. Dou outra mordida na pizza, refletindo enquanto escuto.

Trinity: Jaswinder e Pratima Rai confirmaram que a letra era a da filha. Disseram que Leena gostava de escrever e que queria ser escritora um dia, talvez até uma correspondente internacional. Recebi cópias das páginas rasgadas, assim como outras provas do caso. Aqui está Leena, por suas próprias palavras:

Volume da música tema aumenta um pouco

Trinity lendo: "Passamos a maior parte da vida temendo nossa própria Sombra. Foi o que ele me disse. Disse que uma Sombra vive dentro de cada um de nós. Fica tão lá no fundo que nem sabemos que está lá. Às vezes, se olharmos rápido com o canto do olho, conseguimos vê-la de relance. Mas ela nos assusta, então desviamos logo o olhar. É disto que ela se alimenta: nossa incapacidade de encará-la. A incapacidade de examinar essa coisa que, na verdade, é nossa forma bruta. É isso que dá poder à Sombra. Que nos faz mentir. Sobre o que queremos, sobre quem somos. Ela inflama nossas paixões e nossos desejos mais obscuros. E quanto mais forte fica, mais a tememos e mais tentamos esconder essa besta que somos nós mesmos...

Não sei por que Ele me diz essas coisas. Talvez seja uma forma de, indiretamente, trazer à tona e enfrentar a própria Sombra. Eu não sei. Mas eu acredito mesmo que nossas Sombras são más: a dele e a minha. São grandes, tenebrosas e muito perigosas. Acho que elas devem ficar presas para sempre…"

As duas páginas seguintes, aparentemente de outros lugares do diário, contêm anotações na mesma linha de pensamento. Em certa parte, Leena escreveu:

"Ele acredita em mim. É só isso que me faz perseverar. Ele me faz me sentir inteligente, verdadeira, me faz sentir que tenho valor. E eu o amo. Ele também me ama."

E em outra linha, ela escreveu as seguintes palavras: "Ele me disse que está tudo bem querer ir embora, mas que preciso de um plano de fuga que seja mais do que uma fuga. Eu acho que tenho um…"

A última frase nas páginas arrancadas diz: "Ele me ensinou um termo militar hoje: Destruição Mútua Assegurada. MAD, sua sigla em inglês. Como quando duas potências têm em mãos armas nucleares que poderiam aniquilar completamente o outro lado, e isso as mantém controladas. Ele disse que guardar grandes segredos funciona assim. Ele se referia a grandes segredos sombrios. Segredos do tipo sei-como-funciona-sua-Sombra. Segredos que se tornam armas nucleares. Uma forma de dissuasão. E ambos os lados se sentem acuados, obrigados ao silêncio. Até não se sentirem mais. Até os dois lados agirem e implodirem a relação. Destruição mútua total."

Isso é tudo. É aí que a página arrancada se encerra. Isso é tudo que restou dos escritos de Leena Rai até o momento, pois o restante do diário nunca foi encontrado.

A música fica mais alta

Quem era esse "Ele" que a Leena amava? O homem que acabou na prisão? Ou outra pessoa? Alguém com idade semelhante à da adolescente? Alguém que talvez ainda viva na cidade? Alguém com uma Sombra, com uma verdade tão obscura que matou a Leena por conhecer essa verdade?

Por que havia páginas rasgadas flutuando no rio com o corpo dela? Por que foram arrancadas afinal?

E onde foi parar o diário?

Páginas soltas. Pontas soltas. Elas deixam muitas perguntas sem respostas. Perguntas que os detetives responsáveis deixaram pelo caminho. Rastros que nós vamos seguir.

Saída para a música tema

Engulo um pedaço de pizza.

— Acho que talvez a gente deva introduzir o trecho que gravamos hoje pela manhã, aquele que fala que assassinato é entretenimento — digo. — Toca ele de novo pra mim?

Gio encontra a gravação e aperta *play*.

Trinity: Um assassinato e o processo legal que o sucede é um tipo de teatro, um drama do macabro. O ato de assassinar põe em evidência as patologias em nossas comunidades. Somos atraídos para assistir, porque assassinatos revelam elementos de nós mesmos, coisas para as quais não podemos fechar os olhos. Reconhecemos os vários vícios dos assassinos enterrados no fundo de cada um de nós: desejos digressivos, doenças mentais, tendências violentas, a raiva dos justos, preconceito, racismo, frustração, malevolência, cobiça, inveja, crueldade... Todas essas coisas fazem parte de grandes dramas. E entender os assassinatos de uma sociedade é ganhar grande entendimento sobre as tensões que se escondem atrás das fachadas de uma cidade. Assassinatos também revelam a autoridade de um governo, e o poder total que ele tem sobre a vida de seus cidadãos. O poder de lhes tirar a liberdade, de prender alguém. De punir. E até de matar em retaliação como forma de pena capital. Mas, às vezes, as autoridades erram.

Às vezes recai sobre um cidadão jornalista a tarefa de encontrar a verdade. E às vezes descobrir a verdade pode começar como os mergulhadores debaixo d'água, na escuridão lamacenta, tateando, centímetro a centímetro, até seus dedos tocarem algo.

— É — falo. — É, vamos apresentar a entrevista do Tom com esse trecho.

RACHEL

ANTES

Segunda-feira, 24 de novembro de 1997.

— Amy Chan tem quinze anos? — Luke pergunta enquanto nos aproximamos da entrada da casa no penhasco. Os pisca-pisca já foram colocadas. De onde estamos, através da neblina ondulante, podemos ver o vale ao longe, onde o centro comercial de Twin Falls se acomoda entre rios e oceanos. Também consigo ver pontos de luz na usina de celulose do outro lado do fiorde. O vento sopra em nossa direção vindo da usina. Carrega o fedor sulfuroso dos produtos químicos usados no processo de polpação da madeira. Às vezes o mau cheiro é nauseante.
— Acabou de fazer. — Levo a mão à campainha. — Filha única. A mãe levou a menina na delegacia para prestar depoimento quando ela disse ter visto a Leena na ponte.

A campainha soa abafada.

A porta se abre.

Amy, uma adolescente bonita miudinha, com olhos castanho-escuros e cabelo na altura dos ombros, está parada no corredor de mármore branco. Ela veste moletom rosa e legging, está com meias nos pés. Atrás dela, uma mesa redonda e envernizada de madeira escura apoia um vaso de flores que só podem ser de mentira. Ou uma importação de uma estufa muito extravagante, dada a época do ano.

— Olá, Amy — cumprimento. — Tudo bem?

— Tudo. — Ela está nervosa, balançando de um pé para o outro.

— Esse é o sargento Luke O'Leary. Ele está nos ajudando a investigar a morte da Leena. Gostaríamos de te fazer mais algumas perguntas sobre a noite em que a viu. Gostaríamos de saber se você se lembrou de mais alguma coisa. Algum de seus pais está em casa?

— Minha mãe.

— Podemos entrar?

Amy dá um passo para trás para nos deixar entrar. A mãe dela, Sarah Chan, aparece na antessala. Surpresa faz seus olhos se arregalarem ao nos ver. É uma cópia mais velha da filha, mas com um bob elegante na altura do queixo. Ela também parece tensa. Explico o motivo da visita, e ela nos convida para ir a uma sala de estar com carpete cor de creme macio, mobília branca e visão para a cidade. Ao longe, consigo ver o brilho prateado do rio Wuyakan. Sou tomada por um calafrio. Leena passou mais de uma semana boiando naquela água até Amy se pronunciar. Sendo arrastada pela água enquanto as pessoas olhavam para o rio de suas janelas e passavam pela ponte de carro ou no ônibus escolar.

Luke e eu nos sentamos cautelosamente nas poltronas muito brancas. Amy e a mãe sentam-se juntas no sofá, como Pratima e Jaswinder haviam feito. Juntas para se dar apoio moral.

Noto as roupas delas, o conforto evidente, e penso na camiseta barata enrolada no pescoço de Leena. Sem embalagem econômica da Fruit of the Loom para as mulheres da família Chan, com certeza.

— Aceitam um chá, café, algo? — Sarah pergunta.

— Não, obrigada — respondo. — Gostaríamos de repassar mais uma vez o que a Amy viu na ponte naquela noite, pode ser? — Pego caderno e caneta.

Ambas acenam que sim. Mais uma vez, Luke entra no seu papel de observador externo, examinando. E tenho a forte impressão de que ele está ponderando sobre mim e minhas ações tanto quanto as das testemunhas, o que me deixa inquieta.

— Então, Amy, você foi com sua mãe até a delegacia na sexta de manhã, dia 21 de novembro.

Amy concorda. As mãos estão irrequietas no colo.

— Uma semana completa depois da denúncia de desaparecimento de Leena Rai. Por que esperou esse tempo todo?

Amy olha para a mãe.

— Eu... eu sinto muito. Eu... não sabia que ela tinha morrido. Eu...

A mãe cobre a mão da filha com a sua. Amy para de falar.

— Ok, vamos voltar um pouco. — Consulto minhas notas. — Você relatou ao policial em serviço que estava com seu namorado, Jepp Sullivan, por volta das 2 da manhã do sábado, dia 15 de novembro, quando passou de carro pela Ponte do Mal e viu Leena Rai cambaleando pela calçada, correto?

— Sim — ela fala com voz fraca.

— O que vocês estavam fazendo na ponte às duas da manhã?

Mais um olhar apreensivo na direção da mãe, que acena para ela continuar.

— Pode falar, meu amor. Está tudo bem.

— A gente tinha ido para a festa da fogueira no bosque. Jepp e eu saímos de lá por volta de 1h30. Ele estava dirigindo, a gente passou pela ponte a caminho do Ari's, o restaurante grego que a gente vai lá, pega a comida e come em outro lugar. Eles sempre ficam abertos até tarde e... É tipo... todo mundo come *donairs* depois das festas e tal.

— Comida boa para ajudar com a ressaca — Luke sugere.

Amy não diz nada. O Ari's é famoso no departamento de polícia de Twin Falls como um ponto de encontro noturno. Não era incomum apartar brigas de bêbados na frente do lugar. E era por isso que Ari Gamoulakos tinha um sistema de câmeras de segurança instalado. Faço uma nota mental para conferir se as gravações daquela noite ainda estão disponíveis.

— O Jepp tem carro? — pergunto

— Bem, ele meio que é do Darsh Rai. Jepp tem um acordo com ele para ir pagando até quitar e ser realmente dele. O Darsh tinha comprado mais barato e consertado.

— E vocês dois tinham bebido? — pergunto.

— O Jepp estava bem para dirigir. Só tinha tomado uma cerveja a noite toda. Ele tem bastante autocontrole, está treinando muito e tal. Quer uma bolsa de estudos como jogador de basquete.

— Ok, me conta o que você viu quando passaram pela ponte.

— A lua estava cheia; o céu, limpo. E um vento muito, muito frio vinha do mar. Foi isso que chamou minha atenção, ver alguém andando naquele vento congelante. Vi cabelos escuros esvoaçando. E aí vi o formato da jaqueta e a pessoa, e me dei conta de que era a Leena.

— Você não tem dúvida nenhuma de que era ela? — pergunto.

— Eu... Estava na cara que era ela. Ela... É o corpo dela. A Leena é... era... alta, grandona, e as pessoas tiravam sarro do jeito de andar dela. Era meio desengonçado. Mas ficou mais na cara porque ela tinha bebido muito naquela noite, ou, pelo menos, parecia totalmente bêbada. Indo de um lado para o outro, se agarrando no guarda-corpo. E aí uma caminhonete passou. Os faróis iluminaram a garota, e eu falei para o Jepp: "Ei, é a Leena", daí virei no banco pra olhar.

Sinto um aperto no peito.

— Então ela estava sozinha?

— Eu... acho que sim. Não olhei atrás dela nem nada do tipo pra ver se tinha alguém com ela, e aí a gente passou e saiu da ponte.

— Não pensaram em parar, ver se ela estava bem, cambaleando pela ponte daquele jeito? Sozinha.

Os olhos de Amy brilharam.

— Eu... Não.

— O Jepp viu a Leena?

— Não, ele estava dirigindo. Ele notou alguém, mas não que era a Leena.

— Em que direção ela estava indo? — pergunto.

— Na direção oposta da gente.

— Então estava indo para o norte?

— É.

Olho para Luke. A mochila e os pertences de Leena foram encontrados na margem sul do rio, sob a ponte. Mas o tênis Nike e a meia ensanguentada foram descobertos na margem norte, debaixo da ponte, onde também foi encontrado sangue no tronco de um cedro que crescia ali.

— Ela estava de mochila?

— Eu... Não. Acho que não. Não lembro de ela estar carregando nada.

— Mas ela *estava* de jaqueta?

— É. De jaqueta sem dúvida. A mesma da festa.

Faço uma nova nota no caderno. Ainda estamos procurando a jaqueta.

— Que tipo de caminhonete passou pela Leena?

— Eu... Uma caminhonete comum. Não lembro a cor. Estava escuro, e... — A voz dela some.

— Algum outro carro?

— Eu... Talvez outro tenha passado. — Ela franze a testa. — Não sei. Eu não lembro direito. Eu... eu não estava prestando muita atenção... — Ela olha para a mãe, angústia lhe contorce o rosto.

— Você estava bêbada, Amy? — pergunto.

Ela acena que sim. Uma lágrima cai em sua coxa e deixa uma marca na legging. Amy seca os olhos.

— Desculpa. Se... se eu estivesse mais atenta, talvez... talvez a gente tivesse parado... Talvez a Leena ainda estivesse viva. Talvez eu tivesse falado algo mais ao Jepp.

— Mas não foi o que aconteceu. Você levou uma semana para falar — Luke diz, inclinando-se para a frente. — Por quê?

— Eu... eu não achei que era um problema real.

— Nem depois de saber que ela estava desaparecida?

— Todos nós achávamos que ela só estava sendo, tipo, Leena, e que ia acabar aparecendo.

— Não achou que era um *problema real*? — Luke repete, apresentando a máscara de policial mau para a minha de policial bom.

Amy enrubesce.

— Eu... eu...

— Ela ficou com medo de que eu fosse descobrir que tinha mentido para mim — Sarah responde de repente. — A Amy havia dito que ia dormir na casa da amiga, Cheyenne, na noite da festa. Mas passou a noite toda com o Jepp. Ela não queria que a gente soubesse. Pensou que ia se encrencar, e foi o que aconteceu. Ficou de castigo.

Com uma vozinha diminuta, Amy diz:

— A mãe do Jepp trabalha no hospital no turno da noite. É enfermeira. O pai não mora com eles. Então eles não sabiam que eu estava lá.

Conheço Barb Sullivan, a enfermeira. Sei que os pais de Jepp se divorciaram. Essa parte é verdade.

— Mas quando comecei a ouvir os boatos na escola de que ela provavelmente estava morta e boiando no rio Wuyakan, vítima de um assassino em série, eu... — Amy começa a chorar. — Eu contei ao orientador pedagógico da escola que tinha visto a Leena na ponte naquela noite. Ele me levou até o diretor, que chamou a minha mãe. E ela me levou para a delegacia. A gente foi lá depor.

— Quem falou que ela podia estar no rio? — pergunto.

— Era só, tipo, um boato. Todo mundo estava dizendo que tinha ouvido de outra pessoa, ninguém sabe quem começou.

— Então você não consegue lembrar quem especificamente contou?

— Acho... acho que foi a garota que tem o armário do lado do meu. Ela disse que tinha escutado de alguém da turma dela, que ouviu de outra pessoa.

— E quando vocês chegaram ao restaurante grego, o que fizeram lá?

— Compramos *donairs*. Comemos do lado de fora. Tinha um bocado de gente lá que estava na festa.

— Quem você viu lá?

Amy puxa um fio invisível da legging.

— Eu... eu não sei. Não estava com muito foco, estava meio fora de mim. O pessoal da minha turma, e alguns alunos mais velhos. Tripp Galloway estava conversando com Darsh Rai. Hum... Cheyenne. Dusty. E uns outros.

— O Darsh estava lá? E não pensou em avisar que a prima mais nova dele estava cambaleando bêbada por uma ponte sozinha no escuro? Não achou que ele ficaria preocupado?

Ela balançou a cabeça em negativa.

— Você não falou para *ninguém* que viu a Leena?

— Não, por que falaria?

— É, por que — falo, desgostosa. — Ela era só uma estranha. Irrelevante. Cambaleando sozinha por uma ponte escura. Não é mesmo, Amy?

Amy começa a chorar.

— Basta — Sarah brada. — A Amy já disse que sente muito, ela cometeu um erro. — A mãe se põe de pé. — Essa conversa acabou.

De boca cerrada, Sarah nos leva até a porta. Ao sairmos, ela fala atrás de mim:

— E quanto a *sua* filha, Rachel? Por acaso *ela* voltou para casa naquela noite?

Eu paro e me viro, encaro-a.

— A Maddy por acaso contou a *você* que havia uma festa? Ou ela também mentiu?

Mantenho meu olhar no dela.

— É, bem foi o que eu achei. Teto de vidro e tal. — Sarah bate a porta na nossa cara.

Assim que entramos no carro, digo a Luke:

— Ela faz parecer que sou uma péssima mãe, mas sou uma policial, sou a *última* pessoa a quem qualquer um contaria sobre uma festa ilegal na floresta. Minha filha já é atacada por ser filha de policial, estaria sob mais pressão que os outros para não abrir a boca. — Ligo o carro e dou ré.

— Imagino — ele diz, e fica calado o resto do caminho até a cidade. Depois, quando chegamos ao centro, os limpadores de para-brisa guinchando, o aquecedor nas alturas, ele fala: — Eu tomo a frente nas entrevistas com a garotada na escola amanhã.

Eu o encaro.

— Por que a minha filha estará entre eles?

— É.

Preocupação brota dentro de mim. Tem algo se remexendo sob a superfície. Algo está mudando. Sinto nos meus ossos.

RACHEL

AGORA

Quinta-feira, 18 de novembro. Presente.

Já é fim da manhã quando coloco meu equipamento de *mountain bike* na caçamba da caminhonete. Granger ainda não voltou, nem ligou. O tempo abriu, e eu precisava sair de casa, pensar, botar um pouco da ansiedade para fora. Também quero alertar às pessoas próximas a mim ligadas ao antigo caso. Maddy não está atendendo ao telefone, então pretendo passar na casa dela antes de me encontrar com minha amiga, Eileen. Enquanto conduzo pela estrada tortuosa do vale, ouço novamente partes do segundo episódio do podcast sobre Leena Rai.

Trinity: Quando a mãe de Leena Rai deu queixa do desaparecimento da filha, os rumores começaram instantaneamente. Uma das colegas de turma de Leena, Seema Patel, falou comigo ao telefone do lugar em que ela trabalha como gerente de vendas, em Calgary, e disse que os boatos foram ficando cada vez mais descabidos à medida que as mentes juvenis tentavam preencher as lacunas.

Seema: Talvez tenha sido para aplacar os temores, porque não saber pode ser pior do que saber algo, mesmo se for ruim. Em parte, também foi mera euforia sensacionalista. Nossa cidadezinha era tediosa para nós, adolescentes naquela época. A gente meio que inventou histórias malucas sobre o mistério da Leena como uma forma estranha de entretenimento, cada uma pior que a outra. Começou com boatos de um ataque de urso, porque a princípio disseram que Leena tinha desaparecido na floresta, e ninguém lembrava de ter visto ela depois do foguete no céu. Alguém disse que ela tinha sido arrastada por um urso quando foi ao banheiro na trilha. Outras pessoas disseram que foi um lince, ou lobos. Alguns acreditavam que ela havia caído de um barranco e estava escondida na vegetação perto do fundo, ou sendo comida pelos animais. Aí uns engraçadinhos inventaram que foi coisa de óvni, algo ligado ao foguete, e que alienígenas tinham capturado a Leena para fazer experimentos. Alguns disseram que ela tinha fugido com um homem que estava rondando a festa da fogueira, ou que talvez ela estivesse escondida, sendo Leena... Ela já tinha ficado sem voltar para casa antes e mentia com frequência. Era carente. Era meio *stalker*. Ciumenta. E... Bem, de todo jeito, ela sempre falava de ir embora de Twin Falls, de dar o fora da cidade. Eu achei mesmo que ela finalmente tinha ido. Fiquei até impressionada, porque só Deus sabe como eu mesma queria ter ido embora. Odiava aquele lugar, odiava a escola. Aí, quando os dias viraram uma semana, escutei na escola que ela tinha se matado. E achei plausível também.

TRINITY: Então quando foi que os rumores sobre a Leena estar flutuando no rio surgiram?

SEEMA: Uns dois dias antes de encontrarem ela, se não me engano.

TRINITY: Quem começou essa história em particular?

SEEMA: A gente nunca descobriu. Nem os policiais.

TRINITY: Mas alguém devia saber que ela estava no rio, e morta. Porque era verdade. Ela estava.

Seema: A princípio, pensei que era só mais uma teoria absurda. Mas, é... era verdade. Alguém sabia de algo.
Trinity: Você conhecia bem a Leena?
Seema: Eu... Não muito.
Trinity: Soube que seus pais conheciam os dela?
Seema: Só porque vieram da mesma parte da Índia, mas isso não fazia da nossa família amiga da deles.
Trinity: O assunto parece te deixar na defensiva.
Seema: Só porque uma pessoa vem do mesmo lugar que outra não quer dizer que elas são iguais. Tentam colocar todo mundo no mesmo saco, isso se chama preconceito. Contra a cor da pele ou origem cultural.
Trinity: Então você está tentando dizer que era diferente da Leena, melhor?
Seema: Não gostei desse comentário. Eu era diferente dela, só isso. Não tínhamos nada em comum. A Leena não se encaixava, ela não sabia como se encaixar.
Trinity: Mas você sabia.
Seema: Eu tinha amigos.

Aperto o *stop*. Estou chegando aos arredores de Twin Falls, que ficou dez vezes maior durante esses vinte e quatro anos, foi de comunidade extratora de madeira e usineira para uma meca do lazer para jovens famílias descoladas, apaixonadas pelo meio ambiente e com predileção por trabalho remoto. Meus pensamentos se voltam para Pratima e o que ela me disse no quarto de Leena:

Achamos que somos capazes de proteger nossos filhos sendo mandões e os controlando. Que, se estiverem ocupados com esportes, não vão se meter em encrenca. Mas estamos errados.

Pratima estava certa. Senti isso na pele. Uma mãe pode fazer tudo que estiver a seu alcance para garantir que tenha uma comunicação aberta com os filhos, e as coisas dão errado de todo jeito. Eu mesma fui uma adolescente difícil. E fui assim até praticamente os 22, quando engravidei de Maddy. Foi aí que voltei para meus pais, com o rabo entre as pernas, para pedir ajuda, porque nem eu nem Jake tínhamos emprego ou dinheiro, e estávamos numa enrascada. Jake tinha vindo de Ontário para escalar montanhas, andar de esqui e ir a festas. Fiquei caidinha por ele e me meti a fazer bicos que me permitissem esquiar. Meu pai, que já era chefe de polícia na época, ajudou Jake a encontrar emprego no setor de construção, através de um amigo. E minha mãe tomava conta de Maddy enquanto eu treinava para a polícia. Jake e eu amadurecemos muito rápido a partir daí. Eu entrei no departamento de polícia de Twin Falls, graças a meu pai, e Jake abriu uma pequena construtora. Maddy, entretanto, nunca sossegou, mesmo depois de se casar com Darren Jankowski, da turma do colégio. Nem depois do nascimento das duas filhas deles. Minhas netas.

Faço a curva em uma rua de casas suburbanas, todas parecidas. É um dos empreendimentos mais recentes no alto da cidade, mais perto dos flancos da montanha. No fim da rua sem saída fica a bela casa de Maddy e Darren, dois andares, branca com detalhes em verde. Jake os havia ajudado a construir.

Enquanto espio a casa, meu pescoço fica tenso. Sinto um aperto no estômago.

Estaciono na frente da casa, desligo o motor e encaro a construção e suas janelas trapeiras pitorescas. Na casa ao lado, um vizinho pendura pisca-piscas em um abeto que cresce no jardim. Um bebê todo encasacado observa do carrinho no alpendre. Fumaça sobe da chaminé da casa.

Saio do carro. Aceno. O vizinho olha na direção da porta de Maddy e Darren, e hesita antes de retribuir o cumprimento. Estou tão fora do lugar assim? Uma estranha na casa da minha própria filha? Ou por acaso ele sabe bem quem sou e que não sou bem-vinda nesta casa branca de detalhes verdes.

Bato à porta.

Darren abre. Uma expressão de choque surge em seu rosto, mas ele logo a controla e sorri.

— Rachel? O que... o que traz você aqui?

Enfio as chaves da caminhonete no bolso de trás ao ver a pequena Daisy espiando no canto.

— E aí, Daisy. — Eu me agacho. — Como você está, lindinha? Como está a sua irmã?

Daisy, quatro anos, sorri timidamente, vem um pouco mais para perto e se agarra à calça jeans do pai, recostando-se na perna dele.

— Diga oi, filha — Darren fala. — É a sua avó.

— Oi — ela diz com timidez e se vira para a perna do pai, as bochechas enrubescidas.

Sinto uma pontada de dor. Sou uma estranha para minhas netas, e Deus sabe como tentei mudar isso, mas Maddy cria todas as dificuldades possíveis.

— Trouxe uma coisa. — Tiro uma barra de Snickers do bolso e estendo para ela.

— A Maddy não quer que as meninas comam doce. — Darren consegue esboçar um sorriso de desculpas. — Principalmente com amendoim.

Guardo o chocolate no bolso.

— Bem, então vou ter que trazer algo melhor da próxima vez, ok, Day? Cadê a Lily?

— Dumindo. — O jeitinho dela de falar é uma fofura, deixa meu coração apertado e meus olhos marejados de emoção. Eu me levanto.

— A Maddy está em casa? — pergunto a Darren. — Vi a van dela na garagem.

Ele parece encurralado. A van está ali, a porta da garagem está aberta. Ele dificilmente pode dar uma de Granger e fingir que a esposa não está em casa.

— Quem é? — Ouço a voz de Maddy antes de ela surgir no corredor.

Ela aparece e me vê, então congela, as mãos pressionando com força as rodas da cadeira. A expressão dela muda.

— Oi, Mads — digo.

— Quem morreu?

— Estava de passagem. Parei para... Eu vim dar oi para as minhas netas.

— Sei.

— Podemos conversar?

— O que quer que seja, pode dizer aqui. — No hall de entrada, com a porta logo atrás das minhas costas.

— Recebi uma visita de uma mulher chamada Trinity Scott. Ela está produzindo um podcast sobre o assassinato de Leena Rai.

Maddy fica me encarando. O tempo demora a passar. Abruptamente, ela vira a cadeira e vai embora da sala, sumindo de vista.

Darren sacode a cabeça e fala baixinho:

— Pode entrar.

Encontro minha filha na cozinha, lavando os pratos, com as costas para mim. Em cima da pia há uma janela com vista para a face norte da montanha Chief. O paredão marcado por tons de cinza cintila com a umidade. Vejo dois pontinhos coloridos em uma fenda. Alpinistas. Fico enjoada. Não consigo entender por que minha filha quer viver numa casa com vista tão proeminente da montanha de granito pela qual ela costumava se lançar com tanta vontade, tantas vezes, sempre tentando uma rota de escalada mais difícil que a outra, como se desafiasse a Chief a derrubá-la. Quase desejando isso. E aí a montanha atendeu ao pedido. Dois anos atrás, não muito depois de ela ter dado à luz Lily. A Chief finalmente a sacudira, como se vagamente irritada com a pulga humana a atacando, e um pedaço de rocha se separou com Maddy agarrada a ele. Todos disseram que foi um milagre ela não ter morrido. Parte de mim acredita que minha filha queria mesmo morrer, e não consegui ainda entender bem o porquê, e onde tudo começou a dar errado com a minha menininha feliz. Ou por que a maior parte da raiva dela é direcionada a mim. Tudo bem, tive um caso breve. Mas o pai dela fez coisa muito pior. Ok, ela também está com raiva do pai. Mas parece que é a mim que Maddy quer punir.

— A Trinity quer me entrevistar — digo. — Para falar da investigação que colocou Clayton Pelley atrás das grades.

— E daí? — Maddy não se dá ao trabalho de se virar para mim. — Você está usando isso de desculpa pra ver as meninas?

Eu me sento em uma banqueta alta no balcão da cozinha.

— Ela disse que vai tentar falar com todos os envolvidos. Os detetives, os pais da Leena, colegas de turma, quem viu a menina na festa.

Maddy coloca um prato no escorredor e dá de ombros, mas posso notar que eles estão mais tensos. E me dou conta de que Darren está na porta, também ouvindo, com Daisy no colo.

— Só... pensei em deixar vocês avisados, Mads. Para o caso de Trinity ligar, ou passar por aqui.

O silêncio pesa sobre a cozinha enquanto ela enxágua uma faca, depois a enfia violentamente no porta-talheres do escorredor.

— Por quê? Por que você acha que isso vai me incomodar?

Não falo nada.

Ela se vira. Os olhos cintilam.

— Acha que vou ficar magoada por lembrar de como você acabou com nossa família durante a investigação? De como o seu caso com aquele policial arruinou a nossa vida? De como o papai teve que ir embora...

— Seu pai já estava tendo um caso, Maddy. — Minha voz sai cortante, e me dou conta de que ela me provocou. E eu caí feito um patinho. Minha pressão vai às alturas no mesmo instante.

— E isso deixa tudo certo? Meu pai só começou a sair com outra pessoa porque você já tinha o cortado da sua vida. Cortado nós dois. O trabalho sempre esteve em primeiro lugar. Aí vem o caso da Leena. E você usou de desculpa. Estava mais preocupada com uma garota morta do que com a sua família viva. Era tudo *Leena, Leena, Leena*, mas, na verdade, era tudo Luke O'Leary, né, mãe? Todas aquelas noites. Enrolando que estava trabalhando até tarde, mas na verdade era só desculpa para trepar com o seu colega. E você nem disfarçava...

— Maddy. — Darren a alerta da entrada da cozinha.

Ela o ignora. Minha filha entrou de novo na espiral de amargura, está com o olhar feroz preso no meu.

— Minha própria amiga e a mãe dela viram vocês naquele beco. Foi você que fez o meu pai se entregar à bebida. Está com medo de que eu vá dizer isso a Trinity Scott? Que eu fale que você era uma policial de merda e uma mãe de merda?

— Jesus, Maddy — Darren exclama.

— Ah, sai fora — ela retruca.

— Tudo bem — digo. — Eu já estou indo. — Fico de pé, mas Maddy se virou na direção da pia outra vez. Está de costas para mim, olhando para os dois pontinhos escalando a montanha de granito que paira eternamente sobre a cidade. Sobre nossa vida.

— Os dois primeiros episódios do podcast já saíram — digo baixinho. — Clayton Jay Pelley falou neles.

— O Clay *falou*? — Darren pergunta.

Mantenho-me olhando para a nuca de Maddy.

— Sim. Disse que não é o culpado. Que não abusou nem matou a Leena. O Clay disse que o assassino ainda está a solta.

Maddy não move um músculo. Nem um pouquinho. Do bolso, tiro o cartão de Trinity Scott. Coloco-o no balcão e falo baixinho:

— O site com o podcast está nesse cartão. Também dá pra baixar no iTunes.

Ela segue imóvel.

— Posso sair sozinha — aviso a Darren.

Ao abrir a porta da frente, ouço Darren e Maddy começarem uma discussão na cozinha, as vozes se exaltando gradualmente. Assim que atravesso a porta, escuto Darren dizer à esposa que ela poderia pelo menos *tentar* ser gentil com a mãe. Escuto-o dizer a Maddy que ela não está sendo razoável.

Histórias não terminam...

Dirijo para longe da casa perfeita e do loteamento perfeito que fica à sombra da montanha Chief, e tento me lembrar de quando tudo começou a dar errado. Será que as coisas entre mim e Maddy já estavam descarrilhando antes do caso da Leena?

Ou tudo aconteceu por causa do que foi feito com a garota?

RACHEL

ANTES

Segunda-feira, 24 de novembro de 1997.

São quase 17h30, e Luke e eu estamos aguardando em nossa viatura descaracterizada no cais de balsas Laurel Bay. Vemos as luzes da pequena balsa se aproximar em meio à névoa e à escuridão. A chuva continua a bater pesado no teto. Atrás de nós, fica o parque provincial de Twin Falls. Daqui se escuta o estrondo das quedas d'água.

— A usina não é acessível pela estrada? — Luke pergunta.

— Não. Nos anos 1920 havia um assentamento próximo da usina, com escola e tudo, mas as famílias se mudaram há muito tempo.

A buzina da balsa soa quando ela se aproxima para aportar. Uma rampa é abaixada e pedestres começam a desembarcar, vindo ao estacionamento em pequenos grupos. Vários dos trabalhadores da usina usam turbante. Outros empregados usam macacão e boné, ou jeans forrado e suspensórios, camisa xadrez e casaco grosso. Alguns carregam marmitas e expõem o cansaço quando a luz lhes ilumina o rosto. Especialmente os da velha guarda. Os mais novos são fáceis de reconhecer, ainda têm ânimo. Esses trabalhadores representam a mudança demográfica que ocorre na cidade: novos imigrantes se misturando a quem nasceu na Colúmbia Britânica e cresceu cercado pela floresta e lado a lado com a indústria ferroviária.

— É ele. — Coloco o chapéu e aponto. — O cara alto. Cabelo preto.

Darsh Rai vem caminhando com uma cabeça mais alto que os demais. Os postes ladeando a calçada revelam seu cabelo lustroso e molhado pela chuva. Saímos do carro e vamos ao encontro dele.

Ele está se dirigindo ao estacionamento de funcionários.

— Darsh? — chamo enquanto nos aproximamos dele.

Ele para e se vira. Várias emoções passam por seu rosto à medida que se dá conta de que sou eu, a policial que encontrou sua prima morta. Ele lança um olhar na direção de Luke. Eu os apresento.

— Veio falar da Leena? — Darsh parece nervoso. — Receberam os resultados da autópsia?

— Há algum lugar em que possamos conversar fora da chuva? — pergunto.

Ele hesita.

— Que tal ali? — Luke aponta para uma mesa de piquenique debaixo de um gazebo próximo da cafeteria da balsa. Compro cafés, e nos sentamos debaixo da coberta, ouvindo a chuva cair enquanto os trabalhadores pegam o carro e seguem para casa. O rugido próximo da cachoeira está alto aqui.

— Sabem a causa da morte? — Darsh pergunta.

— Não temos o relatório oficial ainda — respondo. — Mas a Leena se afogou. Sinto muito, Darsh.

— Se afogou — ele repete baixinho. Seus olhos brilham na luz refletida. — Por que alguém afogaria a minha prima? — O rosto dele fica sério. — Ela foi estuprada?

— Há ferimentos consistentes com abuso sexual — digo. — Estamos aguardando os resultados laboratoriais para determinar se há presença de sêmen.

As mãos dele se fecham sobre a mesa de piquenique. Ele pressiona os lábios e olha para longe. Consigo ver o sangue pulsando em seu pescoço. Os músculos estão tensos. O rapaz neste momento é a personificação da ira e da dor, um barril de pólvora passional. A volatilidade dele é quase tangível no ar úmido.

— Darsh — Luke diz e se inclina para a frente, os braços sobre a mesa de piquenique. — Precisamos fazer algumas perguntas, pode ser?

— Hum-hum, pode dizer.

— Você era próximo da sua prima mais nova?

Ele faz que sim e desvia o olhar, claramente tendo dificuldades para se recompor. Devagar, ele volta a nos fitar.

— A Leena era mal-compreendida.

— Como assim? — Luke pergunta.

— Tudo que ela queria era ser amada, respeitada. Talvez até admirada, um pouco.

— A Leena disse isso a você? — Luke pergunta.

O que Darsh diz ecoa o que Pratima falou sobre a filha. Deixo Luke conduzir o interrogatório, vai lhe dar uma noção melhor de Darsh Rai.

— Ela nunca falou com essas palavras — Darsh responde. — Mas era óbvio. Estava na cara.

— Por que ela queria sapatos de marca?

Darsh estreita os olhos.

— Os tênis da Nike? Os que comprei pra ela? O que vocês encontraram perto do rio com a meia ensanguentada? — A voz dele fica mais exaltada. — Você acha que *eu* tive algo a ver com a morte dela? É *isso* que está querendo dizer?

— Estou só tentando conhecer melhor sua prima mais nova, Darsh — Luke explica. — Quanto mais sabemos sobre uma vítima, mais conseguimos entender seus movimentos, pensamentos, amizades. Isso pode nos ajudar a descobrir o que aconteceu com ela. Por exemplo, poderia nos contar por que ela estava tropeçando por aí sozinha para começo de conversa? E por que Amy Chan não contou a você que tinha visto sua prima na Ponte do Mal quando ela e Jepp Sullivan encontraram você no Ari's? O que foi que fez da Leena um alvo naquela noite? Quem a escolheu? Ou foi um crime de oportunidade por ela estar...

— Pare! — O rapaz bate com força na mesa. — Por favor, só... pare. — Ele inspira fundo e passa a mão pelo cabelo basto e úmido. — Vou falar de Leena. Minha prima queria os tênis Nike porque queria usar o mesmo que as outras garotas. As mesmas marcas, o mesmo estilo. Achava que isso a ajudaria a se enturmar. Mas os pais dela não podiam pagar por roupas de marca, então ela tinha que usar coisa barata. Ela queria ouvir as mesmas músicas que a galera popular. Assistir aos mesmos filmes... Nas noites de verão, quando o tempo estava bom, ela me esperava aqui no cais e me implorava para levá-la pra passear no meu Porsche amarelo conversível, que eu basicamente remontei do zero. Ela amava aquele carro. Me pedia pra baixar a capota, e me pedia para passar em frente à Dairy Queen na rua principal, onde a turma popular se encontrava de tarde às vezes. Ela me implorava para passar lá na frente umas três ou quatro vezes seguidas, com a música alta, fazendo tudo tremer. — A voz dele fica presa. Darsh esfrega o queixo, tentando manter a compostura.

— E eu fazia o que ela pedia. Passava com ela pela Dairy Queen, apesar de ser claramente patético. Todo mundo via o que ela estava tentando fazer. Assim, quem passa quatro, cinco, vezes seguidas na frente da Dairy Queen? A Leena só queria ter cem por cento de certeza de que as garotas populares a vissem comigo. E que os garotos, como o Darren, o Johnny e o Jepp, a vissem em um Porsche. — Ele faz uma pausa. — Tenho certeza de que, a essa altura, todo mundo já disse a vocês que a Leena fazia coisas completamente idiotas e que não tinha ideia de como isso a fazia parecer desesperada. Às vezes... ela só tinha dificuldade de entender as pessoas.

— E mesmo assim você fazia as vontades dela — Luke diz. — Você a recebeu em casa ano passado quando ela fugiu, comprou coisas bacanas pra ela.

— É o mínimo que eu poderia fazer. O pai dela... Ele é muito rígido. E quando digo muito, é muito. A mãe... A Pratima só faz o que o Jaswinder quer. Como eu disse, eles não têm muito dinheiro. O Jaswinder é motorista de ônibus e a Pratima não trabalha.

— E você tem dinheiro?

Darsh solta um som de escárnio.

— Acha que eu trabalharia aqui se tivesse dinheiro sobrando? Que eu iria para aquela usina fedorenta, respiraria aqueles gases, viveria de colocar troncos na máquina de corte o dia todo, todo dia se não precisasse do dinheiro? Eu consigo uma grana extra por fora com o meu passatempo de consertar e remodelar carros. Sonho, como a Leena sonhava, em ir embora daqui algum dia. A gente compartilha... compartilhava... da mesma herança cultural que se baseia em tradições que nem sempre batem com o lugar em que estamos agora. Então não é fácil, sabe, viver numa cidade como essa. Basta olhar ao redor. Eu? Eu entendia a solidão da Leena. Talvez precisasse da amizade dela, porque ela entendia a mim e ao meu passado. Somos família. Nós nos apoiamos.

Noto a amargura dele, o amor. Vejo um rapaz lutando por um ideal. Darsh, de certa forma, é como a própria Twin Falls, com dificuldades de trazer o passado para o presente, e olhando para o futuro enquanto ele se diversifica. E, às vezes, isso causa conflitos, de vários tipos.

— Então, é, se vocês acham que a estranheza da Leena fez dela uma vítima, fez mesmo. Ela estava sempre fora do bando, tentando fazer parte. Mas não era aceita. E, quanto mais tentava, mais ridícula podia parecer, e mais as pessoas debochavam dela. Então se ela estava sozinha na ponte naquela noite, não me surpreende, e não devia surpreender ninguém. A Leena não tinha o melhor dos juízos. E se estava bêbada... — A fala dele se perde. Depois, ele retoma: — A Amy devia ter me dito. Talvez ela estivesse viva se tivessem me contado. — Mais uma pausa longa. — Estou puto da vida com a Amy.

— Você estava no sacrifício de Ullr, Darsh. Quando a Leena não voltou pra casa, você disse à polícia que não a tinha visto lá — aponto.

— É. — Ele esfrega o rosto, claramente cansado.

— Por que você foi naquela noite?

— Para a festa? Todo mundo foi. Fui encontrar garotas, ficar bêbado, chapado. Fui relaxar. Ser visto. Nada muito emocionante acontece nessa cidade.

— Com quem você foi?

— Por que está me perguntando isso?

Luke interfere:

— Para tentar construir a cena com o máximo de detalhes possíveis daquela noite, e dos eventos que podem ter levado à morte da sua prima.

Darsh umedece os lábios.

— Fui de carro com alguns amigos que trabalham na cidade até a clareira onde a festa aconteceu. Fui no meu carro. Chegamos lá perto das oito. Eu vi, sim, a Leena e tentei falar com ela, mas ela se afastou e eu a perdi no meio da multidão.

— Você viu um rapaz com ela? — pergunto.

— Vi, brevemente. Do outro lado de onde as pessoas estavam dançando. Mas estava escuro, e ela estava nas sombras, perto da floresta, sentada em um tronco com ele. Não reparei quem ele era.

— Mas era um "ele"?

O rapaz acena positivamente.

— Foi o que presumi. Era alto, com uma jaqueta grande e escura. O rosto dele estava meio escondido pelo chapéu e pelo cachecol preto. Usava luvas. Estava bem frio, e todo mundo vestia roupas quentes. Mas o negócio é que eu fiquei feliz de ver a Leena com alguém. Feliz que ela não ia tentar se grudar em mim naquela noite.

— E estragar seu estilo — Luke diz.

Darsh olha feio para ele.

— É. Exatamente. E pro resto da minha vida vou me arrepender disso, ok? Mas a Natalia estava lá, e eu estava torcendo para que a gente ficasse naquela noite. Então fiquei com ela e os amigos, e me esqueci completamente da minha prima. — Ele mantém os olhos nos de Luke. — E agora ela está morta.

Luke avalia o rapaz. O tempo parece passar mais devagar. O vento sopra e a chuva nos acerta. Está esfriando, e começo a tremer.

— Quem é Natalia? — Luke pergunta, enfim.

— Natalia Petrov — digo. — É russa. Vive no abrigo com a irmã mais nova, Nina, que estuda com a Leena. A Nina conhece a Maddy. As irmãs perderam os pais em um acidente de carro no ano passado.

— Foi — Darsh concorda. — A Natalia trabalha no mercadinho dos Chan lá no centro, e ela está sempre cuidado da irmã mais nova. Terminamos? Porque eu gostaria de ir para casa.

— Que horas você saiu da festa, Darsh? — Luke pergunta.

— Logo depois do foguete aparecer no céu. A Natalia tinha que trabalhar cedo no dia seguinte e não queria acordar tarde. Dei uma carona a ela e à Nina até o abrigo, depois fui encontrar Tripp Galloway no Ari's.

— Obrigada, Darsh — respondo. — E mais uma vez, sinto muito por trazer notícias ruins.

— É, tanto faz. — Ele se levanta do banco e sai pela chuva escura sem dizer mais nada. Nós o observamos ir embora.

Luke confere a hora.

— A gente devia voltar para a delegacia. As cópias das páginas de diário já devem ter sido entregues a essa altura. Quer pegar algo pra comer no caminho?

Hesito. Estou exausta. Maddy e Jake estão esperando por mim para jantar. Ou, mais provavelmente, estão esperando que eu faça a janta. Vou ter que ligar para eles da delegacia, dizer que vou trabalhar até tarde.

— Claro — digo. — Tem um restaurante de comida mexicana no caminho.

Enquanto voltamos para o carro, falo:

— Você tem onde ficar por aqui?

Ele grunhe.

— Hum-hum. Um hotel supereconômico, Super Saver Motel. — Ele abre o bloquinho e anota alguma coisa.

Ligo o carro e saio da vaga.

Ele olha para mim, e sinto minhas bochechas queimarem só por pensar em onde ele vai dormir depois de bater o ponto hoje.

Se é que dá para bater o ponto em uma investigação de assassinato.

RACHEL

ANTES

Segunda-feira, 24 de novembro de 1997.

Quando finalmente chego em casa depois de examinar cópias das páginas de diário com Luke e Tucker, encontro Jake bebendo cerveja na frente da televisão. Ele está assistindo a um jogo de hóquei. O volume está alto. Os pés calçados com meias estão sobre a mesa de centro, e noto três garrafas vazias ao seu lado, além da que está na mão.

— Oi — ele diz sem olhar pra mim.

Tiro o casaco.

— Quem está jogando?

— Quê?

Mais alto, eu falo:

— Quem está jogando?

— Canucks e Oilers. — Ele continua sem olhar para mim.

Penduro o casaco. Há pratos sujos na pia. Vejo apenas um conjunto de prato e talheres.

— Vocês jantaram o quê?

Ele olha para trás. Pelo rubor em seu rosto, está óbvio que já bebeu um bocado.

— Restos de ontem, como você sugeriu no telefone.

— Só você?

— A Mads ligou pra avisar que vai chegar tarde.

— Onde ela está?

— Na casa da Beth, disse algo sobre um trabalho da escola. — Ele se volta novamente para a televisão quando um dos times pontua. E comemora, joga o punho para o ar, depois toma outro gole.

Sinto uma pontada de irritação.

Obrigada, amor, sim, meu dia foi difícil. Obrigada por perguntar da autópsia. Você sabia como eu estava ansiosa quanto a participar de um exame pós-morte de uma garota da mesma idade que a nossa filha, uma colega de classe dela, depois falar com os pais dela. Investigar o abuso sexual, espancamento e afogamento sofridos por uma menor de idade é coisa pesada mesmo, obrigada. Você sabe como estou trabalhando duro para provar que posso seguir os passos do meu pai, como ele me disse antes de morrer que o maior desejo dele era que eu virasse chefe de polícia.

Mas, em parte, sou culpada pela indiferença de Jake. Eu ajudei a cultivar a distância entre nós, porque muitas vezes trabalho em casos sobre os quais não posso falar. Ainda mais em uma cidade pequena como essa. Às vezes, depois de um dia difícil, também só quero me sentar e beber uma, ficar em silêncio e processar tudo. Ou assistir a um programa bobo enquanto meu corpo e minha mente descansam. Às vezes, principalmente quando estou cansada, o peso da ambição do meu pai para mim é muito oneroso, como se ele tivesse almejado muito alto, e tenho dificuldade de processar o que percebo como ressentimento para com parte do departamento de polícia.

Abro a geladeira e apanho uma garrafa de vinho branco. Sirvo uma taça, bebo um bom gole, depois outro. O calor em meu peito traz alívio. Encho a taça de novo, ponho a garrafa de volta na geladeira e vou até a escada.

— Vou tomar um banho — aviso a Jake.

— Hum-hum. — Mais um ponto. Mais um urro. Não sei o que é pior: ele me ignorar ou o caso que teve meses atrás. Meu marido diz que parou de ver essa "outra" mulher, mas parece que trocou esse vício por cerveja e TV, e sinto que ele está *me* punindo por ter brigado com ele por dormir com outra pessoa.

No andar de cima, uso o telefone do quarto para ligar para Eileen Galloway. A mãe de Beth é gerente de compras no hospital de Twin Falls.

Também somos parceiras de *mountain bike*. Tomo mais um gole de vinho. Eileen atende.

— Eileen, oi, é a Rachel. A Maddy está por aí?

— Não, a Beth está no quarto sozinha, estudando.

Hesito. Mas penso no ataque de despedida de Sarah Chan.

E quanto a sua filha, Rachel? Por acaso ela voltou para casa naquela noite? Ou ela também mentiu?

— Escuta, a Maddy por acaso dormiu na sua casa na sexta da festa da fogueira de Ullr?

— Eu... A Beth me disse que ela dormiu na *sua* casa.

— Ok. Eu... Valeu. Só estava querendo saber.

— Rache, isso... isso tem a ver com... a coisa da Leena? Está tudo bem? Eu estou tão preocupada. Foi um... assassinato? Ou ela caiu bêbada ou sei lá?

Fecho os olhos, vejo seu corpo flutuando. O cabelo aveludado. Uma Ofélia na água escura. Leena sendo virada para cima. O soco no estômago que foi ver seu rosto esmagado. Consigo ouvir a esperança vã na pergunta de Eileen. Ninguém quer pensar que tem um assassino na própria cidade. Levanto minha bebida, dou outro grande gole e respondo:

— É uma morte suspeita, sim. Trouxemos um cara com experiência em homicídios para ajudar. Estamos trabalhando para encontrar o responsável. E... a este ponto acho que nenhum dos meninos foi para casa depois da festa. Pelo lixo que ficou para trás, parece que alguns deles podem ter acampado lá, e ninguém está dizendo a verdade sobre onde estavam.

— Então já é certeza que ela foi assassinada?

— É uma investigação ativa de homicídio. E... não posso falar mais sobre o caso.

Um instante de silêncio.

— Vocês estão... Você precisa de ajuda pra achar a Maddy? — Eileen pergunta.

— Ela deve estar na biblioteca ou coisa assim. Vou esperar mais uma hora. — Mas ambas sabemos que a biblioteca já está fechada a essa hora.

Desligo o telefone. Começo a ficar inquieta. Chuva bate e escorre pela janela. Pelo som, parece que está virando chuva de granizo. Viro o resto do vinho, largo a taça e vou para o quarto de Maddy.

Hesito diante da porta fechada, minha mão já na maçaneta. O barulho do jogo de hóquei lá embaixo está alto. Não escuto nenhum movimento na escada. Inspiro, abro a porta, acendo a luz e entro no quarto da minha filha. Depois a fecho com cuidado. Fico parada um momento, absorvendo as coisas de menininha que Maddy ainda guarda. O ursinho de pelúcia na cama, o travesseirão cheio de frufru que ela ganhou no Natal do ano passado, um cobertor macio amarelo do qual ela não consegue se desfazer. Não importa o quanto finjamos — mães, filha, avós —, sempre existe uma parte de nós lá no fundo que continua a ser a garotinha que foi um dia. Seja aos quinze, quarenta ou oitenta anos, aquela pessoinha ainda se esconde detrás de tudo que fazemos, pensamos, tentamos ser ou rejeitamos. Ela está sempre ali. Minha dor por Pratima Rai de repente fica imensa, e me rouba o ar. Meus olhos ardem de emoção. Sei que isso é parcialmente fadiga e vinho. Mas, Deus, o que eu faria se aquele corpo fosse o de Maddy...

Vou até a penteadeira. Hesitante, toco a caixa laqueada com fecho dourado no tampo. Titubeio ao ser atravessada por um feixe de culpa. Eu não deveria nem estar ali. Não desse jeito. Mas uma necessidade mais profunda, mais soturnamente poderosa me compele a abrir a caixa. Assim que ela se abre, ajo rápido. Vasculho as bijuterias e joias ali dentro, abrindo e fechando caixinhas. Não encontro. Escuto um carro lá fora e congelo. Luzes aparecem na janela. O carro segue.

Viro o conteúdo da caixa, espalhando todos os colares, pulseiras e anéis sobre a mesa. Minha pele fica quente. Talvez tenha deixado passar. *Tem* que estar aqui. Mas não acho. Abro as gavetas, o guarda-roupa, vasculho tudo o mais rápido que consigo. Dentro de uma pequena gaveta ao lado da cama, vejo uma foto em papel brilhante. Eu a apanho e a observo. É um grupo de garotas. Maddy está entre elas. Reconheço as demais: Natalia Petrov, Seema Patel, Cheyenne Wilson, Dusty Peters, Beth Galloway. Foi tirada no escuro. Uma imagem de qualidade profissional. Perfeitamente em foco, o rosto de todas elas. Bochechas rosadas. No fundo, há uma imensa fogueira queimando, lançando fagulhas alaranjadas na direção do céu. Vejo esquis e pranchas de *snowboard* queimando entre as toras de madeira.

Meu coração acelera. Engulo em seco. Foi tirada no dia da festa da fogueira.

— Mãe!

O ar me escapa num sobressalto.

— Maddy?

— Que porcaria é essa? O que você está *fazendo*? — Ela vai feito um furacão até a penteadeira e encara os objetos espalhados. Está boquiaberta, chocada. Ela me olha feio, a mochila ainda em seu ombro. — O que você está procurando? Essas coisas são *minhas*. — Maddy larga a mochila no chão e começa a juntar os acessórios em uma pilha, enfiando-os emaranhados de volta na caixa laqueada. Suas mãos tremem.

Encosto no braço dela, tentando acalmá-la.

— Maddy, para. Por favor. Eu posso explicar.

Ela me empurra. O cabelo longo e escuro, igual ao meu, cheira a cigarro. Também sinto o cheiro de álcool e alguma coisa doce, parece morango.

— Que porcaria é essa, o que você acha que está fazendo? Por que está mexendo nas minhas coisas? Como você *ousa*?

Eu encaro a minha menina. Só consigo pensar na Leena. Riscada do mapa. Estuprada. Feita de saco de pancadas. Afogada, com pedrinhas nos pulmões. Penso no coração dela na balança do necrotério.

A expressão de Maddy muda ao perceber algo na minha. Ela se controla um pouco e uma expressão desconfiada surge em seu rosto.

— Mãe, o que está rolando?

— O medalhão que a sua avó deu a você, a lembrancinha da viagem dela para a Irlanda, onde está?

— Quê?

— Só me responde, Maddy. — Perco a paciência.

— Qual é o seu *problema*?

— Você vivia usando ele. Onde ele está agora?

— Não uso faz séculos.

— Maddy, *me diz logo! Onde é que está o medalhão?* — Minha voz soa estridente. Estou perdendo o controle. Meu coração palpita.

Os olhos de Maddy se esbugalham amedrontados. Ela olha na direção da porta, como se precisasse determinar uma rota de fuga.

— Eu... eu não sei.

Eu luto para me controlar.

— Como assim você *não sabe*?

— Acabei de dizer, faz séculos que não o uso. E por que você quer saber?

— Ele era especial, você costumava achar que era. Porque era da sua avó. E, depois que ela morreu, você começou a usar o tempo todo.

— Não sei onde ele está. Não tenho usado, provavelmente ele está perdido no quarto. Só não o vejo faz um tempo, ok?

Mordo o lábio.

— Além do mais, você não tem o direito de entrar aqui e fazer uma coisa dessas. Por que fez isso? Por que não me perguntou? — Maddy volta a guardar as coisas na caixa laqueada, depois, quando ela parece se dar conta de algo, as mãos dela param. — E por que você quer saber onde o medalhão está?

— Estava só pensando na sua avó e precisava olhar para ele, só isso. — Passo as mãos pelo cabelo. — Olha, me desculpa, Mads. Desculpa... Esses dias têm sido difíceis.

— Tanto faz. Só não faça isso de novo — ela fala baixinho, sem olhar para mim. — Agora saia do meu quarto.

— Onde você estava?

— Na casa da Beth.

— Sei que não. Acabei de falar com a Eileen.

Ela se vira para me encarar. Sinto um calafrio ao ver a expressão em seus olhos.

— Você *ligou* para ela? Para descobrir se eu estava mentindo?

— Maddy...

— Quer saber, não é da sua conta. *Você* não veio jantar em casa também.

— Eu estava trabalhando. Uma pessoa morreu... foi assassinada. Uma colega *sua*. Ainda tem um assassino a solta, Maddy. Todos os pais dessa cidade estão preocupados com as filhas estarem sós lá fora no escuro, inclusive eu. Alguém tem que descobrir quem fez isso e prender o culpado. *Por isso* eu cheguei tarde. E vou chegar outras vezes. Até ele estar atrás das grades. E você mentiu para mim sobre onde estava. Está de castigo, por uma semana. Vai ser da escola para casa. Entendido?

— Saia daqui, mãe. — Ela lança o braço na direção da porta. — Saia agora do meu quarto.

Eu saio. Ela bate a porta atrás de mim. Meu coração está ribombando no peito, e me dou conta de que coloquei a foto das garotas no bolso.

RACHEL

AGORA

Quinta-feira, 18 de novembro. Presente.

Cerca de quinze minutos depois de ter saído da casa de Maddy e Darren, entro no estacionamento de cascalhos no topo de uma estrada utilizada pela madeireira, que olha bem do alto para o vale e a cidade lá embaixo. O lugar está vazio. Estou cercada por cedros, cicutas e pinheiros gigantescos, além dos picos cobertos por nuvens esfarrapadas. Está frio e úmido, mas o céu aparece em alguns lugares, e quando o sol desponta por lá, oferece um pouco de calor.

Coloco minhas luvas de ciclismo e me pergunto se Maddy já escutou o podcast, e se Trinity vai tentar entrevistá-la. Talvez já tenha tentado. Não duvidaria que Maddy fingisse que não. Visto o casaco impermeável, apanho o capacete no banco do carona e saio do carro. O som do rio está alto. Ele está cheio e ribomba pelo desfiladeiro. Enquanto tiro a bicicleta da caçamba da caminhonete, a perua Volvo vermelha de Eileen aparece. Os pneus esmagam o cascalho. Ela estaciona ao meu lado.

A mãe da Beth agora está com 63 anos. São três a mais que eu, mas ela ainda é ligada nos 220 volts e está em perfeita forma. Eileen abaixa a janela e põe os cachos loiro-acobreados para fora. Quando os fios brancos começaram a aparecer, ela decidiu pintar o cabelo, e o que antes era uma cortina de ruivo profundo, agora tem um tom mais suave.

— Fala, mulher — ela diz, animada. — Como você está? E por que a gente esperou tanto pra fazer isso de novo, hein?

Solto uma risada. Ela faz isso com as pessoas. Tem uma efervescência contagiosa.

— É, bem, fazenda dá trabalho — falo ao colocar minha bicicleta no chão, com um leve quicar dos pneus na brita.

Eileen sai do carro e começa a descer a bicicleta do suporte na traseira do veículo. O vento sopra. O cabelo dela esvoaça. Penso em Beth e em como ela lembra tanto o pai e nem um pouco a mãe. É alta e esbelta, de cabelo loiro, quase branco. Ele costumava ir até a cintura e era liso escorrido. Beth se casou com Johnny, filho do Granger. Ela e Maddy costumavam ser unha e carne, mas foram se afastando ao longo dos anos desde o assassinato da colega de classe. Todos foram afetados por aquilo, e estamos todos ainda inextricavelmente ligados a esse evento passado.

Inquieta, fico olhando para Eileen enquanto pondero como abordar o tópico do podcast com ela. Resolvo fazer isso quando já tivermos andado alguns quilômetros.

A trilha começa fácil, segue tranquila, ondulando por uma camada firme de agulhas de pinheiro e terra batida. Sinto meus membros se aquecendo e o corpo se soltando à medida que o caminho se torna mais íngreme e sinuoso, indo na direção da área de acampamento às margens do lago Wuyakan. Perco o fôlego rapidinho. Meus músculos queimam e meu peito arfa. Não dá para conversar agora, e está bom assim.

Não muito depois de uma subida extremamente íngreme, alcançamos a área de acampamento e as águas turquesas do lago. Ofegantes e suadas, paramos. Abro a garrafa d'água, tomo um gole e sorrio.

— Bom, né? — Eileen diz, pegando a própria garrafa. Ela aponta para mim. — Você e o Granger deveriam participar dos passeios do grupo de pedal. A gente segue se encontrando todo sábado, pelo menos até começar o período de neve. — Ela toma um grande gole de água. — A demora da neve esse ano tem sido uma beleza. Talvez a gente... — Eileen nota minha expressão. — Você está bem? Está sendo demais?

Recoloco a tampa na garrafa. Hesito, depois falo:

— Você ainda não ouviu falar do podcast, né?

Conheço Eileen desde que nossas filhas estavam na pré-escola. Foi assim que a conheci. Ela já teria me dito se soubesse. Eileen, sincera, não mede palavras, nem pensamentos. Não perdoa ninguém, fala o que pensa.

— Que podcast? — ela pergunta, fechando sem pressa a garrafa enquanto me olha nos olhos.

Então eu conto a ela.

— Os dois primeiros episódios já saíram. Aparentemente Trinity Scott vai lançar novos assim que estiverem prontos.

— Está de brincadeira.

— Infelizmente, não. E Clay Pelley está abrindo a boca. A Trinity está fazendo uma série de entrevistas com ele. Ao que parece, de acordo com a sinopse no site do *É um crime*, ele aceitou se encontrar com ela em sessões de vinte minutos até a mulher conseguir o que precisa dele.

Eileen empalidece.

— Você ouviu o podcast? *Escutou* aquele homem? A voz dele?

— Ele alega não ter matado a Leena.

— Ah, fala sério... Está falando sério? — Ela me encara. Observo atentamente o rosto dela. Penso nas nossas meninas, em como o estresse daquele período parece ter criado uma barreira entre elas, em como elas nunca mais voltaram a ser próximas.

— É, Eileen, é piada. Sempre fui tão piadista.

— Esse desgraçado era treinador de basquete das filhas da gente. Foi o orientador pedagógico delas, o babaca que passava informações de saúde, inclusive de educação *sexual* e prevenção do abuso de drogas e álcool. Era pra ele ser o responsável por guiar as crianças em estilos de vida saudáveis, saúde emocional, combate ao *bullying*... Mas era um merda de um pedófilo pervertido e alcóolatra!

Não falo nada.

Ela vira o rosto, olha para as águas paradas do lago. O peito sobe e desce veloz, exalando pequenas nuvens brancas. Por fim, em baixa voz, Eileen fala:

— Foi por isso que você me chamou para um passeio?

— Não. Eu precisava desopilar depois de escutá-lo falando. Depois de pensar em tudo aquilo de novo. — Paro de falar um momento.

Ela se vira para mim.

— Eu precisava de companhia. — Dou de ombros sem energia. — E dizem que não se deve andar sozinha por aí.

Ela solta um bufo.

— E não podia não contar para você.

— Sim, sim, já entendi. — Ela olha na direção do lago outra vez, fica em silêncio um bom tempo. — Então esse podcast é on-line? Dá pra eu ouvir?

Aceno que sim com a cabeça. Tomo um gole de água.

O vento de repente faz ondular a incrível superfície azul do lago. Parece um sinal. Um aviso. Noto outro tipo de aviso, esse pregado a uma árvore atrás de Eileen:

CUIDADO.
LOBOS NA ÁREA.
MANTENHA CRIANÇAS PEQUENAS POR PERTO.

Eileen segue meu olhar e sorri.

— Que tal uma selfie? — ela pergunta. — De nós, duas lobas, na frente da placa, pro Instagram.

Desço da bicicleta e a empurro até a árvore. Apoio a bicicleta no tronco, e eu e Eileen juntamos a cabeça. Abrimos um grande sorriso falso para a foto, como se estivéssemos fazendo algo muito legal. Ela faz o sinal do rock, com o indicador e mindinho levantados, na hora de tirar a foto.

— Devia estar escrito "cuidado, onças na área" — digo. Eileen guarda o telefone. — Já estamos velhas demais pra ser lobas.

— Você deve estar querendo dizer panteras. Não é o que usam para quem tem mais de sessenta?

Rio e monto na bicicleta. Devagar, recomeço a pedalar de volta para a trilha enquanto Eileen sobe na dela. Meus pensamentos se voltam para a fotografia que guardei na caixa, de nossas filhas e as amigas na festa da fogueira, naquela noite, vinte e quatro anos atrás. E penso em como era diferente naquele tempo, antes de todo jovem ter um celular. Antes de as fotos e os vídeos serem feitos para as redes sociais. Penso em como era mais fácil esconder as coisas.

— A Maddy sabe? — Eileen pergunta atrás de mim.

— Sabe — falo por cima do ombro. — Contei pra ela antes de vir pra cá.

Ficamos em silêncio enquanto pedalamos com mais intensidade, a estrada fica mais inclinada e as curvas mais fechadas. Sei que Eileen está se perguntando se Beth e Tripp, o filho dela, sabem. Johnny também.

Também me pergunto se Johnny sabe. Se Granger informou ao filho, se ele sequer se importaria, já que Granger claramente acredita que Trinity e Clay Pelley são perda de tempo.

Querendo ou não, Trinity Scott vai desenterrar memórias ruins. O podcast dela vai ser o equivalente a uma pedra grande lançada em uma pequena lagoa de água parada, e o impacto vai criar perturbações em pessoas nessa cidade que acreditavam ter seguido adiante com a vida. O terreno fica ainda mais íngreme e pedalo com mais força, e me pergunto que proporções essas perturbações podem tomar.

REVERBERAÇÃO
O EFEITO CASCATA

AGORA

re.ver.be.ra.ção
substantivo feminino

"Para um produtor ou engenheiro de som, *reverberar, ou* reverberação, é um fenômeno acústico, um efeito de áudio. Simplificando, o efeito de reverberação acontece quando um som ou sinal rebate em várias superfícies de um cômodo, fazendo inúmeros reflexos alcançarem os ouvidos de uma pessoa tão próximos um dos outros que não se consegue interpretá-los como *delays* individuais. O resultado é ampliado em ambientes maiores, onde parece que o som continua muito depois de a fonte ter cessado... Mas no segmento de *true crime* de podcasts, reverberar também pode se aplicar à própria história."

~ **Gio Rossi**, entrevista ao *Toronto Times.*

"Quando você investiga um crime em tempo real, ao vivo, encontra o problema da reverberação. As reportagens que você faz hoje influenciarão as entrevistas e respostas que vai conseguir amanhã, pois o seu sujeito terá ouvido o episódio, e saberá quais são suas dúvidas, suspeitas, teorias e pensamentos. Saberá o que outras pessoas disseram a você. E isso, por sua vez, vai influenciar o que o sujeito dirá a você. Tudo bem quando se trata de ficção, mas este é um problema grave sob a perspectiva jornalística: a contação de uma história influencia a história à medida que ela se desenrola. É propaganda enganosa. É injusto com o ouvinte. Você deixa suas pegadas e digitais por toda a história de um jeito muito pós-moderno. O risco nisso, a razão pela qual veículos de informação não fazem algo do tipo, é que você vai encontrar inconsistências. Vai encontrar pessoas que mentiram para você, descobrir que deixou passar uma informação e que talvez precise reavaliar e reformular sua história. Não estou dizendo que é antiético por si só, apenas que existem essas armadilhas em potencial."

~ Mark Pattinson, professor de jornalismo falando de ética em podcasts de *true crime*.

Quinta-feira, 18 de novembro. Presente.

Maddy está em seu escritório em casa. Ela passa os dedos pelo cartão de visitas que a mãe deixou no balcão da cozinha enquanto escuta o primeiro episódio do podcast. O som da voz que ela conhecia a arrasta para longe, de volta ao passado, à persona de estudante dela... e até aquela noite, na fogueira para Ullr.

Clayton: Quero que o mundo saiba, Trinity Scott, que todos temos nossa escuridão pessoal. Aquela sombra. Até mesmo você.
   Mas eu *não* violentei Leena Rai... E eu não matei a Leena.
Trinity: Se não foi você, quem foi?
Guarda: Acabou o tempo, Pelley. Vamos.
Clayton: Quem quer que seja, o assassino dela ainda está lá fora.
   O som de uma porta batendo. Risadas abafadas.

As palavras do sr. Pelley ecoam na mente de Maddy, retornando cada vez mais altas.
O assassino dela ainda está lá fora.
O assassino dela ainda está lá fora.
O assassino dela ainda está lá fora.
— Maddy?

Ela se sobressalta, gira com a cadeira. Darren está no escritório. Parado ao lado da porta. Esteve ouvindo também. A expressão nos olhos dele a deixa assustada.

— E se ele *não* for mesmo o culpado? — Darren diz, a voz soa estranha.
— E, como Trinity Scott disse, se não foi ele, quem foi?
— Isso é ridículo! — Maddy balança o braço na direção da caixa de som. — Ridículo pra caralho. Gratuito. Apelativo. Ele está mentindo descaradamente, e essa tal de Trinity, ela sabe. Ela *tem* que saber. A mulher está criando uma história em cima das mentiras dele, sendo sensacionalista. E digo mais, em uma coisa ela está certa. Esse *É um crime* é um crime. A porcaria do podcast inteiro dela é criminoso. Ninguém devia poder fazer uma merda dessa. É difamatório. Injurioso.
— Ela não difamou ninguém se...
— Ainda não. Mas já preparou o terreno para novas teorias de quem é o culpado, tudo com base nas mentiras de um sociopata. E, ao fazer isso, vai começar a levantar suspeitas infundadas sobre as pessoas da cidade. Pessoas que conhecemos. Pessoas que ainda vivem aqui.
— Você vai falar com ela quando ela ligar? Porque é apenas questão de quando, não se ela vai ligar.

Maddy examina Darren.
— Eu... *Você* vai?

Ele passa a mão no cabelo.
— Talvez cooperar seja melhor do que não falar. Imagina o que vai ficar parecendo se a sua mãe se recusar a ser entrevistada. Vai parecer que ela está escondendo alguma coisa. Talvez seja melhor se ela *contasse* o lado dela, explicasse o desenrolar da investigação. Pelo menos se todos dermos nosso lado da história, isso vai guiar Trinity na direção certa. Quanto menos pessoas falarem, mais incentivo alguém como ela vai ter. E mais ouvintes vão comprar a ideia de que houve uma conspiração.

Maddy encara o marido. Tensão pesa ao redor deles. A sensação é de que houve uma mudança de paradigma, e o mundo em que eles viviam confortavelmente, ou de maneira complacente, não mais oferece as mesmas proteções.

• • •

Do outro lado da cidade, Johnny Forbes ouve o podcast de Leena Rai enquanto resolve algumas pendências no caminho para a cervejaria na qual trabalha. Seus pensamentos se voltam para a jaqueta militar que os mergulhadores não conseguiram encontrar. Ele se questiona se o que sempre acreditou ser a verdade talvez seja uma completa mentira. Talvez, todos esses anos, ele só tenha se escondido das perguntas relevantes. Talvez seja porque foi mais fácil apenas fechar os olhos para aquilo. Talvez todos tenham feito o mesmo. Johnny vira no estacionamento do *pub* Ninho do Corvo para pegar o pedido deles. O prédio fica na mesma rua da cervejaria, um pouco mais adiante. Johnny vê a moto Harley do pai estacionada fora do *pub*.

Lá dentro, encontra Rex Galloway, seu sogro, conversando tranquilamente com seu pai, Granger, sentados no bar. Estão bebendo café.

— Johnny? — Granger fala quando ambos, ele e Rex, notam sua presença — O que você está fazendo aqui?

Johnny aponta o queixo para a caneca deles.

— Parece que cheguei bem a tempo de tomar um café com vocês.

Enquanto Rex serve café para ele, Johnny se senta no banco ao lado do pai.

— Vocês ouviram falar do podcast? — pergunta e toma um gole de café.

— A gente estava falando dele agorinha — Rex responde.

— A Rachel está bem irritada com isso. E comigo, por ter tentado esconder dela — o pai acrescenta.

— Você escondeu dela? — Johnny pergunta.

— Esse caso fez a Rachel passar por maus bocados naquela época. Até ela admite isso. Não queria que ela voltasse a reviver aquilo. — Granger termina o café, coloca a caneca na mesa. — Foi errado, é claro que ela ia descobrir. E agora eu piorei tudo. — Ele abre um sorriso arrependido. — Então estou dando espaço para ela se acalmar.

— Você acredita no que Clay Pelley diz? — Johnny pergunta.

— Ele é um mentiroso — Granger responde. — Um homem perverso. Sempre foi.

— Nem fala — Rex acrescenta, mas parece apreensivo. Johnny também sente a inquietação.

• • •

Dois quarteirões adiante, na parte industrial próxima ao antigo pátio de separação de madeira, Darsh Rai escuta o podcast pelo autofalante enquanto mexe debaixo de um carro na oficina da qual é dono agora. Ganesh aparece na porta da garagem, agora trabalha para Darsh. É uma versão mais jovem e ainda mais bonita de Darsh e do pai, Jaswinder. Os olhos de Ganesh ardem de raiva debaixo do cabelo preto e volumoso dele.

— Por que é que ela está fazendo isso? Fazendo a gente passar por tudo isso de novo? Devia ter uma lei contra essas coisas. Por acaso ela não sabe o que isso fez com a família da gente? Com a minha mãe, o meu pai?

Darsh sai de baixo do carro, fica de pé e limpa o óleo das mãos. Pega o celular na mesa de trabalho, e aperta o botão *stop*.

— Talvez Clayton Pelley *não* seja o culpado. Você não gostaria de ter certeza? Quer dizer, não fizeram um julgamento. Por quê?

O olhar de Ganesh se prende ao do primo. Ele se aproxima.

— Você está falando sério?

Darsh joga os trapos sujos de óleo na mesa.

— Não sei o que pensar. Mas parte de mim está contente por ela ter trazido isso à tona. Sempre acreditei que aqueles policiais tinham deixado a peteca cair. Trinity Scott está certa. Muitas pontas ficaram soltas depois que aquele babaca confessou e se declarou culpado. Tem coisa aí. Sempre soube que tinha algo mais nessa história.

• • •

Em uma parte diferente da cidade, Liam Parks, dono do estúdio de fotografia *Parks Fotografia e Design*, sobe as escadas para o sótão depois de escutar os episódios do podcast. Lá no sótão, ele tira a poeira de uma caixa e a abre. Dela retira algumas fotos antigas que revelou no laboratório da escola. Vasculha por elas. Imagens de rostos presos no tempo. Colegas de turma. Meninas. Meninos. Todos rindo, sorrindo, festejando. Gente praticando esportes. Bailes da escola. Fotos nos corredores. Ele encontra a pilha que estava procurando. Imagens que registrou naquela noite em que todos viram um foguete se despedaçar e cortar o céu. Chega a que queria. Um grupo de amigas rindo, com os braços ao redor umas das outras. Ele as fotografou diante da fogueira naquela noite. Encara os rostos juvenis, os sorrisos bonitos. Memórias ressurgem; memórias que o deixam desconfortável.

Ele se pergunta o que deveria fazer com essas fotos agora.

• • •

Jaswinder Rai está sentado sozinho na sala de estar completamente silenciosa. Está empoeirada. Ele deveria limpá-la. Pratima sempre cuidou dessas coisas. Está tão perdido sem ela. Ele mira as fotos sobre a lareira. Pratima morreu dois anos atrás. Engasgou-se com a comida em um restaurante. Talvez fosse porque tudo era difícil de engolir desde que sua garotinha foi brutalmente violada e assassinada. Ele está aliviado por Pratima não ter que escutar esse podcast. Teria sido muito cruel. Mas parte de Jaswinder está nervoso. A voz rouca de Clayton Pelley se arrasta pela cabeça dele, ecoando e ricocheteando em outros pensamentos lá dentro, ficando cada vez mais alta.

Eu não matei a Leena... O assassino dela ainda está lá fora.

• • •

Clayton Jay Pelley está deitado no beliche da prisão, as mãos cruzadas atrás da cabeça, enquanto escuta a voz de Trinity pelos fones de ouvido. Tem escutado o podcast sem parar. Não cansa de escutar. De ouvir a voz dela. Pensa em todas as coisas que poderia ter feito com a vida, e todas as que fez de errado. Mas há um pensamento, um sentimento, que se sobrepõe a todos os demais. Ele conquistou certa autonomia. Retomou certo grau de controle sobre as coisas, sobre as pessoas. Mesmo dentro desta instituição miserável de regras, grades, portões e arame farpado. Ele novamente sente ter poder. Sorri. Já fazia muito, muito tempo desde que sentiu isso.

Agora isso está sob seu controle.

RACHEL

ANTES

Quinta-feira, 25 de novembro de 1997.

— Barrinhas Nanaimo! — o detetive Dirk Rigg exclama com energia ao entrar na sala de conferências do departamento de polícia de Twin Falls carregando um prato da sobremesa. Tucker vem atrás de Dirk, transportando uma bandeja de cafés em copos para viagem.

Dirk coloca o prato na mesa e remove o plástico cobrindo as barras icônicas de creme e ganache de chocolate. Sinto o leve cheiro de fumaça de cigarro que está sempre impregnado nas roupas dele. Combinado com o cheiro forte do café, o ar da sala fechada de repente fica nauseante.

Ou talvez eu apenas esteja mal depois do dia longo de ontem, que começou com uma autópsia e terminou com minha briga com Maddy.

— A Merle está tentando parar de fumar outra vez — o detetive Rigg fala, servindo-se de uma barrinha. — Então é claro que agora temos um monte de doce em casa, e quilinhos extras na balança. — Ele gesticula para que todos se sirvam e dá uma mordida. Então fala com a bocha cheia de creme enquanto se senta. — Aí eu pensei que podia trazer um pouco pro café da manhã de vocês, já que está sobrando.

Luke estende o braço para pegar uma barrinha.

— A Merle é a esposa do Dirk — explico a Luke. — Trabalha no correio desde sempre. E está sempre tentando parar de fumar, mas, como o Dirk fuma, fica difícil, né, Dirk?

Ele sorri.

— Agora, ela está tentando hipnose para largar de vez. — Ele enfia o resto da sobremesa cremosa na boca e pega o café.

Ainda é bem cedo, e está escuro lá fora. Neve suave polvilha de branco tudo o que era preto, cinza e morto. Estou preocupada com minha filha. Preciso estar aqui e quero estar. Mas também quero que as coisas estejam normais e felizes em casa. Quando bati na porta do quarto de Maddy antes de sair hoje cedo, ela me disse para ir embora. Fiz café da manhã para ela e deixei no balcão da cozinha. Confiro a hora no relógio. Ela provavelmente ainda nem se levantou. Jake prometeu fazer o jantar para ela hoje à noite caso eu me atrase de novo. Meus pensamentos se voltam mais uma vez para o medalhão que a avó tinha lhe dado alguns anos atrás.

O medalhão está desaparecido.

Ray Doyle, o chefe de polícia, entra na sala, sua cintura larga o precede. Ele traz um punhado de arquivos.

— Bom dia, pessoal. — Ele larga os arquivos na cabeceira da mesa e se senta. Atrás da cadeira de Ray está o quadro branco que Luke trouxe. Ele o usa como painel da investigação, o que me lembra os programas de detetive na TV. Nunca usamos um, mas Luke parece apegado ao formato. Talvez seja coisa do departamento de homicídios.

Tucker se senta diante de mim. Em silêncio, ele beberica o café. A pele dele parece cinza debaixo das luzes fluorescentes pouco lisonjeiras da sala. Uma delas está piscando de leve. Creio ouvir o zumbido elétrico que emitem. Essa parte não tem nada parecido com o que tem na TV. Esse tipo de cena seria gravado em uma meia-luz melancólica. Mas o policiamento neste pequeno destacamento funciona à base de luzes fortes, manchas no teto, um cheiro constante de umidade e quadrados azuis desbotados de carpete sob nossas botas.

— Barrinha Nanaimo, chefe? — Dirk empurra o prato na direção de Ray.

Ray aceita, dá uma mordida no doce e abre a pasta no topo da pilha diante de si.

— Ok, como estamos, pessoal? Rachel? — ele fala de boca cheia.

— O relatório da autópsia está por chegar, mas a causa da morte foi afogamento. — Eu me levanto e vou até o quadro.

Aponto para uma das fotos da autópsia.

— Essas marcas circulares aqui nos ombros são consistentes com alguém ter ficado em cima da vítima para mantê-la debaixo da água — explico o resto das descobertas da autópsia, as pedrinhas nos pulmões. — A dra. Backmann diz que, se a Leena não tivesse se afogado, os traumas causados pelo espancamento e o inchaço no cérebro resultante disso a teriam matado de toda forma.

— Algo achado na cena poderia ter sido usada como arma? — Ray pergunta.

— Não encontramos armas, mas o corpo da vítima está marcado por dois padrões de sapatos ou botas. Tamanho 43. Alguém pisoteou e chutou a menina. — Aponto para outra foto do painel. — E havia farpas da casca de uma árvore na pele dela aqui, na face e na cabeça. Os técnicos forenses também encontraram sangue no tronco de um cedro na margem norte do rio, perto de onde o tênis da Nike e a meia ensanguentada de Leena foram localizados. A casca do cedro parece bater com os pedaços encontrados na pele dela. Acreditamos que os resultados dos exames laboratoriais vão confirmar o resultado. E também que o sangue encontrado no cedro vai bater com o sangue da Leena.

— Você quer dizer que ela foi de cabeça, de cara, direto no tronco da árvore? — Dirk pergunta.

— Alguém pode ter forçado o rosto dela contra a árvore — Luke diz. — Várias vezes.

Dirk assovia baixinho e apanha outra barrinha Nanaimo. Tuck parece nauseado.

Aponto para outra foto.

— Essa é uma fotografia da marca de sapato ou bota. Um grupo de técnicos está verificando as solas de várias marcas. O objetivo é identificar a marca, depois tentar ligar marca e tamanho a um suspeito em potencial. Também há indícios de ato sexual agressivo, penetração vaginal e lacerações. Até o momento, não há evidências de sêmen, então é possível que uma camisinha tenha sido utilizada. Também estamos esperando os resultados dos exames de cabelos e fibras, material subungueal e do sangue nas meias, além do sangue encontrado na alça da mochila dela.

Ray toma um gole de café e fala:

— Então a mochila da vítima, e aparentemente o conteúdo da mochila, foram encontrados na margem sul, mas o tênis da Nike e a meia foram encontrados na margem norte, onde o cedro ensanguentado fica?

— Correto — respondo. — Amy Chan avistou Leena cambaleando na direção norte pela Ponte do Mal, perto das duas da manhã. Amy alega que Leena não estava com a mochila. Ela pode ter deixado na margem sul por algum motivo, ou alguém arrancou a mochila dela lá.

Tucker pigarreia e diz:

— Então se ela esteve na margem sul e perdeu a mochila e pertences ali, por que estava indo para o norte? Apenas... confusa? Bêbada?

— Ou ela não estava cambaleando por estar bêbada — Luke sugere. — Talvez estivesse tropeçando por já ter sofrido um ataque violento, e estava sentindo dor, ou em choque.

Faz-se silêncio. Um frio parece se apossar da sala apesar do aquecedor nas alturas.

— Havia mais alguém na ponte? — Ray pergunta. — Seguindo a garota?

— Amy não viu mais ninguém. Mas também informou que estava ela mesma sob influência do álcool, distraída e sem foco — respondo. — É possível que a Leena estivesse bêbada, perdeu a mochila na margem sul, mas depois encontrou problema de verdade do lado norte. Talvez tenha cruzado com alguém, ou alguém em um veículo a viu e parou.

— Talvez tenha tropeçado no caminho que leva para baixo da Ponte do Mal no lado norte porque estava bêbada e desorientada, procurando pela mochila, e foi aí que encontrou alguém — Dirk sugere.

— Algum sinal de rastros de sangue na ponte? — Ray pergunta.

— Já faz muito tempo, já caiu muita chuva, passou muito carro na ponte antes de ela ser encontrada — Luke diz.

— Temos gravações de quem estava olhando da ponte no dia que os mergulhadores acharam o corpo dela — falo. — O Tucker vai verificar as imagens hoje para ver se algo estranho aparece. Também temos a gravação do lado de fora do Ari's, onde Amy Chan e Jepp Sullivan se encontraram com um grupo de outros jovens que também estiveram na festa da fogueira. Todas aquelas crianças tiveram que atravessar a Ponte do Mal em algum momento para chegar até o restaurante do Ari. Talvez alguém tenha visto algo que não se deu conta de que era importante no momento. — Olho para Luke. — Luke e eu vamos até a escola agora de manhã. Vamos interrogar os estudantes que viram Leena na festa. Da última vez que fizemos perguntas, foi no contexto de um caso de desaparecimento. Precisamos falar com todos novamente. Dessa vez o Luke vai conduzir as entrevistas. Vou observar e tomar notas. — Pigarreio. — Isso vai nos dar um novo ponto de vista, uma nova perspectiva.

— Precisamos saber mais sobre o homem com quem a Leena aparentemente foi vista no bosque — Luke diz. — Precisamos identificar e falar com ele. — Luke aponta com a caneta para as fotos das páginas de diário no quadro. — E precisamos saber quem é esse "ele" que Leena menciona nas páginas rasgadas. Precisamos descobrir por que as folhas foram arrancadas desse jeito. Elas estavam dentro da mochila antes de serem jogadas fora? Será que a própria Leena fez algo com o resto do diário? Se sim, onde ele está? E onde está a jaqueta militar que ela estava vestindo? Porque Amy Chan disse que Leena estava com essa jaqueta, e cambaleando sem a mochila na direção norte da ponte.

Dirk limpa creme do queixo barbado.

— Tem também a agenda de telefone. E o livro de poesia e o medalhão.

— Os pais da Leena dizem que não são dela — falo. — A mãe disse que Leena costumava roubar ou pegar coisas emprestadas sem permissão. Vamos mostrar aos estudantes imagens da agenda, do livro, do medalhão e demais itens que foram encontrados para tentar localizar os donos. — Inspiro fundo. — Também precisamos encontrar quem começou os rumores de que o corpo da Leena estava boiando no rio Wuyakan.

— Tinha algo dentro do medalhão? — Ray pergunta.

— Negativo. — Luke responde. — Vamos ver se o time forense encontra algo.

Olho na direção dele.

— Como o quê?

Ele para de olhar para as notas e franze a testa para mim.

— Como digitais, fibras microscópicas, traços de sangue. E eu também gostaria de verificar os antecedentes do pai dela. E devíamos ficar de olho no primo, Darsh.

— Opa — Tucker fala. — Você acha que... O primo dela? Ou o próprio *pai* teve algo a ver com isso?

— O que fizeram com o rosto dela... A violência me parece pessoal — Luke diz. — Tem cheiro de raiva. Ira. Aquela garota não foi simplesmente morta, esmagaram o rosto dela até virar papa. E do que pude observar do Jaswinder, e ouvindo o Darsh falar do tio... Espero estar errado, mas tenho a impressão de que Jaswinder Rai pode perder o controle se as convicções dele forem questionadas.

— Mas tem a questão do abuso sexual — Ray fala.

— Devemos manter a mente aberta — Luke diz.

Acabo me recordando das palavras do bando de garotas que passou debaixo das arquibancadas do ginásio, naquele dia em que me sentei ao lado de Leena.

Vai ver só, o pai dela vai me culpar por bloquear ela... O homem dá medo. Já viu os olhos dele? Aposto que tem uma daquelas facas curvadas pra combinar com o turbante.

O silêncio fica mais pesado dentro da sala. Lá fora, uma aurora pálida vem ao céu. Atrás do véu da neve caindo e dos filetes de névoa, a montanha Chief cintila molhada.

— Certo — Ray fala, fechando a pasta e ficando de pé. — Vamos lá. A mídia já está fazendo pressão. Hoje pela manhã vou fazer uma declaração à imprensa.

RACHEL

ANTES

Quinta-feira, 25 de novembro de 1997.

Assim que eu e Luke entramos no saguão da Escola Secundária de Twin Falls, Clay Pelley, o orientador pedagógico e técnico de esportes vem depressa pelo corredor em nossa direção. Ele está na casa dos vinte anos. Tem boa aparência. Está em forma, bronzeado. Tem uma cabeleira de cachos desarrumados que lhe dá um ar malicioso ou travesso.

— Rachel. — Ele aperta minha mão, depois se volta para Luke. — E você deve ser o detetive sargento O'Leary? Me chamo Clay Pelley. — Mas ao apertar a mão de Luke, noto como Clay fica tenso e faz uma careta sutil, e vejo que as costas da mão de direita de Clay estão machucadas, com cortes que já estão sarando, mas ainda vermelhos. Meu olhar muda para a mão esquerda. Vejo o mesmo nos nós dos dedos.

— Gostaria que nos encontrássemos em melhores circunstâncias — ele continua. — Nossa diretora, Darla Wingate, está em uma teleconferência, então me pediu para levar vocês até a sala que separamos para as entrevistas. Por aqui.

Seguimos Clay Pelley por um corredor ladeado por armários. Passamos pela entrada do ginásio, e escuto as bolas quicando e o guincho dos sapatos no chão envernizado.

— Preparamos essa sala. — Ele nos convida a entrar. — É a que uso para as aulas de PPP. Sintam-se à vontade para usar qualquer uma das mesas. Estamos com a lista de nomes que vocês nos enviaram. Vou mandar trazer as crianças uma a uma à medida que terminarem com elas. — Ele hesita. — Têm certeza de que elas não precisam dos pais aqui?

— Ainda é só uma apuração — Luke explica. — Estamos tentando entender quem estava na festa da fogueira. Se a gente precisar fazer mais perguntas, podemos fazer isso na delegacia, com um responsável presente. — Luke coloca as pastas e o caderno em uma mesa e puxa uma cadeira. Depois, aponta com a cabeça para as mãos de Clay. — Suas mãos estão machucadas.

Clay as levanta e as examina.

— Ah, é. — Ele ri. — Estava empilhando lenha uns dias atrás. Comprei um estoque para o inverno, e enquanto empilhava as toras, uma delas escapou na base. Quando tentei impedir o resto de sair rolando, minhas mãos ficaram presas entre as toras. Burrice minha.

— Luvas podem ajudar — Luke diz, encarando Clay.

O sorriso de Clay desaparece.

— É, bem, vou pedir à primeira estudante para entrar. A lista está em ordem alfabética, então vou mandar os alunos nessa ordem. Acredito que já tenham falado com Amy Chan, então vou começar com...

— Você é o orientador pedagógico com quem Amy Chan conversou sobre ter visto a Leena na Ponte do Mal? — Luke pergunta.

Clay para de andar.

— Sim. Eu... A Amy veio conversar comigo logo depois de ouvir os boatos de que a Leena estava no rio. Fomos juntos falar com a diretora. E aí a Darla ligou para a mãe da Amy, Sarah, que veio aqui buscar a filha, depois a levou para a delegacia para prestar depoimento. — Ele olha na minha direção, depois volta a olhar para Luke, como se notasse algo. — A Leena era uma boa menina. — Ele pigarreia. — Tinha os problemas dela, claro, mas que adolescente não tem? A Leena pode ter feito algumas coisas bobas. Pode ter sido inepta social e emocionalmente em vários sentidos, mas era esperta. Uma escritora talentosa. Queria viajar, se voluntariar.

— Você a conhecia bem, então? — Luke pergunta.

— Ela estava na minha turma de PPP, a disciplina do ministério da educação para planejamento pessoal e profissional. E fazia parte do time de basquete que eu treinava. Eu também tutorava a Leena no meu escritório em casa. Literatura inglesa. Ela pulou dois anos em inglês, e queria resultados ainda melhores. O sonho dela era ter uma carreira na escrita e na literatura. — Ele faz uma pausa, Luke o observa em silêncio. Clay volta a falar, como se tentasse preencher o vazio. — Faço tutoria com várias crianças. Fora da escola. Eu… hum… Me digam se precisarem de mais alguma coisa. Enquanto isso, vou pedir para Johnny Forbes vir.

Nós nos sentamos ao redor da pequena mesa, e Johnny entra na sala. Ele é alto, tem quase um e oitenta. Meio desengonçado. Loiro. Feições angulares. Um jovem de boa aparência. Está vestindo jeans e moletom com capuz. Ele se senta e enfia as mãos nos bolsos do moletom. Começa a balançar a perna.

Johnny está claramente nervoso.

— Oi, Johnny, sabe quem eu sou? — pergunto.

— Sei. A mãe da Maddy.

Sorrio para ele.

— Sargento Rachel Walczak.

As pernas se mexem mais rápido. Ele fica o tempo todo olhando de soslaio para Luke. Talvez a presença do policial de homicídios da cidade grande seja o que deixa o garoto nervoso.

— E este é o sargento Luke O'Leary. Ele faz parte da RPMC e está aqui para ajudar com o caso. É ele quem vai fazer as perguntas.

— Você está bem, Johnny? — Luke pergunta. — Quer água ou outra coisa?

— Não, eu… eu estou bem. — Ele passa as costas da mão sobre a boca.

Luke pede a Johnny que descreva a noite da festa da fogueira. A história é a mesma que da primeira vez que interrogamos os adolescentes depois da denúncia do desaparecimento. Uma atmosfera festiva, muita bebia, algumas drogas, música alta das caixas de som e amplificadores, uma fogueira grande com esquis e *snowboards* servindo de lenha. Animação de sobra.

— Eu fiquei com um grupo, mas também me misturei, dançando e tal. E, é, teve muita bebedeira. Eu vi a Leena, sim, mas não sei com quem ela foi.

Ela só estava lá. Que nem o resto do pessoal, sabe? Ela estava bêbada. Muito bêbada. Estava usando um casacão.

— No seu depoimento anterior para a polícia, disse que viu a Leena com alguém. — Luke lê o depoimento de Johnny do arquivo dele. — Disse: "A Leena estava com um cara".

— Bem, eu não vi quem o cara era. Não de um jeito que desse pra reconhecer ele.

— Mas você *viu* que ela estava com um homem?

Johnny dá de ombros e fica corado.

— Eu... hum... Bem, foi o que o resto do pessoal estava dizendo. Tipo, depois que ela não apareceu em casa, nem na escola. Disseram que ela estava com um cara.

— Então está me dizendo agora que você mesmo não viu esse cara?

— Não o vi. — O garoto olha para baixo, esfrega o jeans nos joelhos.

— Tem certeza, Johnny? — pergunto.

Luke me olha como quem diz "deixe comigo".

— Hum-hum, tenho.

— Que horas você saiu do bosque? — Luke pergunta.

Ele dá de ombros.

— Não tenho certeza. Tarde. A gente ia acampar lá durante a noite, então ficamos um tempão, mas aí ficou frio pra caramba. E eu fui pra casa tipo... na madrugada do sábado.

— Passando pela Ponte do Mal?

Ele balança a cabeça.

— Como foi pra casa? — Luke pergunta.

— Peguei carona com Tripp Galloway.

Luke e eu nos entreolhamos. Tripp foi visto no restaurante de comida grega no lado sul da Ponte do Mal. Ele teria que ter passado pela ponte.

— Você foi a *algum* lugar depois de sair da área da fogueira? — Luke continua.

— Eu... não. Eu fui pra casa.

— Que horas chegou em casa? — Luke pergunta.

— Não sei. Talvez lá pela uma ou duas da manhã.

— Seus pais podem confirmar isso?

— Eu entrei escondido na casa, então não sei se meu pai me ouviu. Minha mãe morreu já faz um tempo. Somos só eu e meu pai.

— Quem é seu pai?

— Granger Forbes. Ele é psicólogo.

Luke toma nota.

— Então você não foi comer *donairs* no restaurante do Ari?

Johnny parece nervoso. Confuso.

— Não.

— Mas e como Tripp Galloway, seu motorista, foi supostamente visto do lado de fora do Ari's por volta das 2h30 na madrugada do sábado?

— Então ele foi depois de me deixar em casa. Dormi no caminho da festa até em casa, na van dele. Eu estava trêbado. Ou talvez eu estivesse dormindo no carro quando ele parou e não me lembro de ter estado lá, ou só nem acordei.

Mostramos a ele as fotos dos pertences de Leena.

— Reconhece alguma coisa?

Ele franze as sobrancelhas e balança a cabeça em negativa. Escrevo em meu caderno:

Johnny Forbes: mentindo? Confirmar com o pai a que horas Johnny voltou para casa.

— E quanto ao boato que circulou pela escola, o que diz que a Leena estava boiando pelo rio? — Luke pergunta.

— Eu... eu não escutei esse boato. A primeira vez que ouvi falar disso foi quando saiu a notícia de que o corpo tinha sido encontrado.

A próxima é Beth Galloway. Ela entra com os ombros eretos e um balançar do longo rabo de cavalo loiro. É a melhor amiga da minha filha. Irmã de Tripp Galloway. Fico tensa.

— Oi, Rachel — ela diz.

— Beth, esse é o sargento Luke O'Leary. Ele vai conduzir a entrevista hoje.

Ela é pega de surpresa ao descobrir que não serei eu fazendo as perguntas. Beth se senta, aparentando insegurança, mas então abre seu sorriso bonito para Luke.

Luke não retribui o gesto, e isso mina ainda mais a confiança da menina.

Beth descreve a cena da mesma maneira que Johnny. Alega ter passado a maior parte do tempo sentada em um tronco próximo à fogueira, junto a Dusty Peters, Darren Jankowski, Nina e Natalia Petrov, Darsh Rai, Cheyenne Tillerson, Seema Patel e Maddy, é claro.

— Então você não estava com Amy Chan e Jepp Sullivan, nem com seu irmão, Tripp? — Luke pergunta.

— Não. Quer dizer, todos estavam por ali, mas… É, eu os vi por lá.

— E quanto à Leena?

— Vi. Ela estava com um cara sentada num tronco afastado da fogueira, perto de uma trilha que vai para a floresta, passando pelas latrinas. Não sei quem ele era. E não vi mais a Leena depois de o foguete aparecer no céu.

— Você conhecia o resto das pessoas na festa?

— Tinha algumas pessoas que eu não conhecia. Talvez de fora da cidade.

— Que horas você foi embora? — Luke continua.

Beth olha para mim. Exibo uma expressão neutra, mas sinto que ela sabe que eu liguei para Eileen, e que estou ciente de que mentiu para a mãe sobre dormir na minha casa. E de que Maddy, por sua vez, mentiu para mim sobre ter dormido na casa dela.

— A gente acampou por lá até de manhãzinha, quando meu irmão, Tripp, foi buscar nosso grupo com a van dele, e todo mundo foi tomar café no restaurante O Cervo.

— E quanto a Johnny Forbes, ele também foi com vocês para O Cervo tomar café?

Ela olha para a direita, e aparenta estar tentando se lembrar.

— Não. O Tripp disse que tinha levado o Johnny pra casa mais cedo. É, ele basicamente deixou o Johnny na porta de casa. O cara apagou.

— Reconhece alguma dessas coisas? — Luke distribui as fotografias dos itens encontrados próximos ao rio.

O maxilar da menina fica tenso enquanto ela analisa as fotos na mesa. Beth lança um novo olhar na minha direção. Vejo que Luke nota.

— Isso é meu. — Ela aponta para a imagem do caderninho de telefone azul-claro. — Por acaso estava com a *Leena*? Eu... eu estava procurando por ele.

— Tem certeza de que é seu? — Luke pergunta.

— Cem por cento. É meu, minha letra. Esses são os números dos meus amigos.

— Onde você acha que Leena o pegou? — Luke inquire.

— Eu... eu não sei. Ela esteve na minha casa. Foi com um grupo de garotas umas duas ou três semanas atrás. E o armário da Leena é perto do meu. Eu... não sei mesmo. — Beth parece abalada.

— Por que ela pegaria isso? — Luke pergunta.

— Eu não sei! Talvez por que ela saiba que tenho os números de todos os caras legais anotados? Ela fazia essas coisas bizarras. Posso pegar de volta?

— Agora é evidência. Reconhece mais alguma coisa nessas fotos? — Luke pergunta.

Ela as observa novamente, com mais atenção, e balança a cabeça.

— E quanto a esse medalhão? — Luke continua.

Meu coração acelera. Beth olha de novo para mim. Ela nega com um balanço da cabeça.

— Não — responde baixinho.

E me pergunto como pode Beth não reconhecer um medalhão tão parecido com o que Maddy, a melhor amiga dela, costumava usar quase o tempo todo, até aparentemente desaparecer.

Luke dá seguimento:

— Poderia nos dizer quando escutou pela primeira vez o boato de que a Leena estava boiando no rio Wuyakan?

— Escutei no refeitório. Todo mundo estava falando disso. Não sei nem quem começou a história.

Beth sai. Alguns momentos depois, Clay entra com Darren Jankowski.

— Sei que Tripp Galloway é o próximo da lista — Clay fala. — Mas ele foi para casa faz uma hora, passando mal. Dusty Peters também não veio hoje. Ela se divide entre morar com a mãe alcoólatra e o abrigo local, e, de vez em quando, quando tem problemas em casa, fica dias sem vir a escola.

Luke e eu nos entreolhamos quando Clay sai e Darren vai se sentando na cadeira de frente para a mesa. Ele parece acabado, precisando de um banho. Possivelmente está de ressaca.

A história dele é exatamente a mesma. Também terminou indo ao O Cervo para o café da manhã. Não, ele não sabe quem começou o boato. Não, ele não se lembra de quem contou para ele.

— Todo mundo estava dizendo isso.

Darren não reconhece nenhum dos pertences das fotos. Mas o assunto fotografia o faz olhar para nós.

— Liam Parks estava tirando fotos na festa — ele diz. — Talvez ele tenha alguma da Leena e do cara no tronco.

— O Liam é o fotógrafo não oficial da escola — explico a Luke. — Está na equipe do anuário escolar. Trabalha usando a sala escura e as câmeras fotográficas da escola.

Luke faz uma anotação e libera Darren.

Liam é o próximo da lista. Ele é magro, de pele clara e tem olhos escuros. Já ouvi Maddy se referindo a ele como "o nerd". O relato da festa por Liam é idêntico ao dos outros. Anoto:

Será que eles combinaram a história?

Liam diz que não reconhece nenhum dos itens encontrados às margens do rio.

— Você tirou fotos na festa, Liam? — Luke pergunta. — Do público?

Ele pisca. Acena positivamente.

— Podemos dar uma olhada?

O garoto olha para as mãos apoiadas no colo.

— Liam?

— Eu... eu perdi a câmera com o filme dentro. Eu... — Ele ergue o rosto com um olhar aflito. — Fiquei bêbado demais, acordei em uma tenda e a câmera tinha sumido. Era uma câmera da escola. Eu registrei a retirada, e aí ela foi roubada.

— Tem *certeza*? — pergunto.

Liam lança um olhar na minha direção. Estou pensando na foto que encontrei na gaveta de Maddy. Posso ver o nervosismo nos olhos de Liam.

— Ela sumiu. Tenho certeza. Já perguntei a todo mundo. Ninguém viu nada, nem sabe de nada. Ela também não apareceu nos achados e perdidos.

— E quanto aos filmes? — Luke pergunta. — Você já tinha tirado algum? Não revelou nenhuma fotografia?

Uma vermelhidão sobe pelo pescoço dele até seu rosto. Os lábios estão cerrados. Ele balança a cabeça em negativa.

— Então quem pode ter roubado a câmera? E por quê? — Luke pergunta, inclinando-se para a frente.

— É... um equipamento caro. Imagino que seja por isso.

— Então você *nunca* revelou nenhuma foto daquela noite?

A vermelhidão se intensifica e chega às bochechas do garoto. Ele balança a cabeça indicando que não.

— Você, por acaso, fotografou alguém que não queria ser visto e por isso a câmera foi roubada?

— Só fotografei as coisas normais de festa. Sei lá. Acho que talvez alguém não quisesse ser visto bêbado ou se agarrando... ou sei lá... Mas ninguém me ameaçou nem nada do tipo.

Liam afirma não fazer ideia de como os rumores começaram.

Seema Patel, cujos pais eram donos do restaurante indiano no centro, entra na sala depois que Liam sai. É extremamente bonita, *mignon*, delicada, graciosa. Ela se move como a dançarina que é. Apesar de a família compartilhar das mesmas origens que a família Rai, Seema é tudo que Leena não era. Seema é capaz de se encaixar nos moldes.

— Hum-hum, eu vi a Leena naquela noite. De jaqueta militar, calça cargo camuflada. Estava com um cara, não sei quem. Tinha um bocado de gente de fora da cidade... o pessoal do esqui e do *snowboard*. Ex-alunos mais velhos. Feito o Darsh, que trabalha na usina.

Penso outra vez na foto das garotas, com a Seema nela.

— Alguém tirou foto do seu grupo? — pergunto.
Ela balança a cabeça, negando. E anoto no caderno:

Por que estão mentindo? O que estão escondendo?

Seema reconhece a agenda nas fotos como sendo de Beth.
— A Leena roubava coisas — diz. — Já pegou maquiagem minha uma vez, quando deixei a mochila no banco do vestiário pra ir tomar banho. Uma das meninas a viu roubando. A gente foi falar com ela, e ela devolveu. Faz uns dois meses.
— Por que a Leena roubaria uma agenda de contatos? — Luke pergunta.
— Não sei. Ela fazia umas coisas idiotas, tipo, pra chamar atenção, sabe? E normalmente dava errado. Talvez quisesse ligar pros amigos da Beth e falar mal dela, ou pra alguns dos garotos. Ela fazia esse tipo de coisa.
— E quanto ao medalhão, reconhece como sendo de alguém? — Luke pergunta.
Observo o rosto dela com atenção. Ela puxa a boca de lado, franze as sobrancelhas. Coça as costas da mão e balança a cabeça em negativa.
— Tem certeza? — pergunto.
— Acho que nunca vi isso antes.
Enquanto Seema sai da sala, Luke diz:
— E é claro que ela também não sabe quem começou o boato.
— Consistência impressionante — falo.
— Chega a ser suspeito.
O relato de Nina Petrov também é consistente com o já ouvido. E sua fala bate com a de Darsh: ele levou Nina e a irmã mais velha, Natalia, para o abrigo mais cedo.
Jepp Sullivan, do terceiro ano, assim como Tripp, é muito alto. Tem ombros largos, pele bronzeada e cabelo escuro e curto. Em contraste, seus olhos são de um verde-claro. A cadeira fica pequena para ele. Jepp confirma a versão da namorada, Amy. Diz que não viu Leena na ponte, apesar de Amy ter dito que a viu. E, sim, eles foram comer *donairs* no Ari's. Ele ficou conversando

com Darsh enquanto estiveram lá. Nem lhe passou pela cabeça mencionar a Darsh ter visto sua prima mais nova sozinha na Ponte do Mal.

— Não era, tipo... grande coisa. Não naquele momento. Desculpa — diz. — Sinto muito mesmo por a gente não ter percebido que era importante. — Jepp parece angustiado pelo fato de que talvez ele pudesse ter salvado a vida de uma garota se tivesse falado algo, ou voltado para conferir se Leena estava bem ou se precisava de carona.

— Sabe, o negócio é o seguinte — Jepp continua. — Ninguém ligava para a Leena. Ela... é como se ela causasse essas coisas para si mesma, e agora isso acabou a matando. Falei com outras meninas, estudantes, que disseram que *elas* nunca teriam ficado sozinhas naquela ponte, bêbadas daquele jeito, mas isso não é verdade. Elas todas ficaram bêbadas igual. Mas a Leena estava lá sozinha, porque... — Ele desvia o olhar para o chão. — Ela estava sempre sozinha.

Cheyenne Tillerson repete as mesmas palavras que as outras meninas. Quando Cheyenne, a ruiva atraente de sardas, deixa a sala, Luke diz:

— Parece ensaiado, sem dúvida. Como se todos tivessem alinhado as histórias. A questão é por quê? O que estão escondendo?

Maddy vem a seguir, e, quando ela entra e me vê, seus lábios se apertam com força. Ela se joga na cadeira e fica sentada, emburrada.

— Maddy, esse é Luke O'Leary. Ele trabalha para a RPMC e está nos ajudando com a investigação.

Ela acena com a cabeça para Luke.

Lembro a mim mesma para ficar calada e ocupar a posição de mãe observando em segundo plano. É um campo minado. Na verdade, numa cidade tão pequena e unida, parece que estamos sempre pisando em ovos. Não dá para andar pelo supermercado, ou pela loja de material de construção, ou entrar no correio sem encontrar alguma ligação com a rede que forma Twin Falls.

— Hum-hum, eu vi a Leena, no tronco.
— Com um homem?
— É.
— Sabe quem ele era, Maddy?
Ela não diz nada.

Meus batimentos se aceleram.

— Maddy? — Luke fala, tranquilo, a voz grave.

Ela não o olha nos olhos. Está estranhamente pálida. Sinto um frio na barriga.

— Você precisa nos dizer se reconhece o homem, Maddy. A Leena desapareceu depois que aquele foguete passou pelo céu. E só foi encontrada de novo morta. Boiando no rio. Abusada sexualmente, assassinada. Se...

— Não tinha só adolescentes por lá.

— O que isso quer dizer?

Ela levanta o rosto e seu olhar tem a mesma intensidade que o de Luke.

— Tinha... tinha adultos lá também.

— Que adultos? — Luke pergunta.

A respiração dela vem trêmula.

— Maddy?

— Eu... eu... antes de o foguete aparecer, precisei fazer xixi. Tinha bebido um bocado e... Não queria perder o foguete, então fui correndo pela floresta, seguindo a trilha para as latrinas. Quando passei pelas costas da fogueira, a Leena não estava mais lá. E, quando cheguei às latrinas, tinha um grupo de pessoas querendo usar o banheiro, e eu precisa *muito* fazer xixi. Além do mais, não queria perder as luzes no céu. Estava com minha lanterna de cabeça, então acendi a luz, e fui mais fundo na floresta, por uma trilha menor que leva aos chuveiros. E quando me abaixei para fazer xixi nos arbustos, eu ouvi... coisas.

— Que coisas?

— Tipo, uma respiração pesada, ofegante. A princípio pensei que era um urso e puxei a calça depressa. Mas depois me dei conta de que... eram pessoas transando. — Ela engole em seco. — Me aproximei pra olhar por cima de um arbusto de frutinhas e umas samambaias, e vi... vi uma luz. Eles estavam com um lampião pequeno. E ele fazia um halo. Eu vi... — Ela pigarreia. — Vi que era a Leena. Ela estava debaixo do... — Lágrimas se formam nos olhos de Maddy, e começam a cair pelas bochechas. Ela as enxuga. Mal consigo respirar. Luke está alerta.

Com um tom tranquilo, ele encoraja:

— Continue. Com quem você viu a Leena?

Ela faz um barulho estranho.

— Maddy — Luke diz.

— Eu... eu... Era o sr. Pelley — ela fala de uma vez. O rosto fica vermelho. — Ele estava transando com a Leena.

— *Clayton Pelley?* — pergunto.

— Você diz o *professor*? — Luke continua. — Seu orientador pedagógico?

O rosto dela fica ainda mais quente. Ela remexe as mãos apoiadas no colo. Assente.

— Tem certeza? — Luke pergunta. Eu estou com dificuldade de processar a informação. Sinto a tensão que emana de Luke.

Maddy faz que sim com a cabeça. E começo a ser tomada pela raiva. Não confio em mim mesma para falar.

— Maddy — Luke fala devagar, com a voz séria. — Clayton Pelley era o homem sentado com a Leena no tronco?

Ela acena positivamente com a cabeça, os olhos apontados para baixo.

— Como é possível só você ter visto quem ele era?

— Eu... eu precisava fazer xixi. — A voz lhe saía baixa, sem força. — E estava nos arbustos, bem do lado. Eu os peguei com a luz da minha lanterna quando afastei os arbustos, e ele estava sem o chapéu. Os dois olharam direto pra mim.

— Você contou a alguém? — Luke pergunta.

Ela faz que sim com a cabeça.

— A quem?

— Não quero criar problema pra ninguém.

— Fala logo a verdade, Maddy — eu perco a paciência.

Ela engole em seco.

— Contei pra Beth. O resto do pessoal também sabe que o cara era o sr. Pelley. Eles só não queriam contar pra polícia que ele estava lá, porque o sr. Pelley... ele é *legal*. E ia ter problemas na escola. Ele é tipo... amigo da galera. E a gente conta coisas pra ele.

Fico boquiaberta. Olho feio para a minha filha. Minha própria filha. Ela guardou um segredo como *esse*?

— Mas ele não mataria a Leena — Maddy fala, agora histérica, cheia de medo nos olhos. — Ele não faria isso. Impossível.

Motivo.

Está bem ali, diante de nós, agora. Claro como o dia. Uma fruta madura, pronta para ser colhida. E Luke e eu estamos vibrando de tensão.

Clayton Pelley está bem ali do outro lado do corredor. Tem uma posição de poder frente a esses jovens. O bonitão simpático e tão legal do sr. Pelley, de apenas vinte e poucos anos e, portanto, não muito mais velho que os alunos veteranos da escola.

Minha filha começa a tremer. E chorar.

— Maddy — Luke fala com calma, baixinho. — Você reconhece alguma dessas coisas nas fotos? — Ele espalha as fotos dos itens encontrados às margens do rio.

Maddy funga, assoa o nariz e confirma com um menear da cabeça.

— Isso é da Beth. — Ela aponta para o caderninho. — Ela estava procurando por ele.

— E quanto a esse medalhão? — Luke continua.

O maxilar dela se contrai. Ela evita o meu olhar.

— Eu... eu tinha um parecido.

— Tinha? — Luke pergunta.

— Faz tempo que não sei onde está. — Ela fica em silêncio por vários segundos. Minha pele fica quente. — Eu... eu sempre me perguntei se a Leena não tinha roubado.

— E como ela poderia ter feito isso? — Luke pergunta.

— Ela foi lá em casa acho que há um mês ou mais. Pegar um livro emprestado pra uma tarefa de casa.

Sinto vontade de dar um trago. Não fumo faz anos, mas sinto que preciso de um cigarro agora.

RACHEL

ANTES

Quinta-feira, 25 de novembro de 1997.

Pelley está sentado do outro lado da escrivaninha em seu escritório. Atrás dele fica a janela, e lá fora a neve continua a cair com intensidade. Na estante ao seu lado, há um porta-retratos com uma foto dele com a esposa e a filhinha.

Está com uma aparência anêmica debaixo da pele que costuma ser bronzeada. Ele aperta repetidamente uma bola antiestresse. Aperta, solta, aperta, solta.

— A lenha realmente fez um estrago nas suas mãos — Luke pontua, observando Clay fechar e abrir a mão.

— Ah, a bolinha é pra ajudar com uma lesão esportiva antiga. Recomendação da fisioterapeuta. Pra alongar o tendão. Como posso ajudá-los? Tudo certo com as crianças?

— Bem, é com você que temos que conversar — Luke fala com tranquilidade, como se quisesse discutir uma partida esportiva.

A expressão de Clay muda. Apesar de continuar apertando a bola, ele fica completamente imóvel.

Luke folheia o caderno, procurando por alguma anotação.

— Você é o orientador pedagógico? — Ele continua passando as páginas.

— Como eu disse, sou. Dou aula de PPP e de educação física.

— Certo. E você mencionou que dá tutoria privada.

Clay para de mover a mão. Não diz nada.

Luke levanta o rosto.

— Tem uma bela posição de confiança. Claramente os estudantes, as *crianças*, admiram você.

— Tem algo a perguntar, detetive?

— Tenho... Onde você estava no dia 14 de novembro, entre as cinco da tarde e as nove da noite?

Clay nos observa. Lá fora, neve cai do telhado da escola sobre o chão do estacionamento. Ele pigarreia.

— Por quê?

— Para ter uma ideia de onde todos estavam — Luke diz.

— Eu... provavelmente estava em casa. Com a minha esposa, Lacey. Tenho que checar meu calendário. Às vezes vou pra academia depois do colégio, ou trabalho até tarde.

— Foi na noite do foguete russo — Luke indica. — Ele passou pelo céu às 21h12. Estava previsto para acontecer naquele dia, e todo mundo parece se lembrar bem de onde estava quando viu o foguete. — Ele faz uma pausa. — Esse tipo de coisa ajuda a gravar as memórias.

— Certo — Clay hesita. — Como eu disse, sim, eu estava em casa. Tenho quase certeza de que estava em casa nessa hora.

— E sua esposa, Lacey, pode confirmar?

— Sim. — Ele esfrega a boca.

Meu estômago está embrulhado. A adrenalina zune no meu sangue. Ou Maddy está mentindo ou Clay Pelley está. E neste momento, eu aposto que é Maddy quem falou a verdade. E ela teve dificuldade de contar, em dar voz às coisas que testemunhou na floresta escura. Isso explicaria o comportamento e o humor errático dela em casa.

— Temos vários depoimentos de testemunhas que colocam você na festa da fogueira. — Luke está plantando verde. — E dizendo que você passou um tempo ao lado da Leena, sentados em um tronco.

O rosto de Clay fica impassível. Os olhos dele ficam completamente frios. E o silêncio impera no escritório.

— Então? Onde você estava? Na festa ou em casa?

Clay Pelley tamborila na beirada da mesa.

— Ah... sim, é... eu dei uma passada na festa primeiro, antes de ir para casa, só para conferir o que estava rolando. Sabe como é, ouvi falar que ia acontecer, os alunos me contam as coisas. E um deles me disse que ia rolar, e...

— Que aluno?

— Eu... eu nem lembro mais.

— Foi a Leena?

Clay se afunda na cadeira, retraindo-se. Como se de repente fosse pular e sair correndo. Mudo de posição na cadeira, para me preparar caso ele realmente tente fazer isso.

— Ok — Luke diz. — Deixa ver se eu entendi. Você fez uma viagem de vinte minutos de carro, até as montanhas, por uma estrada escura, no frio, até uma área chamada "o bosque", para ver como alguns estudantes estavam?

— É. Fui até lá, fiquei um pouco e fui pra casa. Eles pareciam estar ok. Nenhum problema aparente.

Seu desgraçado. Tento engolir o gosto ruim na minha boca, mas ele fica preso na garganta. Quero acabar com a raça desse cara.

— E por que não mencionou isso antes? — falo, ríspida. — Quando a Leena desapareceu? Quando estávamos todos procurando por ela, e eu perguntei se alguém tinha *qualquer* informação sobre os passos dela naquela noite?

— Olha. — Ele se inclina para a frente, com o olhar fixo em mim. — *Você* sabe como é, Rachel. A festa da fogueira de Ullr foi banida, virou ilegal. E foram *vocês*...

— Foi uma decisão da câmara municipal. O departamento de polícia trabalha para a prefeitura.

— Bem, as crianças não queriam que as autoridades soubessem que eles estavam celebrando, por seus motivos óbvios. Teriam acabado com a festa, e, porque me falaram dela, acabei em uma posição desconfortável. Quero manter a confiança deles. E, sim, em eventos assim, com muita bebida e outras drogas, existe a possibilidade de as coisas saírem do controle, de ficar perigoso...

— Ficou perigoso — falo, sombria. — Para uma criança. A Leena. Ela foi violentada e morta. — Prendo meu olhar no dele.

Ele engole em seco.

O sinal da escola toca do corredor. Ouço a voz das crianças saindo das salas e aumentando de volume. Pés correndo. Risadas. Alguns gritos. Portas de armários batendo.

Luke fala:

— Então quando a Leena foi dada como desaparecida, você ainda... O quê? Só se esqueceu de mencionar que esteve lá e que a viu?

— Vocês não precisavam de mim para saber que ela esteve lá. Outras pessoas a viram e disseram. Na ocasião, eu sinceramente pensei que a Leena ia aparecer. Ela fazia esse tipo de brincadeira para chamar atenção, e não pensei que fosse sério. Além do mais, não queria perder a confiança dos alunos, algo que demorei a conseguir. Se eles confiam em mim, o canal de comunicação continua aberto. Me coloca em uma posição de ajudar se um alerta se acender. Como quando Amy Chan me disse que viu a Leena cambaleando pela Ponte do Mal. Eu a levei imediatamente para a diretoria, e ligamos para a mãe dela, e Amy fez a coisa certa. Ela foi para a delegacia com a mãe, prestar o depoimento.

Luke inspira profunda e lentamente, e consigo notar que ele está prestes a explodir. Bem baixinho, ele diz:

— Então você ficou um tempo com a Leena na festa?

— Conversei um pouco com ela, sentado em um tronco.

— O que você estava vestindo naquela noite?

— Uma jaqueta preta... gorro... preto. Jeans. Bota. Cachecol. Também pretos. Luvas.

Luke se inclina para a frente, invadindo o espaço pessoal de Clay.

— Sr. Pelley, você teve relações íntimas com Leena Rai?

— *O quê?*

— Responda à pergunta.

Ele fica branco. Depois bolotas vermelhas aparecem em suas bochechas.

— De jeito nenhum. Você está *doido*?

— E se eu dissesse que um estudante viu você em uma posição íntima com a Leena nos arbustos, pouco antes de o foguete russo passar pelo céu. — Ele faz uma pausa. — Sexo. Com uma aluna. Menor de idade.

Ele nos encara. Abre a boca. Mas as palavras parecem tê-lo desertado.

O barulho das crianças aumenta do outro lado da porta. O tempo parece se alongar.

— Eu não acredito nisso — ele fala baixinho. — Que aluno disse isso?

— Por acaso é verdade?

— Claro que não. Quem quer que tenha dito isso... Ela está mentindo.

— O que faz você pensar que foi uma moça?

Os olhos dele brilham.

— Ela, ele, quem tiver dito isso é um mentiroso. E é a palavra dessa pessoa contra a minha. E se você afirmar o contrário, vou meter um processo dos bons nas costas de vocês por difamação.

— Quanto você calça, Clay? — Luke pergunta.

— Calço 43. O que isso tem a ver com...

— Precisamos que venha à delegacia conosco — Luke diz. — É melhor que a gente faça isso oficialmente, tudo registrado. Tudo bem pra você?

— O quê? *Agora?*

— É, agora.

Clay olha feio para Luke, depois para mim. Ele se levanta de repente. Eu faço o mesmo.

— Isso é absurdo — ele sussurra, ríspido. — Vocês estão me *prendendo*?

Luke permanece sentado.

— Gostaríamos de esclarecer algumas coisas em um ambiente formal, conseguir um depoimento oficial.

— Se não estão me prendendo, não vou a lugar nenhum. E não falo mais nada com nenhum de vocês sem o meu advogado presente. Agora vão embora. Saiam do meu escritório.

TRINITY

AGORA

Quinta-feira, 19 de novembro. Presente.

Encontro Dusty Peters no Centro de Reabilitação e Bem-Estar Last Door, onde ela trabalha como conselheira. O lugar é uma instalação residencial na zona rural, nas imediações de Twin Falls. Dusty é uma antiga colega de classe, uma das primeiras a responder meu contato. Ela não foi entrevistada na escola de Twin Falls com os outros, pois havia faltado no dia. Dusty, entretanto, foi interrogada mais tarde, e a transcrição do depoimento dela bate com o que os demais estudantes falaram em relação à noite da festa da fogueira.

— Nós tratamos tanto adultos quanto adolescentes — Dusty comenta enquanto nos conduz a um escritório com vista para a floresta. Nós nos acomodamos em cadeiras confortáveis de frente para uma lareira a gás tremeluzente, e chuva cai sobre as coníferas ameaçadoras lá fora. — É um refúgio, e não só para tratar o vício. Também trabalhamos na recuperação do equilíbrio.

— De abrigo a centro de bem-estar — digo. — Só isso já cria um belo ciclo de reequilíbrio, Dusty.

Ela sorri. Dusty é forte, parruda. Suas mãos parecem as de um fazendeiro, ou operário. Ela tem uma cicatriz na bochecha. Seus olhos são gentis. Sinto que a vida apresentou mais desafios para Dusty do que para a maioria das pessoas, e que ela encontrou um jeito de superá-los e de retribuir. Estou aqui para aprender mais sobre quem Leena Rai era.

— Você se importa se eu gravar a conversa? — pergunto.

— Sem problemas. — Depois que ligo o gravador digital, ela fala: — Para ser sincera nunca conheci a Leena muito bem. E esse é um dos meus arrependimentos. Ela passava maus bocados, era excluída. E eu, de todas as pessoas, deveria ter entendido, porque a minha própria vida era uma bagunça. Meu pai já havia falecido. Tive uma mãe alcoólatra, um tio abusivo. Minha família era violenta. A gente não tinha dinheiro, e eu estava o tempo todo entrando e saindo do abrigo, onde Nina e Natalia Petrov também ficaram por um tempo. Tudo aquilo me deixava insegura. Com raiva. Me fazia querer pertencer a algum lugar, e tentei de tudo para pertencer a um grupo de garotas do colégio. Aquele grupo, de certo modo, se tornou a minha família. A gente era grudada. E, para fazer parte, parecia que... que eu tinha que mostrar lealdade perturbando alguém igual a Leena, que pelo jeito dela tinha virado alvo do nosso grupo. Era, acho, um jeito de validar a nós mesmas. Algo que nos unia.

— Como era a Leena?

Dusty suspira.

— Esquisita. Fazia coisas idiotas para ganhar atenção, e normalmente dava errado.

— E quanto ao relacionamento de Clayton Pelley com ela?

— Bem, aí é que está, ele parecia se importar com ela. Como um bom professor faria. Ele... parecia querer proteger a Leena. Ele nos repreendia de tempos em tempos pelo *bullying*. E foi por isso que fiquei chocada quando soube do que aconteceu.

— Você chegou a ver Clayton Pelley na noite da festa da fogueira?

— Sim, ele estava sentado com a Leena num tronco. Não cheguei a ver os dois fazendo sexo, mas ouvi falar. O que me deixou chocada. Horrorizada. Ironicamente, não por ele estar tendo uma relação íntima com uma aluna, mas por ser com a Leena.

— Porque ela não era o que você consideraria sexualmente atraente?

— Foi o que eu pensei na época, infelizmente. Mas o assassinato, a violência... Isso a gente não conseguia imaginar. Foi bem difícil de acreditar e de entender.

— Acha possível que Clayton esteja dizendo a verdade agora? Que talvez ele não seja o responsável?

Dusty fica em silêncio e pondera. Ela esfrega a testa.

— Não sei. Para ser sincera, não faço ideia. Quando ouvi o primeiro episódio, a pergunta que ficou na minha cabeça foi, se não foi ele, por que ele confessou e se declarou culpado?

— Hipoteticamente falando, se não foi ele, tem alguém na cidade que você e suas amigas achavam... estranho, talvez? Algum cara que tenha criado confusão com alguma de vocês? Alguém que seguiu, perseguiu ou ficou observando de um jeito que deixou vocês desconfortáveis?

Dusty se perde em recordações. A chuva escorre pelos vidros das janelas atrás dela, e o vento ganha força, balançando e inclinando as árvores da floresta densa.

— Não sei. Assim, tinha alguns homens que ficavam olhando a gente passar. Trabalhadores da usina. Pedreiros. Antes do Clay Pelley confessar, eu pensava que o assassino da Leena podia ter sido algum motorista de caminhão que estava passando por lá de noite, a viu sozinha e parou. Algo assim. — Ela franze o cenho. — O único outro... Acho que talvez... — Dusty de repente olha para o meu gravador. — Podemos deixar de gravar por um segundo?

— Precisa mesmo?

— Não quero ser processada. E tenho minha própria reputação a considerar. Eu... eu nem sei se deveria mencionar isso.

Meu coração acelera de curiosidade. Estendo o braço e desligo o equipamento.

Dusty hesita, depois diz:

— Tinha um policial, ele ficou de posto na escola depois que os detetives saíram. Eles tinham ido lá conversar com a gente de novo, e os dois detetives tinham ido para o escritório do Clayton para falar com ele. Depois que foram embora, uma viatura apareceu e parou no estacionamento. A gente viu da janela da sala. A Beth falou pra gente que o cara no carro tinha a assediado antes. Deu um beijo nela a força e a seguiu até em casa certa noite.

Minha boca fica seca e meu coração bate mais rápido.

— Que policial?

Ela me avalia em silêncio, como se decidindo se podia confiar em mim.

— É um assunto delicado — ela fala baixinho. — Você vai precisar fazer a sua própria pesquisa. Entendido?

— Certo. Ok.

— Ele é o chefe de polícia agora. O nome dele é Bart Tucker.

RACHEL

ANTES

Quinta-feira, 25 de novembro de 1997.

Cansaço. Essa é a palavra que me vem à mente quando Lacey Pelley abre a porta descascada da casinha ripada próxima da linha de trem. Ela encara sem ver a mim e a Luke encasacados. O vento sopra forte da costa, na direção norte, subindo o fiorde. Ele faz redemoinhos de flocos de neve e cheira a sal. Uma gaivota solitária grasna de dentro da névoa. Noto que uma camada de gelo cobre um pote de água de cachorro colocado nos degraus da entrada. Uma placa *"Cuidado com o cão"* balança ruidosamente com o vento no portão, mas nenhum cachorro veio latir na porta.

Rente à porta, no vestíbulo, vejo um cesto de lixo reciclável abarrotado de latas de cerveja e garrafas de bebidas destiladas.

Lacey está só pele e osso, nos seus vinte e poucos anos. O longo e fino cabelo castanho-acinzentado está sujo, precisando ser lavado e de um pouco de brilho. Pálida, com olheiras profundas.

Com a mão na porta, ela fala:

— O que vocês querem?

— Lacey, oi. Eu me chamo Rachel Walczak. — Eu me apresento, tremendo dentro do casaco. — Não sei se você se lembra de mim? Nós nos vimos uma vez num evento da escola. Acho que depois de um jogo de basquete. O que seu marido treina. A minha filha, Maddy, está no time.

A esposa de Clay olha para Luke.

— E esse é o sargento Luke O'Leary, da RPMC. Ele está ajudando o departamento de polícia de Twin Falls na investigação da morte de Leena Rai.

Viemos direto do escritório de Clay. Tucker foi despachado para a escola, para vigiar Clay. Foi incumbido de ficar em uma viatura no estacionamento e deve seguir o professor quando e se ele sair de lá.

As feições de Lacey se endurecem. Escuto um bebê começar a chorar lá dentro.

— Se querem falar com o Clay, ele não está aqui. Está trabalhando — ela diz. — Lá na escola.

— Por que acha que estamos aqui pra falar com seu marido? — pergunto.

— Eu... — Desconfiança surge nos olhos dela. Posso ver as engrenagens do cérebro dela rodando.

— Você disse que é sobre a investigação do caso de Leena Rai. Ela é aluna dele, e ele a tutorava, então... — A voz desaparece.

— Ele dava aulas extras a ela do escritório aqui da casa? — Luke pergunta.

— Ele transformou o barracão do jardim num escritório. A gente precisa de dinheiro.

A mulher parece não ter mais nenhum filtro. Não dá a mínima.

— Podemos entrar? — pergunto.

— Está tudo bagunçado. — Ela continua parada na porta.

— Tudo bem. — Luke avança, colando em Lacey para que ela recue e abra caminho.

Eu os sigo.

— Tudo ok com o cachorro? Vi a placa — Luke comenta.

— O cachorro está no canil, procurando uma casa nova. E antes que venha me julgar, só não dá pra mim. Não consigo tomar conta dele. Ele precisa passear, ficava latindo o tempo todo, cagava pela casa, mordia tudo. O Clay está sempre ocupado com o trabalho, os treinos, as aulas extras. A Janie... Ela não dorme. Eu... a gente nem tem dinheiro para comprar ração.

Brinquedos estão espalhados pelo chão da sala. O sofá está rasgado, supostamente culpa do cachorro. Na cozinha, há pratos empilhados na pia. A neném está presa em um cadeirão, gritando, com o rosto enrugado e muito vermelho. Ela está com um babador coberto por uma meleca laranja, da mesma cor que as manchas na camiseta de Lacey. A mãe segura a filha chorando e a embala, dando-lhe tapinhas nas costas. Mas o choro não esmorece.

— Aqui — digo gentilmente, estendendo os braços. Não é o mais apropriado, mas não dá pra resistir. — Deixa que eu seguro a menina enquanto Luke faz umas perguntas a você, ok?

Os olhos dela brilham emocionados. Lacey me entrega a criança com cheiro de leite azedo.

— Qual a idade? — falo por cima do choro.

— Sete meses.

— Tem fraldas limpas? Pelo cheiro, parece que ela precisa de uma troca. — Meu rosto tenta mostrar união, simpatia.

— No quarto ao lado.

Vou trocar a fralda da bebê. No quarto, vejo uma chupeta na mesa, ao lado do tapete de troca e um pacote de fraldas descartáveis. Deito a bebê e coloco a chupeta em sua boca. Ela se aquieta e começa a sugar intensamente o objeto. Ela fixa os olhões marejados e os cílios longos e úmidos em mim.

Sorrio.

— Prontinho. Você só precisa se limpar e colocar algo no buchinho, aposto.

Seguem-se barulhinhos breves de sucção. O olhar da bebê mantém-se fixo em meu rosto. Apanho uma fralda limpa e começo a trocar Janie.

Noto o crucifixo sobre o berço. É a única decoração nas paredes. Lacey é religiosa? Nunca teria imaginado que o marido dela é. Mas, também, por que imaginaria?

— Pronto, querida — sussurro. — Estou surpresa por ainda lembrar como se faz isso, sabia?

Janie balbucia. Sorrio outra vez. Então fico pensando se um dia vou ter meus próprios netos, o que, por sua vez, me leva a pensar na minha filha. Volto a ficar preocupada. Enquanto fecho a fralda de Janie, as perninhas rechonchudas dela chutam o ar, reflito sobre a maternidade, e em até onde nós, mães, vamos para tentar proteger nossos bebês. Nossas crianças. Nossos adolescentes. Nossos netos. Nossa família.

Ponho Janie no colo e a abraço, aproveitando um pouquinho da bebê. Ao fazer isso, ouço Luke falar no cômodo ao lado:

— Você lembra o que estava fazendo na noite do dia quatorze de novembro, sra. Pelley?

— Os dias sempre se misturam. Todos parecem iguais no momento. Eu não saio de casa, então estava aqui.

— Foi a noite do satélite russo.

— Ah... Eu... É. Lembro daquele dia. A Janie teve cólica. Passou o dia quase todo berrando.

Chego na sala com Janie.

A esposa de Clay não é tão mais velha assim do que alguns dos jovens do Ensino Médio. Chuto que tenha uns 21 ou 22 anos, jovem o suficiente para participar da festa da fogueira, participando das danças hedonísticas, fazendo sacrifícios aos deuses da neve, encerando os esquis ou preparando a prancha de *snowboard* ou a bicicleta para o mountain bike. Mas cá está ela, sentada enquanto o marido passa o dia com a juventude. E coisa pior.

Tudo que sei sobre os Pelley é que Clay casou-se com Lacey em Terrace, uma pequena comunidade mais ao norte da Colúmbia Britânica. Ele lecionava em uma escola de lá, conheceu a esposa também lá, e Lacey já estava com a gravidez avançada quando Clay aceitou a posição de orientador pedagógico na Escola Secundária de Twin Falls. Janie nasceu logo em seguida, no hospital de Twin Falls. Sei que Clay tem diplomas em psicologia e literatura inglesa. Gosta de esportes e aparentemente ama atividades ao ar livre. Mas sei muito pouco sobre a esposa.

Começo a me questionar se ela chegou a ser aluna dele.

Lacey não se dá ao trabalho de olhar para mim quando me sento com Janie em uma cadeira ao lado do sofá.

— Você viu o foguete, Lacey? — Luke pergunta, com um tom gentil e paternal.

— Não. — Ela enxuga a testa. Por um instante, parece que vai chorar. Claramente está tendo dificuldades de conter a miríade de emoções por trás de uma faixada exausta e frágil de autocontrole.

— E o seu marido? Ele viu? Estava em casa?

Os olhos dela se arregalam de leve, como se pela primeira vez estivesse lhe ocorrendo por que motivo nós poderíamos estar ali. O olhar dela percorre a sala, como se procurasse a resposta correta.

— Ele... o Clay ligou da escola dizendo que ia encontrar um amigo. Tomar uma bebida, antes de vir pra casa.

— Iam se encontrar onde? — Luke pergunta.

— No Ninho do Corvo.

Conheço o *pub*. Pertence a Rex Galloway, marido de Eileen, pai de Beth. É o ponto de encontro dos motoqueiros. Rex ama a Harley dele, e o estilo de vida que vem junto.

— Que amigo?

— Um velho colega da universidade. Clay estudou na UCB. Se formou lá. Disse que ia encontrar um cara do departamento de psicologia. Não me deu um nome.

— A que horas o seu marido chegou em casa, então, sra. Pelley?

Ela hesita.

— O que ele disse... Vocês falaram com ele?

— Poderia responder à pergunta, Lacey? — Luke diz.

Ela agora demonstra nervosismo.

— Eu... — Ela engole seco, lança um olhar na minha direção. — Era tarde. — Ela esfrega o joelho.

— Tarde quanto? — Luke pergunta, ainda mantendo o tom de paciência.

— Tarde, tipo... — A voz lhe escapa estrangulada, rouca, como se a realidade finalmente estivesse se agarrando a ela e enfiando os dedos em sua garganta. — De madrugada. Lá pras 3h42. Ele... entrou tropeçando no quarto. — Com uma mão trêmula, ela enxuga lágrimas que começam a descer por seu rosto.

— É uma estimativa bem precisa, Lacey — digo.

— Eu estava de olho no relógio. Deitada acordada. Eu notei a hora. E... e pretendia confrontá-lo na manhã seguinte. Então fiz questão de gravar.

— Tropeçando como se estivesse bêbado? — Luke pergunta.

Lábios cerrados, ela acena positivamente.

— Ele bebe bastante.

Penso na lixeira no vestíbulo.

Ela inspira, o fôlego trêmulo.

— Eu... tenho tentado dar de mamar, mas não está dando certo. — Mais uma vez, ela enxuga as lágrimas. — E não bebo desde que engravidei. Só que ele... ainda... Ele... bebe até apagar. Toda noite. Toda. Santa. Noite. Podre de bêbado. Nem se lembra das coisas que me diz depois de certo ponto, nem o que faz depois de ter bebido certa quantidade. Apesar de aparentar estar bem na hora, ele não se lembra das coisas. Às vezes, vai pro barracão dele e volta altas horas da madrugada.

— E ainda assim sai todo dia pra trabalhar? — digo.

Ela assente.

— E ele atende os alunos aqui? Está sóbrio quando faz as tutorias? — pergunto.

— Sim. Não. Quer dizer, às vezes ele bebe uma ou duas cervejas antes de eles chegarem, então é tipo para manter o mínimo necessário. Ele é alcoólatra... Um alcoólatra funcional. Abre uma cerveja assim que passa pela porta. — Ela mergulha o rosto nas mãos. Os ombros ossudos começam a balançar com o choro.

— Ei... — Levanto e entrego o bebê a Luke, depois me sento ao lado de Lacey no sofá rasgado. Coloco a mão no joelho magro dela. — Dá pra ver que você está com dificuldades, Lacey. Posso conseguir ajuda, te colocar em contato com alguém, mas primeiro precisamos que nos ajude respondendo a essas perguntas. Pode ser?

— Por quê? — Ela me olha com o rosto manchado de lágrimas. — O que foi que ele fez? Foi alguma coisa de ruim? O que isso tem a ver com Leena Rai?

— Estamos só tentando descobrir o que todos da comunidade estavam fazendo naquela noite. Talvez haja coisas que as pessoas não se deem conta de que são relevantes, então qualquer informação pode ajudar. Quanto mais detalhes tivermos, melhor.

Ela desvia o olhar. Mira a janela. Tenta se controlar. Galhos secos balançam com força no mar de vento frígido lá fora. Os vidros estão manchados de sujeira onde a neve soprada se acumula formando padrões. Lacey estremece um pouco. Uma espécie de liberação física. Ela vira o rosto para mim e me encara. Vislumbro algo primitivo em seus olhos, algo que me acerta como um soco na barriga. Meus músculos se contraem.

Quando volta a falar, a voz dela vem firme, quase estridente. Clara.

— Ele estava muito bêbado na manhã daquele sábado, quando voltou pra casa. Mais do que o normal, dado o jeito que estava cambaleando e esbarrando nas coisas. Ele caiu quando foi tirar a calça. Estava… estava cheirando a… sexo. Eu… ele já chegou em casa com esse cheiro algumas vezes, e eu… ele está me traindo. Ele diz que não, mas eu tenho certeza.

Encaro Luke. Os olhos dele, intensos sobre a cabeça da bebê, prendem-se aos meus. Ele está balançando Janie com o joelho. Se a situação não fosse tão sombria, acharia a cena cômica. Mas meu coração dói por essa jovem. E, ao mesmo tempo, a raiva que sinto de Clay é pulsante. Seguro a mão fria de Lacey.

— Eu entendo — falo com cuidado, sem pretender que as palavras que vêm em seguida saiam da minha boca, mas elas saem mesmo assim. — Sei como é ser casada com alguém que está sendo infiel.

Ela prende o olhar no meu, quase não respira.

Percebo o interesse de Luke. É instantâneo e atento. Não posso voltar atrás no que disse. E me dou conta neste mesmo instante do quanto a traição de Jake tem me machucado. Pigarreio. Inspiro fundo.

— Sabe com quem o seu marido pode estar dormindo, Lacey, se este for o caso?

Ela balança a cabeça.

— Nenhuma ideia?

— Não. Eu… estava pensando que talvez fosse alguém da escola. Ou alguém da academia.

Sinto que ela talvez esteja mentindo, escondendo o que realmente pensa, suas verdadeiras suspeitas.

— A quantos estudantes o Clay dá aula aqui? — Luke pergunta, desajeitado com a neném que parece hipnotizada por ele, e que o encara em silêncio, chupando a chupeta enquanto ele continua a balançá-la sobre o joelho. — Além da Leena.

— Mais uns quatro. Vez ou outra.

— Moças? Rapazes?

— Moças. — Ela está com uma aparência ruim. De quem vai vomitar. Como se as perguntas de Luke estivessem levando sua mente a lugares em que ela não quer que vá. Ela pega um lenço de uma caixa na mesa ao lado e assoa o nariz.

— Acho que uma é Dusty Peters. Ela é uma aluna meio problemática da escola, com problemas em casa. E a Nina. Ela é da Rússia e inglês é sua segunda língua. Tem uma garota chamada Suzy, e uma Melissa. Mas o Clay não me disse nada sobre elas.

— Aquelas botas na entrada são as que seu marido estava usando na noite em que chegou bêbado em casa? — pergunto.

Ela me olha confusa.

— Por quê?

— Só tentando eliminar coisas — digo.

— Não tenho certeza, talvez.

— Podemos dar uma olhada?

Os olhos dela escurecem. Ela engole em seco.

— Ok, tudo bem.

Vou até o vestíbulo, pego uma das botas e viro. Meu sangue se enche de adrenalina. É o padrão certo. Parece com as marcas no corpo da Leena. Entro novamente na sala e faço sinal para Luke.

— Você se importa se a gente levar essas botas? — ele pergunta.

Ela não diz nada por um bom tempo. Então pigarreia.

— Isso tem a ver com a Leena?

— Estamos investigando todas as possibilidades no momento.

— Levem — ela fala, ríspida. — Levem a porcaria dessas botas. Levem o que vocês quiserem.

— Mais uma coisa, Lacey — digo, então coloco sobre a mesa de centro as fotos das evidências encontradas dentro e próximas à mochila da Leena. — Por acaso reconhece alguma dessas coisas?

Ela avança para a ponta do sofá e se inclina mais para perto, estudando as imagens com atenção. Então aponta.

— Esse livro de poesia, *Sussurros das árvores*, é do Clay.

— Como você sabe?

— A dedicatória ali, na página de título, "*Com amor, de A. C., UCB, 1995*". A. C. é de Abbigail Chester, uma amiga de Clay da época da UCB. Foi ela que deu o livro a ele. Ele disse. — Ela levanta o rosto. — Onde vocês encontraram isso? Essas outras coisas são da Leena?

— Encontramos na cena do crime — informo.

— Talvez o Clay tenha emprestado o livro à Leena — ela fala.

— Sim, provavelmente — digo.

Enquanto Luke continua a segurar Janie, vou até o carro, apanho uma sacola de evidência e luvas e volto para coletar as botas. Então escrevo um nome e número no meu caderno, arranco a folha e entrego para Lacey.

— Pode ligar nesse número. É alguém que pode ajudar. E também vou ligar para uma pessoa, pedir que venha aqui ver como você está, tudo bem?

— Está falando de uma assistente social? Eu sou uma boa mãe. Não quero ninguém achando que não sou uma boa mãe. Eu estou dando meu melhor.

— Tenho certeza de que está. Mas todos precisamos de ajuda. Criar um filho... não é algo que ninguém deveria fazer sozinho. — Um pensamento me acomete quando me recordo do crucifixo no quarto da neném. — Você frequenta a igreja, Lacey?

Ela assente com a cabeça e assoa o nariz novamente.

— Qual? Porque eu conheço alguém da comunidade religiosa que pode ajudar também.

— A Nossa Senhora dos Montes.

— Certo. Conheço alguém da igreja católica. Vou dar uma ligada para saber se sabem de possíveis soluções pra ajudar você, ok?

Ele faz que sim com a cabeça e aceita o pedaço de papel que ofereço. Luke se levanta e entrega a bebê, então diz:

— Podemos dar uma olhada no barracão que Clay usa para as tutorias?

Ela fica tensa. Pânico toma conta de suas feições.

— Eu... Aquilo está sempre trancado. Com um cadeado. E você não precisa pedir permissão a ele, ou de um mandado, ou sei lá?

— Justo — Luke diz. — Mas talvez a gente precise que você vá até a delegacia para prestar um depoimento oficial. Podemos mandar alguém pra te buscar. Tudo bem?

Ela assente e nos acompanha até a porta.

• • •

Assim que entramos no carro, escapando das rajadas de neve, eu falo:

— Então Clay Pelley não tem álibi. Mentiu para a esposa. Parece que o sr. Boa-Praça é uma merda de marido.

— Ou pior que isso — Luke responde, dando a partida.

Praguejo enquanto coloco o cinto.

— Ela é só uma criança também. Pouco mais velha que alguns dos alunos do último ano da escola. E claramente está passando por maus bocados.

Luke olha para mim.

— Você acredita que sua filha está falando a verdade sobre o que viu?

— Acredito. Foi difícil pra ela falar, mas, sim, acredito.

— A gente vai ter que conversar com as crianças de novo. Pra deixar registrado, dessa vez. Na delegacia, com os guardiões legais. Esprêmê-los oficialmente, para saber se viram o professor na festa. E vamos mandar aquelas botas pro laboratório. Pode nos dar o suficiente para um mandado de prisão ou, pelo menos, um mandado de busca para a casa e para o barracão dele.

Luke dá ré. Os pneus giram e batem sobre o monte de neve deixado pelo limpa-neve que acabou de passar pela estrada.

— É verdade? — ele pergunta. — O que você falou do seu marido?

— Isso não é da sua conta, Luke.

— Você que transformou em parte de uma entrevista.

Não respondo. Ele não insiste.

Quando viramos a esquina, olho para trás, pela janela embaçada do carro. Vejo Lacey, saindo pela lateral da casa, coberta por um casaco grande. Ela caminha pela ventania e pela neve, indo na direção do barracão no quintal.

TRINITY

AGORA

Quinta-feira, 19 de novembro. Presente.

Encontro Beth Galloway Forbes no salão de beleza dela, que fica em uma nova galeria comercial. Já passa da hora do almoço. Gio e eu paramos num fast-food no caminho da visita a Dusty Peters. Gio mais uma vez me espera na van estacionada. Quando liguei para Beth hoje pela manhã, ela me disse que ficaria feliz em ser entrevistada: já tinha ouvido os dois primeiros episódios. Ela disse que a mãe, Eileen, havia ligado para falar do podcast. Eileen também o ouvira.

O salão é sofisticado e de aparência moderna, e Beth é glamorosa como uma modelo. Seu cabelo antes loiro, mantido na altura da cintura, agora está cortado num bob platinado que balança atrevido na altura do queixo. Ela é mais para alta, e no momento está usando uma blusa sem mangas feita de um tecido tipo *chiffon*. Tem tatuagens delicadas de rosas e outras flores em um braço.

Ela me leva até um pequeno escritório nos fundos da loja. O lugar cheira a xampu e à amônia das tintas de cabelo.

— Aceita um café? — Sua voz é sonora e agradável. — Posso pedir a alguém para buscar num café ótimo que tem aqui na galeria.

— Não precisa, obrigada. E obrigada por aceitar se encontrar comigo. Falei com Dusty Peters no centro de bem-estar hoje pela manhã, e espero poder me conectar com mais colegas da Leena.

— É. Fazia séculos que eu não falava com a Dusty. Ela me ligou para avisar que vocês iam se encontrar. Acaba que isso nos aproximou de novo. Já falou com a Maddy? — Beth pergunta enquanto toma seu lugar atrás de uma mesa de vidro. Eu me sento numa cadeira cromada ao lado.

— Deixei alguns recados, mas ela ainda não retornou minhas ligações.

Beth solta um leve suspiro.

— Tentei ligar para ela, para falar disso. A Mads tem se isolado desde o acidente de escalada que a colocou em uma cadeira de rodas. Assim, eu e a Maddy já fomos carne e unha, mas alguma coisa mudou nela naquele outono em que a Leena foi morta, e a gente foi se afastando aos poucos. — Ela fica em silêncio por um bom tempo. Ouço o som de um secador no salão. — Todo mundo meio que mudou com aquilo. O assassinato da Leena. A cidade toda mudou.

— Você se importa se eu gravar a conversa?

Ela demonstra insegurança, apenas por um instante, depois diz:

— Claro que não, concordei em falar. Certeza de que não quer um café?

— Certeza. — Ligo o gravador, estendo o braço e o coloco na mesa de vidro. — Fique à vontade para conversar normalmente. A gente edita qualquer conversa desnecessária.

— Claro. Tudo bem.

— São seus filhos? — Aponto a cabeça para um porta-retrato sobre a mesa, tentando deixá-la mais à vontade.

Ela sorri.

— Douglas e Chevvy. O Doug tem seis e a Chevvy tem quatro anos. Estão com a minha mãe hoje.

— É bom ter uma família que ajuda. — Sorrio, e desvio a conversa para a minha meta. — A Dusty disse que nunca conseguiu entender bem quem a Leena era, além de ser de fora da comunidade, e excluída. Ninguém realmente a entendia, exceto, talvez, o professor de vocês, Clayton Pelley?

— O que é estranho. Quer dizer, o sr. Pelley, Clay, parecia mesmo gostar dela, e atuava pra proteger a Leena de malvadezas, então saber que ele fez o que fez, abusar e matar a menina... Foi um belo de um choque. — Ela pausa e fica com o olhar perdido. — Acho que nunca dá pra saber quem as pessoas são de verdade, né? Porém, outra parte de mim não ficou surpresa, acho.

— Por quê?

— O Clay era sedutor. Tinha um jeito que fazia a gente, as garotas, se sentir... especial. Quando dirigia seus elogios a uma de nós, era como se a pessoa fosse a escolhida do dia. Como se uma luz dourada nos iluminasse. Ele era sexy. Experiente. Eu... eu suspeito que todas as meninas sonhavam estar com ele.

— Então foi uma surpresa ver o Clayton Pelley com a Leena?

— O sexo, no caso? Bem, não peguei os dois no ato. A Maddy quem viu, e veio correndo pra fogueira para me contar. Estava toda vermelha, com uma cara de horrorizada, os olhos esbugalhados. Tinha ido ao banheiro e encontrou os dois fora da trilha, numa clareira minúscula. Ela me contou às pressas o que tinha visto, e a gente foi correndo para lá. Chegamos a tempo de ver o sr. Pelley ajudando a Leena a se levantar, e ele estava abotoando a camisa e fechando o zíper do casaco. As roupas da Leena também estavam uma bagunça. Ele a ajudou a fechar o casaco que estava usando. Depois colocou o braço ao redor dela e começou a levar a Leena por uma trilha que ia na direção da estrada onde o carro dele estava estacionado. Ela estava cambaleando, porque tinha bebido muito.

— Então, se você ouviu o primeiro episódio do podcast, escutou Clayton Pelley negar que estuprou e matou a Leena?

Ela assente.

— Acredita na possibilidade vaga de que ele esteja falando a verdade agora?

Ela toma um tempo para refletir.

— Para ser sincera, não sei — ela responde baixinho. — Realmente não sei mais. Ele disse que foi ele, que ele matou a Leena. Então todos nós acreditamos. E ele sabia de um monte de detalhes certinhos de como ela morreu.

— Me fale de Bart Tucker.

Seus olhos se arregalam, e ela me encara. Tensa.

— O que tem ele? Por que a pergunta?

— Ele foi um dos poucos policiais do caso. Ele alguma vez a assediou enquanto você estava no colégio?

Ela engole em seco, olha para o gravador digital.

— Podemos desligar isso?

— Precisa?

Ela não diz nada.

Vou mais para a frente e aperto o botão de desligar.

— O Tucker, a gente o chama de Tucker, é o chefe de polícia agora.

— Eu sei.

— Ele era jovem e bonito pra caramba na época. Ficava gato de uniforme. Já tinha o visto por aí. Eu... e algumas das garotas usamos identidades falsas pra entrar em uma boate uma vez, e ele estava lá. Sem farda. Meio altinho, se divertindo. Ele mostrou interesse em mim. E eu disse que tinha dezenove anos. Estava toda montada, conseguia me passar pela idade. A gente... se beijou e tal. E nos dias seguintes ele tentou me ver. Depois descobriu minha idade real, mas cheguei a ver o homem passar dirigindo devagar pela minha casa umas duas vezes. Teve uma noite que ele estacionou do outro lado da rua e ficou me observando tirar a roupa. Vi o carro dele lá e fechei as cortinas. Outra vez ele me seguiu de carro, devagar, enquanto eu voltava a pé para casa. Ele baixou o vidro e perguntou se eu queria carona. Eu aceitei. Pensei que ele ia tentar me beijar de novo quando a gente chegasse, mas meu pai chegou de moto, junto com a gente, vindo do clube. Eu fiquei em pânico e saí do carro.

— É uma cidade pequena, ele realmente não te reconheceu como uma estudante de quatorze anos?

— Na época, Twin Falls tinha uma população de quinze mil habitantes. Nem todo mundo conhecia todas as crianças, nem a série delas. E eu estava toda montada. Cheia de maquiagem, de salto alto, a boate era escura. Como eu disse, ele estava meio bêbado. Acredito que naquele dia eu estava me passando bem por alguém de dezenove anos.

— O Tucker em algum momento foi insistente? Agressivo nas interações com você ou com qualquer outra pessoa?

— Talvez... talvez um pouco. Mas faz muito tempo. Nunca mais ouvi nada estranho sobre o chefe de polícia. E confesso que me esforcei bastante pra seduzir o cara naquela primeira noite. Era um homem fardado. Era meio que emocionante, pra falar a verdade. E, assim, eu menti mesmo a minha idade.

— Ainda assim ele ficou perseguindo você, observando. Isso é problemático, e o comportamento dele *não* é sua culpa.

— Sei disso hoje em dia, é claro, e, sim, isso me deixa irritada. Mas... naquela época, confesso que era um pouco emocionante.

Depois de sair do salão da Beth e me sentar na van, digo a Gio:

— A coisa está boa. Está muito boa.

— Então por que a cara séria?

Eu me viro no banco do carona e olho para ele.

— Um dos policiais que estava no caso em 1997 tinha a idade do Clayton na época da investigação. E também mostrou interesse por uma aluna jovem. E seguiu pelo menos uma delas durante a noite, e assistiu a ela tirando a roupa no quarto. — Olho nos olhos de Gio. — Temos outras possibilidades, outros suspeitos para trazer para a roda. Um policial envolvido em uma investigação que também saberia os detalhes de como a Leena morreu.

— O quê... Você está dizendo que ele poderia ter dito ao Clay, contado os detalhes a ele?

— Talvez algo tenha acontecido durante a confissão.

RACHEL

ANTES

Terça-feira, 25 de novembro de 1997.

— Cadê o seu pai, Maddy? — pergunto enquanto tiro e penduro o casaco. Estou morta e preciso conversar com Jake sobre o que a Maddy disse ter visto na noite da festa. Ele precisa saber. Ele vai precisar estar junto quando ela for interrogada.

Maddy está sentada à mesa de jantar, fazendo o dever de casa. A televisão está ligada na sala.

— Saiu. — Ela não faz contato visual.

— Para onde?

— Não sei.

— Maddy?

— Que foi? — Ela se recusa a me encarar.

— Olhe pra mim, Maddy.

Os lábios dela se contraem. Devagar, ela ergue o rosto. Seus olhos estão vermelhos e inchados. Ela estava chorando. Meu coração palpita quando minha raiva latente se transforma em medo, em confusão e em amor. Estou andando na corda bamba difícil que é trabalhar neste caso e ter a minha filha como testemunha-chave. Não sei quanto tempo consigo ficar no caso se ela se envolver mais. Mas uma parte profunda de mim, que me move adiante, também *precisa* seguir com isso até o fim. A pressão está toda sobre mim, ainda mais porque pretendo assumir o cargo de chefia quando Ray finalmente se aposentar. Quero levar esse desgraçado à justiça. Pelas crianças. Pela minha própria filha. Pelos outros pais. E pela família Rai.

Lembro a mim mesma de que essa é uma cidade pequena. *Todos* somos ligados de algum jeito.

Sento-me à mesa. Os ombros da minha filha estão tensos. Tento inspirar com tranquilidade, depois expirar. Com calma, eu falo:

— Por que não me contou antes sobre o sr. Pelley estar na festa?

— Porque era exatamente isso que ia acontecer. — Ela bate a caneta na mesa. — Você, a policial, ia começar uma perseguição ridícula! Porque a festa era ilegal, e quem era de menor estava bebendo, e *ele* sabia. E isso ia o meter em encrenca.

Meu coração bate forte, fico pasma de incredulidade.

— Maddy, você contou a um detetive de homicídios da RPMC que viu o seu professor transando com uma das alunas dele, uma *colega de classe sua*, pouco antes de ela ser brutalmente assassinada.

Ela me olha feio. Os olhos cintilam, úmidos. Sua boca treme.

— Tem *certeza* de que viu o que disse ter visto?

— Não estou mentindo — ela retruca. — Eu vi o que vi. E a Beth e outras pessoas viram o sr. Pelley indo para o carro dele com a Leena, com o braço em volta dela.

— Então *todo mundo* mentiu pra gente? Todo mundo sabia que o homem sentado no tronco com a Leena era o sr. Pelley?

Maddy morde o lábio. Com força. Os olhos dela estão cheios de raiva.

— Por acaso o sr. Pelley pediu a vocês para manterem segredo sobre a presença dele na festa?

— Você está falando como policial agora? Está me interrogado oficialmente de novo? O seu *parceiro* não precisa estar aqui, já que você está numa posição de conflito de interesses? Isso não devia ser feito na delegacia, quando eu for lá amanhã?

— Eu só não consigo entender por que você quis esconder uma coisa dessas. Tem noção de que o que o sr. Pelley fez é um crime? É, no mínimo, estupro, mesmo que ele não tenha nada a ver com o que aconteceu com a Leena debaixo da ponte?

A cor foge do rosto dela. Os olhos de Maddy brilham e a respiração fica ofegante. Ela está profundamente estressada.

Inspiro devagar mais uma vez.

— Você é minha filha, Maddy. Eu sou mãe, como Pratima também é. Só estou preocupada que outras garotas possam estar em perigo, ou talvez que já tenham passado por uma situação perigosa com aquele homem. — Eu me inclino para a frente, ponho os braços sobre a mesa. — Tem mais alguma coisa, *qualquer* coisa, que você esteja escondendo de mim?

Ela não responde. O ruído distante de uma sirene nos alcança. Provavelmente mais um acidente de carro na rodovia na primeira tempestade de neve do ano.

Umedeço meus lábios.

— Liam fotografou a festa, sabia?

Sem reação. Meu pescoço fica tenso quando penso na fotografia que peguei da gaveta dela.

— Ele tirou alguma foto sua e de suas amigas?

Ela pisca. E eu sei. Sei bem que a foto que encontrei foi tirada por Liam.

— E daí? Ele sempre fotografa tudo. Está sempre seguindo as meninas com a câmera, feito um tarado bizarro. É um pervertido. — De maneira abrupta, ela junta livros e papéis e fica de pé. — Vou lá para cima terminar isso aqui.

— Maddy? — eu a chamo.

Ela para na base da escada, mas não se vira.

— Tem certeza de que não sabe o que aconteceu com o medalhão de nós celta?

— Eu *já disse*. Não o uso faz um tempão, e não o vi.

— Você viu as fotos dos itens encontrados com o corpo da Leena. O...

— Se o medalhão que estava no cabelo dela era meu, então a Leena o roubou séculos atrás. Assim como roubou a agendinha da Beth. Assim como roubava as coisas de todo mundo. Como eu disse ao detetive O'Leary, ela veio aqui em casa, pode ter pegado nesse dia.

— Quando, exatamente, ela esteve na *nossa* casa?

Ela se vira.

— *Como eu disse*, mais ou menos há um mês. Quando você estava no trabalho. E quando é que você não está trabalhando? Até o meu pai diz isso. Você está tentando tanto conseguir o cargo do vovô que nem sabe o que acontece na própria casa. A Leena veio pegar um livro emprestado pra uma tarefa. — Ela sobe a escada pisando duro.

Pressiono a mão no meio do meu peito. Estou enjoada.

TRINITY

AGORA

Quinta-feira, 19 de novembro. Presente.

— Delegado Tucker! — grito enquanto corro na direção do chefe da polícia de Twin Falls. Ele caminha altivo pelo estacionamento, indo na direção do carro. Então para e se vira.

Eu o alcanço, sem ar. Estou debaixo do meu guarda-chuva, e a luz está sumindo. Ele está na chuva. Consegui emboscá-lo na saída da delegacia.

— Meu nome é Trinity Scott, e eu...

— Sei quem você é. Já falei pelo telefone: não posso participar. Você tem todos os arquivos do caso. — Ele segura a maçaneta do carro.

— Eu tenho, obrigada — respondo depressa. — Mas também gostaria muito de fazer algumas perguntas sobre a cidade naquela época e suas observações pessoais sobre a investigação.

— Isso vai contra o protocolo da polícia. Fale com nossa assessoria de imprensa. — Ele abre a porta.

— E gostaria de perguntar sobre sua amizade com Beth Galloway Forbes. — Ele fica paralisado e me encara debaixo da chuva.

— O que tem a Beth?

— Vocês dois tiveram um relacionamento?

— Não. A Beth mentiu pra mim. Disse que tinha dezenove anos. Nada aconteceu entre nós depois que eu descobri, e... o que isso tem a ver? Como esse assunto surgiu? Foi a *Beth* que colocou você pra fazer isso?

— Por acaso você já ficou seguindo alguma aluna, delegado? Vinte e quatro anos atrás. Parou do outro lado da rua da casa delas e ficou observando as meninas trocando de roupa?

O rosto largo dele fica sério. Ele abaixa a voz e se inclina mais para perto de mim. Sinto o cheiro de menta em seu hálito.

— Não sei o que você pensa que está fazendo, srta. Scott. Uma história honesta sobre um crime real é uma coisa. Baboseira de tabloide sensacionalista às custas da reputação das pessoas é outra. — Ele pausa, e os olhos mergulham nos meus. — A investigação foi séria. Com detetives sérios trabalhando no caso. Aquilo desmanchou a gente, um assassinato horrível. Todos nós. E se você for sair por aí fazendo insinuações como essa, vai se ver na mira de um processo legal. Tenha cuidado — ele avisa. — Prossiga com muito, muito cuidado. E reflita sobre suas fontes. Um autodeclarado agressor sexual? Um assassino violento? Um condenado? E um bando de garotas que tinham uma quedinha por ele?

Ele entra no carro e bate a porta.

A chuva tamborila no meu guarda-chuva. Observo enquanto o carro dele sai do estacionamento e faz a curva para a rua.

RACHEL

ANTES

Quarta-feira, 26 de novembro de 1997.

Apoio a bunda na beira da mesa de metal. É quase meio-dia, e estamos em seis na sala, mais para cubículo, de inquérito: o delegado Ray, Tucker, Dirk, Luke, eu e uma assistente civil. Luke está apoiado em outra mesa de metal em frente ao seu painel de investigação. As fotos de Leena nos observam do alto do quadro. O aquecimento está ligado, as janelas ficando embaçadas, e lá fora a neve vai se transformando em lama.

Luke passou a manhã interrogando os alunos, que foram trazidos um por um, acompanhados dos pais. Maddy foi a primeira, às 8h30, acompanhada por Jake.

Jake agiu como se fosse tudo culpa minha. Maddy não queria nada comigo. Observei por detrás do espelho falso, acompanhada por Ray, Tucker e Dirk, enquanto Luke pressionava Maddy e as outras crianças para saber o que tinham visto na floresta.

Maddy alegou que, depois de testemunhar o professor tendo relações com Leena, ela correu e contou imediatamente para Beth. As duas voltaram correndo para a pequena clareira nos arbustos e viram Clayton ajeitar as roupas, ajudar Leena a se levantar, colocar o braço em volta dela e caminhar com ela por uma trilha estreita até o carro dele.

Beth confirmou o relato de Maddy.

Ambas disseram que estavam chocadas e com medo demais para mencionar a história quando Leena foi dada como desaparecida. Essa é uma coisa que não consigo entender. Pode ser uma forma de negação. Compartimentalizar e enterrar algo tão horrível que as crianças não tinham nenhuma narrativa que pudessem usar para lidar com aquilo. Então bloquearam o ocorrido. Até serem pressionadas. Mas isso está me matando... Minha própria filha não conseguiu falar comigo.

Os outros estudantes que conseguiram ver bem o homem sentado com Leena confirmaram que era Clayton Pelley, mas não disseram pois "estavam com muito medo". Houve um pacto de silêncio.

— Ok, vamos repassar tudo — Ray diz. — A RPMC despachou outra equipe de técnicos forenses para o bosque, dessa vez para realizar buscas próximo às latrinas, à procura de evidências que corroborem o caso sexual entre Clayton e Leena. Mas há poucas chances de encontrar algo, considerando o tempo que se passou e a neve nas áreas mais elevadas. Luke, você falou com a procuradoria da Colúmbia Britânica?

— Acabei de sair de uma ligação com um procurador — Luke responde. — E já temos em mãos mandados de busca para a casa de Pelley, o barracão, o escritório dele na escola e o carro. Temos o suficiente para realizar a prisão para interrogatório adicional, mas o promotor gostaria de algo mais sólido em termos de provas para garantir as acusações e a condenação. Vamos ver o que sai desses mandados de busca. Até o momento, Clayton admitiu que estava na festa da fogueira. O laboratório diz que as marcas das botas dele correspondem às marcas no corpo de Leena. Ele não consegue explicar o tempo entre a última vez que foi visto saindo da fogueira com o braço em volta da garota e quando chegou em casa às 3h42 da manhã, severamente embriagado, de acordo com a esposa, Lacey.

— Ela também alega que o marido cheirava a sexo — acrescento.

Tucker pigarreia. Ray ergue a sobrancelha.

— Então o Pelley teve oportunidade — Ray diz.

— Tanto oportunidade como meios — digo. — E, por ter transado com uma aluna que ameaçou dedurá-lo, então também teve um forte motivo.

— Mais alguma notícia do laboratório? — Ray pergunta.

— Ainda aguardando os resultados para ver se a terra nas botas do Clayton bate com a terra de debaixo da Ponte do Mal. Isso o colocaria na cena do crime. Também estamos esperando pelos resultados das amostras subungueais da Leena; e dos fios de cabelo e fibras.

Ray fala:

— Até o momento, temos apenas uma testemunha: uma adolescente que diz ter visto Pelley fazendo sexo com Leena Rai na floresta. A menos que apareça algo nos resultados do laboratório, ou com os mandados, ou que esses técnicos forenses encontrem algo, uma camisinha, fibras, cabelo... Precisamos de mais.

— Pra começo de conversa, o que eu não entendo — Tucker começa — é por que diabos esses meninos não falaram nada quanto ao professor estar lá.

Dirk responde:

— Adolescentes fazem coisas estranhas. Já vivi e trabalhei nessa cidade tempo o suficiente pra saber como esses pactos de silêncio podem ser quando se forma em uma turma unida desde o maternal, que caminhou junto durante toda a vida escolar até o início da vida adulta. É feito uma matilha, um rebanho. E esse grupo pode exibir conexões mais poderosas entre si do que as que esses jovens têm com os próprios pais e familiares. Eles vão guardar segredos e fazer coisas um pelo outro que podem ser difíceis de entender.

Penso em Maddy, na amizade íntima que tem com Beth e o restante do grupo, e percebo que Dirk tem toda a razão. Todos percebemos. Se, por um lado, uma cidade pequena pode ser maravilhosa, a falta de diversidade apresenta outros desafios únicos.

— Bem, é, talvez — Tucker fala. — Assim, eu cresci aqui. Eu *sei* disso. Mas não falar que uma colega de escola foi abusada sexualmente por um professor? E não só um professor, a droga de um orientador pedagógico, que deveria orientar esses adolescentes durante esse período confuso de inquietação sexual.

Todos encaramos Tucker. O rosto dele fica vermelho.

— Desculpa, isso me deixa fulo — Tucker diz. — Só porque essa menina, a Leena, veio de fora, foi largada aos lobos, e ninguém diz merda nenhuma porque ela não faz parte do grupo.

Inspiro fundo, olho para baixo e examino os quadrados gastos do carpete. É da minha filha que estamos falando. É do meu fracasso como mãe. Talvez como policial, também.

— E quanto às páginas arrancadas do diário? — Ray pergunta, com um aceno na direção do quadro.

— O "ele" que a Leena menciona pode muito bem ser o professor dela. Faz sentido — digo. — Se ela estava encantada com Clay Pelley, apaixonada por ele, talvez ele tenha abusado desse sentimento. Tenha se aproveitado sexualmente.

— Mas por que as arrancar do diário? Por que estavam na água? — Dirk pensa em voz alta.

— Talvez ele quisesse que ela se livrasse delas, já que as páginas o incriminavam — digo.

— Os dois podem ter se metido em uma briga em que ele tentou arrancar as páginas, aí a situação acabou saindo do controle e terminando com ele batendo nela, depois espancando, e depois tendo que silenciar a garota com o afogamento — Luke acrescenta.

Dirk coça o queixo.

— O relatório da autópsia mostra trauma vaginal. Lacerações. Isso não bate com sexo com consentimento da floresta — ele diz.

— Pode bater, se o sexo foi intenso — digo.

— Sei não — Dirk responde. — Talvez a gente precise de mais informações sobre as evidências da autópsia. O que quer que tenha acontecido com aquela garota foi violento.

— O Pelley pode ter perdido a cabeça com as páginas do diário, e depois endoidou e passou dos limites — Luke diz. — Os danos causados ao rosto da Leena... Aquilo pra mim é fúria. Algo muito pessoal. Encaixaria com a situação.

— E as gravações das câmeras de segurança do restaurante de *donairs*? — Ray pergunta.

— O relato de Darsh Rai dos eventos bate — Luke diz. — Assim como o de Tripp Galloway. E também se encaixa com as histórias de Amy Chan e Jepp Sullivan.

— Ainda sem sinais da jaqueta ou do restante do diário? — Ray pergunta.

— Ainda não.

— Ok, vamos executar os mandados de busca e trazer esse desgraçado para cá — o delegado diz.

Mas, assim que começamos a nos mexer, a porta da sala se abre, e Bella, nossa assistente administrativa civil, com as madeixas loiras presas em um coque no alto da cabeça, enfia a cabeça pela abertura.

— Rachel, tem uma pessoa na recepção querendo ver você.

— Precisa ser agora?

— Ela disse que é urgente.

— Quem é? — pergunto, seca.

— Não quis me dizer. Ela está na sala de espera.

Vou a passos pesados até a recepção e fico paralisada ao ver, do outro lado do balcão, sentada numa cadeira na sala de espera, uma moça magra e esfarrapada, vestindo um casaco grande demais para ela. O cabelo está oleoso, e ela, branca como um fantasma. No colo está uma bolsa de treino abarrotada que ela segura com todas as forças enquanto se balança para a frente e para trás.

Depressa, abro a portilha que separa o balcão da recepção da sala de espera.

— Lacey! Você está bem?

Ela fica de pé num pulo, olhando para mim como um cervo aterrorizado pego pelos faróis de um carro. Lacey aperta a bolsa contra a barriga. Seu corpo inteiro treme.

— Tenho... tenho que falar com você. Agora mesmo. Preciso... te mostrar uma coisa.

Seguro o braço dela, e baixo a voz para falar:

— Cadê a Janie, ela está bem?

— Ela está com uma mulher lá da igreja. Tem a ver com o Clay — ela sussurra. — Acho... Foi ele. Meu marido matou Leena Rai. Ele... ele matou a própria aluna.

RACHEL

ANTES

Quarta-feira, 26 de novembro de 1997.

— Aqui, por aqui, Lacey. — Eu conduzo a mulher até o outro lado do balcão e por um corredor, na direção de uma sala de interrogatório. Abro a porta. — Podemos conversar aqui. Por favor, sente-se. Eu já volto.

Lacey se senta devagar na ponta de uma cadeira de plástico, ainda apertando a bolsa de treino contra a barriga, como se sua vida dependesse disso. Fecho a porta. Sinto a adrenalina correr pelo meu sangue enquanto vou na direção da sala de inquérito.

— É a Lacey — digo. — Tem algo para me mostrar. Disse que foi o marido. Que ele matou a Leena. Acho que eu devia falar com ela a sós.

Luke fica de pé e olha para o delegado.

— A gente fica observando — Ray diz.

Volto para a sala de interrogatório, levando meu caderno e me sento de frente para Lacey.

— Tem certeza de que sua filha está bem, Lacey? — Estou preocupada com a saúde mental da mulher.

— A Janie está com Marcia McLain, do grupo de mulheres da igreja católica. Eu... eu não tenho muito tempo. Meu marido, o Clay... ele... ligou para o trabalho dizendo que estava doente e foi ao médico. Vai voltar logo pra casa. E se ele descobrir que eu saí. Eu... eu... — Com um gesto abrupto, ela vira a sacola sobre a mesa.

Uma jaqueta cai dela.

Cor cáqui, passada, com marcas onde havia sido dobrada. Há números e letras marcando o bolso.

Encaro a jaqueta. As palavras de Jaswinder ressurgem em minha mente.

Uma jaqueta cáqui grandona... Acho que as pessoas as chamam de jaqueta militar... Tem um monte de zíperes e bolsos... Uma numeração no bolso da frente... Tinha pegado emprestada.

Meus olhos correm para Lacey.

— É do Clay. — A fala sai com dificuldade, a voz fraca. — Sei que a Leena sumiu usando uma jaqueta com essa descrição. Ouvi no jornal, quando ela desapareceu. Eu me lembro de pensar que o Clay tinha uma jaqueta desse tipo. Mas aí, logo depois de ela desaparecer, ele a trouxe pra casa, de volta da escola. Estava dentro dessa sacola de ginástica. Bem lavada, passada e dobrada. Assim.

Devagar, mantendo a tranquilidade, digo:

— Quando ele levou isso pra casa, Lacey, lembra o dia?

— Foi uma terça, de noite. Dia dezoito. Quando ele voltou da escola. No dia seguinte ao que ouvi no rádio que a Leena tinha desaparecido. Não me atentei muito ao fato de o Clay ter uma jaqueta parecida com a descrição, porque deve ter um monte de jaquetas como essa, e estavam falando que ela ainda ia aparecer. Mas quando coloquei a jaqueta limpa num cabide no armário do corredor, notei essas manchas escuras. — Com as mãos tremendo, Lacey abre a peça sobre a mesa, para que eu veja. Ela aponta para áreas escuras no tecido. Estou ciente de que estamos sendo observadas pelo espelho falso. Quase dá para sentir a tensão vindo do outro lado do vidro. — Essas marcas não saíram depois da lavagem — ela diz. — Achei estranho e perguntei ao Clay o que eram, e também por que ele mandou lavar em vez de levar pra casa e usar a máquina. Assim, a gente não tem dinheiro pra ficar pagando lavanderia.

— O que o Clay disse?

— Disse que era lama e sangue. Que tinha escorregado e caído numa trilha perto da escola e que tinha cortado as mãos em alguma coisa afiada no meio da lama. E que levou a jaqueta na lavanderia porque era grande e volumosa demais pra nossa máquina, mas eu já lavei casacos dele nela antes. Foi esquisito, mas tinha me esquecido disso até... — Lacey engole em seco e lágrimas se formam no canto de seus olhos. — Até o corpo da Leena ser encontrado, e vocês irem lá em casa fazendo perguntas sobre o Clay e as botas dele. Foi aí que eu soube.

— Soube o quê?

— Que o sangue podia ser da Leena. — Ela seca uma lágrima na bochecha com a mão magra. — Tudo... se encaixa. Ele chegar tarde. Bêbado daquele jeito. A jaqueta. As botas... E o fato de a Leena costumar ir lá em casa e ter aulas no barracão... — Ela para de falar e encara a jaqueta na mesa.

Meu coração acelera. Não toco a jaqueta, não posso fazer isso sem luvas.

— Por que esperou até agora pra nos contar? Por que não mencionou isso ontem?

— Ele é meu marido. Eu... na alegria e na tristeza. Eu... eu não quis acreditar que era possível. Não *consegui*. Mas aí... — Ela para de falar.

Penso no crucifixo na parede do quarto da filha dela, em cima do berço. Essa moça tão jovem, mal saída da adolescência, é esposa e mãe, e profundamente religiosa. A crença dela nos votos de casamento feitos na igreja, diante do Deus dela, é poderosa. *Até que a morte nos separe.* Ela está enfrentando uma dissonância cognitiva, entregando o pai de sua filha e até acreditando que ele pode ser mau.

— Mas aí, o quê, Lacey? — pergunto gentilmente.

— Mas aí eu fui ao barracão dele. Depois que vocês saíram. Peguei o alicate. Arrombei a porta e... e o que eu vi... é pecado. Perverso. Deus vai punir o Clay. Ele vai queimar no inferno.

— O que você viu, Lacey?

— Está no fundo da sacola. É uma... Só uma delas. Eu... não consegui trazer as outras. Eu... — Lacey faz silêncio e permanece sentada como uma pessoa aguardando a guilhotina. Imóvel. Resignada. A cabeça pendendo para a frente. Ela havia chegado completamente retraída, mas, agora que disse o que tinha para dizer, já não tem energia.

— Pode aguardar aqui um minutinho?

Ela me encara inexpressiva.

— Volto já. Vou só pegar um par de luvas.

Pego as luvas para procedimentos e retorno à sala. Com cautela, abro a sacola. Meu coração sobe à garganta.

Tenho vontade de vomitar.

RACHEL

AGORA

Sexta-feira, 19 de novembro. Presente.

São 3h45 da tarde, lá fora está escuro, e atravesso o corredor silencioso do asilo, procurando pelo quarto de Luke O'Leary. Eu o encontro, o cartão com o nome está no suporte na porta, que está aberta. Hesito. Tenho medo. Um pequeno brilho vem lá de dentro. Uma cortina cobre parte da entrada. Eu a afasto e entro sem fazer barulho.

Meu coração para por um instante.

Não reconheço o homem de olhos fechados deitado na cama hospitalar. Ele está incrivelmente magro, a pele acinzentada. Suas veias, de um roxo profundo, percorrem salientes a pele translúcida. Soro goteja ao lado da cama até o braço dele. Tubos de oxigênio carregam ar até suas narinas. A máquina está zunindo. Meu estômago revira. O detetive casado com seu trabalho no departamento de homicídios, forte e de aparência severa, agora é um fantasma do homem que conheci. E que talvez pudesse ter amado.

Com cuidado para não o acordar, vou me movendo em silêncio ao redor da cama e me sento na cadeira ao seu lado.

Ele vira a cabeça com lentidão, notando o movimento. Seus olhos se abrem.

Meu coração acelera. Inclino-me para a frente.

— Luke? — falo baixinho. — Sou eu, Rachel. Rachel de Twin Falls. Ele me encara inexpressivo, depois parece me reconhecer.

— Rachel. — A voz dele está rouca. Sai fraca. Um sorriso fraco surge em seus lábios, mas o resto do corpo não se move. — Você finalmente veio me ver. Até que enfim. — Ele faz uma pausa, respira lentamente. — Agora eu sei o que preciso fazer... pra chamar sua atenção. — Luke inspira outra vez, com dificuldade. — Basta eu morrer, né? Assim você aparece?

Deixo escapar um riso triste.

— Vejo que não perdeu o senso de humor, hein, Luke? — Minha voz sai embargada com a emoção que explode em meu peito. Luto para segurar as lágrimas, para ser corajosa. Não tem nada que eu possa fazer para ajudá-lo naquela batalha. E de repente, desesperadamente, não quero que ele morra. Estendo a mão e seguro a dele. A pele está fria e seca.

— Uma porcaria, esse câncer — ele diz. — Pensei que dava pra lutar contra ele, sabe? Mas então, quem contou a você que eu estou pra bater as botas, hein? Quem deu a notícia?

Penso se devo falar ou não. Mas, de repente, sinto que *preciso* falar com alguém. Alguém como Luke. Alguém que estava lá. Alguém que, para ser sincera, penso talvez ter amado de verdade. Talvez ainda ame, de um jeito meio estranho. Ou quiçá a emoção que estou sentindo seja muito mais complexa, outro laço que temos. Uma certeza. Um entendimento mútuo. Eu sei o que mexe com ele, e ele, por sua vez, sabe o que mexe comigo. E, em determinado ponto, importou-se comigo.

Ele se importou quando Jake não estava nem aí.

— Bem, é uma história meio longa — digo.

— Tenho tempo. Eu acho.

Inspiro fundo.

— Tem uma moça fazendo um podcast de *true crime* sobre o assassinato de Leena Rai.

Os olhos dele se fecham. Luke fica em silêncio por um bom tempo, me pergunto se não acabou dormindo. Ou pior. O pânico bate à porta. Eu me aproximo.

— Luke?

— Estou aqui, estou aqui. — Ele tenta umedecer os lábios, engole com dificuldade.

Pego um copo d'água ao lado da cama. Está com um canudo dobrável na tampa. Ofereço um pouco de água. Ele se ajeita um pouco e segura o canudo com os lábios secos. Suga o líquido com dificuldade. A água escorre pela barba grisalha. Apanho um lenço, enxugo o líquido, e meus olhos se enchem de emoção novamente. Tiro o cabelo de sua testa. Ela está quente. Suada. Ele não cheira muito bem. E eu desejo, desejo com todo o meu coração, ter tomado as rédeas da vida no passado e não ter deixado Luke escapar. Que quando Jake foi embora, eu tivesse ido atrás de Luke em Vancouver.

Mas eu tinha a Maddy.

Eu era, e ainda sou, mãe.

Mesmo Maddy não querendo nada comigo naquela época, e querendo menos ainda agora. Ela foi morar com o pai, quando Jake me deixou por outra mulher. Pensei que, se eu ficasse na cidade, ainda pudesse estar presente para ela, que Mads acabaria superando aquela fase entranha pela qual estava passando. Acreditei de verdade que ela voltaria atrás e aprenderia a me amar outra vez. Mas foi tudo em vão.

— Como anda a família, Rache?

Eu me pergunto se ele perdeu o fio da meada. Ou se está lendo meus pensamentos.

— Viva. — Ofereço um sorriso, não parece ser verdadeiro. — Maddy acabou se casando com Darren Jankowski, da escola. Foi um dos jovens que você interrogou naquela época, no caso de Leena Rai. Lembra dele?

— Na verdade, não. Eles são felizes?

Desvio o olhar.

Devo a verdade a Luke. Os dias, as horas dele estão contadas. Não há mais lugar para mentiras nesse espaço frágil que ele tem entre a vida e a morte. Fingir o contrário seria apenas minha tentativa de manter as aparências. Ele merece mais que isso. Se fosse a mim nessa cama, iria querer que fossem sinceros comigo. E talvez eu precise falar. Contar para alguém. Botar para fora.

— Não sei se minha filha veio equipada com os genes da felicidade, Luke. Ela ama a família, ama ser mãe, mas não sei se a Maddy é capaz de encontrar a paz interior. Ela está sempre lutando contra tudo e todos. Principalmente contra mim. Tem uma… amargura dentro dela. Uma fúria que vive em constante fervura abaixo da superfície. Ela… — Paro de falar quando os olhos de Luke se fecham e a respiração dele fica mais profunda.

— Continue — ele sussurra, olhos ainda fechados. — Estou ouvindo.

— Às vezes sinto como se, desde o início da adolescência, ela estivesse tentando se autodestruir, sabe? Ela quase conseguiu quando sofreu o acidente de escalada e teve uma lesão na medula espinhal.

Ele abre os olhos e me observa.

— Paralisada da cintura pra baixo.

— Então ela entrou para o mundo da escalada?

Eu indico que sim com a cabeça. Umedeço os lábios.

— Lá pelos dezesseis anos. Com o passar do tempo, foi encarando percursos mais complicados e mais técnicos, depois começou a pegar as rotas ao norte da montanha Chief, como uma viciada, sempre que surgia uma oportunidade. Era como se ela *precisasse* lutar com aquela montanha de granito. Como se estivesse desafiando a montanha a matá-la. E a montanha quase conseguiu. A Maddy caiu pouco depois de a filha mais nova ter nascido. Agora ela não escala mais, mas decidiu viver numa casa de onde pode ver o paredão provocando, cantando vantagem, de toda santa janela.

Luke fica em silêncio por um bom tempo.

— Então ela teve filhos. Você é avó.

— Avó só no papel. Duas meninas. A Lily, que tem três anos agora, e a Daisy, que já está quase nos cinco. Elas mal me conhecem. A Maddy nunca me perdoou por… — de repente não consigo mais falar.

— Você diz, por mim. Por nós. Aquela única vez.

Eu aceno positivamente, mexo meus dedos inquieta.

— Ela luta mais contra mim do que lutava contra a montanha Chief.

Luke alcança minha mão. Eu a pego e seguro. O contato acalma algo dentro de mim, e me aquieto.

— Me fale do podcast. Foi por isso que veio aqui?

— Vim pra ver *você*, Luke. A apresentadora, o nome dela é Trinity Scott, me falou que você estava internado. Eu não sabia.

— Está na moda, né? Esses podcasts de crime. — É mais uma afirmação que um questionamento. — Ela por acaso disse por que escolheu o assassinato da Leena? Qual é a jogada?

— Clay Pelley está falando. — Observo atentamente o rosto de Luke enquanto falo. — Está gravado, ele falando que não fez nada. Ele disse que não estuprou nem matou a Leena.

Ele semicerra os olhos, depois abre um sorriso sarcástico.

— Mesmo que o Pelley esteja mentindo, mesmo que ninguém acredite nele, isso com certeza vai servir de combustível pra uma narrativa dessas de *true crime* — ele diz, quase inaudível. — E por que diabos ele resolveu abrir a boca agora, depois de tantos anos?

— Não sei.

— Você foi entrevistada?

— Recusei.

— Ela vai te arrastar pra isso, Rache. Se você não falar, ele vai parecer mais simpático. Talvez devesse contar seu lado da história.

Fico em silêncio por um tempo.

— O que você tem a perder? — ele pergunta. — Ou... tem algo de que eu não saiba?

Ansiedade cresce em mim.

— Como assim?

— Eu sempre senti... que você estava escondendo algo de mim. Protegendo alguém.

Meu coração bate mais rápido.

— Foi por isso que nunca deu certo entre nós, né? Você tinha barreiras erguidas, estava guardando alguma coisa. Algo do que me deixou de fora.

— Não é verdade. Eu tinha uma filha adolescente. Era mãe. Tinha perspectiva de carreira na polícia de Twin Falls.

— E ainda assim foi preterida no fim. Foi treinada e cotada para a chefia, e ainda assim Ray Doyle trouxe um cara novinho em folha do departamento de polícia de Vancouver. Por que acha que ele fez aquilo?

— Você sabe o porquê. Foi por causa do meu afastamento por estresse, da terapia que precisei fazer. Eu... eu de repente não era mais uma boa candidata. Talvez eu *devesse* ter saído da polícia naquela época. Talvez, no fundo, aquela parte de mim que não era mãe quisesse ir atrás de você... Eu devia ter ido com você.

Ele abre um sorriso triste e fecha os olhos. Fica em silêncio por vários minutos, e volto a temer que ele tenha parado de respirar.

— E se ele estiver dizendo a verdade? — Luke sussurra, enfim.

— O Clay? Você não pode estar falando sério.

— Já estou acabado demais pra não falar sério. — Ele abre os olhos, inspira com dificuldade outra vez e, quando fala, sua voz sai fraca, já desaparecendo.

— A gente deixou pontas soltas naquele caso, Rache. Em vários aspectos. Questões que nunca foram respondidas, porque ele confessou. Tinha coisas que eu queria saber, como...

Uma enfermeira entra na sala, tão silenciosa que me deixa sobressaltada ao falar.

— Boa noite, detetive O'Leary — ela diz, animada. — Pronto pra repor a medicação? — Ela carrega uma seringa enquanto vai até o saquinho de soro ao lado da cama.

— Morfina — Luke explica.

— Quem é essa moça adorável? — a enfermeira pergunta, lançando uma piscadela para mim enquanto injeta o conteúdo da seringa em um tubo.

— Uma antiga namorada — ele diz.

Ela ri.

— Certo. Sei. Ela é bonita demais pra você, detetive. — Depois me diz baixinho: — Ele vai dormir logo que eu administrar isso.

Aceno em entendimento.

— Eu espero com ele.

A enfermeira sai.

— Tchau, Rache — Luke sussurra, os cílios começando a pesar. A fala começa a se arrastar: — Obrigado... por vir se despedir. Viva enquanto ainda pode. Vai... conhecer as suas netinhas. A vida, as pequenas coisas, o presente, é tudo que temos.

Sou tomada pela emoção. Tento engolir o choro, mas lágrimas surgem em meus olhos. Beijo Luke na testa e sussurro em seu ouvido:

— Eu volto. Vou contar mais do podcast. Vou baixar pra você ouvir, ok?

Ele aperta a minha mão e sussurra de novo, tão baixinho que preciso chegar mais perto da boca dele para ouvir:

— Siga a verdade, Rache. Mesmo que doa. Mesmo se ela te levar aonde você não quer que vá. Ainda dá tempo.

— O que isso quer dizer?

Os olhos dele se fecham.

— A verdade... liberta. — A respiração dele muda. Ele tem dificuldade de colocar para fora as próximas palavras — São... os segredos que apodrecem. Você... pensa que os enterrou, que deu um jeito de se livrar deles, mas segredos são como esse câncer maldito. No minuto que você cai, no segundo que você se cansa, eles começam a crescer de novo e te alcançam.

Engulo em seco. Observo o rosto dele. Meus batimentos estão acelerados.

— Luke?

Silêncio. Ele dormiu.

Hesito, depois o beijo novamente na testa e sussurro:

— Eu volto. Prometo.

Vou atrás da enfermeira de Luke e a encontro no posto de enfermagem. Pergunto-lhe o prognóstico dele.

— É improvável que ele sobreviva à noite — ela diz gentilmente. — Não dá para saber de verdade, mas há sinais, e eles estão aqui. Sinto muito.

Lágrimas escorrem pelo meu rosto.

— Você vai ficar bem? — ela pergunta.

Respondo que sim com a cabeça, pois não consigo falar. Sento-me por um tempo perto da lareira a gás que ilumina tremeluzente a sala de estar da casa de repouso. Preciso me recompor antes do longo trajeto de volta para casa, no escuro. A uma mesa no canto da sala, um homem está sentado acompanhado de uma mulher com o corpo curvado para a frente. Está magérrima, com um cobertor ao redor dos ombros. O homem segura a mão dela, imagino que seja sua mãe.

A dor em meu peito se torna insuportável.

Cerca de vinte minutos depois, a enfermeira vem falar comigo.

— Sinto muito — ela diz. — Ele descansou.

As palavras me faltam. Só consigo ficar olhando para ela.

— Gostaria de ir vê-lo?

Hesito. Faço que sim com a cabeça. Fico de pé. Eu me sinto desorientada enquanto ela me guia pelo corredor. A porta do quarto de Luke dessa vez está fechada. Há uma borboleta de cerâmica pendurada na maçaneta.

Ele está livre.

Ela me nota observando a borboleta.

— Penduramos para os funcionários saberem que o ocupante faleceu. Para ninguém se assustar ao entrar.

A enfermeira segura a maçaneta, e eu de repente digo:

— Não. Eu... eu já o vi. Já vi o Luke. O que está aí dentro... Ele se foi.
— Eu me viro e vou marchando apressada até a saída, para o exterior gelado. Paro e respiro fundo, estremeço. Minhas mãos estão tremendo. O vento revira com força o ar ao meu redor. Folhas mortas farfalham pela calçada. Vejo uma ponta da lua por entre as frestas das nuvens correndo no céu. Penso nela, e no foguete russo da noite em que Leena morreu.

É isso.

Sem mais segredos.

Sem mais barreiras.

O presente é tudo que temos. Quero a verdade. A verdade completa. Não tenho mais medo de cavar mais fundo. Estou pronta, não importa o que eu vá encontrar.

RACHEL

ANTES

Quarta-feira, 26 de novembro de 1997.

— Ali! Ele está chegando! — Aponto ao notar o Subaru velho de Clay aparecer na frente da casa, com os faróis pintando a chuva de prata.

Luke ativa o rádio.

— Vão. Vão. É ele.

Sirenes são ativadas, e oficiais, a maioria da RPMC, avançam depressa. Um veículo, com as luzes intermitentes acesas, embica na entrada da casa, bloqueando a saída. Um segundo veículo estaciona do outro lado, na rua. E um terceiro vai até o outro lado do quarteirão, caso Clay tente fugir pelo quintal e pule a cerca. Luke e eu saímos da viatura descaracterizada, ambos de coletes à prova de balas. Armados. Vamos a passos largos na direção do veículo de Clay. Meu coração bate forte com uma raiva brutal, e os pensamentos guardam a imagem da fotografia que Lacey levou no fundo da bolsa de ginástica até a delegacia. Nela havia uma menina com cerca de oito anos sendo abusada sexualmente por um homem mais velho não identificado.

As palavras ditas por Lacey se repetem em minha mente.

É uma... Só uma delas. Eu... não consegui trazer as outras.

Clay abre a porta do carro e saí debaixo da chuva.

— Mas que porcaria...

— Clay Pelley, você está preso — digo. — Fique de costas, coloque as mãos no teto do carro.

— Preso por quê?

— Fique de costas. Mãos no veículo. Afaste as pernas. Agora.

Ele se vira devagar, coloca as mãos no teto do carro. A chuva cai pesada sobre nós enquanto faço a revista nele, depois o algemo com as mãos nas costas.

— Clayton Jay Pelley, você está preso pela posse de pornografia infantil e por estupro de vulnerável. — Eu o viro para que ele fique de frente para nós. — Temos mandados de busca e apreensão para seu barracão, sua casa, seu escritório na Escola Secundária de Twin Falls, e para apreensão e busca do seu veículo, para procurar por evidências ligadas à morte de Leena Rai. Você tem direito a um advogado — digo. — E tem o direito de permanecer calado, tudo o que disser poderá ser usado contra você no tribunal. Entendeu?

— Isso é ridículo. Eu...

— Você entendeu o que eu disse, Clay?

— Eu... — Clay xinga violentamente. — Sim, mas isso é...

— Levem-no — digo a um policial próximo. E para outro: — Apreenda o veículo. Chame o guincho.

Luke direciona os demais oficiais para a casa.

— Quero meu advogado — Clay berra assim que o policial o abaixa e o coloca no banco traseiro da viatura. Luzes pulsam vermelho e azul no teto em meio à chuva.

— À vontade — respondo. — Nós nos vemos na delegacia.

Munidos de lanternas, eu e Luke vamos até o barracão no quintal. Fúria incendeia as minhas veias.

Dois oficiais já estão no barracão. Trouxeram holofotes. O interior foi inundado pela luz forte e implacável que expõe todos os cantos.

Quatro caixas de arquivo estão abertas em cima de uma mesa próxima da escrivaninha. Um policial se afasta para que possamos olhar.

— Deve ter centenas aí — ele fala em baixa voz.

Encaro as imagens. No fundo do meu ventre, começo a tremer. O policial está certo. São centenas de fotos reveladas em papel fotográfico brilhante. Todas de atos pornográficos, algumas mais perversas e violentas que outras.

Imagens explícitas que mostram homens não identificados com crianças novas. *Meninas*. Dentro de uma das caixas está um envelope pardo robusto, com um endereço de remetente. Também parece estar abarrotada de fotografias.

Eu me viro lentamente e analiso as prateleiras na parede dos fundos. Em uma delas está uma câmera, em outra, o equipamento de iluminação. Tento imaginar Clay dando aula a Leena e outras garotas aqui. Minhas mãos tremem enquanto observo os oficiais começarem a levar as caixas e os aparelhos de informática para os carros.

Luke põe a mão em meu ombro.

— Você está bem?

Respondo com a voz baixa:

— Como alguém conseguiria estar bem com isso aqui? São... são crianças naquelas fotos. Crianças pequenas. O que é isso? Ele faz parte de um círculo de pedófilos que compartilha pornografia infantil pelo correio? E o que tem naqueles filmes fotográficos ali? Ele também fotografou as crianças aqui no barracão, enquanto supostamente oferecia tutoria a elas? Será que ele compartilhou essas fotos?

Luke passa a mão na boca.

Continuo a falar, minha voz falha:

— Foi ele. Tenho certeza. Ele matou a Leena. Vou arrancar o pau dele fora.

RACHEL

ANTES

Quarta-feira, 26 de novembro de 1997.

A advogada de Clay é Marge Duncan, moradora de Twin Falls que tradicionalmente lida com delitos mais simples como embriaguez ao volante ou furto de lojas. Ela deve ter sido a única que Clay Pelley conseguiu encontrar a essa hora. Aparenta estar desconfortável. São 19h32, e Marge está sentada ao lado de Clay na mesa da sala de interrogatório. Luke e eu nos acomodamos do lado oposto. Já demos conta dos preâmbulos. O interrogatório está sendo gravado.

— Cadê a Lacey? — Clay pergunta novamente. — Ela estava em casa quando vocês invadiram? Ela viu? Cadê minha filha, a Janie? Ela está bem? — A pele dele reluz de suor. As roupas estão desarrumadas. Os poros exalam o fedor de álcool.

— Lacey e Janie foram alocadas em um hotel — respondo, curta. — Os pais da Lacey estão vindo de Terrace para buscar as duas.

A cabeça de Clay cai para a frente. Estou reta feito uma vara, com o corpo fervendo depois do que encontramos. Agora que sei a coisa sombria que vive dentro da cabeça desse homem, tolerá-lo se tornou um suplício. Quero mesmo é bater nele. Chutá-lo até a alma sair. Esse homem que ensinava e treinava a minha filha e os amigos dela. Os demais estão observando pelo espelho falso, inclusive o promotor. A atenção da mídia vai atingir níveis globais. Fui instruída a deixar que Luke conduza o interrogatório.

— Ok, Clay — Luke começa. — Como você mesmo admitiu, e que foi confirmado por dezenove testemunhas, você esteve na festa da fogueira de Ullr, na noite de sexta-feira, dia 14 de novembro, e ficou sentado em um tronco com Leena Rai. Passou um tempo razoável conversando com ela, depois, pouco antes de o foguete russo atingir a atmosfera da Terra, às 21h12, você desceu por uma trilha na direção das latrinas com Leena Rai.

Clay olha para a advogada. Ela lhe sussurra algo no ouvido. Ele permanece em silêncio.

Luke continua:

— Você declarou que deixou a festa antes de o foguete aparecer e foi direto para casa no seu Subaru. Entretanto, seu álibi não se sustenta. A Lacey, sua esposa, fez uma declaração informando que você chegou em casa às 3h42 da madrugada do sábado, dia 15 de novembro, e que estava alcoolizado.

Ele levanta o rosto. Os olhos se arregalam.

— Não. Isso está errado. — Ele olha para a advogada, começando a demonstrar sinais de pânico. — Não foi isso que aconteceu. Eu estava em casa. A Lacey viu...

— Você não precisa responder, Clay — Marge diz. — Você...

— Mas isso *não* é verdade. Eu fui direto pra casa.

Com calma, Luke dá uma olhada nas notas em sua pasta.

— Outra testemunha, uma de suas alunas, Maddison Walczak, afirmou que viu você e Leena tendo relações sexuais nos arbustos, saindo da trilha próxima às latrinas. Isso foi pouco antes de o foguete cruzar o céu.

Clay nos encara. Fica pálido.

— A *Maddy* disse isso?

— Você por acaso teve relações sexuais com sua aluna Leena Rai? — Luke pergunta.

Clay me encara. Suas feições estão torcidas no que parece ser medo. Os olhos dele brilham.

— É mentira. De jeito nenhum isso é verdade.

— A Maddy disse que é verdade. Ela viu seu rosto claramente com ajuda de uma lanterna de cabeça.

— É uma mentira descarada! Isso nunca aconteceu. E é a palavra dela contra a minha.

— A Maddy correu direto para contar à amiga, Beth Galloway, que também estava na festa. Maddy e Beth correram de volta para a trilha a tempo de Beth ver você ajudar Leena a se levantar do chão, colocar o braço ao redor dela e guiá-la até o seu carro, que estava estacionado na estrada da madeireira. Temos várias testemunhas que também viram você passando por aquela trilha, levando a Leena. — Luke para de falar e observa Clay com atenção. — Para onde estava levando a Leena, Clay? Para onde vocês foram entre as 21h12 e 2h da manhã seguinte, quando a Leena foi vista cambaleando sozinha pela Ponte do Mal, usando sua jaqueta?

Clay analisa Luke atentamente. O silêncio enche a sala. Consigo sentir o cheiro dele: está mais pungente, é o cheiro de suor misturado ao odor acre do medo.

— Clayton? — Luke o chama.

Ele engole seco e olha para a advogada.

Marge acena positivamente com a cabeça.

— Eu dei uma carona para ela, de volta para Twin Falls.

Adrenalina dispara no meu sangue. Sinto as ondas silenciosas de energia que Luke emana, mas por fora ele permanece calmo.

— Você deu uma carona para Leena Rai? No seu carro, o Subaru?

Clay faz que sim com a cabeça e inspira fundo.

— Ela estava muito bêbada. Fiquei preocupado com ela. Temia pela segurança dela e que não estivesse no seu melhor juízo. E essa é a verdade. Ela... Eu gostava da Leena. Tinha apreço por ela.

— Tenho certeza de que tinha — falo.

Luke me lança um olhar intenso. Mordo a língua, mas me mantenho tensa, pronta para atacar. Quero arrancar a garganta dele. O homem é casado com uma esposa passando por dificuldades, tem uma bebê novinha. Esse desgraçado com caixas de pornografia infantil no barracão em que dava aulas a Leena e a outras.

— Então você levou Leena de volta à cidade, depois de fazer sexo com ela.

— Eu nunca fiz sexo com a Leena. Nós nos sentamos em um tronco e conversamos. Como eu disse, ela estava muito bêbada. Falei que estava indo pra casa, e lhe ofereci carona. Eu... eu disse que ela estaria mais segura comigo do que sozinha com aquele pessoal.

A ironia paira no ar da sala acolchoada.

— Vou dar corda para essa história — Luke diz. — Você a trouxe de volta a Twin Falls. Onde a deixou?

Clay esfrega o rosto com ambas as mãos.

— Eu ia deixar a Leena em casa, mas, quando chegamos na encruzilhada do lado norte da Ponte do Mal, ela quis sair do carro. Eu disse que não, que ia levá-la pra casa, e ela começou a ficar aguerrida e a abrir a porta do carro enquanto eu dirigia.

— Por que estava ficando aguerrida? — Luke pergunta.

— Já *disse*, ela estava muito bêbada. Desregrada. Queria ir pro Ari's, que ficava do outro lado do rio. Eu queria seguir na outra direção, para a casa dela, depois para a minha. Mas ela insistiu, então a deixei sair.

— Você deixou uma aluna muito bêbada, uma adolescente de quatorze anos, sair sozinha, no escuro?

Ele faz que sim.

— Poderia falar sua resposta em voz alta para a gravação, Clay?

— Sim, deixei.

— Então deixa eu ver se entendi: você estava preocupado que ela talvez não estivesse no seu melhor juízo, e com a segurança dela na festa, e aí no caminho de volta para Twin Falls, próximo à Ponte do Mal, você de repente não está mais preocupado com essas coisas?

Silêncio.

— O que mudou, Clayton? A Leena por acaso disse algo que te irritou? Ela por acaso ameaçou revelar que você fez sexo com ela?

— Basta, detetives. Meu cliente já...

— Eu *não* transei com a Leena. A Maddy é uma mentirosa.

Cerro as mãos no colo.

— Você alguma vez conversou com a Leena sobre uma sombra, Clay? Uma sombra junguiana?

Clayton parece preocupado. Confuso. Incerto sobre aonde Luke quer chegar com isso.

— Hum... Sim. Faz parte de um estudo literário das mitologias globais.

— Ela chegou a se declarar para você?

Ele pisca. Parece preocupado. Mexe com o canto da mesa.

— Ela... A Leena tinha paixonites. Ela entendia mal as coisas.

Luke tira uma página do arquivo dele e começa a lê-la.

"Passamos a maior parte da vida temendo nossa própria Sombra. Foi o que ele me disse. Disse que uma Sombra vive dentro de cada um de nós. Fica tão lá no fundo que nem sabemos que está lá. Às vezes, se olharmos rápido com o canto do olho, conseguimos vê-la de relance. Mas ela nos assusta, então desviamos logo o olhar... Não sei por que Ele me diz essas coisas. Talvez seja uma forma de, indiretamente, trazer à tona e enfrentar a própria Sombra. Mas eu acredito mesmo que nossas Sombras são más: a dele e a minha. São grandes, tenebrosas e muito perigosas. Acho que elas devem ficar presas para sempre..."

Clay baixa a vista para a mesa.

— Era sobre isso as aulas da tutoria com a Leena?

— É possível que seja como ela interpretou o assunto.

— Esse "ele" a quem a Leena se refere no diário é você?

— É possível.

— Você sabia o que estava no diário dela, Clay? Vocês dois por acaso brigaram por conta disso? E a briga acabou ficando física debaixo da Ponte do Mal?

— Não. Nada disso. Eu deixei a Leena na ponte. Nunca vi o diário dela. Não sabia que ela tinha escrito essas coisas.

— Por que ela escreveria que vocês dois têm sombras muito perigosas?

— Não faço ideia do que se passava na cabeça dela quando ela escreveu essas coisas.

— E quanto à mochila dela? Você largou com ela também?

— Estava no banco de trás do meu carro. Entreguei quando ela saiu. Depois passei pela encruzilhada e fui para casa.

— A que horas foi isso?

— Eu... não tenho certeza.

— Se saiu da festa perto das 21h, foi pra algum outro lugar? Porque a Lacey disse que você só voltou pra casa às 3h42.

— Já disse que isso não é verdade. Fui pra casa. Eu comecei a beber, posso ter ido pro meu barracão e só ter ido pra cama às 3h42, mas estava em casa.

— Então para onde a Leena foi depois de sair do seu carro até ser vista cambaleando na ponte perto das duas da madrugada?

— Não faço ideia.

Luke se recosta na cadeira. Avalia o suspeito.

— Clay, por que não nos contou isso quando foi dada a notícia do desaparecimento dela?

— Eu... sabia o que ia parecer.

— A gente podia ter vasculhado logo a área da Ponte do Mal — digo. — Em vez disso, a gente teve que esperar uma semana até a Amy Chan se apresentar.

Luke me lança mais um olhar de aviso. Faço silêncio. Meu coração está batendo forte; a raiva, crescendo.

— Mais alguém sabia que você tinha levado a Leena até a encruzilhada, Clay? — Luke pergunta.

— Acho que não.

— Você reconhece essa jaqueta? — Luke empurra uma foto pelo tampo da mesa, ela mostra a jaqueta que Lacey trouxe mais cedo.

— É minha. Eu emprestei à Leena umas semanas antes da festa. Tinha começado a chover enquanto ela estava na tutoria lá em casa. Ela não tinha levado casaco. Minha jaqueta estava pendurada na porta do barracão, e Leena perguntou se podia pegar emprestada, e foi ficando com ela.

— Como você pegou a jaqueta de volta?

— Não sei.

— *Não sabe*?

— Ela simplesmente apareceu no meu escritório, na terça de manhã, depois do fim de semana da festa. Estava limpa. Deixaram lá, dentro de uma sacola plástica. Eu pensei mesmo que tivesse sido a Leena que devolveu, até ficar claro que ela tinha desaparecido.

— Certo. E essas manchas escuras?

Silêncio.

— Me conta de novo como cortou e machucou as mãos?

Silêncio.

— Olha, o laboratório de criminalística da RPMC está com a sua jaqueta agora, Clay. Se essas manchas aqui — Luke da pequenos toques na foto — forem do sangue de Leena, o laboratório *vai* encontrar uma correspondência. Se o sangue na mochila for seu ou da Leena, também vão descobrir. Se houver qualquer traço de fibras no seu carro...

Clay fica branco e faz um barulho estranho. Está passando mal. As pupilas estão ficando dilatadas. Parece aturdido, dopado.

— Tem algo que queira dizer, Clay? — Luke pergunta.

O homem repete o barulho e balança a cabeça rapidamente, como se tentasse expulsar uma imagem ou uma memória que de repente ressurgiu, e que ele não consegue ignorar mais.

— Clay.

— O sangue é meu. Na mochila dela. O sangue é meu.

O corpo de Luke se enrijece.

— Por que diz isso?

— Já disse... Cortei minhas mãos empilhando lenha. Eu bati as feridas na floresta, durante a festa, e minhas mãos começaram a sangrar de novo. Aí quando fui pegar a mochila da Leena no banco de trás do carro, o sangue pode ter passado para as alças.

Clay ainda está esquisito. Parece atordoado. Meu olhar se volta para Luke.

Ele tira outra foto do arquivo e arrasta na direção de Clay.

— Esta é uma foto da folha de rosto de um livro de poemas encontrado com as coisas de Leena nas margens do rio. O título é *Sussurros das árvores*. Sua esposa identificou como seu, Clay, e as iniciais A. C., ela disse, são de uma mulher chamada Abbigail Chester. Quem é Abbigail?

— Uma amiga. Dá época da universidade. Ela faleceu.

— O que houve com ela?

Clay parece preocupado. Ele lança um olhar para a advogada. Ela parece confusa, perturbada.

— Eles... eles disseram que foi uma invasão domiciliar que deu errado.

— Mas, sabe o que descobrimos com nossos colegas da RPMC até agora, Clay? Foi que Abbigail Chester de fato morreu no que parece ter sido uma invasão domiciliar. Mas ela também sofreu abuso sexual. Violento. E depois foi espancada até a morte. — Luke faz uma pausa, avalia Clay com atenção por alguns momentos. — É muita coincidência, não é? Encontrar um livro que Abbigail Chester te deu de presente perto do corpo de uma garota que morreu em circunstâncias extraordinariamente similares?

— Meu cliente não tem ciência do crime contra Abbigail Chester — Marge diz. — Vocês estão apenas tentando pescar alguma coisa.

Luke empurra outra foto na direção de Clay. Ela olha para nós. Corpo cabeludo de um homem. Mãos envelhecidas. A pele lisinha de uma menina. Um pênis ereto.

Todos encaramos Clay. Ele parece se inflar por uma corrente elétrica invisível. Ela zune ao redor dele, faz sua expressão mudar. Seus olhos assumem uma expressão sombria à medida que ele observa a imagem.

Em voz baixa, Luke volta a falar:

— Essa é uma das centenas de fotos encontradas no seu barracão, Clay. Sabe quem nos mostrou a foto?

Ele engole seco, mas se recusa a olhar Luke nos olhos.

— Foi a Lacey que trouxe pra cá. *Sua esposa*. Ela encontrou as fotos no barracão.

Ele olha para cima. Mira os de Luke. O corpo inteiro de Clay parece vibrar. Como uma bomba-relógio, prestes a explodir. A advogada fica cada vez mais nervosa, aquilo está além de suas capacidades. A atenção dela se divide entre a horrenda imagem pornográfica e o cliente.

— A Lacey encontrou uma babá, Clay. E trouxe a jaqueta e a foto aqui na delegacia. Contou o que havia dentro do seu barracão. Pediu que a gente a protegesse. De *você*. Sua própria esposa. Ela te entregou. Ela *viu* o que você guardava atrás de sete chaves dentro do barracão onde dava aula a mocinhas.

Uma lágrima escorre do olho de Clay, e escorrega pela sua bochecha. Ele olha para baixo, para as mãos em seu colo.

Luke bate a mão na mesa.

Clay se sobressalta, mas não olha para cima.

— Clay, vou perguntar mais uma vez, você fez sexo com uma menor de idade? Teve relações íntimas com Leena Rai no bosque, na noite da festa de Ullr?

Ele balbucia. Mais lágrimas escorrem pelas bochechas. O nariz começa a escorrer.

— Você levou Leena Rai até a parte de baixo da Ponte do Mal?

Ele passa o pulso pelo nariz, espalhando catarro.

— Você abusou da Leena sob a ponte? Você...

— Pare! — ele grita. Luke, a advogada e eu recuamos, assustados, pegos de surpresa. Clay fica de pé. — Fui eu, porra. Eu que fiz, ok? Tudo. — Ele nos olha feio.

— Clay, por favor, se sente — Luke diz. Permaneço alerta, pronta para correr e bloquear a porta, para imobilizá-lo.

Clay continua em pé, parado.

— Sente, Clay.

Ele pigarreia. Lentamente, como se em transe, ele se senta.

— Conte, o que você fez? Como fez?

Devagar, em tom monótono, Clay começa a falar:

— Eu violentei e depois matei Leena Rai. Depois do estupro, eu não aguentava mais a garota, o que ela representava. Porque ela representava tudo que odeio em mim mesmo, todas as coisas horríveis que fiz, todos os meus vícios. Meu vício em pornografia infantil, o tesão que sinto por crianças, com meninas mais novas. Bati até acabar com a vida dela. Trucidei a existência dela. Matei, odiei, assassinei. Queria que ela desaparecesse. Que fosse embora da minha vida.

Engulo em seco. A advogada está pálida como um fantasma. Posso sentir a tensão dos que observam atrás do espelho. Estou ciente da câmera e do gravador registrando isso. Parece surreal.

— Como? — Luke pergunta, manso. — Conte exatamente como aconteceu, passo a passo, como matou a Leena?

Ele fecha os olhos por vários segundos. A sala tem o cheiro forte dele. Mais uma vez, com tom monótono e baixo, Clay fala:

— Transei com a Leena no bosque, logo depois de uma trilha malcuidada perto das latrinas. Sei que Maddy viu a gente. Estava com uma lanterna de cabeça. A luz acertou o nosso rosto. Tentei chamar por ela, mas Maddy saiu correndo pela trilha, de volta para a festa. A Leena... — Ele parece confuso por um momento, fecha os olhos outra vez, e começa a se balançar para a frente e para trás. — Ela ficou chateada, estava chorando. Eu me abaixei para ajudar a garota a se levantar. Foi aí que ouvi as pessoas nos arbustos. Possivelmente observando a gente. A Leena estava bamba, bêbada. Coloquei um braço ao redor dela para ajudar, para guiá-la de volta ao meu carro. Eu... eu ia levar a Leena para casa.

Ele olha para a câmera perto do teto, depois para nós.

— No caminho, ela ficou mais e mais agitada. Começou a dizer que ia me denunciar, porque a Maddy tinha visto e já ia contar da gente mesmo. Leena disse que tinha escrito sobre mim em seu diário, que estava na mochila. Em vez de levá-la para casa, dirigi até um mirante, para tentar convencer a garota a não falar nada e para deixar a bebedeira passar um pouco. A Leena cochilou por um tempo. A gente ficou no mirante por algumas horas. Quando ela acordou, parecia mais sensata. Então comecei a dirigir para a casa dela, mas, quando chegamos à encruzilhada perto da Ponte do Mal, ela se exaltou de novo e pediu que eu a deixasse sair do carro. Entreguei a mochila para ela e a observei ir embora, mas aí entrei em pânico. Estacionei fora da estrada, atrás de umas árvores, e a segui pela ponte. Pelo jeito, isso foi perto das duas da manhã. Na margem sul, agarrei a garota e a forcei a ir por um caminho que levava para baixo da Ponte do Mal.

Ele faz silêncio.

— E aí? — Luke pergunta.

— Eu arranquei a mochila das costas da Leena e tentei pegar o diário. Ela resistiu. As páginas se rasgaram. Bati na cara dela. Ela caiu no chão de cascalho. Meti minha bota na parte de trás da cabeça dela. Eu... estuprei ela ali.

Ela se levantou, fugiu, saiu tropeçando pela ponte, na direção norte. Eu fui atrás, mas mantendo distância, porque tinha carros passando, e não queria que nenhuma testemunha me ligasse a ela. Aí, do outro lado da ponte, onde estava escuro, agarrei ela de novo, e dessa vez a arrastei pela trilha até embaixo do lado norte da ponte. Acertei-a com uma pedrada. Pisei nas suas costas. Agarrei Leena pelo colarinho e a arrastei pelas pedras e rochedos. A jaqueta saiu enquanto eu a arrastava, a camisa também, porque eu estava puxando as mangas com força, e ela estava se debatendo. Aí um sapato saiu. Leena se levantou meio desequilibrada, eu a agarrei e dei com o rosto dela no tronco de uma árvore. E de novo. E de novo. E de novo. Mas ela não tinha morrido ainda, não ia embora de jeito nenhum. Ainda estava respirando. Então arrastei o corpo pelas pedrinhas até a água. A calça saiu nesse momento. A Leena estava mole e muito pesada, ficava se enganchando nas pedras o tempo todo. Arrastei-a até a água ficar na altura do joelho. Estava frio. Aí subi em cima dela e sentei, usando o peso do meu corpo pra empurrar a garota nas pedras do fundo do rio. Usei os joelhos pra fazer força nos ombros dela. Segurei sua cabeça debaixo da água com as duas mãos. Até ela apagar. Eu matei, eu afoguei, Leena Rai.

Clay observa sem muita atenção as feridas e cortes que estão cicatrizando em suas mãos, como se os notasse pela primeira vez.

— Acho que é de quando bati na Leena — ele fala baixinho. — De bater nela.

A sala se enche de silêncio. O tempo passa devagar, parece uma miragem. Então, com o jeito monótono e estranho de falar, Clay murmura:

— Deixei Leena lá. Boiando de cabeça sob os juncos. Sob a Ponte do Mal. E ninguém nem notou por uma semana. O ônibus que o pai dela dirige passa bem por cima da ponte, todo dia. Várias vezes por dia. E o ônibus da escola, que ela não estava pegando, passa pela ponte duas vezes ao dia também. E ninguém nunca notou ela ali embaixo. Boiando no meio das algas, até afundar. A garota esquecida.

RACHEL

ANTES

Quarta-feira, 26 de novembro de 1997.

Entro no Ninho do Corvo com Luke e o restante da equipe. Já é quase meia-noite. Clay Pelley foi indiciado. Está sendo levado para uma casa de detenção em Lower Mainland, região no entorno de Vancouver, para aguardar a tramitação do caso.

O *pub* está cheio, e estamos todos ansiosos para extravasar. Uma banda local se apresenta no palco pequeno. A música está alta e animada. Motoqueiros e policiais se misturam a lenhadores, alpinistas e outros membros da comunidade. O delegado Ray se apossou de uma mesa longa e está pedindo cerveja, uísque e pizza para todos.

Bella, com seu penteado enorme, está abrindo uma garrafa de espumante. Ela solta um gritinho agudo quando a tampa sai explodindo da garrafa e espuma se espalha pela mesa. Tucker se apressa para colocar as taças de champanhe sob o jato.

Ray segura meu braço e se abaixa, pondo a boca perto da minha orelha.

— Seu pai estaria orgulhoso, Rache. Você foi feita mesmo para isso.

Sorrio e aceito a taça de espumante que Bella oferece. As palavras de Ray significam mais para mim do que ele pode imaginar. Quero desesperadamente orgulhar meu pai. Provar que tenho valor. Ainda mais depois de ele e minha mãe me apoiando quando eu era uma mãe jovem passando pelo treinamento da polícia. Meu objetivo de vida é seguir os passos dele e liderar o departamento de polícia, essa cidade, no futuro, depois que Ray se aposentar. Luke se arrasta no banco para abrir espaço para mim à mesa. Ao me sentar, minha coxa pressiona a dele. Tem músculos fortes. O corpo está quente. Luke é todo firmeza e calor. É confortável e forte. Eu o relanceio. Seus olhos encontram os meus. Por um momento, estamos presos em uma bolha íntima, silenciosa, erótica e suspensa no tempo. Minha pele se eriça. Sinto um calor no ventre. Engulo em seco, interrompo o contato visual e ergo a taça com os demais, mas o sentimento elétrico ainda corre por mim.

— Belo trabalho, pessoal — Ray diz.

À medida que a bebedeira, folia e algazarra bem-humorada progridem, à medida que o álcool faz efeito, eu me encontro cada vez mais introspectiva, quieta. Estou preocupada com Maddy de novo. Eu deveria ter ido direto para casa. Mas já está tarde, e ela já deve estar na cama de toda forma, e amanhã vai ser um novo dia, sem precisar mais trabalhar do caso de Leena Rai. Sei que o julgamento está por acontecer. E, junto disso, a tensão de Maddy ser interrogada, e de ela testemunhar. Mas isso pode levar mais de ano, até vários.

Amanhã, Luke e eu vamos visitar os pais da Leena. Amanhã, vou voltar toda a minha atenção para as necessidades da Maddy.

Mas tem algo a mais. Algo lá no fundo que cresce silenciosamente dentro de mim.

Meus pensamentos voltam à foto que peguei na gaveta da minha filha. A foto que agora está em um envelope, trancado em uma caixa com as minhas próprias coisas. Penso no medalhão. E nas palavras bonitas que Leena escreveu, tão cheias de desejo e reflexão. E me pergunto onde está o restante do diário. Clay não soube nos responder isso no interrogatório. Quando Luke perguntou se Leena estava usando o medalhão que encontramos preso ao cabelo dela, ele disse que não se lembrava. A explicação dele para as queimaduras no rosto da Leena não me convenceram também. Ele disse que deve ter acendido alguns dos cigarros da mochila dela e feito aquilo.

Meus pensamentos se voltam para Liam Parks e o suposto furto da câmera e dos filmes. Tomo mais um gole do espumante, então fico tensa ao sentir a mão de Luke em minha coxa.

— Você está bem?

A boca dele está bem perto. Ele precisa se aproximar para que eu ouça em meio ao barulho da música, das gargalhadas e do falatório à mesa. Meu corpo esquenta, apesar dos pensamentos frígidos e questionamentos internos. Observo os lábios dele ao falar. Por um instante, não consigo respirar. Pigarreio e digo:

— Só... estava pensando... que tem algumas pontas soltas. Tipo, onde está o diário dela?

— Isso vai se resolver. Quando o caso for a julgamento, tenho certeza de que novas descobertas vão surgir, e até mesmo pelos testemunhos em juízo.

Aceno com a cabeça.

— Quer sair daqui?

Hesito. Eu deveria ser mais sensata. Mas digo que sim.

Nós nos retiramos e, ao sairmos no frio revigorante, encontramos uma noite limpa e estrelada. Uma ventania gelada vem do mar e me ajuda a clarear a cabeça.

— É melhor eu ir pra casa.

Ele parece decepcionado, mas responde apenas:

— É, dormir um pouco viria a calhar. Te acompanho até o carro.

— Quando você volta para Vancouver? — pergunto enquanto caminhamos pela calçada.

— Vou fazer *check-out* no hotel amanhã. Pego a estrada depois que a gente for falar com Pratima e Jaswinder. O resto dá pra resolver lá do escritório em Surrey mesmo. — Entramos por uma viela entre dois prédios que leva até o estacionamento. Está escuro, com muitas sombras. Ele hesita. Paro para olhá-lo. A luz do luar revela o perfil marcante dele. Seus olhos reluzem.

— Quer ir até o hotel para a saideira?

Abro a boca, depois a fecho.

Luke segura minha mão. A razão me foge. Ele me puxa para mais perto, e eu deixo. Levanta meu queixo e sussurra em meus lábios:

— Vamos para o hotel, Rachel.

Ele se abaixa, eu me ergo e o beijo. A princípio, é tímido, mas de repente segue firme, desenfreado, ofuscante. Ele me agarra pela bunda, puxando meu quadril com força para o dele. Sua língua entra na minha boca, e levo a mão entre suas coxas. Sinto seu volume rígido, e minhas pernas parecem derreter. Um gemido escapa de sua garganta quando ele encaixa a ereção em minha mão.

Uma luz brilha repentinamente no fundo da viela. Faróis fortes nos iluminam, nos expondo como atores sob o holofote de um palco escuro. Um guaxinim sai correndo, latas tilintam O carro se vira e os faróis mudam de direção. Fico tensa e me afasto, meu coração martela no peito, a realidade me atinge na cabeça.

O som do veículo desaparece ao longe. Tenho que ir para casa. Preciso ir para casa. Deveria ir. Mas para quê? Para a Maddy, que está dormindo? Para Jake, que não me ama mais, e que em parte já começou o processo de abandono do nosso casamento, da nossa parceria, meses atrás.

— Você vem? — ele fala baixinho, perto da minha orelha.

E eu vou.

Eu cruzo essa linha.

Vou com Luke para o hotel de beira de estrada. A mesma merda de lugar em que Jake me traía.

Talvez por isso eu esteja indo.

Talvez seja uma forma inconsciente de vingança. Ou uma maneira de provar a mim mesma que posso fazer o que Jake fez.

Talvez seja por saber que não vou mais ver Luke. E não consigo aceitar que ele está de partida. Ou talvez precise sentir essa energia pura, me sentir amada, desejada, só mais uma vez. E *preciso* transar. Preciso me sentir como um ser humano, como uma mulher bonita outra vez. Preciso fazer amor diante da morte e da feiura que testemunhamos nesse caso. E ele é uma oportunidade que se apresenta. Um aliado. Sem compromisso.

Quando voltamos a nos beijar no quarto dele, tirando a roupa um do outro, fazendo amor ardente e frenético, sei que nunca mais vou ver Luke. Não dessa forma. Porque isso vai destroçar o que resta do meu casamento. E a boa garota que existe em mim sabe que preciso fazer o que puder para salvá-lo.

Pela Maddy.

TRINITY

AGORA

Sexta-feira, 12 de novembro. Presente.

— Clayton, eu tive acesso a todas as transcrições policiais e outros registros do caso e tenho uma cópia da sua confissão bem aqui, comigo. — Empurro a cópia na direção dele. O gravador digital descansa no tampo da mesa entre nós. — Posso pedir que leia essa parte da transcrição para nossos ouvintes? Se puder começar de quando você confessa o crime, quando admite ter estuprado e matado a garota de quatorze anos, Leena Rai.

— Não fui eu.

— É o que você está dizendo agora, mas não foi o que afirmou lá trás, em 1997. Poderia ler o que disse, palavra por palavra, para que nossos ouvintes possam escutar o que os dois detetives ouviram na sala de interrogatório naquele dia?

Ele puxa o documento para mais perto.

— Por favor, comece da parte em que diz ao detetive O'Leary e à detetive Walczak "*Quando ela acordou, parecia mais sensata*".

Eu o observo analisar o texto, buscando o ponto certo para começar. Um olhar estranho surge em seu rosto. A energia dele muda. Sinto o ar ao meu redor se alterar e, por um instante, sinto medo e me mantenho plenamente ciente de onde a porta está em relação à minha cadeira, caso precise sair correndo ou precise de ajuda. Pois Clay de repente parece estar se transformando em outra pessoa.

Ele começa a ler com uma voz monótona e rouca. Devagar. Em voz baixa. Parece mentira. Como se tivesse ensaiado durante todos os anos que passou na prisão e meio que se dissociou daquilo.

— *Então comecei a dirigir para a casa dela, mas, quando chegamos à encruzilhada perto da Ponte do Mal, ela se exaltou de novo e pediu que eu a deixasse sair do carro. Entreguei a mochila para ela e a observei ir embora, mas aí entrei em pânico... agarrei ela de novo, e dessa vez a arrastei pela trilha até embaixo do lado norte da ponte. Acertei ela com uma pedrada. Pisei nas suas costas. Agarrei Leena pelo colarinho e a arrastei pelas pedras e rochedos. A jaqueta saiu enquanto eu a arrastava, a camisa também, porque eu estava puxando as mangas com força, e ela estava se debatendo... Aí subi em cima dela e sentei, usando o peso do meu corpo pra empurrar a garota nas pedras do fundo do rio. Usei os joelhos pra fazer força nos ombros dela. Segurei sua cabeça debaixo da água com as duas mãos. Até ela apagar. Eu matei, eu afoguei, Leena Rai.*

Ele olha para cima.

— E aí você deixou a Leena lá, boiando nos juncos, sob a Ponte do Mal. "*Boiando no meio das algas. A garota esquecida.*"

Ele balança a cabeça. O olhar prende o meu. Sinto, mais do que vejo, a luzinha vermelha piscando no meu gravador. Sinto minha futura audiência escutando, esperando.

Eu o instigo a continuar.

— O detetive O'Leary perguntou como você tinha feito aquilo, Clayton.

— Isso... Eu inventei. Não é verdade. — Por um momento, ele parece mesmo confuso. E acho que sei o que está acontecendo. Não é que ele esteja mentindo para mim quanto a não ter matado Leena, é mais que ele está se iludindo. E agora está tendo que confrontar a realidade impressa em preto e branco do que aconteceu naquela sala de interrogatório, vinte e quatro anos atrás.

— Você contou aos detetives, com sua advogada presente, *exatamente* o que o relatório da autópsia também contou.

— Não é verdade.

— Clay, como você conseguiu inventar informações, detalhes da perícia, que só aqueles próximos da investigação conheciam?

Ele encara o papel.

— Vamos, Clayton — peço com gentileza, enquanto a adrenalina corre em minhas veias. Isso é o máximo. Os índices vão ser uma loucura. Mas sob a minha animação, outra sensação cresce. Algo em que não quero, não posso, pensar no momento.

De repente, Clayton parece se desligar totalmente. Agora não é mais do que uma carapaça sentada ali. Vazia. Os olhos dele estão distantes, como se todo o ser dele tivesse sido sugado por um buraco negro e voltado no tempo, para um lugar sombrio e gelado debaixo da Ponte do Mal, vinte e quatro anos atrás.

— Clayton?

Ele pisca. Esfrega o queixo.

— Como você sabia de todos esses detalhes se o que falou não era verdade, se não foi você quem cometeu o crime?

— Só... me ocorreu. Me veio à cabeça. E eu queria dizer. Tudo aquilo.

Olho para o gravador para me certificar de que ainda está ligado e digo:

— Por que queria dizer isso? O que fez você se declarar culpado? Por que não passar por um julgamento?

— Eu queria ir para a prisão.

Eu o encaro. Pelo canto do olho, noto o guarda do lado de fora da janela, checando o relógio. Ele sinaliza para mim, dois minutos. O nervosismo me estrangula.

— Por quê?

— Sou um homem ruim, Trinity. — Ele olha para mim com tanta intensidade que a sensação é de que está tentando entrar na minha mente. No meu corpo. Sinto-me desconfortável. Olho para o guarda.

— Sou um homem perverso e doentio. Tomado por vícios que não consigo controlar.

— O vício em pornografia infantil?

— E álcool. Costumava beber para anestesiar o tesão que sentia perto das meninas, das adolescentes mais novas. Costumava entorpecer aquela parte minha, aquela besta, aquele monstro, que vivia dentro de mim e me controlava.

— A Sombra sobra a qual a Leena escreveu?

Ele acena positivamente.

— Eu tinha duas metades. A Sombra maligna que sentia tesão e queria coisas ruins. E a parte lógica e boa de mim, que sabia que meus desejos eram maus e errados. A parte boa buscou ajuda médica de um profissional para tratar os vícios. Mas não deu certo. Tem um demônio dentro de mim, Trinity. Um mal. Uma gosma nojenta. E quando... quando minha querida Lacey, a quem eu decepcionei, viu aquelas fotos de abuso sexual infantil, eu... eu não conseguia nem pensar em recomeçar as coisas com ela. Em voltar pra minha antiga vida. De jeito nenhum eu ia conseguir apagar tudo e tentar começar do zero. E, quando olhei para aqueles detetives que podiam ver o diabo dentro de mim, que queriam me prender, eu soube. Eu tinha que ser preso. Tinha que ir para trás das grades. *Queria* que me enjaulassem. Pra salvar as pessoas ao meu redor. Salvar aquelas crianças. Proteger minha própria filha. Pra arrancar de mim as tentações do mal.

Engulo em seco, subitamente tomada por uma sensação estranha de compaixão que me faz me sentir profundamente desconfortável. Pigarreio.

— Então... você confessou? Simplesmente inventou os detalhes sobre ter matado Leena Rai?

Ele faz que sim com a cabeça. Tem uma dor real nos olhos endurecidos desse homem. Ele está brincando comigo? O guarda bate na janela. A tensão me agarra com mais força. Rapidamente, digo:

— E por que não ir para julgamento?

— Porque isso poderia ter exposto a minha mentira. Porque eu queria ir direto pra prisão. Porque não queria nunca mais falar das coisas ruins. Eu queria morrer. Mas também não queria morrer, porque seria muito fácil. Eu... aquela parte de mim que procurou ajuda? Aquela parte queria que eu fosse punido. Por muito, muito tempo.

— Então, por que agora, Clay? Por que está contando isso ao mundo agora? O que você quer?

A porta se abre.

— Acabou o tempo, Pelley — o guarda vocifera.

— É por que você quer liberdade? Quer sair da prisão agora?

— Só quero que a verdade apareça. — Ele me olha nos olhos. — Quero que todos saibam que ainda tem um assassino à solta que não pagou pelo que fez. Talvez até tenha matado de novo.

O guarda conduz Clayton para fora da sala. A porta bate. Eu os observo pelo vidro. Ele olha para trás, só por um minuto, antes de virarem no corredor e desaparecerem.

Ou ele me tem na palma da mão.

Ou é a verdade.

E ele só quer que eu e o resto do mundo saibamos.

REVERBERAÇÃO
O EFEITO CASCATA

AGORA

Sexta-feira, 19 de novembro. Presente.

Darren está parado na entrada do escritório da esposa. As luzes estão baixas, e o fogo a gás tremeluz na lareira. Ela está ouvindo mais uma vez ao terceiro episódio da série de podcast sobre o assassinato de Leena Rai, que acabou de sair. Darren está preocupado. É a quarta vez que ela ouve o episódio. A esposa parece total, completamente, absorvida pelo sussurro fino e seco que é a voz de Clay Pelley. Ela não nota Darren ali. Ou talvez esteja ciente de sua presença e simplesmente não ligue.

As filhas deles estão dormindo no andar de cima.

Ele sente o estômago embrulhar.

Emoções confusas e conflitantes se reviram e se agitam em seu peito. Ele ama Maddison Walczak desde que se entende por gente. Talvez até desde a pré-escola, do jeito pré-escolar de se amar. Com certeza mais como homem, mais sexual, desde os doze. Para ele, Maddison sempre foi a garota mais bonita, mais inteligente e mais divertida de todas. Mesmo durante a fase de garota popular dela, quando se achava e tirava sarro dele ou o ignorava por completo. Mesmo assim, ele sonhava ardentemente em ter Maddy como sua primeira conquista sexual. Isso não estava nas cartas, mas no fim ele conquistou a mão dela. Ela finalmente cedeu aos charmes escondidos dele.

A esposa de Darren se inclina para a frente de repente e aumenta o volume da caixa de som.

Trinity: ... então, por que agora, Clay? Por que está contando isso ao mundo agora? O que você quer? É por que você quer liberdade? Quer sair da prisão agora?
Clayton: Só quero que a verdade apareça. Quero que todos saibam que ainda tem um assassino à solta que não pagou pelo que fez.
            Música tema toca suavemente
Trinity: Então, se Clayton Pelley realmente não teve relações sexuais com Leena Rai na noite da festa da fogueira de Ullr, por que Maddy Walczak mentiu? Por que disse que viu os dois transando?

Maddy aperta *stop*. Fica parada em silêncio.

Darren entra no cômodo. Põe as mãos nos ombros dela.

— Ele está mentindo — Darren diz. Os músculos do pescoço da esposa estão tensos, duros como pedra. Ele começa a fazer uma massagem, e ela permanece parada. Darren esperava que se afastasse, mas isso não acontece. Que esquisito. A ansiedade no peito dele alcança a garganta. Ele sente como se o tempo estivesse se dobrando em si mesmo à medida que as memórias deles estão sendo sugadas para o dia em que foram chamados, um a um, para a sala do sr. Pelley, para serem entrevistados por Rachel e o detetive Luke O'Leary. E depois, convocados para a depor na delegacia.

— Você mentiu naquelas entrevistas, Maddy? — ele pergunta baixinho.

Ela olha para ele.

— *Você* mentiu?

Ele engole em seco.

Ela vira a cadeira e a arrasta para longe do seu toque. Sai da sala. Ele a encara.

Darren sabe que mentiu.

Sabe por que mentiu. Porque Maddy pediu a ele.

Ele fica ainda mais preocupado, porque não sabe qual é o objetivo de Maddy agora.

• • •

Eileen Galloway ouve o terceiro episódio do podcast. Está sozinha em casa. O marido, Rex, está no *pub*, como sempre a essa hora. Ela tricota furiosamente um cachecol que está cada vez mais longo. Longo demais. Mas ajuda com o estresse. Ela é estressada de nascença. E agora está nervosa com essa história do podcast. Porque sempre sentiu que a filha, Beth, e os demais estavam escondendo algo. Que estavam protegendo algum rapaz. Ela tem certeza disso. E tricota mais rápido. Um ponto fantasia, um ponto baixo, um ponto fantasia, um ponto baixo...

Trinity: Você acabou de ouvir à confissão de Clayton Pelley. Palavra por palavra, na voz dele, lida de uma cópia das transcrições policiais. Aquelas palavras estão gravadas linha por linha. São uma réplica exata do que Clayton disse aos detetives Rachel Walczak e Luke O'Leary na noite do interrogatório. E são acompanhadas por gravações de áudio e de vídeo.

Música tema fica mais alta

Então, pergunto a todos vocês: acham que é mesmo possível que Clayton tenha feito uma confissão falsa para proteger a esposa e a filha dele mesmo? Para que ficasse atrás das grades, para se barrar das tentações que poderiam fazer com que ele machucasse crianças no futuro? Seria esse vício do Clay uma doença, um flagelo, que ele tentou mesmo tratar com ajuda médica, mas falhou? É essa a história completa? Clayton Jay Pelley, nos seus vinte e poucos anos, era secretamente viciado em pornografia infantil e um alcoólatra funcional que bancava o professor legal? Um rapaz jovem, vibrante e bonito que dava aulas extras a Leena Rai e era idolatrado por ela? Mas que nunca abusou sexualmente nem matou a menina?

Volume da música tema aumenta

E se esse é o caso, se ele está dizendo a verdade agora, se não teve relações sexuais com Leena Rai na noite da festa da fogueira de Ullr, por que Maddy Walczak mentiu? E se Maddy Walczak mentiu, isso significa que Beth Galloway também mentiu? E quanto às outras crianças que, a princípio, tentaram coordenar as histórias?

E mais uma vez eu pergunto: por que Clayton Pelley decidiu falar agora? O que Clayton Jay Pelley ganha com isso? Alguém ouvindo lá fora pode saber a resposta. Alguém tem que saber de alguma coisa. Se você tiver algo a acrescentar, por favor, nos ligue. E na próxima semana...

Eileen estende a mão e pausa a reprodução. Fica sentada por um bom tempo, pensativa. Depois pega o celular. Liga para Rex.

• • •

Granger está de volta ao Ninho do Corvo. Ele jantou e está tomando mais uma cerveja no bar acompanhado de Rex Galloway e mais algumas pessoas. Todos estão com a cabeça baixa ouvindo o episódio três do podcast, que saiu recentemente. Granger está pouco disposto a voltar para casa. Esse negócio todo arrastou sua parceira de volta a um lugar estranho. Sabia que o podcast faria isso com ela. Ele também está infeliz. Irritadiço. Ele se pergunta se Rachel já foi visitar Luke O'Leary na casa de repouso.

— Inferno de mulher — Granger murmura, falando de Trinity, assim que o episódio termina. Já passou da conta com a cerveja, o que significa que não vai conseguir voltar de moto para casa, então vai precisar dormir pela cidade, e as coisas entre ele e Rachel vão piorar em um momento em que ele devia focar em ser melhor e estar presente para apoiá-la.

— Desenterrar essa história está acabando com o psicológico da cidade.

Rex abre um sorriso lento e tristonho.

— Falou o psicólogo bêbado.

— A Beth está acompanhando isso? — Granger pergunta. — Está participando?

— Está, ela já conversou com a Trinity. Disse que Dusty Peters falou também.

— A Beth já falou com a Trinity? — Granger repete. — Johnny não me disse nada.

Rex dá de ombros.

— Acho que essas entrevistas ainda vão ser editadas pra ir ao ar. Eileen está acompanhando também. A cidade inteira deve estar sintonizada a essa altura.

— Junto de metade do país que escuta esse tipo de coisa por entretenimento. — Granger toma mais um gole da bebida. — O que mais você acha que aquele vagabundo vai inventar? Acha que vai especular sobre por que a Maddy supostamente mentiu?

— E quem sabe? E quanto à Rachel, ela já foi entrevistada?

Granger termina a cerveja e larga a garrafa vazia no balcão.

— Não, nem vai ser.

— E a Maddy?

— Não faço ideia. A Maddy faz o possível para *não* se comunicar com a gente.

Rex mira os olhos dele, e Granger sente desconforto no corpo inteiro.

— A Maddy ainda está mal por causa do lance que a Rachel teve naquela época? Com o tal policial da RPMC que esteve no caso de Leena Rai?

Granger resmunga.

— O que quer que seja, parece que só piora com o tempo. E esse podcast com certeza deve estar desenterrando sentimentos do passado na Maddy também, o que não deve ajudar.

Durante as sessões de terapia com Rachel, ela havia falado do casamento falido. Do que sentia por Jake. Do quanto gostava de Luke O'Leary. Granger sabe de tudo isso. Sabe que Rachel sofreu profundamente com o fim do casamento. Isso minou a própria noção de identidade dela, seu senso de si. E tudo foi exacerbado pelo caso de Leena Rai. Por conta da situação, ela começou a ter dificuldade de se concentrar no trabalho. Tomou algumas decisões idiotas, perdeu a cabeça mais de uma vez. Agravou os problemas no trabalho, ressentimentos quanto a estarem agilizando o caminho dela para chefe de polícia começaram a emergir. O pessoal passou a sabotá-la; era nisso que Rachel acreditava. Até que um dia ela simplesmente se viu incapaz de sair da cama. Foi diagnosticada com depressão. Recebeu dispensa médica. A terapia se tornou obrigatória. Com Granger. Isso custou a ela a promoção. No fim, ela se demitiu.

Rachel investiu tudo que tinha para comprar aquele pedaço de terra no vale e transformar Campos Verdes, com suor e sangue, numa fazenda orgânica. Passou a vender hortaliças em feiras de agricultores durante o verão e começou a se livrar de quaisquer demônios interiores que a atormentavam. Granger a convidou para beber num dia quente de verão, quando a encontrou na barraca da feira no centro da cidade. Tinha se apaixonado por ela durante a terapia, porém se absteve, é claro, de perseguir o sentimento. Mas a relação médico-paciente entre eles havia terminado. Naquele dia, ela estava bronzeada e com uma beleza natural estonteante, estava feliz. Uma coisa levou à outra. Por fim Granger se aposentou e se mudou para Campos Verdes para morar com ela.

E neste instante, em seu estado inebriado, parece que tudo sempre esteve por um fio, esperando para cair com Trinity Scott batendo à porta da fazenda e reavivando o caso de Leena Rai.

Rex é chamado até a cozinha, e Granger se afunda ainda mais em seus pensamentos morosos.

O pensamento vai para o dia em que encontrou Johnny lavando uma jaqueta militar que não era dele. Johnny estava colocando a peça dentro da máquina de lavar na tarde da terça-feira após o fim de semana da festa da fogueira, foi o dia em que começaram a correr as notícias de que uma estudante, Leena Rai, havia desaparecido. Havia sangue na jaqueta. Lama e sangue.

• • •

Quando Johnny chega em casa à noite, Beth já está dormindo. Ele se deita na cama e chega mais perto, colocando o braço ao redor da esposa.

— Você escutou o episódio três? — ela pergunta na escuridão.

Johnny fica em silêncio por um bom tempo. Lá fora venta. Ele se pergunta se a ventania vai trazer neve pela manhã. Por fim, responde:

— A Maddy mentiu, Beth?

Ele sente o corpo da esposa ficar tenso. Ela permanece em silêncio no escuro. O vento sibila com mais força lá fora. Uma janela bate.

— *Você* viu mesmo Clay Pelley fazendo sexo com a Leena?

— Vai se foder, Johnny — ela sussurra.

Ele fica chocado.

Ela se deita de costas, encarando o teto, os olhos brilham na escuridão.

— Como você tem coragem de me perguntar isso?

— Assim, talvez a Maddy tenha mentido pra você. Ou...

— Ou o quê? Nós duas inventamos tudo? Você acha mesmo que eu mentiria sobre algo tão sério? Que estaria esses anos todos aqui, sabendo que um homem foi preso em parte por que eu inventei uma mentira com uma amiga?

— O sr. Pelley foi preso porque confessou, Beth. Não por sua causa. E agora todo mundo está se perguntando se foi uma confissão falsa, só isso. Talvez ele não tenha transado com a Leena na floresta. Talvez a Maddy tenha mentido mesmo.

— Ele era um pervertido. Era... é... um pedófilo. Viciado em pornografia de criancinhas. Um agressor sexual. Você ouviu ele falando em alto bom e som no podcast que sente tesão por meninas e adolescentes mais novas. Ele... deu em cima de mim uma vez.

— Você nunca me contou.

— Queria esquecer daquilo.

— Chegou a contar para alguém?

— Não contei a ninguém, não.

— Nem para a Maddy?

— Muito menos pra ela. Mas a Leena? Ela era fácil. Era carente de amor. Precisava que alguém a quisesse, e aquele tarado se aproveitou disso. Eu acredito piamente que a confissão foi verdadeira. Palavra por palavra. — Beth fica em silêncio por um tempo. Eles ouvem o vento. — Mas você sabe que a Leena era fácil, né, Johnny?

— O que você quer dizer com isso?

— Ela estava tão desesperada para que alguém gostasse dela que faria qualquer coisa, abriria as pernas pra qualquer garoto que estivesse tão louco para perder a virgindade que não ligaria com quem.

Johnny fica enjoado.

— Não acredito que você disse o que acabou de dizer.

Silêncio.

Ele fecha os olhos. O mundo dele parece girar numa espiral escura. Sente-se como lixo na água, rodando, sendo sugado para o ralo, zunindo em círculos cada vez mais apertados enquanto se aproxima do buraco.

Ele pensa no dia em que se deu conta de que o pai o observava da porta enquanto Johnny enfiava a jaqueta militar coberta de lama e sangue na máquina de lavar.

• • •

Enquanto isso, do outro lado do país, em uma cidadezinha nos arredores de Toronto, Jocelyn Willoughby, uma mulher em seus setenta e poucos anos, está sentada junto à filha, já com seus quarenta e tantos. A idosa mexe um rosário entre os dedos enquanto ouve o podcast que fala do assassinato de Leena Rai. Sempre foi viciada em *true crime*. As contas do rosário estão ali apenas para reconfortá-la, dar a ela algo para ocupar as mãos enquanto escuta.

A mulher mais nova, sua filha, Lacey, está num estágio avançado de demência precoce. Ela foi colocada em uma casa de repouso, já não reconhece a própria família. Está com dificuldade de deglutir e mastigar. Não consegue mais andar. Do lado de fora da casa, uma tempestade assola, empilhando montes de neve nas janelas mais baixas, motivo pelo qual

Jocelyn está passando a noite no quarto da filha. O transporte público parou de rodar horas atrás.

Uma enfermeira entra no quarto. Murmura um "oi" para Jocelyn e vai checar a paciente. Ela segura o pulso de Lacey.

Lacey não reage. Está dormindo profundamente. Jocelyn retira os fones de ouvido e abre um sorriso para a enfermeira. A mulher verifica a bolsa de infusão ligada ao braço de Lacey.

— Está escutando o quê? — a enfermeira fala, puxando conversa amigavelmente.

— Um podcast. De *true crime*. O assassino de uma adolescente está preso, e finalmente está falando do caso.

— Ah, você diz o daquele assassinato no oeste? Em Twin Falls?

Jocelyn fica surpresa.

— Sim. O de Leena Rai.

— Uma das enfermeiras do turno da manhã estava me contando. Fiquei interessada. Todo mundo está acompanhando. Eu acho que Clayton Pelley está falando a verdade. Aposto que aqueles policiais estavam escondendo alguma coisa. Aposto que forçaram ele a confessar ou algo assim, e vão revelar isso.

Jocelyn não pensa bem no que vai dizer antes de as palavras deixarem seus lábios, simplesmente as diz, ela precisa falar.

— A Lacey foi casada com ele.

As mãos da enfermeira param onde estão. A mulher lança um olhar na direção de Lacey na cama, depois de volta para Jocelyn.

— Está falando *sério*?

Jocelyn faz que sim com a cabeça.

A enfermeira a encara.

— Eu... Uau, deve ter sido bem difícil. Como... Quer dizer...

— Está tudo bem. Não precisa dizer nada. Eu... só nunca falei disso antes. E agora... — A voz some enquanto ela se perde olhando para a filha. No momento, tudo que quer é sentir-se conectada a alguém. Qualquer pessoa. Mesmo que apenas à enfermeira noturna.

— Então Clayton Jay Pelley... é seu genro?

— Era. Ele e a Lacey se conheceram em Terrace, onde a gente vivia. Os dois se conheceram no acampamento da juventude cristã que o Clay ajudava a gerenciar. A Lacey tinha dezenove anos na época, tinha acabado os estudos, basicamente, e ficou caidinha por ele. Meu esposo e eu ficamos preocupados com a intensidade do relacionamento. Mas, como as garotas disseram no podcast, o Clay era sedutor. Digo, do mesmo jeito que Ted Bundy era sedutor. Esses sociopatas narcisistas com parafilia... conseguem fazer você ver e acreditar em coisas que são totalmente falsas. Sabem ganhar confiança.

— O Clay era alcoólatra naquela época?

— Passava da conta em algumas ocasiões sociais. Churrascos, piqueniques, feiras. Mas muitas pessoas da nossa comunidade também bebiam muito assim. Nunca nos preocupamos com a possibilidade de se tornar um problema de verdade. — Jocelyn fica em silêncio por um momento enquanto observa a filha adormecida respirar. — Tudo piorou em Twin Falls. Acho que um ser humano só consegue fingir que está tudo bem e esconder uma doença até certo ponto, antes que as coisas comecem a piorar. — Ela pigarreia. — Depois que o Clay foi preso e indiciado, levamos a Lacey e a neném de volta para Terrace, então fizemos as malas e nos mudamos para o leste. Para recomeçar.

— Uau. Eu... eu sinto muito. — A enfermeira volta a olhar para Lacey, e Jocelyn se pergunta se a mulher pensa que sua filha pode ter perdido a memória, a consciência, por conta de tudo que passou. Talvez seja o caso. Talvez a demência precoce seja o jeito que Lacey encontrou de finalmente escapar.

A enfermeira volta a falar:

— Quando eu falei que acho que ele não é culpado, eu...

— Eu também não acho que foi ele. — Jocelyn faz silêncio. A enfermeira não vai embora. É como se sentisse que ainda tem algo que Jocelyn quer botar para fora.

— A Lacey mentiu — Jocelyn por fim fala, é praticamente um sussurro. — Ela me disse que mentiu para a polícia.

— Como assim? — A enfermeira se senta devagar na beira de uma cadeira ao lado de Jocelyn. Ficou curiosa. Ela se aproxima, interessada.

— O Clay deu a Lacey como álibi. Disse aos detetives que ele estava em casa perto das nove da noite, no dia da festa. E ele estava. Ficou bêbado em casa. No barracão. Lacey mentiu quando disse aos detetives que ele só chegou às 3h42 na madrugada do dia seguinte.

— Mas... se ele estava em casa, não pode ter matado a Leena.

— Eu sei.

— Por que ela mentiu?

— Ela precisava se proteger. Precisava que prendessem ele.

A enfermeira a encara. Uma lufada de vento joga flocos de neve contra a janela. Baixinho, ela fala:

— Você *contou* isso pra alguém?

Jocelyn mira o rosário em suas mãos. Está convencida de que Deus vai castigá-la pelo segredo que guardou todos esses anos. Mas Clay Pelley é um pecador com desejos malignos. Era justo que fosse para a prisão. Mesmo se as razões para isso não fossem exatamente verdadeiras.

A enfermeira insiste:

— E quanto à neném, a filha da Lacey, Janie Pelley? Por acaso *ela* sabe? Digo, com esse podcast... está todo mundo falando dele. Se ela não sabe, pode ser que falem quem é a mãe dela, e que a mãe mentiu sobre o pai.

— Se falarem, vai ser a vontade de Deus.

A enfermeira fica sentada em silêncio, observando Lacey na cama. O tempo passa devagar.

— A verdade sempre dá um jeito de aparecer. — Ela olha para Jocelyn. — Por que me contou isso?

Jocelyn inspira fundo, vacilante. Ela não tem certeza do porquê. Só contou.

— Às vezes — a enfermeira fala —, segredos são grandes demais e pesados demais para guardar dentro da gente para sempre. O corpo precisa se libertar deles e encontra um jeito, mesmo se a mente não quiser. — Ela segura a mão de Jocelyn. O toque é singelo. — Nós todos precisamos fazer o que podemos para sobreviver e proteger nossas filhas. Da melhor maneira que conseguimos no momento.

— Você é mãe?

A enfermeira balança a cabeça em afirmação.
— Duas meninas.

• • •

Liam Parks tira a caixa de filmes fotográficos do sótão. Desce com ela até o estúdio. Ele acende a iluminação da mesa de luz e se senta no banco. Puxa uma tira de filme, apanha a lupa. Coloca a pequena lente de aumento sobre o filme e se curva para juntar o olho à lupa de precisão. Devagar, move o objeto pela tira de filme. O passado volta à vida em tons negativos. Um grupo de garotos diante de uma fogueira. Imagens da lua no alto do pico Diamond Head. Faixas parecidas com caudas de cometas, do foguete russo que acertou a atmosfera da Terra às 21h12, na sexta-feira, 14 de novembro de 1997. A noite do sacrifício a Ullr. A noite em que Leena morreu.

Ele estava ouvindo o podcast de novo. Isso o está consumindo.

Enquanto vasculha mais uma tira de negativos dos muitos rolos de filme que fotografou naquela noite, a voz do detetive Luke O'Leary ganha vida em sua mente.

Você tirou fotos na festa, Liam? Do público?

Eu... eu perdi a câmera com o filme dentro. Eu... eu fiquei bêbado demais, acordei em uma tenda e a câmera tinha sumido. Era uma câmera da escola. Eu registrei a retirada, e aí ela foi roubada.

Ele para a lupa em cima de uma imagem de Leena e do sr. Pelley sentados em um tronco. Então se lembra da voz que tem ouvido no podcast.

Clayton: Eu *não* violentei Leena Rai... E eu não matei a Leena.
Trinity: Se... se não foi você, quem foi?
Guarda: Acabou o tempo, Pelley. Vamos.
Clayton: Quem quer que seja, o assassino dela ainda está lá fora.

Liam observa com ainda mais atenção outra imagem de um grupo de meninas. Nela estão Maddy Walczak, Natalia Petrov, Seema Patel, Cheyenne Wilson, Dusty Peters e Beth Galloway. Ele franze as sobrancelhas quando a lupa põe em foco um medalhão. Ele tem uma pedra roxa envolvida por filigranas prateadas. A pedra reflete a luz da fogueira. Liam se recosta na cadeira.

Poucas horas depois de tirar essa foto, Leena Rai sofreu abuso sexual, foi espancada e depois afogada. E ele sabe pelo podcast que havia um medalhão de prata com uma pedra roxa enganchado no cabelo da garota morta. Mas não é Leena quem está usando a peça nessa fotografia.

O coração de Liam bate mais pesado no peito. Foi por isso que Maddy pediu a ele que fingisse que a câmera havia sido roubada? Ela havia oferecido uma das amigas como acompanhante para o baile da escola se ele fizesse o que ela estava pedindo. Então Liam mentiu. De que outra forma um cara como ele conseguiria uma garota? Naquela época, ele não ia olhar os dentes de um cavalo dado. Também queria agradar uma das garotas mais descoladas e populares da escola. Maddy.

O que ele devia fazer agora?

RACHEL

AGORA

Sábado, 20 de novembro. Presente.

A manhã já está pela metade, e Granger ainda não voltou para casa. Ligou tarde da noite ontem para me dizer que tinha bebido muito e que ia passar a noite no apartamento que Rex tinha no andar de cima do clube.

Estou estranhamente indiferente a isso enquanto coloco uma foto de Leena no alto do quadro branco que transformei no meu painel de crime. Penso em Luke e no painel que ele criou lá em 1997, quando a delegacia de polícia de Twin Falls ainda ficava perto da água e do pátio ferroviário. Meu coração dói. Estou feliz de tê-lo visitado, mas isso deixou tudo mais intenso e real dentro do meu peito.

Debaixo da foto de Leena, prendo a fotografia do medalhão encontrado no cabelo dela. Ao lado da do medalhão, ponho a imagem das garotas na festa da fogueira, que tirei da gaveta de Maddy. Apanho um pincel marcador e risco uma linha entre o medalhão e as meninas. E debaixo da imagem delas, escrevo.

Liam tirou a foto? Mentiu? Por quê? Que outras fotos ele tirou?

Em seguida, afixo fotos da jaqueta, das páginas do diário, do livro de poemas, da mochila ensanguentada, do tênis da Nike de Leena, e imagens de outros itens encontrados próximos da mochila ou em meio às rochas. Depois faço o mesmo com fotografias da autópsia, incluindo a marca da sola de uma bota na parte de trás do crânio de Leena e as queimaduras no rosto dela.

Dou um passo para trás, para examinar meu trabalho, mas Luke ainda ocupa todo o meu cérebro. E coração. Meu corpo inteiro.

Maddy culpou o breve caso que tive com Luke pelo desmanche de nossa família. E o que a fez saltar para essa conclusão tão fácil foi o fato de ter sido Cheyenne e a mãe naquele carro que virou na frente da viela. O carro cujos faróis iluminaram Luke e a mim como atores naquele palco escuro. E nós encaramos aquelas luzes como amantes culpados. O que era verdade. Brevemente. E Cheyenne, é claro, contou para Maddy no dia seguinte na escola. E Maddy contou para Jake. Foi a desculpa de que ele precisava para jogar tudo na minha cara e retomar o próprio caso.

Seja como for, Jake e a namoradinha foram embora. Lá para a Nova Zelândia, onde por fim se casaram e moram até hoje, perto de onde vivem os pais da nova esposa. E Jake tem novos filhinhos, mais ou menos da mesma idade das meninas da Maddy. Toda essa situação contribuiu para a amargura dela.

Talvez tudo tenha começado com minha necessidade de me provar para meu pai e acabar passando tempo demais trabalhando em detrimento de cuidar da minha família. Será que eu estaria me sentindo assim se fosse homem?

Talvez alguns casamentos só deem errado, e não haja um aspecto particular que possa ser dado como motivo.

Encaro a foto de Maddy com as amigas, a luz da fogueira brilhando dourada na pele delas. Jovens e belas libélulas presas no âmbar do tempo. Com o futuro todo pela frente. Cheias de sonhos. Como eu fui um dia.

Siga a verdade, Rache. Mesmo que doa. Mesmo se ela te levar aonde você não quer que vá. Ainda dá tempo. A verdade... te liberta. São... os segredos que apodrecem. Você... pensa que os enterrou s, que deu um jeito de se livrar deles, mas segredos são como esse câncer maldito. No minuto em que você cai, no segundo em que você se cansa, eles começam a crescer de novo e te alcançam.

Luke estava certo. Esse caso havia plantado uma doença em todos nós. E mesmo que tenhamos acreditado ter seguido em frente, o câncer voltou.

De repente, uma ideia me vem. A foto do pacote de cigarros Export A. E o isqueiro. Clay Pelley não fumava. Não que eu saiba. Então como Leena ficou com aquelas queimaduras?

Será que ela acendeu um cigarro debaixo da ponte? Talvez Clay tenha arrancado o cigarro dela e depois o enfiado na narina dela, ou na testa? Qual a ordem dos acontecimentos? Seja qual for, com certeza apertar a ponta acesa de um cigarro na pele dela para causar aquelas queimaduras profundas teria extinguido a brasa, não? Leena certamente não teria acendido outro para que Clay a queimasse outra vez. Ou talvez, sim. Não recuperamos nenhuma bituca nem outros restos de cigarro na cena do crime. Mesmo se tivéssemos, em 1997 não eram realizados exames de DNA como se faz hoje. Mas uma coisa que eu sei é: Clay nunca explicou bem as queimaduras. E ele não era fumante.

Apanho um bloquinho e registro esse pensamento. Faço outra anotação sobre a jaqueta. Quero perguntar a Clay por que ele lavou e levou a peça para casa para a esposa guardar, se as manchas de sangue ainda estavam visíveis. Quero saber por que ele não tentou se desfazer dela em algum lugar. Porque, na minha cabeça, as coisas não estão batendo.

Escuto um arranhão na porta do escritório e me dou conta de que prendi Patrulheiro do lado de fora. Abro a porta e o deixo entrar. Faço carinho, bagunçando seu pelo, e vou até meu celular enquanto ele se deita na caminha.

Pesquiso por *Parks Fotografia e Design*. Encontro o telefone, confiro a hora e ligo.

A chamada é atendida já no segundo toque.

— Liam Parks falando.

Um surto de adrenalina irrompe em mim ao ser lançada abruptamente de volta ao modo investigativo do meu passado. Estou reabrindo este caso. Pelo menos dentro da minha cabeça. E quando estiver com minhas perguntas prontas, vou pegar meu carro para visitar Clay Pelley.

— Liam, oi. Aqui é Rachel Hart. Detetive Rachel Walczak na época do assassinato de Leena Rai. O detetive Luke O'Leary e eu conversamos com você na escola sobre a noite da festa da fogueira, lembra?

Há um longo silêncio, tão longo que chego a pensar que ele desligou.

— Liam?

Ele pigarreia.

— Sei por que está ligando — ele diz. — Estou acompanhando o podcast. Todos estamos. Eu... eu ouvi Clay Pelley dizer que não é culpado, e... sempre acreditei que ele *tinha* matado a Leena, mas aí fiquei pensando... — A fala dele se perde no vazio.

— Liam? Ainda está aí?

— Estou. Estou, sim.

— No que você ficou pensando?

— Bem, curioso que a senhora tenha ligado, porque me dei conta ontem à noite de que tenho que desabafar sobre uma coisa, e não tenho interesse nenhum de falar com Trinity Scott. Não tenho mesmo. Não gosto dessas coisas sensacionalistas. E descobri pelo podcast que Luke O'Leary está em uma casa de repouso, então não dava pra falar com ele. E...

— O Luke faleceu ontem.

Mais silêncio.

— Sinto muito.

— Eu também.

— Eu... nossa. — Ele respira fundo. — Sabe, o tempo muda as coisas de um jeito. Não sou mais aquele nerdzinho inseguro que eu era. E ontem à noite decidi que precisava contar a alguém, porque... é que... isso está guardado há tanto tempo, me corroendo há tanto tempo. Depois de ouvir os episódios do podcast, fui ao sótão. — Outra pausa. — Ainda tenho os negativos daquela noite.

Mantendo a calma, falo:

— Então sua câmera e o filme não foram furtados?

— Me desculpa.

Umedeço os lábios e encaro a fotografia das garotas no quadro.

— Você revelou parte dos negativos, não foi?

— Um rolo. Sim.

— Deu algumas das fotografias às meninas?

— Dei. Ia dar uma para cada.

— Por que elas?

— Elas... Eu gostava delas. Queria cair nas graças delas. Eram as mais gatas da escola. As garotas populares.

Sinto um aperto frio no peito. Minha garganta fica apertada. Quero fazer mais uma pergunta, mas não tenho certeza de que estou pronta para a resposta. Ouço a voz de Luke no canto do meu ouvido, quase como se estivesse comigo agora, nesta sala, deixando em meu braço a leve sensação de um toque, sussurrando para mim.

Siga a verdade, Rache. Mesmo que doa. Mesmo se ela te levar aonde você não quer que vá.

— Por que mentiu sobre a câmera e os filmes terem sido roubados, Liam?

— A Maddy me pediu.

Fecho os olhos. Meu coração acelera.

— Por quê? — consigo dizer.

— Ela disse algo sobre o sr. Pelley não querer que se espalhasse por aí que ele esteve lá.

— Quando exatamente ela pediu isso?

— Na manhã seguinte à festa.

— Não foi dia de escola. Era sábado.

— Ela foi de bicicleta lá em casa. Bateu à porta. Eu dei a foto para ela, ela disse para eu me livrar das outras e do resto dos filmes, e fingir que tinha perdido a câmera. Disse que a polícia tinha descoberto que houve uma festa ilegal de sacrifício a Ullr, que provavelmente iam fazer perguntas, e que a gente não devia contar a ninguém que o sr. Pelley esteve lá. Eu não entendi na hora. Só quando ouvi dizer que a Leena tinha desaparecido. Mas, naquela hora, eu acreditei nela, porque ela era filha de uma policial, e imaginei que tinha informação privilegiada. A Maddy também prometeu que, se eu fizesse o que ela queria, a Cheyenne iria ao baile comigo.

Inspiro lenta e profundamente.

— Então você ainda está com os negativos?

— Sim, estou. Quer dar uma olhada neles? Ou melhor, devo levá-los para a polícia de Twin Falls? Ou talvez para a RPMC? Eu não sei nem se isso seria de interesse da polícia agora. Mas, como eu disse, não pretendo entregar os negativos para a Trinity Scott.

Meu olhar mais uma vez vai para a imagem das garotas no quadro. Tenho o que preciso. Sempre tive. Estava na minha cara, mesmo eu tendo me recusado a ver por inteiro. Penso nas aparências e em como poderia ser interpretado se Liam entregasse os negativos para mim. Principalmente agora.

Meus pensamentos se voltam pra Maddy. Para a verdade. Para as mentiras. E para como guardar segredos, engolir a culpa, pode deixar uma pessoa doente e amarga. Penso no nosso relacionamento falido.

São... os segredos que apodrecem... segredos são como esse câncer maldito.

— Você devia ligar para a RPMC, Liam. Devia entregar tudo a eles. Precisa contar pra eles que pediram a você que mentisse.

Desligo e desabo na cadeira. Talvez eu tenha feito uma coisa terrível de verdade. Uma coisa errada. Mas até onde uma mãe deve ir para proteger um filho? Quando é hora de parar?

E se proteger uma filha acaba por machucar todos ao redor dela? E se isso leva o homem errado a passar quase um quarto de século atrás das grades? Mesmo ele sendo um homem mau e repugnante?

Esfrego a testa. Clay confessou. *Preciso* me lembrar de como as coisas aconteceram. Eu comprei a história. Todos aceitamos as palavras dele. Por que não o faríamos? Batia com as evidências da perícia.

Fico de pé. Ando de um lado ao outro. Não tinha como Clay saber exatamente como Leena morreu a não ser que tivesse estado lá e feito aquilo.

Vou para lá e para cá, e paro de vez quando uma coisa que ouvi no *podcast* me acomete. Apanho o celular e encontro o episódio que estou buscando. Avanço a reprodução, procurando as palavras certas. Clico no *play*.

CLAYTON: ... a parte de mim, que sabia que meus desejos eram maus e errados. A parte que buscou ajuda médica de um profissional para ajudar no tratamento dos vícios. Mas não deu certo.

Avanço a reprodução e clico *play* novamente.

CLAYTON: ... Queria morrer. Mas também não queria morrer, porque seria muito fácil. Eu... aquela parte de mim que procurou ajuda?

Solto um palavrão, reproduzo outra vez o trecho, só pra ter certeza. Coloco o celular na mesa e começo a vasculhar as pastas do caso. Encontro a cópia da transcrição do interrogatório de Clay. Releio com atenção.

Em momento algum ele menciona ter buscado ajuda médica para os vícios. Não é que nós tenhamos ignorado. Ele nunca contou. Eu me recosto na cadeira.

Meu coração bate forte contra minha caixa torácica. Sinto meu sangue pulsar pelo corpo. Se Clay estava recebendo tratamento médico, profissional, contra vícios em Twin Falls, uma cidade tão pequena, havia poucos profissionais que lidavam com esse tipo de coisa.

A gente deixou pontas soltas, Rache...

Releio mais uma vez a transcrição, e a cena ganha vida em minha mente. Posso sentir o cheiro da sala de novo. A tensão. Lembro do olhar estranho no rosto de Clay. A forma monótona com que falava. O mesmo tom de quando releu a confissão para Trinity reproduzir, exceto que dessa vez apareceu aquela rouquidão estranha em sua voz.

Apanho o celular de novo e busco outro trecho do podcast. Aperto *play*.

TRINITY: Como você sabia de todos esses detalhes, os detalhes se provaram verdadeiros de acordo com a autópsia, se o que falou não era verdade, se não foi você quem cometeu o crime?
CLAYTON: Só... só me ocorreu. Me veio à cabeça. E eu queria dizer. Tudo aquilo.

Escrevo no quadro.

Quem estava tratando Clay na questão do vício em pornografia infantil?

Confiro a hora. Talvez se eu conseguir encontrar Lacey Pelley, ela fale comigo, mesmo depois de todos esses anos. Ela pode me dizer quem estava tratando Clay em 1997.

Vou até o notebook e começo a pesquisar. Mas tudo que acho são velhos jornais digitalizados. Pelos artigos, Lacey Pelley voltou para Terrace com a filha. Creio que Lacey não esteja mais usando o nome Pelley. Encontro um artigo que menciona o sobrenome dos pais dela. Willoughby. Jocelyn e Harrison Willoughby. Encontro também uma foto em uma das notícias que chegou ao jornal nacional: Lacey carregando Janie bebê. Algum paparazzi a fotografou indo depressa do carro até um supermercado, cobrindo o rosto com a mão. E mais um pensamento me ocorre. E quanto a Janie Pelley? Onde ela está agora? Será que Lacey e Janie sabem do podcast? E quanto aos pais de Lacey, os Willoughby. Ainda estão vivos? Será que *eles* sabem do podcast? Para Jaswinder, Ganesh e Darsh deve estar sendo péssimo ouvir tudo isso agora, mas e quanto a eles?

Pego o celular e ligo para um antigo colega que, como eu, também foi policial.

Ele atende imediatamente.

— Joe Mancini falando. Pacífico Investigações e Rastreamento.

— Joe, Rachel Heart falando, bem, Rachel Walczak, ex-policial de Twin Falls.

— Minha nossa, Rache? Caramba, como você está?

Nós trocamos gentilezas, depois vou direto ao motivo da minha ligação. Falo para ele do podcast.

— Queria contratar seus serviços, Joe. Quero localizar e falar com Lacey Pelley e, possivelmente, a filha dela, Janie Pelley. Não consigo achar nada pelo Google, e sei que você tem acesso a todas as boas ferramentas. E quero resultados rápidos. Minha aposta é que elas não estão mais usando o sobrenome Pelley. — Como também não uso mais Walczak.

— É. Concordo.

— O nome de solteira dela era Willoughby, então talvez tenha voltado a usá-lo.

— Deixa comigo. Te dou retorno assim que descobrir alguma coisa. Não deve demorar muito se a mudança foi legal.

Encerro a chamada e tento ligar para Maddy mais uma vez.

Ela não atende.

Darren também não.

Mastigo a caneta, pensando se eles já escutaram aos três episódios do podcast. E me perguntando por onde Clay vai conduzir Trinity. Ouço o rugido da moto de Granger vindo pela estrada da fazenda, ficando mais forte ao se aproximar da garagem.

Alguns momentos depois, ele bate à porta do meu escritório e entra. Patrulheiro se levanta do cesto com a cauda balançando.

— Desculpa por ontem à noite, Rache. — Granger se acocora para abraçar e acariciar Patrulheiro. Ele levanta o rosto e fica paralisado ao notar meu painel do crime. Devagar, ele fica de pé. Anda na direção do quadro.

Ele lê minhas perguntas escritas com o marcador.

Seus ombros ficam rígidos. Ele se mantém em silêncio. Eu o observo. Granger se vira e seus olhos se prendem aos meus.

— Foi você? — pergunto.

— Eu o quê?

— Você sabe o quê. Não tinha mais ninguém vinte e quatro anos atrás fazendo o que você fazia na cidade. Era você quem estava fazendo o tratamento de vício com Clay Pelley?

RACHEL

AGORA

Sábado, 20 de novembro. Presente.

— Não acredito — falo, baixo e devagar, enquanto encaro Granger. É como se de repente eu olhasse para um homem que não conheço. — Então o Clay *estava* se tratando com você?

— Que conclusão ridícula.

— Quantos *profissionais* havia em Twin Falls em 1997 que tratassem de vícios? Era sua coisa toda. Usar hipnoterapia para ajudar a quebrar os padrões do vício. Você hipnotizava os pacientes para "falar diretamente com o inconsciente deles", assim podia plantar sugestões que fossem ativadas por certos gatilhos, depois que as pessoas saíssem do transe e voltassem para a plena consciência. — Sei disso porque Granger usou essa técnica para ajudar no meu tratamento de TEPT.

— Meu Deus, Rache, o que deu em você? Por que essa raiva toda? Era… era exatamente por isso que não queria que você escutasse essa porcaria de podcast! Era *exatamente* isso que eu esperava que ia acontecer, você sair dos trilhos por se sentir culpada e começar a duvidar de tudo que fez, inclusive dormir com Luke O'Leary e estragar seu casamento. E agora isso está mexendo com o *nosso* relacionamento. E você está *me* atacando.

— Não acredito que você disse isso.

— Ah, pelo amor de Deus, não estou dizendo que *eu* acho que você ter ficado com Luke tenha acabado com seu casamento. Isso foi o que *você* me disse que achava. A gente trabalhou isso, lembra? Na terapia. Tudo isso. Você e eu. Eu te ajudei a passar por isso. E Clay Pelley... Ele poderia estar se tratando em qualquer lugar da cidade, Rachel. — Ele aponta com força para a janela. — É uma hora de carro até North Vancouver, onde tem, e tinha, um hospital enorme cercado por todo tipo de profissional médico, psicólogos e psiquiatras. Além do mais, basta atravessar a ponte, e rapidinho se chega a Vancouver, onde tem mais hospitais enormes, e chove psicólogo, terapeuta e especialista em vícios. Tanto agora, quanto naquela época. Como você tem coragem de dizer isso?

Ele parece irritado. De ressaca. Tenso. O cabelo está bagunçado. O queixo escurecido pela barba por fazer. Granger passa a mão pelo cabelo ao notar que o observo e se controla, baixando a voz.

— Olha, entendo que essa história te tirou do prumo, mas deixa isso pra lá. Ela vai acabar o podcast dela, e o que quer que aconteça com o Pelley não importa. Você registrou todo o caso. Ele confessou. Deixa estar.

Mas agora eu quero muito saber com quem Clay Pelley estava se tratando. Porque alguma coisa, feia e má, montou casa dentro de mim. E está crescendo pelo meu peito e até a minha garganta, fechando a passagem e me sufocando, deixando minha visão borrada. E essa coisa não vai largar de mim até que eu prove que ela está errada.

— Preciso saber quem estava tratando o Clay.

— Por quê? Que diferença faz com quem ele estava se tratando?

— Porque se, somente *se*, o Clay estiver contando a verdade à Trinity, então de algum jeito, de algum lugar, ele conseguiu os detalhes. Detalhes exatos e minuciosos da autópsia. Não só de como Leena Rai foi assassinada, mas a sequência em que os eventos ocorreram, e como o time investigativo estava interpretando a informação da autópsia e as evidências encontradas no local.

Ele me encara. A tensão é forte.

— Então por que acha que era eu? Acha que eu dei um jeito de passar informações pra ele? Porque isso é absurdo. Você e eu nem nos conhecíamos ainda. Quer dizer, eu te conhecia de vista. Sabia que era filha do velho chefe de polícia, do detetive Hart, que era policial e mãe da Maddy. Porque a Maddy era amiga do Johnny, e já tinha visto você pela escola. Mas só isso. Eu não tinha nada a ver com o caso.

Mantenho o olhar no dele. Meu cérebro está zunindo. Sinto que tem algo faltando, algo que meu subconsciente sabe, mas que eu não consegui achar ainda. E não gosto do que estou vendo nos olhos de Granger. Me assusta.

Siga a verdade, Rache. Mesmo que doa. Mesmo se ela te levar aonde você não quer que vá.

Com muita calma, eu falo:

— Vou visitá-lo. Vou perguntar diretamente a ele quem era o terapeuta, e onde ele conseguiu informações sigilosas da polícia. Se não consigo as respostas em lugar nenhum, vou falar cara a cara com ele.

— Com o Pelley?

— Sim. — Eu me dirijo à porta do escritório.

— Você não pode simplesmente aparecer para visitar um detento, Rachel. Tem um processo.

— Então eu vou iniciar o processo. Ainda tenho alguns contatos que podem me ajudar a acelerar as coisas. — Paro na porta e me viro para Granger. — Vou fazer a mala, talvez tenha que passar a noite em algum lugar perto do presídio. Eu ligo pra te avisar. Você cuida do Patrulheiro?

— Claro que cuido do Patrulheiro — ele retruca. — Mas isso é uma burrice do caralho. Ele vai mexer contigo.

Eu pisco. Granger nunca fala palavrão perto de mim. Seus olhos estão furiosos, brilhando. Aquele medo indescritível cava mais fundo em meu âmago.

— Ele já mexeu, Granger — sussurro . — Ele mexeu com todos nós. Muito tempo atrás. Preciso colocar um fim nisso de uma vez por todas, pra eu poder ficar livre.

• • •

São quase duas da tarde. Estou na estrada, passando pela ponte Second Narrows a caminho do estabelecimento correcional Mission Institution, quando meu celular toca. Atendo no viva-voz para continuar de olho na estrada. O trânsito está intenso. E a chuva forte não ajuda.

— Rache, é o Joe.

— Descobriu alguma coisa?

— Moleza, você só precisa saber onde procurar com as ferramentas certas. Lacey Ann Willoughby mudou legalmente de nome em 1998. O que coincidiu com a mudança de Jocelyn e Harrison Willoughby de Terrace para uma cidadezinha em Ontário Setentrional chamada Shackleton. A Lacey e a filha foram junto.

— Então a Lacey voltou a ser Willoughby?

— Não. Decidiu começar de novo, pelo visto.

Meu corpo fica eletrizado. Reduzo a velocidade para que um carro entre na faixa, o limpador de para-brisa guincha.

— Qual o nome?

— Lacey Ann Scott.

Eu gelo. Então meu coração vira uma britadeira. Deixo mais um carro entrar na minha frente. Minha garganta está seca.

— O... nome da filha dela é... Janie Scott?

— Na verdade, Trinity Jane Scott. Sempre foi Trinity Jane. Acho que eles só gostavam de chamar a menina de Janie. Tem um camarada meu que os pais só chamam pelo nome do meio também. Acontece.

Inspiro longa e vagarosamente para me tranquilizar, então dou seta e pego uma saída.

— Espera um minuto, vou encostar o carro. — Mais adiante, vejo uma pista lateral que leva a uma zona industrial. Paro o carro no estacionamento externo de uma loja de pisos.

— Trinity Scott é filha de Clay Pelley? — Então eu resmungo e esmurro o volante quando a ficha cai. Não é o Clay que está fazendo joguinhos com a gente. Não é ele que está com a Trinity na palma da mão. É ela. Ela está manipulando a *ele*. E todos nós.

— Então essa que vai ser a grande revelação dela — falo baixinho. — Que o Clay é o pai dela. *Essa* é a porcaria da jogada dela.

REVERBERAÇÃO
O EFEITO CASCATA

AGORA

Domingo, 21 de novembro. Presente.

A maioria dos homens está assistindo à televisão presa à parede. Está passando o jornal. Clay não dá tanta atenção. Sentado a uma das mesas fixadas ao chão, ele tenta reler *Lolita*, de Nabokov. Consegue que deixem passar com a desculpa de que está se aprofundando nos estudos literários. Ou talvez o cara da biblioteca só não saiba do que trata o livro. Clay está em segurança média, pois tem sido um prisioneiro exemplar. Tem até dado aulas a outros em um programa especial: inglês como segunda língua, literatura, e até turmas de escrita e de gramática para negócios. Também avançou na formação em psicologia. Depois de alguns deslizes no início que lhe renderam um corte no pescoço, e que danificou suas cordas vocais, ele aprendeu rapidinho seu lugar: que botas lamber e a que facções se alinhar. Ele esfrega o pescoço onde a tatuagem de teia de aranha agora cobre a cicatriz com sua rede de linhas. Ela o marca como membro de uma gangue específica. Clay faz favores ao líder. E ganha favores em troca: eles o protegem. Isto é o mais importante: sobreviver. Fazer parte da manada lhe garante segurança. Até mesmo alguns guardas fazem parte da jogada. A dinâmica de poder aqui dentro é intricada. E pode ser mortal.

Guardas vigiam os detentos por detrás da janela de uma cabine de observação. Câmeras gravam de todos os ângulos. Clay está tendo dificuldade de se concentrar nas palavras do romance. Seus pensamentos estão em Trinity Scott, que mais tarde vem visitá-lo novamente. Ele pondera o que deveria falar para ela na próxima sessão de vinte minutos, quanto revelar para que ela se mantenha interessada, para que continue voltando querendo mais. Ele não sabe nem como começar a explicar o que significa para ele Trinity vir visitá-lo, observar o rostinho lindo dela, aqueles olhos grandes. Sentir o cheiro dela, estar perto dela, despertou algo animalesco e um pouco perigoso nele. Precisará tomar cuidado.

Clay está pensando em falar de Maddy Walczak, de por que ela mentiu. Ele entende muito de garotas adolescente. Elas gostavam dele. Viviam atrás dele. Como abelhas vão atrás do mel. Ele entendia o suficiente da psicologia das mentes femininas jovens para saber que o interior delas era complexo e muitas vezes feroz. Elas têm paixões imprevisíveis, são carentes, exigentes, inebriantes, poderosas, doces, malvadas. Vivem equilibradas no fio da navalha entre a infância e a vida adulta. Anseiam por experimentar. Experiências sexuais, em sua maioria. Mas nem sempre estavam prontas para o que acontecia.

— Pelley! Ei, você está na TV!

Ele se sobressalta. O foco se volta para a televisão. Todos na sala dão total atenção ao noticiário também. Um silêncio incomum toma os homens. Do canto do olho, Clay consegue ver que os dois guardas também estão assistindo ao noticiário pelas janelas. Ele sente um surto de energia correr pelo ambiente e fica inquieto. Viver cercado por homens enjaulados requer um instinto de animal selvagem. Nenhum deles se sente verdadeiramente seguro em momento nenhum. Nenhum deles tem certeza de quem é predador, quem é presa e quem está espreitando. Mas os sentidos selvagens de Clay estão subitamente alertas e formigando.

Na tela está Trinity Scott. A câmera se aproxima dela. Suas bochechas rosadas, o cabelo curto e escuro balançando ao vento. Ela está conversando com uma repórter do lado de fora da prisão. É uma visão rara de suas jaulas pelo lado de fora, e para os homens funciona como um lembrete repentino e chocante de que existe uma paisagem além das paredes que os prendem. Clay engole em seco ao ver a jovem Trinity de perto.

A repórter diz:

— Algumas das crianças nas fotografias pornográficas que Clay Pelley tinha em seu barracão tinham apenas cinco anos. As fotos as mostravam sofrendo abuso sexual.

— Eu sei — Trinity responde. — Como ele mesmo admitiu, Clayton Jay Pelley é um homem doentio.

Um detento se levanta subitamente do banco diante da TV e vai se sentar à mesa de Clay. Ele começa a abrir e fechar o punho, o que faz a tatuagem da teia de aranha em seu antebraço parecer aumentar e diminuir. Como se respirasse. Como se estivesse viva. Uma rede de pulmões inspirando e expirando. O homem se chama Ovid, e Clay percebe que Ovid não está apenas assistindo à TV, mas a ele também. Muito atentamente. Um dos guardas também voltou sua atenção para Clay.

Clay mantém os olhos na tela. Mas ele sabe. Alguma coisa mudou. Dá para sentir. Vem se esgueirando, ondulando, estalando. Uma energia silenciosa e invisível. Tem algo acontecendo.

A repórter loira está falando:

— Você acredita nele?

A câmera fecha a imagem no rosto de Trinity.

— Eu acredito que ele é um homem muito doente — ela diz, com os olhos lacrimejando no vento. — Diante de todas as evidências, das próprias palavras dele, ele era viciado em pornografia infantil. A evidência encontrada no barracão dele foi parar nas mãos de uma força-tarefa federal, e ajudou a desmantelar uma rede internacional de pedofilia, que estava sendo gerida na Tailândia, mas a maior parte dos negócios era na América do Norte. Mas quanto a Clayton ter abusado sexualmente e matado Leena Rai, eu ainda quero ouvir o que ele tem a dizer. Para mim, ainda não dá para bater o martelo.

Esperta, Clay pensa. Trinity está usando o noticiário para fazer propaganda para o podcast dela. Está engajando com a audiência bem ali, quer ela acredite no que está dizendo, quer não.

A repórter pergunta:

— Ele demostra algum remorso?

— Pela pornografia, sim. Pelo resto, ele diz ter confessado o assassinato porque acredita que *devia* estar atrás das grades. Diz que fez isso pra proteger a esposa e a filha. — Trinity titubeia. — Eu... eu acho que acredito nele. Acho que ele se importava de verdade, talvez amasse a esposa e a filha.

— Ou isso é o que você quer acreditar?

— Pode ser. Talvez eu queira acreditar que monstros também podem ser humanos. Que um homem ruim pode fazer coisa boas. Que ele ainda sente algo pelas pessoas ao seu redor. Se escutou meu podcast, sabe que ele buscou tratamento para a parafilia. Ele queria que aquilo parasse. Sabia que era errado. Mas, como mostram as pesquisas, o índice de reincidência para esse tipo de infrator é alto. Clay *está* mais seguro lá dentro.

— Ou melhor dizendo, as crianças estão mais seguras com ele lá dentro.

— Sim — Trinity diz.

— Pedófilo — alguém murmurou alto na sala. O estômago de Clay revira. Ele tenta engolir o medo.

— Comedor de criancinha — mais uma voz sussurra do outro lado da sala.

Clay se vira para olhar. Todos os homens estão agora olhando para ele. Ambos os guardas, também. Medo lhe constringe a garganta.

Ovid fala:

— Comer uma menina de 14 pra 15 anos é uma coisa, Pelley, mas bater uma para a foto de uma criança de 5 anos? Pedófilo do caralho. *Criancinhas? Bebês?* Acha que está mais seguro aqui dentro?

A repórter continua:

— É difícil conversar com um homem como ele, quando sabe que doença, que mal habita dentro dele?

— Não vou fingir que entendo aquilo que aflige as pessoas transviadas — Trinity diz. — Mas acho que pode ser útil tentar. Acredito que pode ser instrutivo. Entender o inimigo, conhecer ele, sempre é melhor do que o desconhecido, o nunca visto.

— Acha que ele está usando você e o seu podcast, Trinity? Que está fazendo algum tipo de brincadeira por estar entediado?

— Acredito que tem algo que ele quer dizer, que ele precisa botar pra fora. E eu sou o meio, a oportunidade que se apresentou para isso.

— E o que você tem a dizer ao pai de Leena Rai, ainda vivo, ao irmão mais novo e ao tio dela? O que tem a dizer àqueles que criticam você por se aproveitar da dor deles em benefício próprio, para melhorar sua audiência?

Trinity se vira para a câmera, e é como se ela de repente estivesse olhando diretamente para a prisão, bem nos olhos de Clay.

— À família da Leena e a todos que nos escutam, também para qualquer pessoa que esteja magoada ou confusa pelo que está acontecendo, se houve uma injustiça, acho que todos merecem saber. Eu sou guiada pela verdade e pela verdade apenas. Quero saber a verdade do que aconteceu a Leena Rai.

A porta da cabine dos guardas se abre e um deles sai.

— Pelley, preciso que vá buscar um balde e um esfregão no depósito. Alguém vomitou em um dos corredores.

Clay fica de pé, hesita, olha para todos que o observam.

— Agora! — o guarda berra.

Clay vai caminhando lentamente na direção da porta e espera. A campainha elétrica soa quando a porta é liberada. Ele sai. A porta se fecha e tranca automaticamente atrás dele. Clay segue pelo corredor na direção do depósito cercado. Olha para as câmeras do sistema de segurança próximas ao teto enquanto caminha. Está quieto. Ele está só. Sozinho demais. Vira num longo corredor e vai na direção do fim, onde os materiais de limpeza são mantidos atrás de uma cerca de metal. Duas luzes florescentes estão queimadas lá. Uma terceira está falhando e zunindo. Clay para e nota outra coisa. Uma substância branca cobre a câmera adiante, próxima ao portão do depósito.

Clay dá um passo atrás, dá meia-volta, mas uma sombra surge depressa, como se do nada. Ele tenta correr, mas outro homem aparece e vem a passos largos e rápidos, com propósito, em sua direção. Os braços dele estão estendidos ao lado do corpo, há algo em seu punho direito, parcialmente escondido pela manga da camisa.

Clay dá um passo atrás na outra direção e esbarra no homem às suas costas. O detento à sua frente continua se aproximando. Clay por fim o reconhece. É Ovid. Fica claro para ele que os guardas fazem parte do esquema. Fica claro que já era para ele. Ovid o alcança, estendendo os braços como se fosse abraçar Clay. O homem de trás o segura. Clay sente a lâmina no punho de Ovid chegar como um soco no estômago. Dor se espalha por seu corpo. Ele se dobra para a frente, sem ar. O agressor retira a faca improvisada, retrai o braço, depois ataca novamente. Acerta bem no fígado de Clay, inclina a ponta da lâmina para cima. Puxa a arma para fora. Depois os homens desaparecem.

Clay aperta o abdômen. Sangue pulsa e escorre quente por entre os dedos dele. Seus joelhos falham. Ele tenta gritar por ajuda, mas nenhum som sai. Ele tomba para o lado, apoia o corpo contra a parede, mas não consegue ficar de pé. O mundo está girando. Devagar, ele escorrega parede abaixo, deixando para trás uma listra vermelha. Clay desaba no chão. O sangue vai formando uma piscina ao seu redor. Ele o observa. É brilhante, espesso e vermelho. Vai se espalhando até criar um rio pelo piso com cheiro de desinfetante.

RACHEL

AGORA

Domingo, 21 de novembro. Presente.

A estrada até o Mission Institution segue paralela ao longo, marrom e lento rio Fraser. Não está chovendo aqui, mas nuvens carregadas cobrem o céu. Agora é o meio da manhã, e o tempo corre. Dentro de mim há um furacão de ansiedade, e eu agarro com força o volante da caminhonete. Preciso falar com Clay, tirar informação dele antes que Trinity o faça. Agora que sei quem ela é, estou preocupada com aonde ela quer chegar. Temo que quaisquer meias verdades que ela venha a difundir antes que sejam adequadamente investigadas e validadas possam causar grandes estragos. Qual o objetivo dela? A mulher acredita mesmo que o pai é inocente de assassinato?

Quer que ele seja inocentado?

Ou talvez esteja atrás vingança.

Será que está atrás de *mim*? Ou da minha família. Ou só quer um podcast viciante com um clímax bombástico quando ela revelar ao vivo que é a bebê, Janie Pelley?

A essa altura, isso importa? Devia ter dado ouvidos a Granger e só sentar e deixar as coisas se desenrolarem?

Contraio a mandíbula. Não. Importa, *sim*. Agora eu também preciso saber a verdade. Toda a verdade. Luke estava certo. Havia, e ainda há, pontas soltas. Está na hora de amarrá-las, não importa o que venha pela frente. Para começar, preciso saber quem era o terapeuta que estava atendendo Clay. Quero saber o que aconteceu com o diário de Leena. E, se Clay não a matou, quero saber quem foi.

Porque se não foi Clay, o verdadeiro estuprador e assassino pode ter se mantido escondido à vista de todos, lá mesmo em Twin Falls, por todos esses anos. Vivendo e trabalhando em meio à comunidade. Fazendo compras, divertindo-se, indo a restaurantes, ao médico, ao dentista, pegando livros na biblioteca. Ou talvez estivesse apenas de passagem e seguiu adiante. Ou foi um residente que foi embora e se mudou para um lugar em que pode ter matado outra vez. Mais de uma vez. E talvez nós tenhamos deixado isso acontecer ao colocar o homem errado atrás das grades.

Vejo uma placa. Estou chegando ao presídio. Meu coração acelera. Pego a saída.

Assim que me recuperei do choque de descobrir quem Trinity Scott era, Joe Mancini me contou que a mãe dela, Lacey Scott, estava num estágio avançado de demência precoce. Ele descobriu ao contatar um número listado sob o nome da mãe de Lacey, Jocelyn Willoughby, e pedir para falar com Lacey. Jocelyn disse que a filha estava em uma casa de repouso. Joe então contatou a instituição para perguntar pela paciente. Ele também me deu o telefone de Jocelyn.

Ainda estacionada do lado de fora da loja de pisos, liguei para ela. Jocelyn me disse que não conseguia mais guardar o segredo de Lacey. Disse que a filha mentiu para nós. Clay *tinha* voltado para casa cedo naquela noite, como declarou inicialmente. Lacey mentiu para se proteger e proteger a filha. Ela *queria* que o marido fosse levado, principalmente depois de ter encontrado a pornografia infantil no barracão dele. Na verdade, disse Jocelyn, a filha queria mesmo era matar o marido. Mas mentir quanto à hora que ele chegou em casa para incriminá-lo por assassinato era mais fácil. Foi uma oportunidade que se apresentou diante de uma jovem esposa e mãe desesperada. Jocelyn disse que Lacey, entretanto, estava falando a verdade sobre a jaqueta ter aparecido em casa lavada e passada. E que acreditava também que Clay estivesse tendo relações sexuais com Leena.

Minhas mãos se fecham com ainda mais força no volante. Faço uma curva. A instituição correcional surge adiante.

O que não sei ainda, o que Jocelyn Willoughby não sabe, é se Clay Pelley está ciente de que Trinity Jane Scott é filha dele. Até onde Jocelyn sabe, a neta, Trinity Jane, ainda não contou a ele.

Entro no estacionamento da prisão, paro o carro e encaro o prédio, as paredes e a cerca com espirais de arame farpado. É como se todas as estradas trouxessem até aqui.

Todas as respostas estão ali dentro.

Não tenho autorização para visita, mas pretendo conseguir uma. Apanho minha carteira, mas então fico paralisada ao avistar duas pessoas ao lado de uma van vermelha. *Trinity e Gio.*

O que me deixa imóvel não é o fato de estarem aqui, mas a emoção da própria cena. O produtor de Trinity a está abraçando, acariciando suas costas, e ela parece estar chorando e gesticulando freneticamente na direção do presídio.

Meu coração, que já estava acelerado, bate ainda mais rápido quando repasso em minha mente a chamada que recebi hoje de manhã.

O nome da filha dela é Janie Scott... Na verdade, Trinity Jane Scott.

Uma lufada de vento sopra folhas pelo estacionamento.

Trinity cobre o rosto com as mãos. Gio a puxa mais para perto. Ela descansa a cabeça no ombro dele. O corpo dela balança. Está soluçando.

Mantenho o olhar neles enquanto abro a porta. Saio do carro. Devagar, caminho na direção deles, o vento passa carregando meu casaco, meu cabelo e meu cachecol. Uma tormenta vai surgindo dentro de mim, escura como as nuvens tempestuosas se debatendo no céu deprimente.

Eles me veem. Ambos ficam inertes e me encaram. Rostos pálidos, olhos esbugalhados como se em choque. Folhas farfalham, secas e cobertas de gelo.

— O que houve? — pergunto, ao alcançá-los.

Trinity lança um olhar na direção da instituição correcional, na direção do arame farpado.

— O que você está fazendo aqui? — Gio pergunta, defensivo.

— Ele se foi... — Trinity diz. — Ele...

Meu coração palpita.

— Ele *escapou*?

— Ele morreu. Alguém o matou. Esfaqueado.

Meu queixo cai. Parece que fui arremessada contra uma parede.

— Como assim "ele morreu"?

— Foi assassinado hoje de manhã. Encontraram-no numa poça de sangue perto de um armário. Foi esfaqueado duas vezes com uma arma improvisada. Quem fez sabia o que estava fazendo. Acertaram o fígado. Ele perdeu sangue rápido. Rápido demais para ter salvação.

— *Quem* matou ele?

Os olhos dela se enchem d'água, ou talvez sejam lágrimas.

— Eles... eles não sabem. Não encontraram a arma. As câmeras de segurança naquela parte do corredor tinham sido cobertas com pasta de dente. Então o sistema de segurança não funcionou. Acham que tem relação com as gangues, e me alertaram que normalmente existe um código de silêncio em torno desse tipo de morte lá dentro. Que é um caso difícil de solucionar.

A voz de Clay no podcast ecoa dentro do meu crânio.

O assassino ainda está lá fora.

Um pensamento sinistro me ocorre. Ele foi silenciado. Alguém chegou até ele. Lá dentro.

RACHEL

AGORA

Domingo, 21 de novembro. Presente.

— Eu sei quem você é, Trinity.

O olhar dela se prende ao meu. Seu rosto está pálido; a expressão, tensa. Vejo uma veia pulsando rapidamente em seu pescoço.

Estamos sentadas à mesa de uma lanchonete não muito distante do presídio. Lá fora, pessoas passam apressadas, encolhidas em seus casacos para se proteger do vento. É fim de tarde.

Trinity está abalada e emotiva. Ofereci levá-la para tomar um café, mas ambas pedimos chocolate quente.

Lá fora, Gio espera no estacionamento, na van. Eu disse a ele que nós duas precisávamos conversar. A sós. E ele está nos dando espaço. Ou melhor, tomando conta. Posso vê-lo pelo vidro embaçado da van. Sempre atento a nós.

— Então, me diga, qual é o propósito real do podcast falando de Leena Rai? Vingança? Ou puramente mercenário? Usando sua situação para construir um arco narrativo às custas das dores dos outros?

— Não sei o que você quer dizer com isso.

— Claro que sabe. — Pauso. — Trinity Janie Pelley Scott.

Ela engole em seco e respira fundo.

— Como descobriu?

Eu desvio da questão.

— Já tinha encontrado com você antes, sabia? Quanto tinha uns sete ou oito meses. Troquei sua fralda para a sua mãe, quando ela estava enfrentando uma casa com pouco dinheiro, louça suja, uma pilha de garrafas vazias de bebida numa lixeira e você, chorando de cólica e a impedindo de dormir bem. Mas você até se aquietou depois que o detetive O'Leary começou a te balançar no joelho dele. — Uma pontada de luto me pega desprevenida. Titubeio por um instante, incapaz de dar voz a qualquer coisa graças à súbita constatação de que Luke, tão grande e vibrante, se foi. E de que o tempo nesta terra é curto. Os pequenos momentos são preciosos. Pigarreio. — Acho que foi naquele momento, Trinity, em que o sargento O'Leary e eu batemos à porta da sua mãe, que ela teve a ideia de mentir quanto à hora que seu pai voltou para casa.

Os olhos grandes e violetas de Trinity brilham. Suas mãos tremem de leve ao levantar a xícara e tomar um gole. Vejo que ela faz isso para pensar. Seu cérebro está a todo vapor, tentando decidir como lidar com a situação. Comigo.

— Então é por vingança? — pergunto. — Começou tudo isso pra se vingar do seu pai? Ou você só está se aproveitando para lucrar em cima de uma revelação sensacionalista ao estilo reality show do tipo "Darth Vader é meu pai"? Obrigando a família da vítima a reviver o inferno pelo que passou, e tudo isso para a sua própria vantagem?

Ela toma outro gole, com os olhos ainda nos meus. Mas estão levemente semicerrados. Estou deixando-a irritada. Bom.

— Foi uma surpresa para você quando ele negou ter matado a Leena? — pergunto. — Uma reviravolta das boas que se apresentou a você?

Silêncio.

Eu me inclino mais para perto, ponho os braços dobrados em cima da mesa.

— Ele morreu por sua causa, sabia?

Ela bate a xícara de chocolate quente na mesa. Seus olhos em brasa.

— Como você tem coragem de falar uma coisa dessas? — ela sussurra, indignada.

Solto uma risada de escárnio.

— Mas é verdade.

Ela hesita, mas então diz, muito calmamente:

— Talvez a verdade tenha o matado. Talvez alguém do lado de fora estivesse preocupado de ser exposto pelo meu pai.

— Ou talvez a contribuição dele ao seu podcast tenha revelado aos outros presos que ele era pedófilo. Não é algo que costuma ser visto com bons olhos lá dentro.

Seus lábios se comprimem, e ela desvia o olhar, vira o rosto para a janela. Depois de alguns instantes, diz:

— *Como* você descobriu quem eu sou... O que fez você desconfiar?

— O fato de que Clay Pelley decidiu falar com *você* e com mais ninguém — digo, o que não é bem verdade. Mas explica muito como o podcast tomou forma. E não estou preparada para revelar o medo de que tenho de meu parceiro ter sido terapeuta do pai dela. — Foi relativamente fácil. Sua mãe mudou de nome legalmente. Faz parte dos registros. E o número da sua avó está na lista telefônica. Ela disse ao investigador que contatei que a Lacey estava numa casa de repouso — paro de falar.

— E aí, foi por isso que ele concordou em participar do podcast? Contou que era filha dele? E estava guardando essa informação para uma "grande revelação"? — Faço aspas com as mãos. — Num episódio mais para a frente. Manipulando a audiência. Um truque narrativo barato no que supostamente deveria ser *true crime*, e uma suposta busca pela verdade?

Ela enfia a mão na bolsa a seu lado e pega um envelope de papel pardo. Trinity o empurra pela mesa, e para a mão em cima dele, com a palma para baixo.

— Não contei quem eu era. Escrevi para ele várias vezes durante dezoito meses, pedindo uma entrevista. E aí um dia ele me respondeu. Não sei o que o fez responder. Era algo que planejava perguntar. — Sua voz fica embargada. Ela toma um momento para se recompor. — Ele... meu pai... entregou isso a um dos guardas ontem à noite. Pediu para que, caso algo acontecesse, ele me entregasse o envelope. — Ela umedece os lábios. — Deve ter... suspeitado, tido um pressentimento, ou deve ter ficado sabendo que algo ia acontecer.

Trinity empurra o envelope para mim.

— Olhe.

Abro o envelope e tiro uma foto dobrada com fita adesiva presa nos cantos. Está amassada. É velha. Mostra um homem nos seus vinte e poucos anos, com cachos castanho-claros desarrumados. Um sorriso largo enruga seu rosto juvenil e bonito. Tem um olhar cheio de vida. Está de pé diante de uma imensa queda d'água que espalha uma névoa ao redor dele. Perto dele está uma van de acampamento Westfalia, de cor laranja. O homem segura no colo um bebezinho de chapeuzinho de lã rosa. É um soco no meu estômago. Há uma segunda foto no envelope. Está dobrada e amassada como a outra, e mostra um homem e uma mulher com o mesmo bebê. O casal sorri. Parecem felizes, apaixonados.

É a mesma foto que vi na estante de livros no escritório de Clay Pelley na Escola Secundária de Twin Falls, no dia em que Luke e eu o interrogamos. As lembranças me atropelam: Clay Pelley vindo depressa pelo corredor para nos cumprimentar. Ele levando os estudantes para interrogatório. Eu e Luke prendendo-o naquela noite fria e molhada. Clay na sala de interrogatório fedendo a suor e bebida velha.

— Foram tiradas no parque distrital de Twin Falls — falo em voz baixa. — Na área de acampamento debaixo das cachoeiras.

— O guarda me disse que o Clayton as deixava penduradas na parede. Em cima da cama.

Mordo o lábio enquanto observo a foto. É a mesma bebezinha que tive em meus braços. Janie. Lacey está feliz. A Lacey de antes.

— Vire a que meu pai está me segurando.

Eu viro a foto, e na parte de trás estão escritas, aparentemente há pouco tempo, as seguintes palavras:

Sempre soube onde você estava, Janie. Acompanhei você e sua mãe. Dá pra conseguir todo tipo de informação aqui dentro. Estava sempre recebendo atualizações.

Olho para cima e encontro o olhar dela.

— Ele contratou um detetive particular — Trinity diz. — Foi o que o guarda me disse. E como você falou, não era difícil achar a gente.

— Então ele sabia?

Ela me inspeciona. Incomodada. Incerta. Então faz que sim com a cabeça.

— Sabia — ela fala baixinho. — Meu pai sabia, mas não me deixou saber. Talvez estivesse esperando que eu chegasse a essa conclusão através das entrevistas. Talvez quisesse que eu me encontrasse com ele, primeiro descobrisse quem ele era e então tentasse entender. Talvez só quisesse me conhecer. Ou explicar como tentou me proteger e proteger minha mãe com a confissão. Levou a culpa por um assassinato para nos deixar livre, para que a gente pudesse ir para algum lugar e começar uma vida nova.

— Quando descobriu quem era o seu pai?

Ela desvia o olhar e encara a janela de novo, então assiste às folhas esvoaçando no estacionamento. Gotas de chuva começam a cair na janela.

— Durante a maior parte da minha vida me fizeram acreditar que ele era outra pessoa — ela fala sem olhar para mim. — Uma criança com um pai diferente, chamado James Scott, que era bom e fiel, e que morreu num acidente de trânsito quando eu ainda era bebê, em Terrace. E que quem o atropelou fugiu. Foi essa a história que minha mãe me contou quando tive idade suficiente. Havia fotos do meu pai, sim. Quando eu pedia. — Trinity olha para as fotos na mesa da lanchonete.

— Essas estavam entre elas. Minha avó tinha cópias. Minha mãe não tinha nenhuma. Vovó me mostrava as fotos escondida. Disse que doía muito à minha mãe ter as fotos à vista, por isso elas ficavam guardadas. A história era essa. Vovó falou que as fotos deviam ser segredo nosso. Disse que falar do meu pai era doloroso para o meu avô também. Então *"não vamos falar disso, ok?"*. E eu sempre achei que o homem nas fotografias fosse James Scott.

Trinity fica em silêncio por um momento. Acredito que esteja falando toda a verdade, e sinto pena dela. Coitadinha. A bebezinha de quem eu troquei uma fralda. Que ficou me olhando com olhões redondos e úmidos com a chupeta na boca, no quarto só com um berço, um trocador e um crucifixo na parede vazia.

— Sempre gostei muito de ler livros de mistério — Trinity conta. — De histórias de detetives que solucionam crimes. E minha avó adorava *true crime*. Tinha todos os livros de Ann Rule em casa. E um montão de outros.

Aí quando eu passava o verão com os meus avós, enquanto minha mãe trabalhava, eu devorava os livros de *true crime* nas estantes dela. Depois parti para os de criminologia, com histórias de analistas comportamentais do FBI. Depois para os de psicopatologia. E deu para ver que minha avó me olhava de um jeito estranho enquanto eu lia. Meu avô e ela brigaram feio numa noite, quando ele me pegou lendo um dos livros dela sobre "mentes assassinas". Escutei a discussão. Vovô falando irado de como ela estava botando ideias na minha cabeça. E se esse tipo de coisa fosse de família. Aquilo fez girar as engrenagens no fundo da minha cabeça. Era mesmo esquisito, dada a devoção beata dos meus avós, que minha avó gostasse tanto dessas histórias depravadas de atos maus e horríveis. A ironia é que aqueles livros de *true crime*, penso eu, eram a forma de a minha avó tentar entender a patologia mental do genro, do homem com quem a filha havia se casado. Meu pai. Mas aí me transformou numa entusiasta de *true crime*.

— E isso te levou a se tornar uma apresentadora de podcast de *true crime*?
Ela concorda com a cabeça.

— Entrei pra um clube do livro de *true crime*. Que me levou a um grupo on-line de casos antigos. A gente escolhia um crime não resolvido a cada mês, estudava, depois todo mundo tentava solucionar o caso. Isso me levou a ser cofundadora do *É um crime*. E, enquanto eu estava cavoucando atrás de casos antigos, mais especificamente os canadenses, já que a gente estava planejando seguir o tema do livro *Cold North Killers*, me deparei com o assassinato de Leena Rai, em 1997. Ela ter sido morta e sofrido abuso sexual de maneira tão violenta pelo professor, que, ainda por cima, era orientador pedagógico, tutor e técnico de basquete também, transformou o caso em um grande candidato. Era uma bomba de emoções. Uma estudante nova, numa cidadezinha de comunidade unida no Noroeste do Pacífico. As imensas quedas d'água e a montanha pairando sobre a cidade como uma lápide. E o assassino que confessou, mas que nunca mais falou do que havia feito. Era como se houvesse ainda um segredo latente. Alguma coisa pior, mais sombria. E essa poderia ser minha abordagem narrativa. Então comecei a cavar mais fundo. E aí, quando abri um jornal velho, eu... eu caí para trás. Tinha uma foto junto do artigo, e era *dele*. Clayton Jay Pelley era o mesmo homem que o das fotografias da minha avó. Eu estava certa disso. Então procurei por mais fotos. E aí não me restaram dúvidas de que eu estava olhando para o mesmo homem.

— E você confrontou sua avó?

— Sim. Acho que isso faz uns três anos. Meu avô tinha falecido dois antos antes. Minha mãe já estava doente e perdendo a memória. Foi aí que minha avó me contou tudo. Disse que não poderia mais em sã consciência guardar aquele segredo, não de mim. E a verdade já não podia magoar minha mãe nem meu avô. Ela me disse que minha mãe havia mentido porque queria me proteger. De um homem doente. Então, sim, eu descobri que meu pai era viciado em pornografia infantil, um depravado sexual. E como você acha que isso fez eu me sentir?

— Você pensou que ele talvez não fosse o assassino da Leena?

— Fora minha mãe supostamente ter mentido quanto ao álibi dele, eu não tinha motivo nenhum para acreditar que ele era inocente. Ele confessou. E, quando recebi as transcrições, restaram ainda menos dúvidas.

— Mas aí, no episódio um, na primeira entrevista, ele disse que não era culpado.

— Isso mesmo. — Ela toma um gole do chocolate quente.

Eu entendo Trinity. Seria impossível para ela deixar para lá a história da família. Consigo ver por que fez o que fez em relação ao podcast.

Ela coloca a xícara na mesa, mas mantém as mãos ao redor dela para se manter aquecida.

— E aí, quanto mais eu o escutava falar, quanto mais eu falava com as pessoas, mais eu pensava que sim, talvez ele tenha confessado algo que não tenha feito para proteger a mim e a minha mãe. Eu *queria* acreditar no meu pai, que alguma parte dele me amava, nos amava. Mas, se não foi ele que cometeu o crime, a confissão dele tinha permitido que alguém saísse impune.

Ela para de falar. Uma expressão dura surge em seu rosto. Seus olhos me fitam, penetrantes.

— E você deixou que isso acontecesse, Rachel. Você e Luke O'Leary. — Mais uma vez ela para de falar. Seus olhar fica ainda mais incisivo. — Quer saber, acho que você sabia que tinha algo de errado naquilo. Que *havia* coisas mal explicadas. Mas você aceitou a confissão dele, e agora quero saber por quê.

Outra coisa, Rachel, quero saber o que *você* está fazendo aqui, neste momento? Aparecendo do nada na frente da prisão, bem no dia em que meu pai é esfaqueado e assassinado? — Uma breve pausa. — Para começar, você queria tanto assim colocá-lo atrás das grades? Por quê? Por acaso *sabia* de alguma coisa? Estava protegendo alguém? Ainda está tentando proteger essa pessoa?

— Isso é ridículo, eu...

— É mesmo? — Trinity se inclina para a frente. — Eu sei como essas gangues de prisão funcionam, Rachel. Meu pai tinha uma tatuagem no pescoço, marcando-o como membro de uma delas. Uma teia de aranha. Eu fui atrás, me informei. É a marca dos Devil Riders, uma gangue de motoqueiros. Famosa pela ligação que tem com o tráfico de drogas. Afiliada aos Red Scorpions e aos Snakeheads também. Se um membro da gangue, ou chefe, quiser atingir alguém, tanto dentro quanto fora da prisão, ele consegue. O arame farpado não protege ninguém.

Meu coração bate mais forte. Não consigo respirar.

— Meu pai ia expor alguém. Alguém que não queria que isso acontecesse foi lá e impediu. Morto.

— Eu só vim perguntar algumas coisas ao seu pai, Trinity. Porque agora tenho tanto interesse quanto você de encontrar a verdade.

Ela solta uma risadinha de escárnio.

— Ainda não publiquei tudo que gravei com ele. Tem mais coisa.

— O que isso quer dizer?

— Tem mais uma gravação. — Ela mantém os olhos nos meus. — Nela, meu pai conta em detalhes por que a Maddy mentiu.

TRINITY

AGORA

Domingo, 21 de novembro. Presente.

A expressão no rosto de Rachel se endurece enquanto ela me examina. A realidade de minhas palavras paira sobre nós.

Meu pai conta em detalhes por que a Maddy mentiu.

Observo a forma do rosto da ex-detetive, as linhas finas ao redor dos olhos e da boca. Ela parece mais velha hoje do que no dia em que a encontrei na fazenda. Talvez seja a luz forte e fria que entra pela janela. Mas ela parece cansada e com raiva. Irritada. Talvez até esteja com medo agora. Uma mãe, que era policial, que pôs meu pai atrás das grades, que trocou minha fralda. Uma mulher que eu vi arar a terra em seu trator verde, com o cachorro a seu lado.

Ela está retraída de um jeito que me assusta. Não sei se representa um perigo para mim nem se já me fez algum mal no passado. Não tenho certeza do quanto posso provocá-la, e se isso vai revelar mais do que preciso saber, ou fechar portas por completo. Mas também estou magoada. O choque que senti está se transformando em fúria pulsante. Uma ira que me incendeia o sangue. Acredito, com todo meu coração, que alguém do lado de fora da prisão, ligado ao caso do assassinato de Leena Rai, vinte e quatro anos atrás, orquestrou a morte do meu pai lá dentro.

E pode ter sido a mulher sentada em frente a mim.

Acredito nisso, pelo que meu pai falou no nosso último encontro.

— Você está blefando — Rachel fala em voz baixa.

— Estou?

— Ou plantando verde, é mais provável.

Ela está me sondando, tentando ler meus pensamentos. Estou ciente de Gio nos vigiando do banco do motorista na van. Está pronto para ligar para a polícia se as coisas ficarem ruins de repente e eu fizer um sinal. Devagar, com meu olhar preso no dela, coloco meu celular na mesa entre nós duas e aperto o *play*.

A voz do meu pai surge, distante e meio metálica, vindo do alto-falante do aparelho. Os olhos de Rachel ficam semicerrados, quase se fecham, ao ouvi-lo. Ela olha ao redor. Mas o lugar está vazio, exceto por um casal de idosos numa mesa distante, perto do balcão em que está a garçonete.

Trinity: Na sessão anterior, Clayton, você alegou que Maddison Walczak mentiu quanto a ver você e Leena tendo relações sexuais na floresta. Estava se referindo à filha de quatorze anos da detetive que investigava o caso do homicídio da Leena, Rachel Walczak.

Clayton: Ela mentiu mesmo.

Trinity: Se Maddy Walczak mentiu, por que ela fez isso?

Clayton: Ah, eu estava mesmo transando na pequena clareira, perto da trilha das latrinas. Mas não foi com a Leena. Foi com a Maddy. A filha da policial transou comigo. Ela queria. Houve consentimento. E não foi a primeira vez.

Silêncio

Som de Trinity pigarreando

Trinity: Isso é... Pode repetir? Porque não tenho certeza se ouvi bem.

Clayton: Eu estava com Maddy Walczak. A gente estava... tendo um caso.

Trinity: Um caso? Com uma garota de quatorze anos? Uma de suas alunas?

Clayton: Ela tinha quase quinze. Estava doida para ganhar experiência. Em vários aspectos, já era mais madura que muitas das outras meninas da idade dela...
Trinity: Isso não indica consentimento. Ela tinha *quatorze* anos. Era uma criança. Não era capaz de consentir. Você era adulto, e um numa posição de dominância, de poder. Legalmente, é estupro. É abuso sexual.
Clayton: ... Por acaso eu te dou nojo, Trinity Scott?

Rachel fica pálida. Ela fecha os punhos até os nós dos dedos ficarem brancos. Seu maxilar se tensiona. Ela não tira os olhos do meu celular. Não pisca. Apenas ouve, petrificada.

Fiquei igualmente chocada ao ouvir meu pai dizer essas palavras. Porque era meu pai. E agora sei também que ele estava ciente de que eu era filha dele quando as falou para mim.

Trinity: ... estou só processando a informação, nada mais... eu... então, sua versão é que você não estava tendo relações sexuais com Leena Rai nos arbustos, mas com Maddison Walczak.
Clayton: Correto. Foi a Leena quem nos pegou em flagrante delito, que interrompeu a gente. A Maddy e eu estávamos indo com tudo... E foi assim que o corte na minha mão se abriu de novo. Eu tinha me cortado empilhando lenha, mas estava as apoiando com força no chão enquanto eu... ela estava embaixo de mim. Eu estava em cima. E tinha um pedaço de vidro quebrado no meio das agulhas de pinheiro. Aí a gente ouviu um barulho repentino, algo se partindo no arbusto. E eu olhei pra cima. A Maddy olhou também. Bem nos olhos da Leena. Ela estava com uma lanterninha. A Leena saiu correndo. A Maddy saiu de debaixo de mim às pressas e gritou para ela parar, ainda puxando a calça para cima. Depois correu atrás da Leena pela trilha. Trouxe ela de volta até onde eu estava, e deu para ver que a Leena estava bem bêbada e chateada.

A Maddy disse a ela que ela tinha que prometer que não ia contar para ninguém. A Leena estava chorando. Eu disse à Maddy para voltar para a fogueira. Pra agir normalmente. Disse que ia dar um jeito na Leena, levá-la em casa, botar juízo na cabeça dela no caminho. A Leena era influenciável. Ela... ela me amava. E eu sabia. Eu me usava disso. Passei o braço em torno dela, com a Leena ainda chorando, e a ajudei a chegar no meu carro, que estava estacionado na estrada da madeireira.

Os olhos de Rachel brilham. É um pouco aterrorizante de tão parada que ela está. Sinistro. Sua expressão mudou por completo. Parece que envelheceu uns dez anos só de ouvir a gravação.

CLAYTON: Fui dirigindo na direção da cidade. Leena e eu discutimos no caminho. E, sabe? Eu contei tudo isso aos detetives. Essa parte é toda verdade. Eu gostava dela, mas ela interpretou errado minha gentileza e atenção. E ficou arrasada por ter me visto com a Maddy. Era como se eu tivesse traído a Leena. Falei o quanto eu acreditava nela, que ela ia se tornar alguém importante algum dia. E que eu ia continuar dando aula a ela, que a ajudaria a se tornar excelente. Mas que ela não deveria contar pra ninguém o que tinha visto. Ela disse que me odiava, começou a me bater enquanto eu dirigia. Insistiu que eu a deixasse perto da ponte e disse que se eu recusasse, ela ia dedurar a mim e à Maddy. A garota estava bêbada, ficando histérica. Então eu arrisquei e parei o carro. Estendi a mão sangrenta até o banco de trás e peguei a mochila dela, entreguei e fui embora.

TRINITY: Ela ainda estava com a sua jaqueta?
CLAYTON: Estava.
TRINITY: E você não chegou a ir até o mirante?
CLAYTON: Não.

Trinity: Não continuou preocupado que ela fosse contar pra alguém?

Clayton: Fiquei. Muito. E se contasse, eu estaria perdido. Mas apostei que ela ia ficar de boca fechada depois que ficasse sóbria, que ia tentar me proteger.

Trinity: Você estava acostumado com as estudantes fazendo suas vontades.

Clayton: Isso me excitava.

Trinity: Que horas era quando você a deixou perto da Ponte do Mal?

Clayton: Não tenho certeza, mas saí do bosque antes do foguete. E levava mais ou menos vinte minutos pra ir de carro de lá até a cidade. E depois que deixei a Leena, fui direto para casa. A Lacey mentiu.

Trinity: Então para onde ela foi antes de Amy Chan avistá-la atravessando a ponte, perto das duas da madrugada?

Clayton: Não sei. Talvez só tenha ficado fumando debaixo da ponte. Talvez tenha ido para outro lugar.

Trinity: Então a Lacey mentiu. E a Maddy mentiu. Por que a Maddy diria que você e a Leena transaram?

Clayton: Naquele ponto, a Maddy já sabia do assassinato. Talvez acreditasse que eu *tinha* feito aquilo, não sei. Talvez achasse que, com todas aquelas perguntas, algum dos outros ia dar com a língua nos dentes e soltar que eu estava na festa sem nenhuma boa intenção. E talvez tenha ficado com medo de a mãe descobrir o que ela fazia comigo. Aí puxou meu tapete primeiro. Para se salvar. Porque assim seria a palavra dela contra a minha, já que a Leena tinha morrido.

Trinity: E quanto ao depoimento de Beth Galloway, que disse ter visto você indo para o carro com a Leena?

Clayton: Bem, eu fui mesmo com a Leena até o meu carro.

Trinity: A Beth afirmou que a Maddy disse ter visto você transando com a Leena.

Clayton: Se foi isso mesmo, a Maddy teria mentido para a Beth. Talvez a amiga só tenha comprado a mentira dela. Ou talvez a Beth soubesse de tudo e estava protegendo a Maddy.

Trinity: Como sua jaqueta ficou limpa? Como voltou para você, se a Leena estava vestida com ela logo antes de morrer?

Clayton: Não sei. Não sei mesmo. Ela apareceu lavada no meu escritório. Dentro de uma sacola plástica de supermercado. A princípio, pensei que a Leena tivesse deixado lá. Ainda não sabia que ela estava morta, só que não tinha voltado para casa nem ido para a escola na segunda.

Trinity: Mas então o que aconteceu à Leena debaixo daquela ponte?

Clayton: Você parece não estar acreditando, Trinity.

Trinity: Não estou.

Clayton: Eu não sei mesmo. Tudo que posso te dizer é que sou um cara doente. Tentei conseguir ajuda. Várias vezes ao longo dos anos. Como eu disse, era como se duas pessoas existissem dentro de mim. O Pelley bom e o Pelley mau.

Trinity: Quem você procurou para te ajudar? Que tipo de ajuda buscou?

Clayton: Eu estava me consultando com um terapeuta de Twin Falls. Um psicólogo treinado em hipnoterapia. Primeiro falei com ele para tratar do alcoolismo. Aí ele foi mais a fundo para saber se havia uma causa subjacente para a bebedeira.

Trinity: Hipnoterapia? Ele hipnotizava você?

Clayton: Supostamente pra falar direto com meu subconsciente. Não deu certo comigo.

Trinity: Algum dos detetives alguma vez perguntou a você sobre a terapia? Investigaram esse aspecto de alguma forma?

Clayton: Não perguntaram. Nunca surgiu na conversa. Talvez tenham investigado depois.

Trinity: Qual era o nome do terapeuta?

Clayton: Dr. Granger Forbes, pai de Johnny Forbes.

Paro a reprodução.

Devagar, Rachel ergue os olhos até mim.

— Entende agora por que eu queria saber o quanto *você* poderia querer silenciar o Clayton?

— Você não pode colocar isso no ar. — A voz dela sai rouca. — Esse... esse não é o quadro completo. Não pode publicar isso até que a gente tenha a verdade completa. Se deixar isso sair, vai... Você não sabe o estrago que vai causar.

— Esse é o problema com os segredos, né, Rachel? Quando mais fundo a gente os enterra, mais dano colateral causam quando finalmente são desenterrados.

— Você não pode...

— Já está feito. — Verifico a hora no relógio. — O episódio foi ao ar uma hora atrás.

REVERBERAÇÃO
O EFEITO CASCATA

AGORA

Domingo, 21 de novembro. Presente.

Maddy e Darren escutam o novo episódio falando do assassinato de Leena Rai enquanto Lily e Daisy brincam com Lego na sala de estar. Está passando *Patrulha canina* na TV. Maddy sente a pele quente formigar, está tonta. Nem ela nem Darren fazem contato visual.

TRINITY: Se Maddy Walczak mentiu, por que ela fez isso?
CLAYTON: Ah, eu estava mesmo transando na pequena clareira, perto da trilha das latrinas. Mas não foi com a Leena. Foi com a Maddy. A filha da policial transou comigo. Ela queria. Houve consentimento. E não foi a primeira vez.

Maddy aperta *stop*. Fica imóvel, encarando o telefone. Darren também. Muito lentamente, ela o observa. E o que vê no rosto do marido a assusta.
— É verdade? — ele pergunta. — Essa porra é verdade?
Ela lança um olhar na direção das meninas na sala de estar, as cabecinhas loiras curvadas juntas. Estão distraídas, longe demais para ouvir.

— Fale baixo — ela diz baixinho.

— Como... Porra, Maddy? *Como* é que você fez uma coisa dessas? O que isso significa? Você...

— Ele a matou, Darren. Não tenho a menor dúvida. Posso ter dormido com meu professor. Eu... agora sei o que aquilo era. Que fui uma vítima. Mas naquela época eu não via desse jeito. Ele... ele tinha só vinte e quatro ou vinte e cinco anos, e não era como se ele fosse... velho. Ele era bonito, charmoso e sedutor, e eu era ingênua, e esse é um erro terrível que me assombra até hoje. Eu menti sobre isso. Mas ele está mentido agora. Ele *ainda* está mentindo. Ele a matou. — Os olhos dela se enchem de lágrimas.

O rosto de Darren está contorcido. Uma lembrança pesada e amarga se expande entre eles. Paira tal qual uma criatura senciente e tangível. Um mau. Mas nenhum deles consegue falar dela. Nem mesmo um para o outro. Darren, por mais irritado que esteja, parece tão assustado quanto ela. Maddy agarra o celular e vai empurrando a cadeira corredor abaixo.

— O que você está fazendo? Aonde vai?

— Ligar pra minha mãe.

— Mas que... — Ele vai atrás dela e tenta arrancar o celular da esposa.

— Darren! — ela reclama, tirando o telefone do alcance dele. — Me deixa em paz.

Ele a encara ferozmente.

As crianças olham na direção dos dois. Lily começa a choramingar.

Darren corre até as duas na sala de estar.

— Está tudo bem, meu bem. O papai está só ajudando a mamãe com uma coisa. — Ele baixa a voz e olha para Maddy na porta. — O que você pensa que está fazendo? Não fala com a Rachel desde... E por que quer ligar pra ela? Vai dizer o quê?

— Já deu, Darren. Eu... estive pensando. Muito. Não dá mais para mim. A culpa, os segredos, isso está me matando. Eu virei uma pessoa de quem não gosto. Não quero mais ser essa assim. Não *aguento* mais ser assim.

— Do que está falando, Maddy?

— Passei a vida inteira fugindo. Brigando com o mundo. Sofrendo. Brincando com a sorte. Assumindo riscos que já deveriam ter me matado um milhão de vezes, e talvez fosse o que eu queria. Acho... acho que eu estava tentando matar essa coisa aqui *dentro*. A culpa. A vergonha. E descontei em todo mundo por causa disso. Eu... — Lágrimas escorrem de seus olhos. Ela passa a mão nas bochechas para enxugar. — Eu não aguento mais. Não consigo mais deixar como está. Não mais. Não com esse podcast circulando. Está na hora de contar a verdade. Eu devo isso às minhas meninas. E à minha mãe. Ela... ela me protegeu. Sabia que tinha algo de errado e me protegeu mesmo assim. E a odiei por achar que ela tinha visto a culpa que eu sentia. Me odiei. — Maddy começa a digitar o número.

Darren se aproxima, fica diante da cadeira dela.

— Como? Como exatamente a Rachel protegeu você?

— O medalhão. Meu medalhão...

— Pare. Agora. Largue esse telefone. A gente precisa conversar. Você precisa me contar tudo, tudo mesmo, antes de ligar para a sua mãe.

• • •

Beth está dirigindo, indo buscar os filhos na casa da mãe. Botou o episódio mais recente para tocar nos alto-falantes pelo *bluetooth* do carro.

TRINITY: A Beth afirmou que a Maddy disse ter visto você transando com a Leena.
CLAYTON: Se foi isso mesmo, a Maddy teria mentido para a Beth. Talvez a amiga só tenha comprado a mentira dela. Ou talvez a Beth soubesse de tudo e estava protegendo a Maddy.
TRINITY: Como sua jaqueta ficou limpa? Como voltou para você, se a Leena estava vestida com ela logo antes de morrer?
CLAYTON: Não sei. Não sei mesmo. Ela apareceu lavada no meu escritório. Dentro de uma sacola plástica de supermercado. A princípio, pensei que a Leena tivesse deixado lá. Ainda não sabia que ela estava morta, só que não tinha voltado para casa nem ido para a escola na segunda.

Beth freia abruptamente. Um carro canta pneu e derrapa ao tentar se desviar dela. A motorista mostra o dedo do meio, buzina. Beth está tremendo. Nem tinha visto o veículo. Ela puxa para o acostamento. Tenta ligar para Maddy. E a voz da amiga soa pelos alto-falantes. *Estou numa ligação ou longe do celular, por favor, deixe uma mensagem.*

Ela tenta de novo. Mesma mensagem. Beth tenta ligar para Darren.

Ninguém atende.

Ela inspira fundo algumas vezes seguidas, tentando se acalmar e se controlar, então engata a marcha e volta a dirigir. Vai até a casa da mãe. A porta da frente se abre antes mesmo de ela alcançar às escadas da varanda. Eileen está lá. Beth se dá conta de que a mãe provavelmente estava esperando o carro dela aparecer. O rosto dela está pálido, abatido. E Beth sabe por quê. Ela sabe que é porque a mãe ouviu o episódio quatro.

• • •

O motorista de uma carreta segue na direção norte, passando pelo quilômetro 725 da rodovia 16, entre as cidades Prince George e Prince Rupert, na Colúmbia Britânica. Ele está ouvindo à série de podcast sobre o assassinato de Leena Rai. O motorista começou a acompanhar podcasts de crimes reais durante as viagens longas. Os programas mantêm a mente dele alerta e o entretêm. Principalmente nessa rodovia ao norte, em que a monotonia de árvore atrás de árvore ladeando uma faixa de piche interminável costuma deixá-lo sonolento. E ele já não é tão jovem. Cai no sono mais fácil ultimamente. Mal pode esperar pela aposentadoria. É motorista de uma empresa que transporta alimentos. Ele costumava trabalhar com silvicultura, transportando troncos pela área rural do corredor Sea to Sky. Sua rota costumava passar pelo centro industrial de Twin Falls.

O motorista presta atenção na apresentadora, Trinity Scott, contando que a testemunha, Amy Chan, viu Leena Rai na Ponte do Mal na madrugada do sábado, dia 15 de novembro de 1997. Ela lembra aos ouvintes que essa foi a noite em que o foguete russo atingiu a atmosfera da Terra.

Trinity: ... e mais tarde, perto das duas horas da madrugada, Amy Chan viu Leena Rai na Ponte do Mal. E essas são as palavras de Amy Chan, de acordo com a transcrição do depoimento feito ao departamento de polícia de Twin Falls, em que ela descreveu o que viu: "A lua estava cheia; o céu, limpo. E um vento muito, muito frio vinha do mar. Foi isso que chamou minha atenção, ver alguém andando naquele vento congelante. Vi cabelos escuros esvoaçando. E aí vi o formato da jaqueta e a pessoa, e me dei conta de que era a Leena..."

Um estalo de energia deixa o motorista alerta. Ele se senta mais ereto, aumenta o volume.

"Estava na cara que era ela. Ela... É o corpo dela. A Leena é... era... alta, grandona, e as pessoas tiravam sarro do jeito de andar dela. Era meio desengonçado. Mas ficou mais na cara porque ela tinha bebido muito naquela noite, ou, pelo menos, parecia totalmente bêbada. Indo de um lado para o outro, se agarrando no guarda-corpo. E aí um caminhão passou. Os faróis iluminaram a garota, e eu falei para o Jepp: 'Ei, é a Leena', daí virei no banco pra olhar... Não olhei atrás dela nem nada do tipo pra ver se tinha alguém com ela, e aí a gente passou e saiu da ponte."

A imagem ganha vida imediatamente na mente do motorista. Ele passou por aquela exata ponte poucas horas depois de o foguete russo ter explodido no céu e lançado cometas no alto das montanhas. Ia para o norte, levando o carregamento de madeira. Lembra-se de ver uma garota na ponte, sendo banhada pelos faróis da carreta. As luzes a iluminaram completamente. Era uma garota grande, e o cabelo preto longo estava sendo soprado pelo vento. Ela usava uma jaqueta militar larga e calça cargo, e andava aos tropeços, bêbada. Ou pelo menos foi o que ele pensou. Não tinha dado muita atenção àquilo. Da sexta para sábado, numa cidadezinha do Noroeste do Pacífico, com jovens entediados sem muito mais o que fazer no fim de semana além de se embebedar... pareceu bem normal para ele.

Ele vê uma placa indicando um posto de gasolina com ponto de parada e descanso, então liga a seta e pega a saída indicada. O motorista entra na área de estacionamento e para o caminhão. Pega o celular e procura o número de telefone para oferecer pistas ao *É um crime*.

Liga.

Chama, mas ele recebe uma mensagem de voz pedindo que deixe uma mensagem.

— Eu vi a menina. Acho que vi Leena Rai atravessando a Ponte do Mal naquela noite. Estava dirigindo uma carreta de madeira e passei por ela lá pelas duas da manhã. Lembro por causa do foguete. Vi uma menina passando pela ponte cambaleando na direção norte. E mais atrás dela, no escuro... Acho que vi o que estava a seguindo.

RACHEL

AGORA

Domingo, 21 de novembro. Presente.

Dirijo em alta velocidade. Já escureceu. E o tempo está fechando. Quero chegar a Twin Falls antes que comece a nevar. Enquanto contorno as curvas da rodovia 99, ao longo dos penhascos à margem do oceano, mais uma vez ouço as palavras de Clay Pelley.

CLAYTON: ... A Leena saiu correndo. A Maddy saiu de debaixo de mim às pressas e gritou para ela parar, ainda puxando a calça para cima. Depois correu atrás da Leena pela trilha. Trouxe ela de volta até onde eu estava, e deu para ver que a Leena estava bem bêbada e chateada. A Maddy disse a ela que ela tinha que prometer que não ia contar para ninguém. A Leena estava chorando. Eu disse à Maddy para voltar para a fogueira. Para agir normalmente. Disse que ia dar um jeito na Leena, levá-la em casa, botar juízo na cabeça dela no caminho. A Leena era influenciável. Ela... ela me amava. E eu sabia. Eu me usava disso. Passei o braço em torno dela, com a Leena ainda chorando, e a ajudei a chegar no meu carro, que estava estacionado na estrada da madeireira...

Os nós dos meus dedos estão brancos enquanto faço a curva rápido demais, muito acima do nível da água. Passo por gelo, o carro derrapa. Os pneus cantam enquanto controlo a direção e volto à pista. Meu coração bate forte.

Trinity: Algum dos detetives alguma vez perguntou a você sobre a terapia? Investigaram esse aspecto de alguma forma?
Clayton: Não perguntaram. Nunca surgiu na conversa. Talvez tenham investigado depois.
Trinity: Qual era o nome do terapeuta?
Clayton: Dr. Granger Forbes, pai de Johnny Forbes.

Ligo para a Maddy. De novo. Não está atendendo. Dessa vez, deixo uma mensagem.

— *Não* ouça o episódio mais recente, Maddy. Por favor. Me escute. Ligue pra mim, a gente precisa conversar antes. Sobre... sobre o medalhão. E a foto que o Liam tirou. Eu preciso saber. Me ligue.

Faço outra curva fecha, com ambas as mãos no volante. Os faróis abrem caminho pela névoa que vem descendo a encosta da montanha. Minha boca está seca. Faço outra ligação. Dessa vez para Granger.

Não atende.

Xingo.

Tento outra vez. Mesma coisa. Então tento o número fixo da fazenda. A chamada vai para a caixa postal.

Xingo de novo. Outra curva fechada é iluminada pelas luzes. Reduzo um pouco a velocidade ao notar um caminhão na pista contrária, vindo em minha direção. As rodas imensas do semirreboque lançam um jato ofuscante no meu para-brisa. Ativo o limpador na maior velocidade. As palhetas engatam no *nhéque, nhéque, nhéque*, e eu entro na curva.

Granger mentiu para mim. Perguntei com todas as letras se ele havia tratado Clay, e ele mentiu na cara dura. O que isso significa? Para o caso. Para nós, para o nosso relacionamento. Agora nossa vida inteira parece ter sido construída em cima de mentiras. Mas por que Granger não me contou? O que ele estava escondendo? A fala de Clayton inunda meu cérebro.

Pai de Johnny Forbes.

Faço outra curva. Não quero ir aonde meus pensamentos estão me levando. Mas Granger é a pista. Tem que ser. Eu sei como as sessões de hipnoterapia costumavam transcorrer. Mais de uma vez ele me induziu a um transe hipnótico para tratar meu TEPT. Antes de me colocar no estado hipnótico, Granger me instruía, dizia que, quando eu acordasse, não lembraria o que aconteceu durante a sessão. Ele me explicou de antemão que a hipnoterapia era uma ferramenta poderosa para ativar um processo autogênico no corpo. O objetivo era quebrar os padrões de pensamento negativos que alimentavam vícios ou outros comportamentos destrutivos.

Ao acordar do transe, disse ele, se eu me deparasse com um gatilho, automaticamente recorreria a uma nova maneira de lidar com a situação.

Ouço novamente as palavras que ele me disse anos antes.

Assim que você entrar no estado hipnótico, vou conseguir falar diretamente com sua mente inconsciente. O córtex sai do caminho, às vezes sai tanto do caminho que o paciente não consegue se lembrar de nada do que aconteceu durante a sessão de hipnose. Mas eu vou poder plantar pensamentos diretamente no seu inconsciente. Quando estiver acordada de novo, e precisar lidar com um contexto particularmente perturbador, essa nova forma de pensar vai aparecer para você. Vinda de onde eu a plantei.

Mais uma curva fechada adiante na autoestrada Sea to Sky. Entro nela o mais rápido que me atrevo.

Vai aparecer para você...

Meus pensamentos se voltam para o dia em que Luke e eu ficamos frente a frente com Clay na sala de interrogatório, enquanto os demais observavam de trás do espelho falso. Relembro a expressão estranha e vazia que acometeu o rosto de Clay logo antes de ele confessar naquele tom de voz monótono. Penso de novo no podcast.

TRINITY: Como você sabia de todos esses detalhes, os detalhes se provaram verdadeiros de acordo com a autópsia, se o que falou não era verdade, se não foi você quem cometeu o crime?

Clayton: Só... só me ocorreu. Me veio à cabeça. E eu queria dizer. Tudo aquilo.

Não pode ser. Granger não faria isso. Por que faria?

Pai de Johnny Forbes.

Mas como? Granger não tinha nada a ver com a investigação de 1997... É aí que um pensamento me atropela. Algo que Dirk Rigg disse enquanto colocava o prato de barras Nanaimo na mesa da sala de reunião do departamento de polícia de Twin Falls.
A Merle está tentando parar de fumar outra vez... Agora, ela está tentando hipnose para largar de vez.

Encontro um mirante e me dirijo até ele. Minha respiração está tão ofegante que estou ficando tonta. Acho que vou hiperventilar. Paro a caminhonete. *Acalme-se, Rachel. Inspire fundo. Expire devagar. De novo.* Abro a janela. O choque com o ar frio que entra me traz de volta a lucidez.

Passo apressada a lista de contatos, procurando pelo número de Dirk Rigg. A esposa, Merle, já morreu faz tempo, e Dirk se aposentou há vários anos. Ele mora num lar de idosos, e eu vou tomar café com ele uma ou duas vezes no ano quando passo pela cidade.

Assim que acho o contato, ligo. Meu dedo agitado fica dando batidinhas ansiosas no volante enquanto o telefone chama. Ele atende.

— Rachel?
— Dirk, oi, escuta, sei que é de repente, mas preciso saber de uma coisa. Lá trás, quando a Merle estava tentando largar o cigarro, você disse que ela tentou hipnose, com que terapeuta ela estava se consultando?
— Isso... tem a ver com aquele podcast?
— Tem. Você mencionou na sala de inquérito que a Merle estava fazendo hipnoterapia.
— Só tinha um hipnoterapeuta na cidade em 1997, Rachel, e você sabe.

Fecho os olhos. Um gosto amargo enche o fundo da minha garganta. Em voz baixa, eu falo:

— O Granger.

— Mas é claro. Até ajudou por um tempo, sabia? Ela parou de fumar por uns dois anos. Mas aí voltou. Provavelmente porque eu estava sempre fumando em casa, e isso era gatilho demais para ela. Eu deveria ter largado, porque... Bem, como você sabe, o câncer de pulmão acabou a levando.

— Preciso que seja sincero comigo, Dirk. Não pode mais haver segredos. Está me entendendo? Você alguma vez compartilhou detalhes da autópsia de Leena Rai com a Merle? Falou com a sua esposa do caso e de como a Leena foi morta?

Silêncio.

— Dirk?

— Merda — ele sussurra. — Eu... Isso por acaso tem alguma coisa a ver com...

— Fale logo, Dirk.

— Eu contava coisas para a Merle. Sempre. Ela era minha rocha, Rache. Ela guardava o que eu dizia, nunca espalhava as coisas que contava. E eu estava muito mal com o caso da Leena, como todos nós estávamos, especialmente depois que dei uma olhada nos resultados do exame pós-morte e vi pelo que aquela garota passou e como foi afogada. As pedrinhas nos pulmões dela... Aquilo foi a gota para mim. Inalar aquelas pedras num último suspiro desesperado. E as fotos da marca da bota no crânio dela. Eu precisava falar com a Merle. Talvez não devesse, porque isso acabou mexendo com a cabeça dela também. Ela ficou sem conseguir dormir direito, dizia que as imagens não paravam de voltar e que a imaginação corria solta no escuro. Isso a fez recorrer aos cigarros de novo. Eu... eu acho que ela pediu ao terapeuta que encontrasse um jeito para ela lidar com isso, com o trauma. Com os pesadelos terríveis. Todas as coisas que estavam dando a ela a ânsia de voltar a fumar.

Lágrimas se juntam em meus olhos. Inspiro fundo.

— Rache?

— Estou aqui. — Tento manter minha voz comedida. — Obrigada, Dirk.

— Isso por acaso teve alguma coisa a ver com... Digo, não impactou a investigação, né?

— Talvez. Está tudo bem.

— Merda — ele sussurra. — O que aconteceu... O que está acontecendo?

— Não tenho certeza ainda. Prometo que te conto, ok? Valeu, Dirk. Obrigada pela sinceridade.

Encerro a chamada e tento ligar de novo para Granger. Sigo sem resposta. É como se todos do meu círculo próximo estivessem me evitando. Uma pária. Olho a hora. Pouco depois das oito da noite.

Decido passar pelo clube Ninho do Corvo para ver se a moto de Granger por acaso está parada do lado de fora.

Quando chego na cidade e pego a via lateral que passa atrás do *pub*, vejo a moto de Granger.

Ao lado dela estão duas outras Harleys. Ambas com a insígnia dos Devil Riders, o padrão inconfundível da teia de aranha.

Eu sei como essas gangues de prisão funcionam, Rachel. Meu pai tinha uma tatuagem no pescoço marcando ele como membro de uma delas. Uma teia de aranha... Se um membro da gangue, ou chefe, quiser atingir alguém, tanto dentro quanto fora da prisão, ele consegue. O arame farpado não protege ninguém...

RACHEL

AGORA

Domingo, 21 de novembro. Presente.

Entro no bar. Está cheio. É noite de domingo, então tem apresentação de música ao vivo. Bastante comida, dose dupla.

Rex está atrás do bar. Ele me avista e ergue a mão, mas eu o ignoro, averiguando os rostos no *pub* lotado. Então o vejo. Granger. De jaqueta de couro. Cabelo bagunçado. Está lá trás, enfiado em uma mesa no canto, com o filho, Johnny, a cabeça de ambos abaixada, próximas uma da outra, enquanto discutem alguma coisa.

Vou na direção deles e, na pressa, acabo esbarrando nas pessoas.

— Ei, sua puta velha! Presta atenção aonde está indo.

Ignoro o xingamento. Todo meu ser, cada molécula do meu corpo e mente está com a mira na nuca de Granger. Estou concentrando toda a minha energia mental e emocional nele, pois não consigo de jeito nenhum processar o que Clay falou da minha filha e o que aquilo significa para mim como mãe dela. E, nesse exato momento, meu maior medo é que o homem com quem eu moro não apenas tenha ajudado a colocar Clay atrás das grades vinte e quatro anos atrás, como também tenha contribuído para a morte dele hoje.

Alcanço a mesa. Johnny olha pra cima, surpreso.

— Rachel? — Johnny diz. — Você está legal?

Granger vira a cabeça e me vê. O sangue lhe foge do rosto.

— Foi você? — Olho para ele, irada. — Você mandou matá-lo?

— Do que você está falando?

— Clay Pelley. Morreu. Esfaqueado. Foi *você* quem deu a ordem? Você e seus contatos dos Devil Riders?

— Meu Deus, Rachel. — Ele fica de pé. — Sente-se, por favor. Fale mais baixo.

— Você era o terapeuta dele, Granger. E de Merle Rigg também. Você arrancou os detalhes da cena do crime da Merle e plantou na cabeça dele.

Ele fica ainda mais pálido. Agarra meu braço. Tento me soltar. Granger segura com mais força. Ele é forte e me puxa mais para perto, coloca a boca junto da minha orelha.

— Aqui, não. A gente conversa lá fora. No seu carro. Vamos, anda. — Ele começa a me levar para fora do *pub*.

Johnny fica nos encarando, boquiaberto, vendo o pai me conduzir pela multidão agitada. Vejo Rex no bar, observando, franzindo as sobrancelhas. Vejo Johnny ir falar com o sogro.

Saímos para o ar frio. Está chuviscando, tão fino quanto neblina.

— Entre — ele diz ao chegarmos à minha caminhonete.

Destravo o carro e me sento ao volante. Estou alvoroçada. Vou resolver isso com ele, por bem ou por mal.

Depois de Granger se sentar e a porta do passageiro ser batida, dou partida no motor para ligar o aquecedor. Logo as janelas ficam embaçadas.

— Me conte do que você está falando — ele diz. — Que história é essa de que o Clay está morto?

— Você sabe que ele está.

— Rachel, pelo amor de Deus. Eu não sei. Fique calma.

— Clay Pelley morreu esfaqueado na prisão, hoje mais cedo. Pouco depois de eu chegar lá.

Ele me encara por um momento. Lança um olhar na direção do clube. Depois encara a linha de motos estacionadas do lado de fora. Parece assustado. Nunca o vi assim. Enquanto ele observa as portas do *pub*, Johnny irrompe por elas e passa correndo pela caminhonete.

Granger abaixa o vidro da janela.

— O que está acontecendo? — ele chama. — Onde você está indo?

— O Darren ligou pra mim — Johnny grita, então titubeia brevemente — Eu... eu falo com você mais tarde. — Ele desaparece atrás do carro. Meu pânico, minha reação de estresse agudo, está tão focado em Granger, e no fato de Johnny ser filho dele e de Johnny ter estado na festa da fogueira de Ullr naquela noite, que meu cérebro mal registra as palavras do rapaz.

— Você mentiu pra mim, Granger. Eu perguntei sem rodeios se você estava tratando o Clay. Você disse que não, mas o Clay expôs você. Não escutou o episódio mais recente, escutou? O Clay disse à Trinity e ao resto do mundo que procurou ajuda para tratar os vícios dele com *você*. E deixou registrado que você era o pai de Johnny Forbes. Eu liguei pro Dirk Rigg, porque me lembrei de ele ter dito que a Merle estava fazendo um tratamento de hipnoterapia para ajudar com o vício no cigarro. Ele me disse que a Merle era sua paciente. Também disse que compartilhou todos os detalhes do caso com ela, e que isso tinha perturbado a esposa.

Granger fica em silêncio por um bom tempo. Ele fala um palavrão baixinho e esfrega forte o rosto com as duas mãos.

— Você fez mesmo, né? Plantou os detalhes no inconsciente do Clay. E alguma coisa que falamos para ele durante o interrogatório serviu de gatilho, aí de repente ele começou a recitar meio distante, com um tom monótono, como ele tinha matado a Leena. Foi você quem colocou as informações ali. E quero saber por quê.

Ele solta mais um palavrão, recosta-se no banco e passa as mãos pelo cabelo.

— *Fale*, Granger. Tudo. Nem *pense* em mentir para mim agora, porque sabe de uma coisa? Já cansei das pessoas mentindo para mim. Minha própria filha estava sofrendo abusos do Clay. — Enxugo as lágrimas com a mão trêmula. — Minha *filha de quatorze anos*, pelo professor dela. — Minha voz falha. Fecho a boca com força, tentando segurar as emoções, manter o juízo. — A Maddy mentiu. O resto das crianças mentiu, ou tentou mentir, de diversas formas. Lacey Pelley mentiu. *Você* está mentindo.

Ele fica em silêncio. Resignado.

Eu me viro no assento para ficar de frente para ele.

— Olha, eu sei que errei também, Granger. Claramente meus fracassos como mãe são muito piores do que eu jamais imaginei. Eu me recusei a ver as coisas naquela época e a ir atrás delas, e, sim, parei de pensar em todas as pontas soltas do caso depois que o Clay confessou, porque era mais fácil do que perseguir as hipóteses alternativas. Mas já passou a hora de ficar se escondendo. Já está aí para todo mundo ver. As coisas estão se desenrolando e não dá mais para a gente fugir da verdade. Nem eu, nem você, nem a Maddy, nenhum de nós.

— Tudo que você fez naquela época, Rache, foi o que uma mãe faria. Elas protegem seus filhos. É o que um pai faria... Pais e mães.

— Foi isso que aconteceu? — pergunto em voz baixa. — Johnny. Fez isso por ele? Mexeu com a cabeça do seu cliente para proteger o seu filho?

Os olhos e bochechas dele estão brilhando. Percebo que Granger está chorando. O rosto dele está lavado em lágrimas. Nunca vi o Granger chorar.

— Granger — digo com maior delicadeza, mas igualmente desesperada. — Por favor, me conta. A verdade está se revelando. Não dá mais para você empurrar as coisas pra debaixo do tapete. Se o Johnny fez alguma coisa... O que aconteceu? Você está o protegendo do quê?

Ele inspira fundo.

— Quando o Johnny voltou pra casa da escola depois do final de semana da festa, o encontrei na área de serviço. Estava tentando lavar uma jaqueta militar. Ela estava coberta de lama e do que parecia ser sangue. Ele tentou deixar de molho antes, e a água tinha ficado vermelha.

— A jaqueta do Clay? A que a Leena estava vestindo?

— É o que parecia. Tinha letras e números no bolso da frente. Perguntei o que estava fazendo, e ele me disse que estava lavando para um amigo, porque a máquina da pessoa estava quebrada. Disse que esse amigo tinha escorregado na lama e se cortado, por isso o sangue. Mas eu tinha ouvido no rádio a descrição da garota desaparecida e como ela estava vestida. E... Eu tive um mau pressentimento. — Granger solta uma grande lufada de ar. — O Johnny estava passando por um período difícil desde a morte da mãe, e eu estava tentando melhorar o nosso relacionamento. E eu... eu não insisti. Não o coloquei contra a parede. O Johnny já tinha ameaçado fugir de casa da última vez que eu tinha feito algo parecido, e eu sabia que, se ele fugisse, eu não ia conseguir meu filho de volta. A gente estava por um fio naquela época. A jaqueta saiu da máquina, passou pela secadora e depois sumiu de lá. E passei vários dias sem pensar nela. Até que saiu a notícia de que o corpo da garota tinha sido encontrado no rio Wuyakan, e que a jaqueta estava desaparecida.

Sinto meu coração bater contra a caixa torácica. Penso em Clay, no podcast.

TRINITY: Como sua jaqueta ficou limpa? Como voltou para você, se a Leena estava vestida com ela logo antes de morrer?
CLAYTON: Não sei. Não sei mesmo. Ela apareceu lavada no meu escritório. Dentro de uma sacola plástica de supermercado. A princípio, pensei que a Leena tivesse deixado lá. Ainda não sabia que ela estava morta, só que não tinha voltado para casa nem ido para a escola na segunda.

Ouço sirenes. Elas invadem o interior aquecido da cabine da caminhonete e meus pensamentos. Ficam mais altas. Mais sirenes surgem. Estão vindo do corpo de bombeiros. Parecem estar a caminho da zona residencial do outro lado do vale. Penso no Johnny. E nada faz sentido. Toda vez que descubro algo novo, eu levo uma rasteira. Como esse pedaço se encaixa no quebra-cabeça?

— Você estava tratando Clay Pelley. Sabia da pornografia infantil. Ele era professor. Tomava conta de crianças. Tinha uma bebezinha em casa. Você *sabia* que havia crianças em perigo. Tinha a obrigação de denunciar o fato, uma obrigação ética. Você...

— O Clay me procurou para tratar do alcoolismo. Queria ajuda com isso. Só quando eu cavei mais fundo para entender o motivo latente que o levava a buscar se entorpecer foi que isso surgiu. Durante uma sessão. Sob hipnose. E mais ou menos na mesma época em que eu descobri os detalhes da Merle. E... o Clay era doente, Rache. O índice de reincidência de caras como ele é...

— Eu não ligo. O que você fez é imperdoável.

— E *você*? Virou as costas?

Eu viro meu rosto para longe dele, encaro a janela embaçada. Meu coração está a mil.

Granger fala:

— Plantei algo no inconsciente de um homem doentio. Foi *ele* quem confessou. *Ele* usou aqueles detalhes porque ele mesmo queria ficar preso.

Baixinho, digo:

— E enquanto isso, um assassino violento escapou e está livre por aí.
— Eu o encaro. — Você perguntou ao Johnny sobre a jaqueta de novo, depois que a notícia do corpo da Leena saiu?

— Não. Eu tive medo, mas era isso que eu estava fazendo essa noite, bem quando você apareceu. Finalmente, depois de todos esses anos, eu perguntei. Ele diz que alguém da escola entregou a jaqueta a ele segunda-feira de manhã, dentro de uma sacola plástica de supermercado, e perguntou se lhe faria o grande favor de lavar e depois colocar no escritório de Clay Pelley.

— E você acredita?

Granger inspira fundo e desvia o olhar.

— Foi ele, Granger? O Johnny matou a Leena? Estuprou e matou a colega de classe?

O telefone de Granger toca. Ele olha para ver quem está ligando e levanta a mão.

— Só um segundo, é o Johnny.

Ele atende.

— E aí?

O corpo de Granger fica tenso. Os olhos se arregalam. Granger olha na minha direção.

— *Quando?*

Meu corpo gela com a expressão no rosto dele. Granger encerra a chamada.

— É... é a casa da Maddy e do Darren. Está pegando fogo.

RACHEL

AGORA

Domingo, 21 de novembro. Presente.

Piso fundo no acelerador, o motor ruge a caminho da rua sem saída onde Maddy, Darren e minhas netas vivem. Com o coração na boca, puxo o volante com força, e os pneus do carro cantam ao virar a esquina. Granger se segura no painel do carro quando viro em outra. Mais sirenes se aproximam, vindo atrás de nós. Consigo sentir o cheiro da fumaça. Meu coração acelera.

Depois de mais uma volta, vejo o clarão. A casa foi completamente envolvida pelas chamas. As luzes dos caminhões de bombeiro aparecem piscando em meio à fumaça. O fogo ilumina completamente o final da rua. Uma barreira foi colocada na estrada, e sou obrigada a pisar nos freios abruptamente. Uma policial fardada corre na direção da caminhonete, mas escancaro a porta e saio correndo na direção do fogo.

Empurro a barreira para o lado e disparo pelo meio da rua. A policial vem atrás de mim. Um bombeiro todo paramentado vem chegando pelo meu lado. Minha atenção está fixa na casa. Tudo em que consigo pensar é em Maddy presa na cadeira de rodas. Em Lily, Daisy e no pai delas.

Uma explosão lá dentro estilhaça os vidros da casa. O ar é sugado para o interior, as labaredas se inflamam crepitantes. Ouço estalidos e um estrondo. Outra explosão.

A porta da frente se abre e uma pessoa vem em disparada por ela, com uma jaqueta ou um lençol sobre a cabeça. Está em chamas. O homem vai direto para o gramado do jardim. Bombeiros correm na direção dele, que se joga no chão e começa a rolar. Uma bombeira aponta a mangueira para aplacar as chamas que agora consomem o terraço na frente da casa, enquanto outros bombeiros levam o homem até um local seguro.

O bombeiro chega até mim e me impede de passar. Agarra meu braço.

— Senhora, precisa ficar afastada. — Ele está ofegante da corrida. — Todo mundo precisa manter a distância. Estamos preocupados com a tubulação do gás.

Eu me solto dele.

— É a casa da minha filha, ela está lá dentro com as filhas dela. Ela é cadeirante...

A policial fardada me alcança. Agarra o meu braço, tentado me conter. Eu a empurro para longe também e acabo acertando seu rosto. A mulher cai para trás. Tenho que chegar até a casa. Não consigo raciocinar. A força de meus músculos é monstruosa.

Outro policial chega. Um homem mais alto, mais forte. Ele se joga em mim e me contém, segurando-me pelos ombros.

— Senhora, me escute. Senhora, *olhe* aqui.

Encaro a casa. As chamas a engolem tão completamente que os bombeiros nem sequer tentam entrar. Estão apenas tentando conter o incêndio, para que não se espalhe para as casas vizinhas nem para a floresta atrás.

— Minhas netas estão lá dentro...

A policial fica de pé outra vez. O nariz dela sangra profusamente onde o acertei. Ela segura meu outro braço.

— Eu fico com ela — ela diz ao bombeiro, que me solta e volta depressa para o caminhão.

— Senhora — a policial fala. — A gente precisa se afastar. Estamos movendo a barreira para mais longe. Há risco de a tubulação de gás explodir.

Mas eu fico parada, atordoada, com o olhar preso nas labaredas.

Os dois oficiais me viram de costas e me carregam de volta para trás da barricada. Vejo que minha caminhonete sumiu. Granger ou outro policial deve tê-la movido.

Um estrondo soa atrás de nós. Eu me estremeço e me agacho por reflexo. A explosão irrompe pelo céu noturno. Sinto a força dela acertar minhas costas, e todos somos jogados para afrente. Meus ouvidos começam a zunir. Tem alguém gritando. Tudo parece distante. Uma nuvem de fumaça preta se espalha. Fico sem ar, tusso. O fogo ruge como um trovão.

TRINITY

AGORA

Domingo, 21 de novembro. Presente.

— Cerveja? — Gio pergunta.

Olho para ele. Estou sentada no pequeno sofá do quarto do hotel, encarando a escuridão além do meu próprio reflexo no vidro da janela. Já passa das nove da noite, e a viagem de volta a Twin Falls pareceu uma série interminável de voltas no escuro e no tempo. Não sei bem como processar a morte do meu pai. Se devia me importar ou me sentir aliviada.

Ou triste.

Penso de novo nas últimas palavras que ele disse para mim, relembrando a emoção em seus olhos, a expressão no rosto dele enquanto falava. Aquilo tudo ganha um novo significado agora que sei que ele sabia que estava falando diretamente com a filha.

E quando olhei para aqueles detetives que podiam ver o diabo dentro de mim, que queriam me prender, eu soube. Eu tinha que ser preso. Tinha que ir para trás das grades. Queria que me enjaulassem. Para salvar as pessoas ao meu redor. Salvar aquelas crianças. Proteger minha própria filha...

Será que ele estava com medo de acabar abusando de mim também?

Foi isso que motivou as ações da minha jovem mãe quando o entregou para a polícia? Dor leva lágrimas a meus olhos, um sentimento profundo e descontrolado de solidão irrompe dentro de mim. Um anseio por algo que não pôde, que não *pode*, existir. A saudade pelo amor verdadeiro e saudável de um pai. De um jeito estranho, feio e complicado, sinto inveja de Leena Rai. Pois o meu pai parecia se importar com ela. Pois ela o conhecia de um jeito que eu nunca vou poder conhecer. Não faz sentido nenhum que eu me sinta assim por uma vítima de um assassinato brutal. Mas fico aliviada por saber que ele não a matou. Agora eu acredito de verdade que, quem quer que seja o assassino de Leena, ele ainda está solto. E meu trabalho vai ser pôr um fim nisso. Por mim, por minha mãe, por minha avó e por meu pai.

Mas principalmente por Leena e pela família que ela deixou, porque a justiça ainda não foi feita.

— Hum-hum — respondo a Gio. — Pode ser. — Sento em cima dos meus pés cobertos por meias e o observo ir até o frigobar da pequena cozinha, abrir a porta, apanhar duas garrafas da cervejaria local e as trazer até onde estou.

Gosto de observá-lo. Gosto do jeito como ele se movimenta. Gio está com um moletom de cintura baixa e agasalho cinza-claro. Tudo bem que as peças são de marca, mas ele ficaria igualmente bonito com roupas de brechó. O cabelo escuro está despenteado. Barba por fazer marca seu maxilar, faz seus olhos verdes parecerem ainda mais claros debaixo das sobrancelhas escuras e grossas. Eu me dou conta de repente de como sou sortuda por ter Gio ao meu lado.

— Gosto quando você se veste mais casualmente — falo enquanto pego a garrafa gelada.

Ele pisca algumas vezes, surpreso, e parece ficar sem palavras por um momento. Algo intenso e quente passa entre nós. Devagar, ele se senta ao meu lado. Eu desvio o olhar e abro a garrafa. Percebo que meu coração está acelerado. Tomo um bom gole do líquido frio e me pergunto o que há comigo que me assusta e me impede de me envolver com homens. Digo, me envolver de verdade com caras de quem eu gosto e respeito, em vez da série de ficantes e do sexo casual com homens que para mim são descartáveis.

Ao meu lado, Gio coloca os pés em cima da mesa de centro. Ele toma um longo gole e então diz:

— Queria que você tivesse me contado.

Eu me viro para observá-lo.

— Que Clayton Pelley era seu pai. — O olhar dele está magoado. Eu entendo. Estaria magoada também.

— Desculpa, Gio. Eu... eu não podia. Não sabia nem como processar a informação. Fazer as entrevistas, creio eu, foi o meu jeito de tentar entender tudo. Entendê-lo. E de entender ou processar minha relação com ele. — Paro de falar, tomo outro gole. — Por mais que a família da Leena provavelmente quisesse, por mais que precisasse, saber por que ele fez o que fez, eu também queria. E aí, quando ele falou que não a matou... Minha cabeça ficou bagunçada. Eu comecei a *querer* provar que não foi ele. Queria que ele fosse inocente daquilo, pelo menos.

— E aí ele falou que confessou para libertar você e sua mãe.

Assinto com a cabeça.

— Isso e... — Minha garganta se fecha com emoção e prende as palavras. Fico em silêncio por alguns segundos. Gio põe a mão no meu joelho.

— Eu entendo — ele diz baixinho, sem nenhuma conotação sexual ou ameaçadora, só como um bom amigo. O que faz as lágrimas desabarem. E ele fica sentado ao meu lado, deixando que eu chore. Naquele instante, eu o amo. Provavelmente sempre amei, e isso sempre me assustou. Porque Gio é bom. Bom demais para mim. Não queria começar nada que nos machucaria ou atrapalharia nossa relação profissional.

— Você devia ligar para a sua avó — ele sugere.

— Está tarde onde ela está.

— Mesmo assim, ela vai gostar de saber.

Faço que sim com a cabeça. Vovó provavelmente está acordada, sentada na casa de repouso ao lado da cama da minha mãe. Sozinha. Ouvindo o podcast e se perguntando como estou me sentindo.

— Que tal eu ir buscar comida para a gente enquanto você faz isso? — ele continua. — Pode ser?

Enxugo as lágrimas em meu rosto e sorrio para ele.

— Pode, obrigada. — Meus olhos ficam nos dele e sinto aquela onda de calor no peito de novo. As pupilas de Gio se dilatam. Ele abre um sorriso gentil. Acho que nesse instante silencioso temos a certeza de que vamos dormir juntos. Hoje à noite.

— Te vejo já?

Faço que sim.

Gio atravessa a porta do quarto do hotel, e escuto ela se fechar atrás dele, então ligo para minha avó.

Enquanto o telefone toca, escuto a lamúria crescente de sirenes e tento imaginar como era Twin Falls vinte e quatro anos atrás, nessa mesma época do ano. As sirenes indo prender o meu pai. Eu sob os cuidados de uma mulher da igreja enquanto minha mãe entregava o meu pai. A montanha Chief, onipresente, pairando, à espreita, observando por detrás da cortina cambiante de névoa.

— Trinity?

— Vó, desculpa ligar a essa hora.

— Está tudo bem, meu bem?

— Como está a mamãe?

— Está igual, Trin. Você está bem? Tem algo errado?

— Você ouviu? O episódio que saiu?

— Ouvi. Não me surpreende que a tal Maddison Walczak mentiu, sabia?

— Ele morreu, vó.

Um instante de silêncio. Mais sirenes se juntam ao distante coro de lamúrias. Algo grande deve estar acontecendo.

— De quem você está falando?

— Clayton. A culpa é minha, vó. Eu... Meu podcast, ele foi morto por isso. — Sentimentos complexos irrompem dentro de mim como um tsunami enquanto eu falo. — Ou os outros detentos descobriram que ele era pedófilo e o mataram, ou alguém do lado de fora que sabe quem é o assassino de verdade mandou matar. Para mim, foi alguém aqui fora que orquestrou o ataque, porque eu acredito nele. Que ele não matou a Leena. E que alguém aqui fora matou. Se eu não tivesse começado o podcast, ele estaria vivo. A culpa é *minha*.

— Não, Trin, não. O Clayton teve parte nisso. Ele *queria* falar com você. Ele colaborou. Queria falar a verdade dele para o mundo todo ouvir através de você. Você deu a ele um caminho. Se quer saber, o Clayton talvez já esperasse isso. — Ela faz uma pausa. — Talvez até quisesse que acontecesse, Trin.

— Ele... ele sabia quem eu era. Ele não falou, mas descobri depois do assassinato que ele esteve sempre de olho na mamãe e em mim. Sempre soube onde a gente estava.

Minha avó fica em silêncio por um bom tempo.

— Mas... então. Ele queria encontrar com você e descobrir como estava a garotinha dele. Queria falar pessoalmente pra você que ele não matou aquela menina. Pedir perdão do jeito dele. Contar que o motivo pelo qual confessou foi você e sua mãe.

— Minha mãe ajudou a colocá-lo atrás das grades.

— A Lacey fez isso para sobrevier, Trin. Ela tinha vinte e dois anos. Estava presa em um pesadelo. Ela sobreviveu e criou você. Os dois fizeram o que fizeram por você.

Lágrimas enchem meus olhos novamente. Num quase sussurro, respondo:

— Obrigada, vó. — Uma nova onda de emoções me atinge, e tenho dificuldade para falar. — Obrigada por tudo. Por ter acolhido a mim e a mamãe. Por ter ajudado a gente a se mudar para o leste. Por... por me contar a verdade. — Eu me engasgo, a garganta se fecha com o sentimento abrupto de perda e dor. — Não imagino como deve ter sido solitário e difícil para você. Você... você me deu o que eu precisava. Me ajudou a descobrir quem eu sou. E agora preciso descobrir quem eu quero ser e para onde vou a partir daqui.

Minha avó fica em silêncio novamente. Sinto que ela está chorando. Sinto a solidão dela, sentada ao lado da minha mãe, que, em quase todos os sentidos, já se foi. Quando ela volta a falar, a voz vem pesarosa e fraca:

— Eu te amo, Trin. Agora descanse. Eu vou dormir. Acho que durmo hoje. De verdade.

— Te amo, vó.

Desligo e abro a foto do meu pai no celular, a que ele me carrega nos braços pequenininha. Dou zoom no rosto dele, no sorrisão dele. Toco a imagem. Odeio meu pai, e estou de luto por ele. Mas aliviada por ele não ter matado Leena.

Gio bate à porta antes de abrir. O cheiro da comida, quente e delicioso, entra junto dele. Do nada fico faminta.

— Ei, que cheiro bom — digo ao me levantar e ir até ele. Beijo-lhe a bochecha. Mas algo na expressão dele me assusta, então me afasto.

— Está tudo bem? O que foi?

— Aquelas sirenes — ele diz, colocando as sacolas no balcão da cozinha. — O pessoal no restaurante ouviu no rádio, estava todo mundo comentando por lá. Eles... eles disseram que é a casa da Maddy e do Darren. Ela pegou fogo, e um cano de gás explodiu.

Fico aturdida, horrorizada.

— Eles estão bem?

— O que ouvi é que eles estão lá dentro. — A voz de Gio falha. — A Maddy e o Darren estão dentro da casa em chamas, com as filhinhas. Estão todos lá dentro.

RACHEL

AGORA

Domingo, 21 de novembro. Presente.

Afundo na calçada que margeia a estrada e encaro o nada adiante. Uma chuva fraca cai sobre mim. Não consigo computar nem absorver nenhuma informação. Fui trazida a uma espécie de centro de operações improvisado, a dois quarteirões da casa. A circulação de veículos foi interrompida na vizinhança. Duas ambulâncias estão estacionadas perto daqui. Viaturas policiais estão espalhadas por todos os lados, e os policiais estão entrevistando as pessoas. Alguém me deu um casaco e um gorro de lã, e passaram um cobertor térmico prateado sobre meus ombros, mas ainda estou tremendo até os dentes. Dois moradores da vizinhança estão comigo, um homem e uma mulher. Não sei quem são.

Um paramédico se aproxima, quer me colocar na ambulância, mas eu me recuso a ir embora. Tenho que ficar aqui. Quero saber o que está acontecendo com a casa. Com a minha família. Minha vida inteira, meu mundo inteiro, está em chamas. Tudo que tenho de mais precioso, que eu devia ter me esforçado mais para proteger. Mas agora é tarde demais. Ouço outra explosão. A neblina está pintada de um brilho laranja-escuro, e o cheiro de fumaça é forte, acre.

Viro a cabeça devagar. Não consigo ver a montanha Chief em meio à escuridão e às nuvens, mas sinto sua presença. Sempre presente, sempre atenta. Observando mais uma vez o fogo. Como o da fogueira anos atrás. Como assistiu Leena ser espancada e afogada no rio, e o corpo dela flutuar em meio às algas e depois afundar. A Chief observou os mergulhadores procurando pela garota na água escura e lamacenta sob a Ponte do Mal, enquanto águas atravessavam o céu lá no alto, e as carcaças de peixes apodreciam nas margens.

Penso em Pratima. Falecida. As palavras dela reverberam em meu crânio.

Achamos que somos capazes de proteger nossos filhos os controlando, sendo mandões. Que, se estiverem ocupados com esportes, não vão se meter em problemas. Que eles vão estar seguros. Mas estamos errados.

E mesmo que a gente consiga protegê-los o suficiente para que permaneçam vivos, não podemos fazer com que nos amem. Nossos próprios atos de proteção podem afastá-los e até fazer com que nos odeiem.

Outra mulher se aproxima e se agacha ao meu lado.

— Quer alguma coisa, meu bem?

Praticamente não a percebo, pois ao me virar na direção da voz dela, vejo por trás da mulher, emoldurado pelas luzes intermitentes de uma viatura, Johnny Forbes. Ele também está com um cobertor prateado nos ombros, que reflete para todos os lados a luz do carro. Vermelho, branco, azul, vermelho... Johnny está conversando com dois policiais. Imediatamente presto atenção e me recordo dele saindo correndo do *pub*, de Granger baixando o vidro da janela.

O que está acontecendo? Onde você está indo?

O Darren ligou para mim. Eu... eu falo com você mais tarde.

Inexpressiva, fico de pé. Caminho até eles.

Ao me aproximar, noto que Johnny tem ambas as mãos enfaixadas. A cabeça também. Eu o escuto falar para os policiais:

— A porta da sala de estar estava trancada, por dentro, eu acho. Não dava pra abrir, e aí explodiu fogo pela porta do escritório, que também estava trancada. Eu... eu não consegui chegar até eles. Nenhum deles.

Ainda aturdida, me dou conta de que a pessoa que saiu correndo da casa com o cobertor em chamas deve ter sido Johnny.

O Johnny que foi correndo ver Darren antes de o incêndio começar.

O Johnny que foi pego pelo pai lavando sangue da jaqueta que Leena estava usando quando foi morta.

— Mentiroso! — grito, indo direto até ele e esmurrando o peito dele com as duas mãos. Ele cai para trás, batendo as costas na viatura policial. Eu o empurro novamente. — Foi você? Foi você... Foi você que começou a porra do incêndio? Foi isso que aconteceu? Porque você estava aqui, veio direto do *pub*. E aí a gente chega e encontra isso, você saindo correndo da casa... Foi *você*, não foi? Foi você! Você começou o incêndio. Por isso você estava lá dentro. Foi *você*! — Bato nele com meus punhos fechados.

— Meu Deus, Rachel, saia de cima de mim. Tire ela de mim.

Os policiais me arrastam para longe de Johnny, mas eu me debato contra eles para me soltar. Estou tremendo. Não consigo raciocinar. Não consigo registrar o que os policiais estão me dizendo.

Granger chega, ofegante. Provavelmente precisou parar minha caminhonete em algum lugar mais distante.

— Rachel, Johnny? O que está acontecendo aqui? — Ele se vira para os policiais, depois para mim.

— Foi ele, foi o Johnny que botou fogo na casa. Ele começou o incêndio com todo mundo dentro. Eu...

— Rachel? — Granger agarra meus ombros e me vira para ficar de frente para ele. — Olhe para mim, concentre-se.

Eu tento.

Ele fala:

— O Johnny entrou pra tentar salvar a vida deles.

Eu pisco várias vezes.

— O Darren me ligou — Johnny explica. — Ele disse que estava tudo acabado.

— O que... O que estava acabado? — Minha cabeça está pesada. Estou confusa.

— Não sei, mas ele estava esquisito. A gente é amigo desde sempre, e eu senti que havia algo errado. Eu... pareceu que ele queria dar fim às coisas, à vida dele, sei lá. O Darren estava bêbado. Ele... eu vim direto pra cá e, quando cheguei, vi que tinha fogo na casa, então corri lá para dentro. Tentei encontrá-los, mas as portas pareciam estar trancadas. Escutei gritos lá dentro, alguém batendo nas portas, mas não consegui chegar até eles.

Eu o encaro. Não consigo acreditar nele. É só mais uma mentira.

— Você estava com a jaqueta — falo, séria. — A jaqueta da Leena. Disse a seu pai que um amigo tinha caído na lama e se cortado. Que amigo era esse? Quem pediu a você para lavar a jaqueta, Johnny?

Johnny me encara. O vermelho e azul das luzes pulsam em seu rosto, dando a ele um ar assustador, delirante.

— Quem, Johnny, *quem*?

Ele desvia o olhar, respira fundo, depois volta a me encarar.

— A minha esposa. Foi a Beth. Ela que me pediu.

— O quê?

— A Beth levou a jaqueta para a escola, em uma sacola plástica. Na manhã de segunda-feira. Veio falar comigo enquanto eu mexia no meu armário. Pediu pra eu esconder a jaqueta, lavar e depois colocar no escritório do sr. Pelley... Ela me recompensou, com o corpo dela. Foi... assim que a gente começou a namorar, que começou o romance. Eu... eu era um adolescente cheio de tesão. Era bom demais pra deixar passar... Beth Galloway? Loira, bonita, a rainha da escola? Pra mim era só uma jaqueta pra lavar. — Ele faz uma pausa. — Até não ser mais.

— A Beth? — As palavras que ele diz não parecem entrar na minha cabeça.

— O Darren queria que eu soubesse o que minha esposa era. Queria que eu soubesse a verdade. Disse que não ia afundar sozinho, e...

O rádio da polícia apita. Johnny se vira. De repente as pessoas começam a se mover ao meu redor. Alguém começa a correr.

Eu me viro.

— O que está acontecendo?

Granger responde:

— Eles acharam alguém. Tiraram da casa pela parte de trás. Dois dos vizinhos puxaram um ou dois dos ocupantes da casa antes que a tubulação de gás explodisse. Levaram os ocupantes até uma ravina nos fundos da casa. Estão acionando a equipe de resgate para conseguir alcançá-los, pela floresta.

Saio correndo.

TRINITY

AGORA

Segunda-feira, 22 de novembro. Presente.

Acabou de dar meia-noite. Gio e eu estamos sentados na van alugada. Chove forte. Podemos ver o brilho do fogo nas nuvens baixas e ouvir o barulho das sirenes. Viaturas estão espalhadas por todo o lugar. Fomos parados por policiais na barreira colocada no final da avenida que dá para a vizinhança. A entrada ou saída da área está proibida devido a um "incidente policial". O que me diz que isso é mais do que um simples incêndio. Tem algo grande acontecendo.

— Acha que o incêndio é criminoso? — Gio pergunta. — Acha que está relacionado ao podcast de alguma forma?

— Não sei — respondo em voz baixa. Mas esse é o meu medo. — Talvez a gente tenha desencadeado algo terrível. Eu... eu estou me sentindo péssima pensando naquelas garotinhas. — Olho para Gio. — E se tiver sido culpa minha? E se elas estiverem mortas por minha causa?

— Se alguém é culpado de alguma coisa, Trin, são as pessoas que guardaram segredos, que mentiram, que tentaram enterrar esse caso a sete palmos, porque é o que está parecendo pra mim, que isso é dano colateral de uma explosão de verdade. E é um dano imenso, porque, quanto mais tempo a verdade foi ficando enterrada, mais vidas foram afetadas. Dessa vez, são crianças inocentes. Estão sendo feridas por uma coisa que aconteceu vinte e quatro anos atrás, muito antes de terem nascido. As pessoas envolvidas vão ter que aceitar a culpa por isso. — Ele mantém os olhos nos meus. — Assim com foi com as escolhas que sua mãe fez pra proteger você. Por conta daquela mentira, porque você precisava da verdade pra viver normalmente, você foi trazida de volta a esse lugar em busca de respostas. O que a sua mãe fez, o que o seu pai fez, todas as mentiras que aqueles estudantes contaram ou deixaram de contar... Foi *isso* que causou toda essa situação. *Eles* que são os culpados. Até mesmo aqueles detetives têm culpa.

Sinto meu pulso vibrar. Olho para o smartwatch e vejo que tenho uma mensagem de voz no canal do *É um crime*. Pego o celular, disco para a caixa postal e aperto 1 para ouvir a mensagem solitária.

A voz que soa é masculina, grave e áspera.

"Eu vi a menina. Acho que vi Leena Rai atravessando a Ponte do Mal naquela noite. Estava dirigindo uma carreta de madeira e passei por ela lá pelas duas da manhã. Lembro por causa do foguete. Vi uma menina passando pela ponte cambaleando na direção norte. E mais atrás dela, no escuro... Acho que vi o que estava a seguindo."

— Escute... escute isso — digo a Gio e ponho o celular no viva-voz. A voz grave enche o interior da van.

"Atrás da menina bêbada, mantendo uma boa distância, tinha um cara com um gorro preto puxado pra baixo. Alto. De casaco grande. Junto com uma garota. Ela se destacava. A lua estava cheia, e os faróis iluminaram os dois brevemente. O cabelo dela que chamou minha atenção, o jeito que ele brilhou na luz. Era longo. Loiro-claro, quase prateado na luz da lua. Esvoaçando com o vento. Ia até a cintura."

Engulo em seco.

— A Beth? — Gio pergunta, a voz ganhando energia. — *Tem* que ser Beth Galloway.

"Enfim... Eu estava escutando o podcast, e aquela parte do foguete me fez lembrar. Consigo lembrar exatamente onde eu estava na noite em que vi a menina na Ponte do Mal. Meu nome é Daniel Barringer. E você pode me contactar por esse número."

Encaro Gio. Meus pensamentos ficam acelerados, mas ainda não consigo encaixar todas as peças.

— Se era a Beth na ponte, o que ela estava fazendo seguindo a Leena? E quem era o cara com ela?

RACHEL

AGORA

Segunda-feira, 22 de novembro. Presente.

Já passa da meia-noite, e estou no hospital de Twin Falls. Maddy foi trazida inconsciente. Os médicos do pronto-socorro a atendem no momento. As meninas estão com outros médicos. Estão vivas, mas não sei ainda a gravidade dos ferimentos. Estou assustada, andando de um lado para o outro, esfregando os braços. Granger está comigo, mas não consigo olhar para ele. Não suporto a mera visão de seu rosto.

Um dos vizinhos que ajudou a salvar Maddy e as meninas está na sala de espera. É o pai que vi pendurar os pisca-piscas enquanto a filhinha assistia do terraço, quando fui visitar Maddy. Um pai com uma filha pequena. Ele arriscou a vida para ajudar minha filha e as filhas dela. A esposa e a bebê dele poderiam ter ficado sem pai. Isso está pesando muito em mim… essas ondas que parecem ter se formado ao longo dos anos desde o assassinato de Leena. Quando começa uma história? O que sei é que não tem fim.

— Você está bem? — o vizinho me pergunta.

Mordo meu lábio e assinto.

— Não sei nem como te agradecer.

— A Maddy fez a maior parte, e elas estarem vivas é agradecimento o suficiente.

O homem e um amigo que estava visitando na noite sentiram o cheiro da fumaça. Saíram de casa, viram o fogo e correram para os fundos da casa de Maddy. Ela tinha conseguido quebrar uma janela na parte de trás da casa e empurrou as filhar para fora pelo vidro quebrado. Os homens levaram as meninas para longe enquanto o incêndio se alastrava pela frente. Mas Maddy ainda ficou lá dentro. Enquanto lutava para salvar a vida das filhas, uma viga caiu, acertou sua cabeça e a deixou inconsciente. Os homens quebraram uma porta de correr de vidro, entraram, enfrentaram a fumaça e conseguiram encontrá-la. Então carregaram Maddy e as meninas para uma ravina alagada na parte de trás da casa pouco antes da grande explosão. Precisaram se abrigar lá embaixo enquanto o fogo queimava e esperar até que as equipes de resgate pudessem se aproximar para retirar Maddy e as filhas do local.

Darren não saiu da casa.

— Por que não vai pra casa? — pergunto ao homem. — A sua família deve estar precisando de você.

— Preciso saber que a Maddy e as meninas estão bem, digo, bem de verdade. Só... Eu preciso saber.

Um médico aparece no corredor. Todos nós ficamos paralisados e o encaramos. Tento ler a expressão dele. Não consigo respirar. Não consigo raciocinar.

Ele foca em mim.

— Rachel Hart é você?

— Eu... eu sou a mãe da Maddy, sim. Sou a avó. Eu...

— Elas vão ficar bem. As crianças estão bem fisicamente. Alguns cortes maiores e arranhões. Algumas queimaduras leves, e estão com sintomas da inalação de fumaça, mas vão ficar bem.

Meus joelhos fraquejam, quase caio, mas me seguro.

— E a minha filha?

Ele abre um sorriso gentil.

— Também vai ficar bem. Levou uma pancada forte na cabeça e teve uma concussão por isso. Mas já suturamos o corte na testa e cuidamos de uma fratura no braço, ela está de gesso. Vamos continuar monitorando-a pelas próximas vinte e quatro horas e nos próximos dias. — Ele faz uma pausa. Seu olhar salta para Granger. — Elas tiveram muita sorte. Vocês podem entrar pra vê-las agora.

O vizinho se largou na cadeira de plástico e está com o rosto afundado nas mãos, chorando de alívio.

— Já vou — digo.

Vou até o vizinho, sento-me na cadeira ao lado dele e passo o braço em volta do homem.

— Obrigada. Obrigada... Nunca vou conseguir agradecer o suficiente.

— Graças a Deus. Eu... — A fala dele se perde no choro.

— Você se arriscou tanto entrando em uma casa em chamas. Colocou sua vida em risco. A sua esposa... sua filha poderia ter perdido alguém que ama se você tivesse se machucado.

— Aquelas garotinhas lindas. A Lily e a Daisy. A Maddy também, que se machucou tentando salvar as duas... Não... não tinha como *não* entrar... A gente só foi. Sem pensar. Eu... só precisava ouvir o médico dizer que elas iam todas ficar bem. Que eu pude ajudar.

— Quer entrar para falar com elas? — pergunto.

— Não... não, eu vou ficar bem. Tenho que voltar para minha esposa e para a minha filha.

— O Granger te leva... Ele te dá uma carona — digo.

Os olhos de Granger me olham exaltados. Inspiro fundo e o encaro pela primeira vez desde que ele se sentou na minha caminhonete do lado de fora do Ninho do Corvo.

— Preciso ver a Maddy e as meninas sozinha. Não quero você lá comigo.

A expressão dele muda, fica contorcida de tristeza. Os olhos ficam úmidos.

— Todos nós cometemos erros, Rache. A gente só queria proteger nossos filhos.

— Você diria isso se a Maddy, a Lily e a Daisy tivessem morrido queimadas com o Darren? E quanto ao Darren? Meu genro? Quantas vidas precisam ser sacrificadas por conta de uma escolha tóxica feita um quarto de século atrás?

Ele me encara e, naquele instante, envolvidos pelo cheiro característico do hospital, o cheiro de fumaça em nossas roupas, ambos sabemos que uma coisa é verdade. É o fim para nós. Tem que acabar. Não serei capaz de perdoá-lo pelo que ele fez. Não sei exatamente qual foi o meu papel na situação, até onde eu interferi, mas só de ter tido parte nisso, sei que também não serei capaz de me perdoar.

A enfermeira me leva para ver minhas netas primeiro.

Entro no quarto e vejo duas camas, dois rostinhos e olhos assustados.

— Elas receberam uma leve sedação — a enfermeira explica. — Lily, Daisy, sua avó está aqui.

— Vovó? — Daisy fala. — Cadê a mamãe? Cadê o papai?

Meu coração se parte. Lágrimas jorram. Eu me sento na cama, abraço Daisy e seguro a mão de Lily. Em meio às lágrimas, digo:

— A mamãe vai melhorar. Ela vai ficar bem.

• • •

O amanhecer está se erguendo pálido no horizonte, do lado de fora do hospital, quando os olhos de Maddy se abrem e ela lentamente volta à consciência. Estou sentada em uma poltrona grande ao lado da cama dela, com as garotas no colo. Ambas tinham finalmente adormecido em meus braços. Minhas pernas ficaram dormentes, mas não ousei me mover por medo de acordá-las. Passei horas respirando o cheiro de fumaça em seus cabelos e outro aroma que é o cheiro das minhas netas.

A polícia veio durante a noite avisar que o corpo de Darren foi encontrado trancado na sala de estar na parte da frente da casa. Estava claro que Johnny tentou mesmo derrubar a porta, mas não conseguiu alcançar o amigo.

Eles querem falar com Maddy quando ela acordar. Disseram que há evidências contundentes de que o incêndio foi criminoso. Há indícios de vários pontos de incêndio pela casa, que foram iniciados com um acelerante, um após o outro, num intervalo de tempo curto. Parece que Maddy e as meninas estavam trancadas no escritório dela, e Darren se trancou na sala de estar. Havia um galão de combustível derretido com ele. A polícia disse que há indícios de que

Darren se cobriu de gasolina antes de atear fogo na sala se estar. Os oficiais devem retornar em breve. Espero conseguir falar com Maddy antes disso.

Eu me mexo e cuidadosamente me desembaraço das crianças adormecidas. Então as cubro com uma manta e me aproximo da cama. Seguro a mão de Maddy.

— Mads, querida?

Ela pisca várias vezes e foca devagar em mim, mas subitamente se sobressalta, tentando se sentar.

— As meninas!

— Elas estão bem. Olhe. Shh, estão dormindo. Tomaram um sedativo leve.

Ela vira a cabeça no travesseiro, o movimento lhe causa dor. Um hematoma está se formando debaixo do olho dela, num roxo profundo. Acima do olho, um curativo cobre os pontos. Ela tenta mover o braço, aí se dá conta do gesso. Com a mão livre toca com cuidado na testa.

— Você também vai ficar bem — falo com delicadeza. — Um braço quebrado. Um pancadão na testa, alguns pontos. Mas você conseguiu colocar as meninas para fora, e depois parece que levou uma pancada na cabeça. Seu vizinho e um amigo dele arrombaram a porta e tiraram você lá de dentro.

Ela parece confusa, como se tentasse recuperar a memória. Então seus olhos se arregalam de pânico.

— E o Darren? — A voz dela está rouca. Ela tosse e se retrai de dor novamente.

— Sinto muito, Mads. Ele... ele não sobreviveu.

Ela fecha os olhos e afunda a cabeça no travesseiro. Lágrimas escapam por debaixo dos seus cílios.

— Os policiais devem voltar em breve. Querem perguntar a você o que aconteceu.

As pálpebras dela se abrem. Maddy fica em silêncio por algum tempo. Depois de umedecer os lábios, ela fala, quase sussurrando:

— Quero falar com você, mas não... não quero que a Lily e a Daisy escutem.

Faço que sim com a cabeça.

— Vou procurar uma enfermeira para ver se alguém pode me ajudar a levar as duas de volta para o quarto e tomar conta delas.

Assim que as meninas foram realocadas com segurança, puxo a poltrona mais para perto da cama, então me sento e tomo a mão boa de Maddy na minha. Durante alguns minutos, ela fica deitada em silêncio, com os olhos fechados, e me deixa segurar sua mão. A minha filha, pela primeira vez em vinte e quatro anos, não se afastou do meu toque. Meus olhos se enchem de lágrimas, e deixo o momento se estender, pois temo que tudo vá mudar em um instante.

Ela tenta umedecer os lábios novamente.

— Ele que começou, mãe. O Darren começou o fogo.

Mãe.

Sinto um aperto no estômago.

Não escuto essa palavra sair dos lábios da minha filha há tanto tempo. E isso me quebra. Com muito esforço, tento controlar a enxurrada de emoções.

Fungo, então pergunto:

— Por quê?

— Por causa do que ele e a Beth fizeram com a Leena.

— Não estou entendendo.

Maddy inspira com dificuldade. Fecha os olhos novamente. E quando fala, parece ser de muito longe, como se tivesse ido parar num lugar muito, muito distante.

— Sempre achei que a culpa fosse minha. Nossa. Culpa de todos nós. Eu não sabia. Eu... nenhum de nós sabia que o Darren e a Beth voltaram. Eles voltaram para terminar o que a gente começou.

Um frio vai se assentando lentamente em minha barriga. Não digo uma palavra sequer. Estou morrendo de medo de ouvir o que vem a seguir.

— Eu e as outras meninas, a gente... — Maddy abre os olhos, estão lavados em lágrimas. A voz dela sai trêmula. — A gente a cercou. A Leena. Naquela noite. Debaixo da Ponte do Mal. A gente, as meninas. A gente a espancou.

RACHEL

AGORA

Segunda-feira, 22 de novembro. Presente.

— Que história é essa de a *cercar*? — Sinto o sangue pulsando em meus ouvidos.

— A Beth descobriu que a Leena tinha roubado a agenda dela. Foi a gota d'água para ela. A Leena já tinha roubado joias de nós, maquiagem também. E aí, quando ela pegou a agenda, começou a ligar pros garotos e fingir que era a Beth. E ela dizia coisas no telefone que eram... nojentas. A Beth estava sempre importunando a Leena, fazendo *bullying*, era até meio sádica nesse sentido, então... Não sei, talvez tenha sido por isso que a Leena tenha feito o que fez. Mas quando a Beth descobriu... foi como um ataque direto a ela, e, portanto, a todas nós do grupo. A Beth disse que a gente tinha que ensinar uma lição a ela.

A Maddy fica em silêncio. Ela estende o braço bom para pegar o copo ao lado da cama e toma um gole.

— A Beth ligou para a Leena no dia anterior à festa. E a convidou ela pra uma esticadinha depois da festa, debaixo do lado sul da Ponte do Mal. Ela disse à Leena que ia ser uma surpresa divertida. A Leena comprou a história. Não percebeu a farsa pelo que ela era. Uma armadilha. Uma armação. Uma emboscada. Ela acreditou de verdade que a Beth estava tentando ser sua amiga e ficou incomodando a gente na festa da fogueira.

As palavras que Darsh Rai disse a mim e a Luke naquela noite no cais de balsas da Laurel Bay ressurgem em minha mente.

Tenho certeza de que, a essa altura, todo mundo já disse a vocês que a Leena fazia coisas completamente idiotas e que não tinha ideia de como isso a fazia parecer desesperada. Às vezes... ela só tinha dificuldade de entender as pessoas.

— A gente queria mandar a Leena catar coquinho durante a festa, mas a Beth disse que tínhamos de continuar fingindo, senão a Leena não iria até a ponte.

Estou tão imóvel, tão quieta, que Maddy para de falar para me analisar. Seus olhos arregalados e sombrios, e ela está tão pálida. Parece minha pequena Maddy. A garotinha que eu amava tanto e por quem eu moveria céus e terra. Meu coração, minha alma, estão se partindo de novo. Parte de mim quer pedir a ela que pare. Já ouvi o bastante. Não quero saber o resto. Um pavor sufocante cresce dentro de mim. Terror do que ainda está por sair da boca da minha filha.

— Fala alguma coisa, mãe. Por favor. Qualquer coisa.

Estou preocupada com os segundos se passando. O amanhecer lá fora está ganhando cor. A polícia logo vai voltar. Engulo em seco, pigarreio:

— E Clay Pelley? Ele estava na ponte?

— Não.

Começo a passar mal.

— Ele só esteve na festa. Depois que a Leena parou de irritar a gente, ela ficou sentada com o Clay em um tronco do outro lado da fogueira. — Maddy hesita. — Ele sentia um carinho especial por ela, tinha um jeito diferente de agir com ela. Ele se importava com ela. A parte dele que era professor realmente se importava com a Leena, eu acho.

Até parece.

— O... o que o Clay disse no podcast é verdade, Maddy? Ele abusou de você?

Lágrimas escorrem por suas bochechas pálidas.

— Eu pensava que o amava. Pensava que era algo ousado e que eu tinha o segredo mais legal do mundo. Eu me achava muito especial por ele se interessar por mim. Faria qualquer coisa por ele. E, sim, era eu quem estava com ele nos arbustos naquela noite. E aí a Leena veio procurar o Clay e achou a gente. No ato. — Ela puxa o ar, estremecendo. — Eu me sinto tão mal pensando nisso, em como sofri manipulação emocional por uma figura de autoridade, e em como nunca tive coragem de falar disso, de contar para você. E, quanto mais tempo guardei pra mim, mais essa coisa foi adoecendo minha cabeça, minha alma. Isso... isso fez eu me revoltar contra tudo, inclusive você. Principalmente você. E sinto muito. Mas... o que o Clay disse no podcast foi... é... verdade, mãe. Eu corri de volta para a festa, enquanto ele levava a Leena para o carro.

Maddy faz silêncio. Olho para meu relógio. Sinto um aperto nervoso no peito. Os policiais chegarão em breve. Pesa em mim a constatação de que falhei completamente no meu papel de mãe. Não cuidei da minha filha como deveria ter cuidado. Não a salvei de um homem depravado. Não estava em casa o suficiente, nem presente o suficiente para me dar conta de que ela estava cada vez mais conturbada. Não me esforcei o suficiente para ver, até já ser tarde demais.

— Maddy, — digo, com suavidade. — O que fez o Clay escolher você? O que te deixou vulnerável a esse predador?

Ela enxuga as lágrimas nas bochechas. A mão treme.

— Eu não pensava que era uma vítima naquela época. Como eu disse, me sentia especial por ele ter escolhido dar atenção a mim. Co... começou quando fui conversar com ele, porque estava... estava tendo problemas em casa.

Minha garganta se fecha. A voz sai com dificuldade, rouca.

— Que problemas, Maddy?

— Você. Você e o papai. Você sempre estava trabalhando, tentando provar a todo mundo que seria uma boa chefe de polícia, que seguiria os passos do vovô.

Meus olhos se enchem de lágrimas. Viro a cabeça e encaro a janela. Ela segura minha mão.

— Mãe. Olhe para mim, mãe.

Engulo em seco e encaro minha filha.

— Eu também sou mãe agora. Às vezes... Às vezes...

— Você me perdoa, Maddy? Consegue me perdoar?

— Não consigo me perdoar, mãe, pelo que fiz.

— Você... você contou à Beth, naquela noite da festa, o que fez com o Clay?

Ela fecha os olhos novamente.

— Não — sussurra. — Mas a Beth viu a gente quando foi no banheiro. Ela perdeu a cabeça. Ficou furiosa. Mas, no fim, nós duas mentimos... Ela mentiu por mim. Foi o começo do fim da nossa amizade. — Ela mantém os olhos nos meus. — Porque, sabe, foi a Beth que convidou o Clay para a festa da fogueira, que avisou a ele que ia rolar. Eu me dei conta, quando ela se irritou comigo, que a Beth pensava que *ela* poderia seduzir o Clay naquela noite, pensava que *ela* era a "garotinha especial" dele.

— Maddy, o medalhão...

— Eu estava com ele no dia da festa. — O olhar dela se mantém firme no meu. — Mas você já sabia disso, porque roubou a foto que o Liam tirou da gente. A que estava na minha cabeceira, em que dá pra ver claramente o medalhão no meu pescoço.

— Como ele foi parar no cabelo da Leena?

Ela vira o rosto no travesseiro, para longe de mim.

— Maddy?

— A gente esperou a Leena debaixo da ponte — ela fala baixinho. — Eu, a Beth, o Darren, a Cheyenne, a Dusty e a Seema. A Dusty estava muito empolgada, acostumada demais com a violência. Convivia com isso em casa. Ela mesma já tinha sido violenta. Foi a Dusty que acertou a Leena primeiro. Com força, no meio da cara. Todo... todo mundo bateu nela e a chutou, o Darren pulou em cima das costas dela. E a Dusty e a Cheyenne queimaram a Leena com cigarros.

Estremeço pensando na garota morta na maca da autópsia naquele dia.

— O Darren... usa tamanho 43.

Ela faz que sim com a cabeça.

— Ele estava usando bota, era da mesma marca que metade dos rapazes da cidade usavam.

— Incluindo Clay Pelley.

Ela faz que sim com a cabeça.

— Foi horrível. A gente bateu tanto nela. Eu esmurrei a Leena várias vezes, e ela tentou resistir. No meio da luta, meu medalhão foi arrancado do meu pescoço e deve ter se enrolado no cabelo dela. — Minha filha fica em silêncio por um bom tempo. Seus olhos são tomados por uma expressão assombrada. É como se ela estivesse tendo visões no túnel do tempo que a levava de volta àquela noite escura debaixo da ponte. Sinto os minutos passarem. O dia está clareando lá fora. Tensão aperta ainda mais o meu peito.

— Continue, Maddy — peço em voz baixa.

Ela inspira fundo.

— A Beth arrancou a mochila da Leena das costas dela e abriu, para procurar pela agenda.

— Mas não encontrou — digo. — Porque estava no bolso lateral da calça dela.

— A gente não sabia. A Beth derrubou tudo da mochila, e as coisas se espalharam no meio das pedras. Ela encontrou o diário da Leena, abriu e começou a ler com a lanterna de cabeça, e a Leena, que estava sangrando, lutou pra pegar de volta. Acabou arrancando algumas das folhas. — Ela toma mais um gole de água, tosse. — Eu disse que estava na hora de parar. Tentei pará-los, mas eles continuaram a espancando, então eu disse que ia embora. Saí depressa, não aguentava mais aquilo. O Darren tentou me deter, mas o empurrei e saí andando. Fui pela beira da estrada, sozinha, até o restaurante do Ari. Vomitei no caminho. As outras meninas se encontraram comigo, a Cheyenne, a Dusty e a Seema. Disseram que o Darren e a Beth estavam logo atrás delas. Não sabia que o Darren e a Beth tinham voltado para ir atrás da Leena. Quando ouvi que o corpo dela tinha sido encontrado... Pensei que a Leena podia ter caído da ponte e morrido dos ferimentos que a gente causou, e que eu era parcialmente responsável pelo assassinato. Foi por isso que menti sobre o medalhão. Por isso que todos nós mentimos. E aí o sr. Pelley confessou que *ele* tinha a matado. Eu... eu não consegui entender direito como, mas supus que ele tinha encontrado a Leena do lado norte da ponte e a afogado lá, e que foi isso que ele quis dizer quando me disse que ia "dar um jeito" nela, depois de ela descobrir a gente nos arbustos.

Ela fica deitada em silêncio, e, por vários minutos, não consigo falar também, enquanto a imensidão do que realmente transpareceu vai se assentando.

Maddy, então, pigarreia e fala:

— Depois do quarto episódio do podcast, o Darren confessou pra mim. Disse que ele e a Beth tinham seguido a Leena, que ela estava voltando aos tropeços pela ponte, gravemente ferida. Atordoada. E que a levaram lá pra baixo, pelo caminho do outro lado da ponte, e... disse que eles "terminaram" tudo.

Encaro minha filha, e imagens do corpo nu de Leena na maca ressurgem tão vívidas em minha mente que consigo até sentir o cheiro do necrotério. Consigo sentir a presença de Luke ao meu lado, ver as mãos trêmulas de Tucker apontando a câmera para as fotos. Vejo o fígado danificado de Leena, o coração aberto dela na balança. Ouço a voz da dra. Backmann.

É similar ao que esperaria encontrar em um ferimento de compressão violento. Algo que ocorre com frequência a vítimas de acidentes de carro. Essa menina passou por maus bocados.

Com um fio de voz, Maddy diz:

— Esse tempo todo, achei que a gente tinha matado a Leena. Pensei que eu era culpada.

— Você é. Vocês todos são. Todos participaram.

Ela desvia o rosto outra vez e fica largada ali. Como se tivesse perdido toda a vontade de viver. Penso em Lily e em Daisy. Preciso ajudar minha filha. Precisamos dar um jeito de superar isso.

— Por quê, Maddy? Por que a Beth e o Darren voltaram?

— A Beth... Ela... ela às vezes é sádica. Má, até. Tem um lado mau, está no sangue dela. E acho que ela descontou na Leena a raiva que estava sentindo de mim por eu ter transado com o sr. Pelley. Talvez estivesse descontando a decepção que sentiu com ele também, porque ele gostava da Leena, e repreendia a Beth por fazer *bullying* com ela. — Maddy inspira fundo. — O Darren... me contou que ele e o Johnny planejavam perder a virgindade na festa da fogueira de Ullr. Estavam loucos para fazer acontecer. E como a Leena estava muito bêbada, eles meio que a coagiram, e ela aceitou ficar com eles, mais cedo naquela mesma noite, na floresta.

Uma sensação nauseante cresce em meu estômago. Sinto o amargor da bile no fundo da minha garganta.

— Então ela foi estuprada, antes de ser espancada na ponte, por dois colegas de turma? — *O marido da minha filha e o filho do meu companheiro.*

— Meio que teve consentimento. Ela estava sempre tentando fazer coisas pra se sentir útil ou querida. Entendia errado todas as interações sociais.

— Isso não é consentimento e você sabe, Maddy.

Ela fecha os olhos. Lágrimas escapam por debaixo de seus cílios.

— Mas por quê... Por que Darren foi com a Beth?

Maddy engole seco.

— Ele... ele disse que queria que eu fosse a primeira dele, que, depois de ter feito com a Leena, ficou com tanto nojo do que ele e o Johnny fizeram com ela na floresta que só queria que ela sumisse. Queria fazer a garota desaparecer. Ele estava bêbado, e provavelmente chapado, além de sedento por sangue depois do espancamento.

Mal posso respirar. Meu peito dói por Leena, pelos pais dela, por sua família.

— O que houve na sua casa ontem à noite, com o incêndio? O que houve com o Darren?

Ela engole em seco.

— Ele... ele disse que estava tudo acabado. Que ia sair no podcast que ele tinha matado, afogado, a Leena com a Beth. E que as filhas dele não podiam crescer sabendo disso. Ele tinha virado uma garrafa de uísque praticamente toda. Trancou a gente e ateou fogo na casa. Disse que tudo ia acabar enfim. Ele tentou matar todos nós, como se para apagar a memória da coisa toda, incluindo a gente.

Eu me levanto, vou até a janela e envolvo os braços com força ao redor do meu peito. Resoluta, encaro a face de granito da montanha Chief. Ela reluz, úmida. Cortinas ralas de neblina vão passando diante do amanhecer cinzento.

Não me admira que Johnny tenha ficado em silêncio. E lavado a jaqueta. Ele tinha estuprado Leena, a garota morta. Ele amava Beth, faria qualquer coisa por aquela jovem manipuladora. Não me admira que todos os demais tenham mentido. Sabiam o que tinham feito. Todos tiveram uma mão no fim de Leena Rai.

Não me admira que tenham tido prazer em lançar o professor aos lobos, se ele estava pronto para levar a culpa.

— Maddy — falo, ainda de olho na janela. — A polícia, a RPMC, vai estar aqui em breve. Você precisa contar tudo a eles. Tudo.

Silêncio.

Eu me viro.

— Você precisa. Isso tem que acabar aqui. Sem mais dano colateral. Você tem que pensar na Lily e na Daisy.

— A Beth tem filhos também.

— Precisa fazer o que é certo. A verdade é o certo.

Ela assente.

— Eu sei — ela diz baixinho. — Agora eu sei.

Escuto um barulho estranho e me viro para a porta.

Eileen. Parada na entrada do quarto, pálida como um fantasma.

— Eileen? Você... Há quanto tempo você está aí? Você escutou a conversa?

— Ela sumiu — Eileen sussurra. — A Beth. Minha filhinha sumiu e levou as crianças. Um alerta AMBER foi acionado, para reportar o desaparecimento das crianças. Tem policiais por todas as partes procurando por eles. O Johnny disse que a Beth também recebeu uma ligação do Darren. Logo antes do incêndio. Quando ele chegou em casa, ela já tinha ido. Um dos vizinhos disse que um cara com uma picape bordô passou para pegá-los. Tinha a marca de uma teia de aranha na lateral. Eu... O Rex acha que é Zane Rolly, um dos motoqueiros que frequenta o *pub*. — Ela perde o equilíbrio e se apoia na maçaneta. Sua voz falha. — O Johnny acha que ela talvez... estivesse tendo um caso com o Zane.

— Oh, Eileen. Sinto muito. — Vou até minha amiga e a acolho em meus braços. Ela encaixa a cabeça no meu pescoço e começa a chorar. Acaricio os cabelos dela enquanto seu corpo treme e suas lágrimas molham a minha camiseta. — Vamos confiar que a polícia vai encontrá-los. Tenha fé que vão encontrar a Beth e as crianças, está bem?

— São meus netinhos — ela sussurra no meu ombro. — São meu mundo.

— Eu sei — respondo gentilmente. — Eu sei.

Mas, apesar de minhas palavras, sinto medo. As chances de as crianças serem encontradas a salvo, vivas, diminuem a cada minuto que não são encontradas. Principalmente se Zane Rolly é o membro dos Devil Riders ligado ao assassinato de Clay Pelley na prisão.

— Sra. Galloway? — Todas nós nos viramos. Dois policiais com a farda da RPMC estão no corredor do lado de fora do quarto, acompanhados de um policial de Twin Falls. — Podemos conversar, sra. Galloway?

Eileen seca o rosto manchado pelas lágrimas e faz que sim com a cabeça. O agente da RPMC a guia para longe. A outra agente se dirige a mim:

— A senhora é a mãe de Maddison Jankowski?

— Sim. Sou Rachel Hart — digo.

— Gostaríamos de conversar com sua filha, srta. Hart.

Faço um meneio de cabeça e tento voltar ao quarto, mas a agente da RPMC me para.

— A sós. Queremos falar com ela a sós.

Olho para Maddy.

— Está tudo bem, mãe. Está tudo bem.

TRINITY

AGORA

Segunda-feira, 22 de novembro. Presente.

Gio foi até a cantina do hospital buscar café. Ele e eu chegamos de manhã cedinho, depois de termos recebido a notícia de que parte dos ocupantes da casa foram trazidos para cá após o incêndio. Ninguém nos disse nada sobre quem se feriu ou quem sobreviveu. Do lado de fora da entrada principal, estão se amontoando fotógrafos e jornalistas com seus microfones. Pelas janelas, vejo uma porção de veículos de redes de notícia mais adiante na rua, um deles com um disco de satélite na parte de cima. O alerta AMBER para as crianças da família Forbes: Doug, seis anos, e Chevvy, quatro anos, está passando em todos os noticiários. Beth Forbes está foragida com seus filhos e acho que sei o porquê.

Retornei a ligação do caminhoneiro. Ouvi a descrição da mocinha com cabelo na cintura, loiro-claro, que esvoaçava ao vento. Era Beth. Tenho certeza. Estava com um rapaz ainda não identificado, passando pela Ponte do Mal naquela noite, seguindo Leena, pouco antes de ela ser morta.

A mãe de Beth, Eileen Galloway, trabalha neste mesmo hospital, na área de aquisição de materiais. Gio e eu esperamos abordá-la caso venha trabalhar. Entramos antes de a segurança do hospital começar a barrar os jornalistas no estabelecimento.

Os repórteres também querem falar comigo. Meu celular está tocando sem parar. Uma mulher do Global TV hoje pela manhã soltou que sou filha de Clayton Jay Pelley, e que meu pai foi assassinado na prisão. A história está viralizando. Eu e meu podcast viramos o centro da história. São reverberações. É a marca da narrativa viva: desdobrando-se, desenrolando-se, propagando seus efeitos em tempo real. Um caso antigo, que antes se cria resolvido, tornou-se um caso vivo, em brasa.

Gio volta da cantina com dois cafés. Seus olhos vibram de empolgação.

— Acho que acabei de ver as filhas da Maddy e do Darren — ele sussurra ao se sentar ao meu lado, para que ninguém escute. Então me entrega um café. — Segui de longe uma enfermeira que estava levando as duas de volta para o quarto, e ouvi alguém falando que a mãe delas está bem, mas que tinha sido uma tristeza o que aconteceu com o pai das meninas.

Graças a Deus. Desvio o olhar. Sinto vontade de chorar. Não tenho mais controle sobre o que comecei. E, por mais emocionante que tenha se tornado, estou com medo, sufocando. Penso no alerta que Rachel me deu na lanchonete.

Você não pode colocar isso no ar. Esse... esse não é o quadro completo. Não pode publicar isso até que a gente tenha a verdade completa, Trinity. Se deixar isso sair, vai... Você não sabe o estrago que vai causar.

Será que fui imprudente? Irresponsável? Deveria ter investigado melhor a coisas antes de colocar aquele episódio no ar?

— A Rachel me disse para esperar antes de lançar o último episódio — digo a Gio, baixinho. Tomo um gole do café. — Ela me disse que eu não entendia ainda o escopo completo da história, e que pessoas poderiam se machucar. Eu... eu não pensei que ia acabar assim. Pessoas sendo queimadas num incêndio em casa. Criancinhas quase morrendo. Outras crianças em perigo e foragidas com uma mãe que pode ser uma assassina. O que foi que eu fiz?

— Ei — Gio fala com suavidade. Coloca o café na mesa diante de nós e me envolve em seus braços, puxando-me mais pra perto. Novamente, eu permito. Estou surpresa com o quanto é reconfortante, e me assusta o sentimento quente de acolhimento e solidariedade que esse contato me traz. De conexão. Preciso deste homem. Não tinha me dado conta do quanto. Sinto que conheço Gio tão bem e ao mesmo tempo tão pouco.

— Não tinha como você ter mudado nada, Trin. — Ele afasta um pouco de cabelo da minha testa. — Aquele trecho já estava programado para ir ao ar antes de você saber que o Clayton tinha morrido. Já estava liberado antes mesmo de você encontrar com a Rachel na lanchonete. Não tinha como apagar de quem já tinha ouvido. Já estava no ar.

Esfrego o rosto.

— Talvez eu devesse ter segurado desde o início, até entender melhor o contexto. Eu estou preocupada com aquelas crianças, Gio, os filhos da Beth. — Mantenho o olhar no dele e suspiro. — Acha que foi a Beth e o homem que foi buscar ela e as crianças que mandaram silenciar o meu pai?

— Você está se precipitando, Trin — Gio diz.

— O alerta AMBER está pedindo pra ficar de olho numa picape com o desenho de uma teia de aranha na lateral.

Ele olha para o bando de repórteres do outro lado da janela. O vento levanta seus cabelos e casacos.

— Sim — ele sussurra. — Sim, eu acho que é possível. Faz sentido. Se era a Beth naquela ponte, ela poderia ter feito algo terrível que queria manter em segredo. Terrível o suficiente para usar um contato dentro dos Devil Riders para silenciar o seu pai e depois fugir com os filhos, deixando o marido e a vida dela pra trás.

— Pobre Johnny.

— É.

Vejo Rachel surgir de um corredor, entrando na sala de espera. Ela vai apressada na direção da saída do hospital. Vejo o instante em que ela nota a multidão midiática pelas janelas. Ela para, como se tivesse atingido uma parede. Confusão atravessa seu rosto.

Fico de pé num pulo e vou correndo na direção dela.

— Rachel...

Ela se vira. A expressão fica tensa ao me ver. Parece encurralada, sem forças, exausta.

— A Maddy está bem?

Ela me avalia, me assimilando. Então me lança um olhar penetrante. O burburinho do hospital parece ficar mais distante. E, por um momento, somos só eu e ela, presas numa cápsula. Começo a temer o pior, que a filha dela não tenha sobrevivido.

— Eu... O Gio viu as meninas, a Lily e a Daisy — explico. — Sei que elas estão bem. Eu...

— O Darren está morto.

Fico tonta. Sou responsável... por tudo isso. Ainda assim, era o que eu queria, de certa forma, não era? Cutucar e revelar os segredos dessa cidade até que a verdade do que aconteceu naquela noite rastejassem para fora de seu esconderijo.

— E... e a Maddy?

— Ela vai ficar bem — Rachel titubeia. O olhar dela escapa para a multidão crescente do outro lado da janela. Ela volta a olhar para mim. — Estou pronta — ela diz, séria. — Vou aceitar a sua proposta. Vou falar.

Fico boquiaberta.

— Você diz...

— Que eu vou falar. Vou aparecer no seu programa. Conto a história toda. A Maddy acabou de dar o depoimento dela à polícia e me disse que vai consultar uma advogada, mas que também quer falar com você.

As palavras me fogem por um instante.

Com delicadeza na voz, Rachel diz:

— Eu devo isso a você, Trinity. — Ela para de falar, e lágrimas marejam seus olhos. — Janie. Todos nós te devemos isso. Fazemos parte dessa história, você também. E o tempo de guardar segredos... tem que acabar.

— Você sabe quem é o culpado? Sabe quem matou a Leena?

— Sei.

A resposta franca dela me acerta como um soco na boca do estômago. Um sentimento conflituoso de adrenalina, animação, nervosismo e raiva irrompe num coquetel fervente dentro do meu peito.

— Foi a Beth, não foi? — pergunto. — E outra pessoa. Um rapaz.

Ela engole em seco.

Volto a falar:

— Recebi uma ligação de um caminhoneiro. Ele estava ouvindo o podcast, se lembrou do foguete e de ver a Leena na ponte naquela noite.

Duas pessoas estavam a seguindo, mais atrás, nas sombras. Uma era uma garota loira de cabelo na cintura, outra era um cara alto com um gorro.

— Então havia uma testemunha.

— Parece que sim.

Ela assente, e o olhar volta outra vez a mirar o pelotão lá fora. Nesse instante, parece abatida, arrasta a mão até o cabelo emaranhado.

— Bom — ela fala baixinho. — É bom haver uma testemunha.

— Rachel, quem era o rapaz?

Ela me olha nos olhos.

— O marido da Maddy, Darren. Foi o pai das minhas netas, meu genro, e eu nunca soube. Nenhum de nós sabia, nem mesmo a Maddy. Ela só descobriu pouco antes de ele atear fogo na casa, na vida deles. Ele queria levá-las junto. Queria apagar tudo.

Fico em choque.

— Eu... eu sinto muito, Rachel.

A ex-detetive enxuga uma lágrima.

— A Maddy... Ela vai mesmo ficar bem fazendo isso, falando comigo?

Rachel faz que sim com a cabeça.

— Vai. E também para falar do... que o seu pai fez com ela, se você quiser ouvir.

Um soco de emoções me acerta a boca do estômago. Tão forte que me deixa sem ar. Quero, sim, saber, mas parte de mim fica incerta, com medo de ouvir a coisa toda. Mas eu devo, eu *preciso* saber. Tornou-se uma necessidade desde que vi a foto do meu pai pela primeira vez. Somos movidos, todos nós, a entender de onde viemos, quem somos. Essa jornada teve início quando eu era criança e comecei a perguntar do meu papai "morto". Todos os caminhos me trouxeram até aqui, bem aqui, neste hospital de Twin Falls em que nasci. Diante da detetive que trocou a minha fralda e colocou meu pai na prisão. Eu *tenho* que saber.

Rachel titubeia por um momento, como se debatesse revelar mais ou não. Então ela diz:

— Tem uma coisa que você disse, Trinity, lá no primeiro episódio da sua série de podcast. Você fez uma pergunta, "se é preciso de uma aldeia para criar uma criança, também é preciso de uma para matá-la?" Você estava certa. É preciso, sim. Nós todos matamos Leena Rai. Nós todos viramos as costas não uma, mas muitas vezes. E se me perguntar quem começou o incêndio ontem à noite... fomos nós todos.

Então ela faz algo inesperado. Ela me abraça e sussurra no meu ouvido:

— Sinto muito.

Um fotógrafo de repente quebra a barreira de segurança e atravessa as portas do hospital. Ele ergue a câmera. O flash brilha. Escuto um grito. Um segurança chega correndo e agarra o braço do fotógrafo. Enquanto é arrastado para o lado de fora pelo guarda, o fotógrafo grita:

— Rachel Hart, a sua filha está bem? E suas netas? Tem algo a dizer sobre isso?

Gio vem correndo na nossa direção. Ele mantém a voz baixa ao falar, com um fogo sombrio brilhando em seus olhos:

— Tenho notícias. Acabei de ver no Twitter. A RPMC acabou de prender Beth Forbes e Zane Rolly. As crianças estão bem. — Emoção endurece seu rosto, faz seus olhos brilharem. — Estavam tentando entrar na balsa para Port Angeles, em Victoria. Estavam a caminho dos Estados Unidos, mas a patrulha de fronteira impediu.

A mãe de Beth aparece no corredor. Ela parece em choque. Fica ali parada olhando para nós. Rachel vai depressa na direção dela. Eileen Galloway começa a chorar.

— Acabei de receber uma ligação. Eles estão bem. Meus bebês estão seguros.

RACHEL

AGORA

Segunda-feira, 22 de novembro. Presente.

É fim de tarde, e estou junto da lareira tomando chá aninhada a Patrulheiro quando Granger entra na sala de estar.

Ele fica parado na porta, observando nós dois em silêncio. O homem está só o bagaço, precisando de uma muda de roupas e de um banho. Não sei se tenho energia para lidar com isso.

— Rachel, eu...

— Você tinha o dever, Granger, como terapeuta — falo, comedida. — O dever de reportar um paciente se soubesse que ele representava risco iminente às crianças. Seu cliente era professor, caramba. Orientador vocacional. Trabalhava com crianças, seres humanos vulneráveis. Ele estava abusando sexualmente da minha filha e tinha um bebê em casa. E ele procurou você pra receber *ajuda*. Se sabia que o Clay estava numa posição de fazer mal aos outros, isso nega qualquer noção de confidencialidade entre terapeuta e paciente.

Ele entra na sala e se afunda na poltrona de couro dele.

— Eu não sabia da Maddy, nem da pornografia, nem da pedofilia. Sério. Só na última sessão com ele foi que eu descobri da pornografia infantil, quando estava tentando determinar se havia ou não um trauma latente que causava o alcoolismo. Em retrospecto, acredito que ele tenha me procurado para tratar a parafilia, mas teve medo de dizer em voz alta. Então pensou que, se eu conseguisse curar o problema dele com a bebida, ele conseguiria aplicar as técnicas ao vício mais profundo e problemático. — Granger passa a mão na barba por fazer em seu queixo. — Quando a predileção pela pornografia infantil se revelou durante a hipnose, confesso que fiquei chocado e... meio que perdi a razão, perdi a cabeça... Plantei os detalhes do caso da Leena no inconsciente dele, sugerindo que ele era o responsável, e que estava escondendo isso. Naquele ponto, eu estava preocupado com o Johnny e a história da jaqueta. Sabia que a Leena estava usando uma jaqueta como aquela e àquela altura já sabia que Clay Pelley esteve na festa. E eu tinha acabado de atender a Merle, descobri os detalhes do assassinato com ela, aí só aconteceu.

— Só *aconteceu*? Só *aconteceu* de você inserir evidências sigilosas na cabeça de um cliente?

Ele esfrega o rosto outra vez, umedece os lábios.

— Eu o botei na cadeia, Rachel. Imaginei que, se aquilo mandasse o Clay para a prisão, seria uma coisa boa. Ele receberia ajuda lá dentro, e entraria no sistema. As crianças ficariam seguras. Ele não era um homem são.

— Isso fez com que assassinos de verdade ficassem livres. Fez o dano continuar crescendo por anos.

— Você tem duas netinhas lindas, Rache. Se o Darren tivesse sido preso naquela ép...

— Está de *brincadeira*? — Fico de pé. — Você está mesmo tentando me dizer que, se o Darren tivesse sido preso na adolescência, ele e a Maddy não teriam se casado e eu não teria a Daisy e a Lily na minha vida? Eu mal *tive* a Daisy e a Lily na minha vida. Eu mal tive a minha filha na minha vida. E parte do motivo de elas terem ficado afastadas de mim foi a Maddy não ter conseguido conviver com a própria culpa. Ela pensava que tinha matado a Leena com os amigos. Quando o Clay confessou, impediu qualquer um de falar a verdade. Todos se calaram. Enterraram o trauma. E isso deixou todos mal.

— O relatório da médica legista disse que ela teria morrido dos ferimentos mesmo se não tivesse sido afogada. A Maddy tinha motivos para acreditar que matou a Leena.

— Vá pro inferno, Granger. Como você tem *coragem*? Já li e reli aquele relatório milhares de vezes, e a Maddy me disse exatamente o que estava no depoimento dela à RPMC. Os ferimentos que a Leena sofreu no lado sul da ponte não foram fatais. Foram as pancadas na cabeça dela, a maioria de ser batida contra uma árvore, de uma pedrada e de uma pisada na cabeça, que causaram o edema cerebral que teriam matado a menina se não tivesse sido afogada.

— O que a Maddy e as meninas fizeram continua sendo errado.

— Fazer *bullying* e agredir um colega sempre é errado, mas não era assassinato. E sabe mais do quê? Se você não tivesse feito o que fez, a Maddy talvez tivesse me contado o que aconteceu. Ou talvez Luke e eu tivéssemos investigado o caso mais a fundo. Os agressores teriam sido detidos e punidos. A dupla que "terminou" tudo teria sido responsabilizada de acordo com a lei. E talvez, Granger, Maddy e eu teríamos criado laços. Talvez ela não tivesse atacado nem a mim nem a mais ninguém. Talvez ela não tivesse continuado se jogando naquela montanha numa espécie de autoflagelação, para expurgar a culpa e as memórias dela. Talvez... — Estou tremendo, apontando o dedo na direção dele. — Talvez o Johnny tivesse pagado por ter estuprado a Leena e não tivesse sido enganado a vida inteira por uma narcisistazinha do mau com tendências sadistas e controladoras nem casado com ela. Uma merdinha de uma assassina sádica que pôde ficar solta e se tornar mãe dos filhos dele. *Seus* netos. E agora eles vão ter que viver para sempre com o fato de que a mãe deles vai para a prisão, responsável pelo assassinato cruel de uma colega de classe. E quanto a seu filho? Agora ele tem que viver com o peso de provavelmente ter uma esposa atrás das grades, porque *você* nos ajudou a culpar o homem errado.

— Ele continua tendo sido um homem doente, Rachel.

— O que você fez é inconcebível.

— E quanto a você? Você escondeu aquela foto das meninas em que Maddy estava com o medalhão no pescoço. Eu vi no quadro no seu escritório. Se tivesse buscado...

— Mas eu falei disso com a Maddy na época. Ela disse que a Leena roubava coisas e que tinha ido lá em casa. E aí o Clay confessou. Em. Grandes. Detalhes. Graças a você. Então não fui mais a fundo.

— Você não é melhor do que eu, Rachel.

O fundo da minha garganta se enche de bile, pois sei que ele está certo. Mas não dá para seguirmos juntos, não mais. Não depois de ele ter escondido isso de mim. Todo nosso relacionamento foi construído em torno desse segredo devastador. E talvez ainda haja outros. Como posso confiar que ele não viu coisas no *meu* subconsciente enquanto me tratava? Não vou nem perguntar, porque não vou acreditar nele. Meu trabalho agora é seguir em frente, é focar em salvar o que restou: minha filha e as meninas dela. Preciso me redimir por ter levado Maddy ao escritório de Clay Pelley em busca de orientação para seus problemas domésticos. Jake e eu, nossa falta de atenção, deixamos nossa filha vulnerável à esperteza de um predador sexual.

Preciso garantir que minhas netas vão ter uma base forte sobre a qual crescer para superar esta narrativa. Porque a história dos pais delas, do crime que cometeram, está marcada em seu presente. Vai estar presente na vida delas, de um jeito ou de outro, para sempre. Como tem sido para Trinity. Como tem sido para Ganesh e tantas outras vidas. As minhas netas precisam encontrar um jeito de processar isso. É meu dever estar lá para apoiar todas elas.

— Saia daqui — digo, com a voz engasgada na garganta. — Pegue suas coisas e vá embora da minha fazenda.

— Rachel, por favor... — Ele se levanta, tenta me tocar.

— Não. Não toque em mim.

— Eu disse para você não escutar aquele podcast. Disse que era encrenca.

REVERBERAÇÃO
O EFEITO CASCATA

AGORA

EXCERTO DO ÚLTIMO EPISÓDIO
O assassinato de Leena Rai — Sob a Ponte do Mal.

Maddy: Nem sei quando começou… o *bullying* com Leena Rai. Com certeza foi muito antes daquela noite fria de novembro. Quando a festa da fogueira de Ullr aconteceu, quando o foguete russo passou, nenhum de nós podia fazer nada para impedir o que veio em seguida. Como um trem seguindo a linha a quilômetros de distância, tudo veio correndo inexoravelmente pelos trilhos. E… o mais difícil de engolir, o que é difícil mesmo de aceitar, é que pessoas boas, pessoas que você ama, amigos, parentes, crianças, cônjuges, fazem coisas terríveis. E que pequenas mentiras ficam tão grandes como bolas de neve se tornando avalanches mortais. E que ignorar ao longo do tempo coisas aparentemente pequenas pode contribuir com algo tão abominável.

Trinity: E, Maddy, todas essas coisas que nos falou durante episódio são verdade?

Maddy: São. Foi o que eu contei à minha mãe no hospital, quando percebi que tinha sobrevivido ao incêndio, e minhas filhas também. E que isso tinha que servir a um propósito. O de falar a verdade. Sobre *bullying*, sobre integração, sobre esconder um abuso sexual, sobre como uma comunidade precisa agir, como as crianças nas escolas precisam entender o que estão fazendo e como os pais delas devem estar cientes do perigo que muitas vezes se esconde em lugares benignos.

Trinity: É um esforço contínuo.

Maddy: Eu fiz uma parceria com Jaswinder, Darsh e Ganesh Rai. Fizemos nossa primeira palestra na Escola Secundária de Twin Falls. Falamos da Leena, de quem ela era como pessoa, de todas as coisas que eram boas nela e quem ela poderia ter sido. Falamos de como chegamos àquele ponto debaixo da Ponte do Mal. Espero que ajude a família Rai no processo de cura, e que se torne também uma jornada de cura para toda a comunidade ligada a essa tragédia. Talvez a gente possa impedir que isso volte a acontecer em outro lugar.

Trinity: E se a mãe da Leena ainda estivesse viva, o que você diria a Pratima Rai?

Maddy: Que sinto muitíssimo. Participei de um incidente de *bullying* que acabou de modo violento e me arrependo amargamente disso. Vou passar o resto da vida denunciando isso e tentando expiar os meus pecados. Eu sinto muito, também, Trinity, pelo legado que você recebeu. Fui abusada sexualmente pelo seu pai. De forma equivocada, pensei que era um ato de rebeldia meu, mas eu fui vítima dele. O que nós garotas pensávamos ser sedução era algo completamente diferente. E naquela noite da festa... ele libertou algo sombrio e medonho em todas nós. Especialmente na Beth.

Trinity: As Sombras das quais a Leena escreveu?

Maddy: Pode ser. Tem uma besta que vive em cada um de nós.

Trinity: E você já recebeu conselho legal...

MADDY: Já, sim. Aceitarei quaisquer consequências das minhas ações naquele dia. Como a Beth também precisa aceitar. E o Darren. Como o Granger, o Johnny e todo mundo que mentiu precisa.
TRINITY: E a sua mãe?
MADDY: E a minha mãe... e a sua.

• • •

Longe dali, do outro lado do país, Jocelyn Willoughby escuta o final do podcast da neta enquanto tricota ao lado da cama da filha. Lacey está sedada. Seu fim se aproxima. É como se o capítulo final da vida dela tivesse acabado de ser escrito, o livro tivesse sido fechado, e agora ela podia partir. O médico paliativista acabou de passar para a visita. Jocelyn olha para a filha e sussurra:
— Olha o que a nossa Trinity fez, Lacey. Eu estou tão orgulhosa dela. — Ela solta as agulhas de tricô e segura a mão fria e seca da filha. Acaricia a superfície marcada por vasos sanguíneos. — Apesar de não saber se justiça melhora alguma coisa. Mas talvez a verdade melhore. Talvez seja isso que realmente importa. E a verdade vai libertar você, não vai, meu amor?

Jocelyn também não tinha certeza se acreditava naquilo. Não de todo. A vida era muito mais multifacetada e complicada. Tem tons demais entre o preto e o branco. Mas ela sentiu no coração que a alma de Lacey estava livre para partir. Clay também estava livre da prisão de suas próprias perturbações. A pequena Janie voltou a Twin Falls e descobriu de onde veio. Agora é dona de si. Esse podcast foi sua jornada. Ela instigou um debate nacional sobre o *bullying* na adolescência e discussões sobre racismo também. E sobre pertencimento.
— Você ficaria orgulhosa dela também, Lacey. Sei que ficaria. Você deu a ela uma chance.

TRINITY

AGORA

No verão seguinte.

Estou de pé, próximo ao celeiro da fazenda Campos Verdes. Ao longe fica a fileira de choupos de onde apenas alguns meses atrás eu e Gio observamos o trator verde passar. Mas, hoje, aquelas árvores estão cheias de folhas verdes farfalhando à luz do sol.

Caminho na direção das árvores. Não tem nenhum Granger para me expulsar. Ele não mora mais aqui, e dessa vez Rachel me convidou. Ela me disse que eu encontraria a ela e a família perto da margem do rio nesse domingo glorioso.

Os morangos estão prontos para serem colhidos, algumas framboesas também. Vejo os lavradores sazonais se movendo entre as fileiras de plantas. O cheiro é de terra quente, ervas e flores. Rachel plantou fileiras destas também. E uma pequena barraca foi construída para vender a colheita. Ao telefone, ela me disse que Maddy e as meninas se mudaram para cá e vão morar aqui, ou usar como base, pelo futuro próximo.

Em novembro, quando procurei Rachel para a entrevista, as nuvens pesavam densas nos picos. Hoje as montanhas estão expostas. Destacam-se no céu límpido.

Ouço o rio ao me aproximar dos choupos crescendo nas margens. Ouço risadinhas de criança. Ao chegar mais perto, noto que são quatro. Um menino e três meninas. Uma piscina se formou ao lado do rio, chegando até o joelho. Estão brincando nela. Rachel está com eles na água, de short. Vejo Maddy numa espreguiçadeira na margem, observando-os. Parado atrás da cadeira de Maddy está o quadriciclo que ela agora usa para se deslocar pela fazenda, supervisionar os lavradores e demais operações.

Eu os observo por um momento, mas Rachel me vê. Ela levanta uma mão e acena.

— Bem na hora — ela chama. — Vamos almoçar já, já.

Ao me aproximar, noto a cesta e a toalha de piquenique. Vejo Johnny mais acima no rio com uma vara de pesca, desenhando laços com a linha ao arremessar a isca na água.

— E aí, Maddy? — digo. — Como você está? São os filhos do Johnny?

— É. Bom te ver, Trin. Ele está passando bastante tempo por aqui.

— Dá pra ver por quê. Tem tipo... não sei, um aspecto curativo nesse lugar.

Ela ri.

— Espera chegar o inverno.

Sento-me na toalha ao lado de Maddy e penso em algo que minha avó disse depois que minha mãe faleceu no início de dezembro, no ano passado. Ela disse que, apesar de o meu podcast ter colocado fogo na vida de muitas pessoas, às vezes florestas com muita vegetação morta no sub-bosque podem precisar de uma queimada. E da terra incendiada podem sair novos brotos. Vida nova. Uma floresta mais forte que pode resistir a tempestades mais ferozes. É essa a impressão que tenho de Campos Verdes. Da terra molhada e escura que Rachel virava naquele dia agora vêm frutos. Beleza. Sustento. Complexo, mas crescendo e em busca de luz.

Maddy ergue uma garrafa.

— Temos espumante em sua honra. Parabéns. E cadê ele?

Sorrio. Eu me sinto feliz. É como se, de um jeito esquisito, eu pertencesse a esse grupo díspar de pessoas, como se, aqui, na região de Twin Falls, onde eu nasci, tivesse encontrado uma espécie de família.

— O Gio está trabalhando — digo. — Ele precisou encontrar com uma das produtoras. Está para sair, a série da Netflix. Graças a vocês. Se tudo der certo, a série *É um crime, o show* vai sair ainda nesse outono, começando com o relato da história da Leena: sob a Ponte do Mal.

— Os Rai aceitaram participar? — Maddy pergunta. Ela sabe que Darsh, Ganesh e Jaswinder estavam avaliando o convite.

— Hum-hum. — Sorrio. — Todo mundo está de acordo. E parte do lucro vai para a nova Fundação de Bolsas de Estudo Leena Rai que eles montaram. Valeu pela ajuda.

Rachel manda as crianças saírem da água e assobia para Johnny lá adiante no rio. Ele acena e começa a recolher a linha.

— Mostre o anel para a gente — Rachel pede enquanto Maddy serve *prosecco* e suco de laranja para os adultos, e apenas suco para as crianças.

Estendo a mão. O diamante pequenino reluz ao captar um raio de sol.

— Era da mãe do Gio. A gente mandou ajustar.

Rachel está com lágrimas nos olhos.

— Já escolheram a data?

— Ainda não, queremos ver se fechamos as gravações da primeira temporada de *É um crime, o show* antes — digo, com uma falsa arrogância exagerada.

Elas riem.

— Então o Gio sempre foi, tipo, o cara pra você? — Maddy pergunta ao brindarmos com nossas taças de plástico. Damos um gole ao som do rio e das folhas farfalhando ao vento. Uma águia-pesqueira plaina em círculos lá no alto, mirando uma presa na água.

— Talvez — digo. — E eu só enxerguei isso quando... consegui me livrar do bloqueio mental que tinha. Nunca entendi, até passar pelas entrevistas com o meu pai, como era importante para mim saber quem eu era, quem ele era, o que aconteceu e de onde eu vinha. — Tomo um gole. — Nunca me dei conta de como isso estava afetando a mim e meu relacionamento com os outros.

Maddy e a mãe se entreolham. Johnny se vira, olha na direção do rio, onde a águia mergulhou. Eu imagino se pode estar pensando em Leena e no que fez com ela. Eles ainda vão enfrentar consequências legais e de outros tipos. O caminho não vai ser fácil.

— Eu entendo — Maddy fala baixinho. — Entendo bem.

Vejo Johnny segurar a mão de Maddy. Ele a aperta e depois solta, um pouco sem jeito. Olho para Rachel. Ela me lança um sorriso suave e balança levemente a cabeça, como se me dissesse "Deixa quieto. É muito frágil".

Mais tarde, enquanto eu e Rachel caminhamos ao longo do rio, ela me observa com seus olhos cinzentos e penetrantes. Lembro-me desses olhos no celeiro naquele dia, quando pensei que ela era tudo que eu esperava que fosse. Exceto que agora ela está mais feliz. Há mais paz em suas feições. Talvez até aparente estar mais nova por conta disso.

— E aí, o que vem a seguir em *É um crime?* — ela pergunta.

— Me pediram para investigar o assassinato de Abbigail Chester, que nunca foi resolvido.

— Parece adequado.

Caminhamos confortavelmente em silêncio por alguns momentos. O sol bate quente em minhas costas.

— E quanto ao Granger... acha que consegue perdoá-lo? — pergunto.

Ela respira fundo e olha para os picos das montanhas ao nosso redor.

— Não consigo nem me perdoar, Trinity.

— Eu perdoo você — digo.

Seus olhos se enchem de emoção, e sua boca se curva ligeiramente. Ela me olha nos olhos, e sei que está pensando na pequena bebê Janie, naquele dia em que trocou minha fralda e que Luke me balançou no joelho grande dele. Sei que está pensando que nunca poderemos trazer Leena Rai de volta. Nem aliviar a dor da família Rai.

— O que realmente é o perdão? — ela pergunta em voz baixa. — Não dá para consertar erros de tanto tempo atrás. Não dá para desfazer as reverberações que vieram disso. Não podemos voltar ao passado e dar a você um bom pai e um lar decente. Eu não posso apagar o que aconteceu com a minha família. Eileen Galloway não pode desfazer o crime da filha. — Caminhamos em silêncio. — Sabe, naquele dia que veio aqui na fazenda, você era a última pessoa que eu imaginaria precisar na minha vida. — Ela para de falar, olha para o rio e depois para as montanhas ao redor. Então fala com tom suave:

— Às vezes, não sabemos mesmo o que é bom para a gente, né? Às vezes, pensamos que estamos dando o nosso melhor para fazer as coisas darem certo, criar nossos filhos, cuidar da família e da nossa comunidade, mas na verdade estamos entendendo tudo muito, muito errado. — Ela faz uma nova pausa, então sorri. — Tudo que podemos fazer é reconhecer nossos erros e usar o que aprendemos para dar o nosso melhor e seguir adiante. — O sorriso dela se alarga. — E, nesse instante, eu preciso estar bem aqui, nesta fazenda, inteiramente presente, por minha filha e minhas netas. Quero construir algo para elas aqui. Um sentimento forte de lar. Raízes. — Ela continua olhando para mim. — Obrigada por vir até a minha fazenda naquele dia. Acho que todos temos muito a te agradecer, Trinity.

EXCERTO DO ÚLTIMO EPISÓDIO
O assassinato de Leena Rai — Sob a Ponte do Mal.

Trinity: Perguntei à família da Leena como eles se sentiam agora que sabem a verdade do que aconteceu vinte e quatro atrás, na noite em que o foguete russo entrou na atmosfera da Terra e explodiu em cometas no céu frio de novembro.
Música tema toca suavemente
Jaswinder: Estou contente de poder conversar sobre *bullying* nas escolas, mas estou profundamente aliviado por minha esposa, Pratima, não ter precisado passar por isso. Seria demais para o coração de mãe dela. Pratima, entretanto, ia gostar de saber da Fundação de Bolsas de Estudo Leena Rai. Estamos impressionados com as doações vindas da América do Norte e até de mais longe, de todos que estão acompanhando o podcast e conhecendo a Leena. Outros adolescentes têm compartilhado as próprias histórias com a gente... Gosto de pensar que a Leena ficaria feliz com isso. Ela sempre quis fazer algo de bom para o mundo. Sempre quis um propósito. E viajar. A voz dela, de certa forma, viajou o mundo todo agora.
Trinity: Há lugar em seu coração para o perdão?
Ganesh: Perdoar é se libertar da raiva que pode ser debilitante. Não tenho certeza se estou livre. Não ainda. Fui moldado pelo

fantasma do que aconteceu com minha irmã e com os meus pais por conta disso. Cresci em um lar triste por conta disso. Mas uma coisa à qual sou grato agora é que temos uma resposta para o "porquê". Era algo que minha mãe sempre quis saber: por que a Leena? Por que isso aconteceu? E sou grato pelo mundo ter se lembrado de todas as partes boas que formavam a Leena. O talento dela para a escrita, a inteligência dela, a compaixão. Ela sempre me amou muito, e era gentil comigo. Ela amava o Darsh e nossos pais, do jeitinho adolescente dela.

Uma longa pausa ocorre. Ganesh pigarreia.

Ganesh: A Leena tinha grandes sonhos. Acredito que, se tivesse sobrevivido aos desafios do início da adolescência, ela teria encontrado seu lugar no mundo. Teria se saído bem. Teria prosperado. Se tem uma coisa que os desdobramentos desse caso nos ensinam é a como ouvir, cuidar e oferecer a todos uma chance e uma mão amiga. Porque é isso que forma uma comunidade, não é?

Trinity: Acredito que sim. Também não consigo me libertar de quem meu pai era nem do que ele fez. Ele é parte de mim. Encontrar vocês, a família da Leena, ouvir suas histórias e as histórias de todos os envolvidos com o crime, e ter todos vocês ouvindo a minha, talvez essa seja uma forma de justiça que pode ser restauradora.

Ganesh: Talvez, sim. Acho que pode ser.

Volume da música tema aumenta

Trinity: Não podemos nos esquecer, claro, que nós, como comunidade, somos todos responsáveis por cuidar de nossas crianças. Que este podcast seja uma homenagem à Leena. Uma garota que não será esquecida.

Desvanece

SIGA NAS REDES SOCIAIS:
- @EDITORAEXCELSIOR
- @EDITORAEXCELSIOR
- @EDEXCELSIOR
- @EDITORAEXCELSIOR

EDITORAEXCELSIOR.COM.BR